# 明清山左即墨地区望族文化与诗歌研究

韩梅 著

中国社会科学出版社

**图书在版编目（CIP）数据**

明清山左即墨地区望族文化与诗歌研究／韩梅著．—北京：
中国社会科学出版社，2016.9
ISBN 978 - 7 - 5161 - 8877 - 4

Ⅰ.①明⋯　Ⅱ.①韩⋯　Ⅲ.①诗歌史—研究—山东—明清时代
Ⅳ.①I207.209

中国版本图书馆 CIP 数据核字（2016）第 213339 号

| | | |
|---|---|---|
| 出　版　人 | 赵剑英 | |
| 责任编辑 | 安　芳 | |
| 责任校对 | 张依婧 | |
| 责任印制 | 李寡寡 | |

| | | |
|---|---|---|
| 出　　　版 | 中国社会科学出版社 | |
| 社　　　址 | 北京鼓楼西大街甲 158 号 | |
| 邮　　　编 | 100720 | |
| 网　　　址 | http://www.csspw.cn | |
| 发　行　部 | 010 - 84083685 | |
| 门　市　部 | 010 - 84029450 | |
| 经　　　销 | 新华书店及其他书店 | |

| | |
|---|---|
| 印　　　刷 | 北京明恒达印务有限公司 |
| 装　　　订 | 廊坊市广阳区广增装订厂 |
| 版　　　次 | 2016 年 9 月第 1 版 |
| 印　　　次 | 2016 年 9 月第 1 次印刷 |

| | |
|---|---|
| 开　　　本 | 710×1000　1/16 |
| 印　　　张 | 19.5 |
| 插　　　页 | 2 |
| 字　　　数 | 320 千字 |
| 定　　　价 | 70.00 元 |

# 目　录

# 绪　　论

从明代成化年间起，山左即墨地区的诗歌创作伴随着望族的兴起而逐渐活跃起来，而且这种创作活动一直持续到清朝末年。引领这一次地方诗潮的，是一个以复杂师友、亲缘关系为纽带，以家族子弟为主体的诗人群体，他们的代表人物有蓝章、蓝田、黄嘉善、黄宗昌、杨还吉、黄培等人。这些即墨望族诗人的创作实践及诗歌理论均呈现出独特的历史和文化价值。

## 一　论题的提出及选题意义

### （一）论题的提出

山东，因地处太行山以东，黄海以西，又称"山左""海右"。山东是华夏文明的重要基地，儒家文化的发祥地，历史悠久，人文昌盛。先秦两汉，曾为经师堂奥，儒林渊薮。建安年间，齐鲁风华，辉映天下。唐宋以后，金元蹂躏，衣冠南渡，一度出现萧条状况。自明代建立，元气逐渐恢复，山左文化迎来了一次发展高潮。这次高潮主要表现在文学上，尤其是诗歌领域。历城李攀龙、新城王士禛先后主盟海内，他们和一大批山左诗人共同缔造了山左诗歌甲于天下的盛况。在地理空间分布上，明清时期山左文学的繁荣表现为传统文化区的长盛不衰与弱势文化区的兴起。山左文学的繁荣地带主要集中在政治文化中心的济南府、青州府，运河流域的兖州府、东昌府以及地处今胶东半岛的莱州府、登州府。登莱二府，即今之青岛、烟台、威海三市及潍坊部分县市，在明清时期人文荟萃，科举文化家族兴盛，莱州府下辖之二州五县（平度州、胶州、掖县、即墨、高密、潍县、昌邑）及登州莱阳逐渐成长为新兴的文化区，诗文创作呈现出繁荣的景象，在山左有后来居上之势。李伯齐先生《山东文学史论》清楚地指出这一文学现象："从作家的分布看，唐宋以前登莱以诗文知名的作家不足 20 人，而明清时期则有 150 余人，几乎占当时山东作家的五分之一。其中，潍县、莱州、胶州、高密、掖县等地作家较为集中。莱阳宋氏，胶州高氏、柯氏，即墨蓝氏、杨氏，高密李氏，掖县毛氏，海洋鞠氏等，也都是延续几代的文化家族。"① 根据柯愈春《清人诗文集作者总目提要》和李灵年、杨忠主编的《清人别集总目》，殷奎英在其硕士论文中对清代山东各府县诗文集作者的地理空间分布进行了统计，其统计结果是山左济南府诗文集作者最多，有 246 人；其次是莱州府，215 人；排在第三位的是青州府，有 197人；登州府、兖州府紧随其后，分别是 119 人和 99 人。清代山东诗文集作者分布最多的 14 个城市，分别是诸城（81 人）、历城（78 人）、高密（64 人）、曲阜（64 人）、潍县（44 人）、即墨（40 人）、益都（36 人）、淄川（36 人）、德州（35 人）、济宁（34 人）、安丘（33 人）、胶州（31人）、莱阳（29 人）、掖县（29 人）。② 这一统计结果在一定程度上也印证了李伯齐先生的结论。

曾大兴《中国历代文学家的地理分布——兼谈文学的地域性》指出，文学家地理分布的重心一般在京畿之地、富庶之区、文明之邦、开放之域③。以此观点来看，济南府为山东的政治、文化中心，历来是诗歌渊薮，其诗文集作者位居首位，符合其"京畿之地"的地位。青州府位于齐文化的中心地带，与济南毗邻，自周秦以来即为文献名邦，文化传统悠久，文化根基深厚，文化气氛浓郁，自古也是作家荟萃、大家迭出的文化区，可谓是文明之邦。莱州府偏居一隅，既非京畿之地，又非文明之邦，诗文传统的积淀并不深厚，掖县、即墨甚至可以说是零基础文化区，如张彤序《掖诗采录》曰：

---

① 李伯齐：《山东文学史论》，齐鲁书社 2003 年版，第 315 页。

② 殷奎英：《清代山东诗文集研究》，硕士学位论文，苏州大学，2008 年，第 20—21 页。

③ 曾大兴：《中国历代文学家的地理分布——兼谈文学的地域性》，《学术月刊》2003 年第 9 期。

青莱自禹贡作牧，声教已讫。风谣之作，肇见于春秋莱人之歌，洎后文献无征。在唐以诗名者惟王仲列，金则刘无党，若宋之王定民，见称于东坡，而求其词翰，则渺不可得。①

周抡文《即墨诗乘》跋曰：

夫即墨自前汉来，鸿儒迭出，宜多风雅。顾薤露蒿里，未便冠首；驯虎乳雀，不纪其文；咏劳山，唐则出自青莲；赋田单，宋则出自介甫，而本邑独不存片言只字；标人物而光山川，元仅余朱公数绝而已。览者其有思乎？②

但在明清时期，莱州府这块土地上的高密、潍县、即墨、掖县、胶州却涌现出这么多的诗文集作者，诗文创作活跃之程度，超过了传统文化区青州府、兖州府。特别是即墨，名不见经传，却能异军突起，在莱州府下辖各州县中名列诗文集作家人数的第三，仅次于高密和潍县，尤为引人注目。即墨的诗文创作为何有如此的发展态势，其发展的深层原因为何，作为一个滨海地区，即墨的诗歌创作与内陆地区有无不同？基于此，本着见微以知著的立场，笔者选择明清时期莱州府即墨县这一地区的诗歌作为研究对象。明清时期即墨有"黄蓝杨周郭"五大望族，其中蓝、黄、杨三家的诗歌创作成就突出，本书即以这三家为主要研究对象。

（二）选题意义

本书从家族和地域文化的角度对文学史现象进行考察。这种方法在学界早已为人所采用，但以之观照、研究明清诗歌仍有其意义与价值。以这种方式进入明清诗史，我们将有可能更为深入地理解某一时段某一地域内诗歌发展的多样性与复杂性，而这对于丰富明清诗歌研究的视角，挖掘以往不为人充分重视的诗史现象，都是颇有帮助的。

自 20 世纪 80 年代以来，学术界关于文学家族的研究从冷清到繁荣，

---

① （清）张彤：《掖诗采录·序》，清嘉庆十二年刻本。
② （清）周抡文：《即墨诗乘跋》，载周翕鐄《即墨诗乘》，清道光二十年刻本。

并已取得了丰硕的研究成果，一大批学术专著及学位论文已经面世①，对古代文学中家族文学的研究现状及存在问题，各位专家学者也进行了深入分析和理论探讨，并对未来的研究提出了富有建设性的意见②。在这种学术语境下考察山东地区明清时期的家族文学研究，则会发现明清时期山左地区在这方面的研究呈现出以下两个特点。

首先，侧重于历史文化、文献、政治等方面的研究，文学界研究稍显不足。何成的《新城王氏：对明清时期山东科举望族的个案研究》对王氏家族的世系、家学、婚姻、交游做了较为全面的论述，这本论著从家族的角度研究了明清时期山左最为显赫的文学世家和科举世家，对后来研究者具有借鉴意义。秦海滢的《明清时期山东孝妇河畔的望族——以淄川地区为中心》主要以淄川地区的韩氏、毕氏、张氏、王氏、高氏、孙氏六个声势显赫的家族为中心，论述望族变迁与时代变迁的关系以及地域化的社会过程，其中对望族婚姻圈、社会交往圈、宗族组织管理及与地方社

① 学术专著有：程章灿：《陈郡阳夏谢氏：六朝文学士族之个案研究》，台北文津出版社1993年版。刘跃进：《门阀士族与永明文学》，生活·读书·新知三联书店1996年版。吴仁安：《明清时期上海地区的著姓望族》，上海人民出版社1997年版。程章灿：《世族与六朝文学》，黑龙江教育出版社1998年版。李浩：《唐代关中士族与文学》，台北文津出版社1999年版。江庆柏：《明清苏南望族研究》，南京师范大学出版社1999年版。吴仁安：《明清江南望族与社会经济文化》，上海人民出版社2001年版。李浩：《唐代三大地域文学士族研究》，中华书局2002年版。朱丽霞：《清代松江府望族与文学研究》，上海古籍出版社2006年版。张剑：《宋代家族与文学——以澶州晁氏为中心》，北京出版社2006年版。何新所：《昭德晁氏家族研究》，上海古籍出版社2006年版。张剑、吕肖奂、周扬波：《宋代家族与文学研究》，中国社会科学出版社2009年版。朱亚非：《明清山东仕宦家族与家族文化》，山东人民出版社2009年版。张明华：《曹氏文学家族研究》，安徽教育出版社2009年版。张兴武：《两宋望族与文学》，人民文学出版社2010年版。张剑：《清代杨沂孙家族研究》，中国社会科学出版社2010年版。罗时进：《地域·家族·文学——清代江南诗文研究》，上海古籍出版社2011年版。学位论文有：汤江浩：《北宋临川王氏家族及文学考论：以王安石为中心》，博士学位论文，福建师范大学，2002年。蔡静平：《明清之际汾湖叶氏文学世家研究》，博士学位论文，复旦大学，2003年。郝丽霞：《吴江沈氏文学世家研究》，博士学位论文，华东师范大学，2004年。李朝军：《宋代晁氏家族文学研究》，博士学位论文，四川大学，2005年。杜志强：《兰陵萧氏家族及其文学研究》，博士学位论文，西北师范大学，2006年。滕春红：《北宋晁氏家族及其文学研究》，博士学位论文，浙江大学，2006年。姚晓菲：《两晋南朝琅邪王氏家族文化与文学研究》，博士学位论文，扬州大学，2007年。
② 李朝军：《家族文学史建构与文学世家研究》，《学术研究》2008年第10期。胡建次、罗佩钦：《20世纪90年代以来我国古代家族文学研究述要》，《青海社会科学》2010年第1期。许菁频：《近三十年中国古代家族文学研究综述与展望》，《中州学刊》2010年第2期。张剑：《家族文学研究的分层与守界原则》，《华南师范大学学报》2011年第3期。

会风俗的关系给予关注，反映望族对地方文化的塑造过程和文化认同的建构过程。其他的还有王蕊《明清时期高密单氏家族个案研究》、王燕《明清时期黄河三角洲名门望族比较研究——以杜氏家族、魏氏家族为例》、张利民《明清时期滨州杜氏家族个案研究》、孙丽霞《山东文登丛氏家族研究》、刘少华《科宦家族与道德权威：日照丁氏家族研究》、刘惊雷《清代海丰吴氏家族及其文献研究》、李瑶《诸城刘氏家族与乾嘉政治》等学位论文，以及刘少华、张雯《明清时期日照丁氏科举家族成因探析》、马纳《郯城徐氏家族文化试探》和常昭《颜回、颜氏之儒与琅邪颜氏家族探析》等文章，皆是从史学、文献学或者社会学的角度来研究山左仕宦家族，文学及文化方面并不是其研究的侧重点①。以家族为背景、以文化文学方面为侧重点的研究文章，在山左的家族研究中所占比例不高，研究成果也相对较少，个案研究方面仅有张秉国的《临朐冯氏文学世家研究》、赵红卫的《明清安丘曹氏家族文化与文学研究》、主父志波的《安丘曹氏及其文学》和黄金元的《明清之际济南府望族与文学》四篇博士论文②，期刊论文则有周潇的《明清青岛地区文化家族述论》《明清德州程氏家族文学研究》③。

　　其次，文学领域的古代家族研究呈现出不均衡性。这种不均衡性表现

---

　　①　何成：《新城王氏：对明清时期山东科举望族的个案研究》，博士学位论文，山东大学，2002年。秦海滢：《明清时期山东孝妇河畔的望族——以淄川地区为中心》，博士后论文，中山大学，2006年。王蕊：《明清时期高密单氏家族个案研究》，硕士学位论文，山东大学，2003年。梁娟娟：《明清临朐冯氏家族研究》，硕士学位论文，山东师范大学，2006年。李瑶：《诸城刘氏家族与乾嘉政治》，硕士学位论文，山东师范大学，2007年。张利民：《明清时期滨州杜氏家族个案研究》，硕士学位论文，山东大学，2008年。孙丽霞：《山东文登丛氏家族研究》，硕士学位论文，山东大学，2008年。刘少华：《科宦家族与道德权威：日照丁氏家族研究》，硕士学位论文，山东师范大学，2008年。刘惊雷：《清代海丰吴氏家族及其文献研究》，硕士学位论文，山东大学，2008年。王燕：《明清时期黄河三角洲名门望族比较研究——以杜氏家族、魏氏家族为例》，硕士学位论文，山东大学，2009年。刘少华、张雯：《明清时期日照丁氏科举家族成因探析》，《山东教育学院学报》2007年第3期。马纳：《郯城徐氏家族文化试探》，《管子学刊》2010年第2期。常昭：《颜回、颜氏之儒与琅邪颜氏家族探析》，《齐鲁学刊》2010年第4期。

　　②　张秉国：《临朐冯氏文学世家研究》，博士学位论文，四川大学，2006年。赵红卫：《明清安丘曹氏家族文化与文学研究》，博士学位论文，山东师范大学，2012年。主父志波：《安丘曹氏及其文学》，博士学位论文，山东大学，2009年。黄金元：《明清之际济南府望族与文学》，博士学位论文，山东师范大学，2010年。

　　③　周潇：《明清青岛地区文化家族述论》，《青岛大学师范学院学报》2009年第4期。周潇：《明清德州程氏家族文学研究》，《青岛大学师范学院学报》2010年第4期。

在两个方面。

一是研究对象的不均衡性。研究者多关注临朐冯氏、安丘曹氏、新城
王氏等具有全国影响力的望族，对普通的影响力较小的望族则明显重视不
够。对于文学成就突出的家族，研究者关注早，研究成果丰硕。如临朐冯
氏。早在 20 世纪 80 年代，孔繁信先生的《明清著名文学世家——临朐冯
氏》就对山东临朐冯氏七世的文学贡献进行了梳理，并在此基础上重点
分析了冯裕的《海岱会集》、冯惟敏兄弟文学活动的影响、冯琦的《宗伯
集》及其文学观，以及冯溥在清初文坛的地位与作用①。21 世纪有关临朐
冯氏世家的文学研究，由此趋热，此文则属于开山之作。2003 年，纪锐
利《冯氏家族略述》对冯氏一族的主要事迹做了介绍，对冯氏家族文化
现象做了初步的探讨②。2006 年，张秉国就冯氏家族文学撰写了博士论文
《临朐冯氏文学世家研究》，对明中期冯裕至清前期冯协共历七世的冯氏
家族文学进行了研究，对冯氏世家的诗文创作、曲作，以及冯氏世家与当
时文坛的联系等，均做了详细的论述。再如安丘曹氏。最近山东安丘曹氏
成为个案研究的热点，主父志波的《安丘曹氏及其文学》、赵红卫的《明
清安丘曹氏家族文化与文学研究》两篇博士论文先后面世。主父志波的
《安丘曹氏及其文学》对安丘曹氏的世系、人物、著述、交游唱和、文学
渊源进行了全面系统的考察、研究和论述，偏重于文献学研究。赵红卫的
《明清安丘曹氏家族文化与文学研究》视野更为开阔。作者把曹氏家族置
于大的文化背景中，考察其家族历史的发展、文学的特色、文化特征等，
把安丘曹氏家族的研究向前推进了一步。

二是研究方法的不均衡性。在研究方法上，断代的、专门性的文学世
家研究较多，对某一地域家族文学的整体研究较少。在古代文学的文学家
族研究方面，选择某一具体的家族文学进行个案研究的成果最为丰硕，临
朐冯氏、安丘曹氏等研究即是如此。从家族和地域文化的角度对文学进行
整体性综合研究的成果较少，仅有黄金元的《明清之际济南府望族与文
学》一篇。在这篇博士论文中，作者对明清之际济南府的新城王氏、德
州田氏、历城朱氏、德州卢氏进行个案研究，从家族角度拓展济南府诗歌
的研究深度和广度，同时总结、归纳明清之际济南府望族的家族文化特

---

① 孔繁信：《明清著名文学世家——临朐冯氏》，《山东师范大学学报》1987 年第 2 期。

② 纪锐利：《冯氏家族略述》，《聊城大学学报》2003 年第 3 期。

色，描摹明清鼎革的时代风云在诗人心态上的投射和反映，揭示齐鲁地域
文化与世家望族的家族文化给予诗人创作上的滋养和活力。

　　山东深受儒学涵养，历史悠久，文化灿烂，历朝都有仕宦显赫、文化
文学发达的世家大族出现，尤其以明清世家大族为盛。据不完全统计，该
时期三代以上科举入仕的科宦家族有二百余家，其中在国内政治与文化生
活中颇有影响的大家族也有数十家，如临朐冯氏，新城王氏，德州田氏、
卢氏，平原董氏，淄川高氏，济南朱氏，高密李氏，诸城刘氏，即墨黄
氏、杨氏、蓝氏，莱阳宋氏、左氏、姜氏等，但目前的研究现状不能反映
明清时期山左这些科宦家族文学创作的整体状况，家族文化背景下的古代
文化与文学研究尚需在深度和广度上加以拓展。

　　就即墨而言，明清时期出现了科举世家"黄杨蓝郭周"五大家族，
黄氏、蓝氏、杨氏是其中文学成就较为突出的家族。黄氏代有文名，不仅
家族成员有诗文集流传于世，如黄坫《夕霏亭诗》二卷、黄培《含章馆
诗集》上下卷等，还有家族诗歌汇集《黄氏诗钞》。《黄氏诗钞》共六卷，
收录该家族自明嘉靖三十二年（1553）进士黄作孚至清中叶黄守思，共
72 人的诗作 3997 首。黄氏家族前后十代，代代不断，延续 300 年，在地
方文坛影响很大。蓝氏家族的蓝田是明中叶重要的山左诗人，其《蓝侍
御集》《北泉草堂诗集》《北泉文集》收录于《四库全书存目丛书》，他
参加丽泽诗社、海岱诗社，与杨慎、冯裕等人唱和，与明中叶文坛的重要
人物交游颇多，是研究明中叶山东文学的一个重要切入点。杨氏淡泊仕
途，隐居乡野，但杨氏家族中的杨还吉、杨玠等人都诗作等身，《山东即
墨杨氏诗集一卷文集一卷》收录到《山东文献集成》，他们的创作在山左
文学史上留下了独特的印记。可是在家族文学研究日趋成熟的时代，这些
文学家族虽偶被提及，却一直没有被重视起来，他们存在的价值和意义也
没有体现出来。所以本书的学术价值首先表现在开拓山左家族文学的研究
视野和研究内容上。研究即墨黄氏、杨氏、蓝氏家族的诗歌，不仅能拓展
明清时期山左家族文学的研究视野，而且对研究登莱地区的文人结社、诗
文创作也有所帮助，这种具有开拓性的研究内容，具有知识创新的意义。
对于山左明清时期家族文学研究而言，这种横跨两朝、以同一区域的三个
家族的文学为研究对象的整合性研究方法，在目前个案研究硕果累累、整
体性研究匮乏的学术界，也具有开拓意义。

　　对黄氏、蓝氏和杨氏家族的诗歌研究，也有其交游价值。这三个家族

是地方性的望族，基本上是属于中下阶层的普通文化家族，不具有全国性的影响力。加之以前人们对这三个家族的文献漠不关心，许多有价值的内容被忽视，如明末清初莱阳宋继澄、董樵等人与黄氏的交往，顾炎武在即墨的交游活动，蓝田与海岱诗社、丽泽诗社及其成员杨慎等人的交游，杨还吉与施闰章等的交游。这些交游活动无论是对即墨的家族文学研究，还是对杨慎、顾炎武、宋继澄等人的研究，都有一定的价值。

　　对黄氏、蓝氏和杨氏家族的研究，还有不可忽视的地域文化价值。黄氏、蓝氏和杨氏都注重教育，黄氏建立上书院、下书院、玉蕊楼，延请莱阳进士张允抡、举人宋继澄、青州进士赵其昌等名师教育子侄；蓝氏建东厓书院、华阳书院；杨氏建"承桂堂"，培养自己的子弟，使家族人才辈出，同时书院的建设也吸引了墨城好学子弟慕名前来求学，振兴了墨邑文化。他们热爱即墨，不仅在诗词文赋中歌咏即墨的山川地理、风土人情、人物事件，还写作志书，保留即墨当时的文史资料，如黄宗昌、黄坦的《崂山志》，记述了崂山的名胜、古迹、宗教、人物和诗文等，是记录崂山的第一部志书。诗文著述，是地域文化的载体，研究这三大家族的文学，必定会涉及影响这些家族文学创作的地域文化及家族成员著述中保存的即墨历史文化。这种研究，在当下意义上有其现实性。通过对即墨望族文化与诗歌的研究，我们可以更好地了解即墨本地文化，并通过这种了解和探索，获得有益于我们现今地方文化建设的经验。

### 二　即墨地区望族文化与诗歌研究综述

　　即墨黄氏、蓝氏、杨氏的研究是一个新课题，关于三家的研究多散见于一些论文及专著中。周潇《明清青岛地区文化家族述论》论述了明清时期青岛主要的文化家族，对即墨蓝氏、黄氏、杨氏家族中的代表人物及诗文创作进行了初步探讨①；其博士论文《明代山东作家研究》，从宏观的角度对明代山东文学进行了研究，其中也涉及了蓝田、黄作孚、杨还吉等人的诗歌创作，但并未深入展开。② 目前，对即墨杨氏的研究尚处于空白阶段，对即墨蓝氏的研究，仅见翟广顺《从华阳书院看即墨蓝氏家族文化的代际传承》一文，文章认为蓝章创建的华阳书院是蓝家诗礼传家、

---

① 周潇：《明清青岛地区文化家族述论》，《青岛大学师范学院学报》2009 年第 4 期。
② 周潇：《明代山东作家研究》，博士学位论文，上海师范大学，2006 年。

科甲相继、英杰代出、蜚声乡里的基础，同时探讨了蓝氏一族的家族性格及诗文著述，但尚嫌泛泛，有待深入①。即墨黄氏的研究，较蓝氏、杨氏则关注度稍高一些，目前对黄氏的研究主要集中在以下几个方面。

（一）黄培文字狱研究②

关于黄培文字狱的研究现状如下：周至元《清初即墨黄培文字狱资料》，是最早研究黄培文字狱的文章，不仅对黄培文字狱发生的前因后果及审案经过进行了详细叙述，而且对涉案文本《含章馆诗集》中的诗歌进行了初步探讨，为后来研究者提供了丰富的资料，但未标注参考资料出处。即墨市政协文史资料研究委员会所编《清初北方最大的文字狱案——黄培文字狱案》，根据山东图书馆藏清抄本《黄培文字狱案》及清抄本《含章馆诗集》，整理了文字狱案的审讯记录及黄培的《含章馆诗集》。鲁海、时桂山《黄培文字狱与〈含章馆诗集〉》，简略介绍了黄培文字狱的《会审纪要》。鲁海《顾炎武山东入狱考》，用很少的篇幅简略考证了顾炎武牵连进黄培文字狱案之事，未有深入分析。徐根娣、江明《清代文字狱山东第一案》，王成先、毛敦辉的《清初北方最大的文字狱案》与《清初中国北方最大的文字狱案：黄培案》，以说故事的通俗方式叙述了黄培文字狱案的过程，内容未超出周至元《清初即墨黄培文字狱资料》。

（二）黄宗昌及《崂山志》的研究③

研究黄宗昌《崂山志》的专著有以下几种：孙克诚《黄宗昌〈崂山志〉注释》对《崂山志》做了标点注释，并配以图片，方便读者阅读。苑秀丽、刘怀荣的《崂山道教与〈崂山志〉研究》是一部研究崂山道教

---

① 翟广顺：《从华阳书院看即墨蓝氏家族文化的代际传承》，《东方论坛》2012 年第 3 期。

② 鲁海、时桂山：《黄培文字狱与〈含章馆诗集〉》，《文献》1992 年第 2 期。鲁海：《顾炎武山东入狱考》，《清史研究》1994 年第 2 期。徐根娣、江明：《清代文字狱山东第一案》，《春秋》1999 年第 1 期。王成先、毛敦辉：《清初北方最大的文字狱案》，《党员干部之友》2009 年第 5 期。《清初中国北方最大的文字狱案：黄培案》，《春秋》2009 年第 6 期。

③ 孙克诚：《黄宗昌〈崂山志〉注释》，中国海洋大学出版社 2010 年版。苑秀丽、刘怀荣：《崂山道教与〈崂山志〉研究》，中国社会科学出版社 2011 年版。玉千：《黄宗昌与〈崂山志〉》，《烟台师范学院学报》（哲学社会科学版）1992 年第 3 期。武建雄：《黄宗昌与〈崂山志〉》，《青岛大学师范学院学报》2004 年第 4 期。苑秀丽、温爱连：《黄宗昌与周至元〈崂山志〉比较研究：以写作体例和内容为中心》，《东方论丛》2012 年第 1 期。苑秀丽、温爱连：《黄宗昌〈崂山志〉版本、续书及研究述略》，《青岛大学师范学院学报》2010 年第 2 期。苑秀丽：《黄宗昌家世与生平考：〈崂山志〉系列研究之二》，《东方论坛》2010 年第 6 期。温爱连：《黄宗昌、周至元〈崂山志〉比较研究》，硕士学位论文，青岛大学，2009 年。

与《崂山志》的专著，其中列出专章对黄宗昌生平事迹、黄宗昌所在的即墨黄氏家族谱系做了大致的梳理，这对我们研究黄氏家族有筚路蓝缕之功。研究黄宗昌的论文有以下几篇：玉千《黄宗昌与〈崂山志〉》，武建雄《黄宗昌与〈崂山志〉》，苑秀丽、温爱连《黄宗昌与周至元〈崂山志〉比较研究：以写作体例和内容为中心》《黄宗昌〈崂山志〉版本、续书及研究述略》，苑秀丽《黄宗昌家世与生平考：〈崂山志〉系列研究之二》，硕士论文有温爱连《黄宗昌、周至元〈崂山志〉比较研究》。

（三）对黄氏诗歌的研究

卢兴基《康熙手抄本含章馆诗集的发现与黄培诗案》对中国社会科学院图书馆所发现的《含章馆诗集》（手抄本）进行了介绍，并对黄培的诗歌进行了简略分析，指出其诗歌充满故国之思与不忘民族沦亡的遗恨，艺术成就颇高，这是最早涉及黄氏家族成员诗歌创作的文章①。王晓兵《清即墨黄守平纂稿本〈黄氏诗钞〉考述》对中共山东省委党校图书馆所藏《黄氏诗钞》的作者、版本及内容进行了详细考述②。

### 三　基本概念的界定及研究思路

（一）"即墨地区"的地域界定

本书中的"即墨地区"，指明清时期莱州府下辖之即墨县。

即墨古为东夷居住地，周为夷国，入齐于今平度市古岘镇之朱毛村设朱毛城，后因其城临墨水而改称即墨城，其管辖区域包括今之海阳市、莱阳市、青岛市区（黄岛区外）及下辖即墨市、平度市、莱西市，为胶东半岛之大邑。秦统一中国后，改分封制为郡县制，置即墨县，属于齐郡。秦之后，即墨县的行政区划、隶属关系多有变化，还于北齐年间被析地废县。

隋文帝开皇十六年（596）重置即墨县，将县治移至今址，并将辖区西北处于胶东半岛中心位置的大片土地划出，单独成立胶水县（今平度），原属不其、壮武、皋虞三县之地划归即墨，隶属东莱郡。其时即墨县的地域东、南两面临海，西与胶西（今胶州市）、胶水（今平度市）为

---

　　①　卢兴基：《康熙手抄本含章馆诗集的发现与黄培诗案》，《中华文史论丛》1984 年第 2 期。

　　②　王晓兵：《清即墨黄守平纂稿本〈黄氏诗钞〉考述》，《山东图书馆学刊》2009 年第 5 期。

邻，北临昌阳县（今莱西、莱阳市），大致包括今之青岛市内五区（黄岛区除外）及即墨市。

唐、宋、金之时，隶东莱郡，即墨县的名称、治所和疆域未变。元朝时，即墨县先后隶属益都路胶州、般阳府路莱州。至元二年（1265），即墨县建制被废，其属地析入胶水、掖县，至正九年（1349）前恢复。

明代，即墨属山东布政使司，初隶益都路，洪武九年（1376）归胶州领属莱州府。洪武二十一年（1388），即墨城东设鳌山卫，与即墨县划地而治。雍正十二年（1734）裁撤卫所，鳌山卫的土地及居民并归于即墨县。清代，即墨属山东省登莱青道莱州府，疆域沿袭明代，据同治版《即墨县志》，其县界是"东尽栲栳岛黄山界，边海一百二十里；西近壮武城（旧址），至胶州界六十里（至州治一百里）；南至浮山寨，边海九十里；北至三渡海，接登州府莱阳界（至县治一百八十里）；东南尽巨峰，边海九十里；东北至金家口，入莱阳界八十里；西南近胡埠，接胶州界六十里；西北距沽河，接平度界七十里（至州治一百四十里），东西广一百八十里，南北袤一百五十里"①。这个疆域一直持续到清朝末年，包括现在的青岛市五区（黄岛区外）及今之即墨市，这也是本书所研究的"即墨地区"的范围。

（二）研究时段、研究对象、研究内容的界定

即墨黄氏、杨氏、蓝氏作为科举文化望族，自兴起至衰落持续时间长达数百年，枝繁叶茂，有不同的分支，像黄氏就有城里族、西关族、西流族、埠南族、荆沟族及嶗山族等分支。本书的研究对象为明中叶到乾隆中期这一时段的即墨蓝氏家族蓝章一支、即墨黄氏城里族、杨氏城里族，其他分支不做涉及。

即墨望族黄氏、杨氏和蓝氏诗书传家，家学丰富，涉及经学、史学、书画、诗学等领域，其中诗歌是即墨望族的主要家学，因此，本书的研究内容将以即墨望族的诗歌创作为主，其他会略做涉及。

（三）研究思路

本书以莱州府即墨地区望族蓝氏、黄氏、杨氏为研究对象，探讨即墨

---

① 同治《即墨县志》卷1《方舆·疆域》，《中国方志丛书》（华北地方），成文出版社1976年影印本，第92册，第113页。本书下文注释将使用《即墨县志》的这一版本，故此不再标注版本。

地区望族兴起与诗歌创作繁荣的深层原因，以期能揭示山左齐鲁文化与即墨区域文化对诗歌创作的影响，丰富明清时期山左望族文化与文学的个案研究，有补于山左地域文化与诗歌的深入研究。

本书分上下两编。

上编三章，为总论部分，探讨明清时期即墨望族兴起与发展的深层原因、地域文化影响之下即墨地区望族的诗歌风貌和即墨地区望族的文学交游情况。下编三章，为个案研究部分，着重研究明清时期即墨诗歌成就最为突出的黄氏、蓝氏、杨氏三家的诗歌创作。

第一章为明清山左即墨地区望族兴起与发展的原因。本章共分三节。第一节为清明之世与声教首及的政治环境。本节从政治层面上探讨即墨望族兴起的原因，指出明初制定的休养生息等各项政策，明统治者的勤廉施政，使明初的政治环境安定清明；兴办学校、科举规范化等文教政策，使士子有向上流动的途径，这为即墨望族通过自身努力而兴起提供了良好的外部环境和政策保障。而清初山左"声教首及"的政治形势及清廷及时实施的科举政策，是即墨望族历经改朝换代之痛却能持续发展的原因。第二节为移民开发与海运贸易发达的经济环境。本节从经济方面探讨即墨望族兴起的原因，指出明初即墨以军户为主体的移民的大量输入，改善了即墨农田垦殖的落后情况；胶莱运河及海上运输线的开通，促进了即墨地区商品经济的发展，从而带动了文化教育的进步。第三节为区域文化与家族文化环境。明清即墨地区望族的兴起及发展得益于即墨地区悠久的历史文化传统，同时与该地区望族自身密切相关。他们建立书院，收集整理乡邦、家族文献，进行家族文化的累积与建构，从而保证了本家族的持续发展。

第二章为区域文化与即墨望族的诗歌创作。本章共分三节，探讨明清即墨地区的文化对望族诗歌的影响。第一节为道教文化与诗歌中的仙道之风。即墨地区古代隶属于齐，道教文化盛行，崂山更是"神窟仙宅"、道教名山，因而即墨望族的诗作题咏即墨、崂山形胜，吟咏道教宫观，描写道士生活，抒发超脱尘世之想，在诗歌内容及艺术表现上均带有浓郁的道教道家色彩，佛教文化对即墨望族诗歌的影响则相对较小。第二节为海洋文化与诗歌中的海洋色彩。明清时期的即墨濒临海洋，海洋文化内容十分丰富，既有海洋波澜壮阔、神秘瑰奇的美景，异于内陆的海边风土人情，也有蓬莱、方丈、瀛洲三仙的传说，秦始皇东登琅琊、徐福东渡采药、汉武帝遣人跨海求福的史实，这些海洋文化的内容都在即墨地区诗人的笔下一一展现，使即墨望族的诗歌带有鲜明的海域色彩。第三节为儒家文化与诗歌中的家族意识。山左是儒家思想的发祥地，明清即墨望族生活于浓厚的齐鲁儒学环境氛围中，以儒起家，亦以儒传家，无论为人为官，还是为诗，都深受齐鲁儒家文化的影响。他们在诗歌中表达了对祖德乡贤的尊崇，对小辈的谆谆教诲与爱护，与兄弟子侄间的亲情，体现了他们对儒家文化中孝悌思想的践行。

第三章为明清山左即墨地区望族文学交游考。本章共分三节。第一节为蓝田与明正嘉诗坛。蓝田交游广阔，他早年参加丽泽诗社，与杨慎、张含交游，晚年参加海岱诗社，与冯裕、刘澄甫等人交游唱和，同时还与"前七子"的边贡、王廷相等诗书往来。蓝田的文学交游反映了明正嘉年间在复古诗潮风靡诗坛的表象下诗歌创作风尚的复杂性。第二节为即墨黄氏与明末清初诗坛。本节从三个角度考察了即墨黄氏家族成员的交游情况。一是考察以黄培、黄坦为中心的交游。黄氏与顾炎武的交游是建立在同是遗民的基础上，而他们在黄培文字狱案中的友谊破裂也是基于当时二人不同的遗民心态与个性。二是考察以黄培等黄氏家族成员与宋继澄为中心的交游。黄培、宋继澄等人交游唱和，他们所结的"丈石诗社"具有反清复明的时代特点，其成员之间的关系也具有明显的地域特征，"丈石诗社"是山左遗民诗社的一个缩影。三是考察以黄坦为中心的交游。黄坦和名列"金台十子"的曹贞吉、颜光敏等山左诗人唱和，也与宦居即墨的周斯盛、董剑锷等人结社，他的交游活动形象地反映出清初山左即墨诗坛唱和活动的活跃。第三节为杨还吉与康熙初年诗坛。本节分别考察了杨还吉与施闰章、诸城十老、莱阳遗民的交游情况，还就杨还吉应诏博学鸿儒时的交游活动进行了详细的考述。杨还吉的交游对象既有明朝遗民，又有清廷新贵，呈现出比较复杂的态势。

第四章为即墨蓝氏家族与诗歌研究。即墨蓝氏是即墨望族，也是诗歌世家，自蓝章始，诗书传家的家风代代相传。本章共分三节。第一节为即墨蓝氏家世述略。本节描述蓝氏家族的基本发展情况，后附即墨蓝氏家族世系简图，进士、举人科举情况一览表。第二节为即墨蓝氏著述考与诗歌创作简论。本节详细考述蓝氏家族成员的著述流传情况，探讨蓝氏家族成员诗作风格，并于本节后附蓝氏著述一览表。第三节为"海岱八子"蓝田诗歌研究。蓝田的诗歌创作题材较同时代诗人并无明显的拓展，但其诗描眼前景、写身边事、抒真感情，清雅可观，呈现出不同于明中期复古派的清新之风，而且在意象的运用及情感的表达方面深受道教文化与道家思想的影响。蓝田的杂记、志传闳大畅朗，率直简淡，不乏佳作。本节的蓝田交游考，是对本书第三章蓝田文学交游的补充，侧重于他与地方官员的交游，更广泛地呈现其社会交际网络及社会影响力。

第五章为即墨黄氏家族与诗歌研究。即墨黄氏是清初科举文化世家，由黄宗昌、黄培、黄贞麟、黄立世等组成的即墨黄氏诗人群，人数众多，在即墨诗坛和文化界影响最大。本章共分四节。第一节为即墨黄氏家世述略。本节描述黄氏家族兴起、发展、衰落的基本过程，后附即墨黄氏家族世系简图，进士、举人科举情况一览表。第二节为即墨黄氏著述考与诗歌创作简论。本节详细考述黄氏家族成员的著述流传情况，探讨黄氏家族成员诗作风格，并于本节后附黄氏著述一览表。第三节为遗民诗人黄培诗歌研究。黄培之诗倾吐其遗民情怀，饱含浓重的反清怀明思想，风格慷慨激昂，悲壮沉郁，发出明清鼎革时遗民心声的最强音，在以展示田园生活，追求隐逸情趣的山左遗民诗中独树一帜。第四节为性灵诗人黄立世诗歌研究。黄立世《柱山诗话》中的诗歌主张既受同时代诗人袁枚"性灵说"的影响，讲求性灵，又受山左儒家诗教的熏染，重视道德、涵养，其诗歌主张打上了山左地域文化的鲜明烙印。黄立世的创作是其诗歌主张的体现，他的亲情诗平淡之中深情无限，闪烁着人性的光彩；其岭南风物诗描绘岭南的山川风物、风土人情，在山左诗坛上独具特色，为我们了解岭南的风土人情打开了一扇窗口；其纪游诗中的思乡羁旅情绪则唤起同为宦游人的共鸣。

第六章为即墨杨氏家族与诗歌研究。杨氏由浙江秀水移居即墨，是由武转文的官宦世家，诗歌创作是其家学的主要内容。本章共分三节。第一节为即墨杨氏家世述略。本节描述杨氏家族的基本发展脉络，后附即墨杨氏家族世系简图，进士、举人科举情况一览表。第二节为即墨杨氏著述考与诗歌创作简论。本节详细考述杨氏家族成员的著述流传情况，探讨杨氏家族成员诗作风格，并于本节后附即墨杨氏著述一览表。第三节为杨还吉诗歌研究。杨还吉之诗因题材的不同而呈现出不同的风格，其关注民生之作质朴写实，其山水田园诗灵旷深秀，其咏史怀古诗浑雄沉郁，其描写亲情友情之作则真挚自然，在即墨望族诗人中，其艺术成就"非行辈所能及"。

本书附录为明清时期登莱二府望族二十三家。

### 四　相关资料的收集与使用

明清时期的文学史料异常繁富，但就本书而言，笔者所遇到的最大困难却是来自资料的收集。即墨望族在文学上尚不具有全国影响力，其著作的刊刻、流传相对较少，许多珍贵的史料甚至湮没无传，如经济、教育等方面的信息只能从现存文献的字里行间中收集。本文的资料来源大致分为以下几类。

一是各类史书，如《明史》《清史》《清史稿》等。

二是明清时期的各类野史、笔记及文集、诗集，其中包括即墨黄、蓝、杨家族成员的著述，与即墨黄、杨、蓝有姻亲或交游关系的文人著述。

三是地方县志和府志。笔者基本上阅览了与本论题相关的县志和府志，不但将其中的相关资料辑出，而且对明清时期山东各地的文化望族和人文典故有了一个初步的掌握。

四是世谱和年谱。即墨望族有修谱的传统，黄氏家族有《即墨黄氏宗派图》，蓝氏有《即墨蓝氏族谱》，杨氏有《即墨杨氏族谱》。这些资料都很珍贵，但是也往往有溢美之词和空洞不实之词，且本着为亲者讳、为尊者讳的原则，许多事情的真相没有反映出来，笔者对此将谨慎选择这些家乘、族谱中比较客观的资料。

# 第 一 章

# 明清山左即墨地区望族
# 兴起与发展的原因

即墨地区古有临淄之富饶，两汉时经学大家辈出，但自魏晋南北朝至明，沉寂无闻，唐诗宋词不见一首，史书中的记载仅有几条，直到明中期即墨地区望族兴起，即墨人文才重新振兴。明清时期即墨地区望族的兴起与发展，离不开该时段内特定时代环境的影响、刺激，而其持续发展的状况，往往不能脱离该地经济、社会等多方面因素的长期复合作用。笔者认为明清时期的政治环境、经济发展状况、区域文化环境是即墨地区望族兴起与发展的深层原因。

## 第一节　清明之世与声教首及的政治环境

明清时期即墨望族的崛起与兴盛，从政治层面来考虑，明初清明安定的政治环境为即墨望族的兴起提供了良好的外部环境，清初山左的"声教首及"与对明朝文教政策的沿袭使经历鼎革巨变的即墨地区望族有可能保持其持续发展的势头。

### 一　明初清明之世与即墨望族的兴起

明朝建立后，为缓和封建社会固有的阶级矛盾，巩固政权，解决长期战乱带来的经济衰退、人口减少，朱元璋在政治上采取了让人民"安养生息"的方针，在经济上实行许多旨在恢复生产的措施。例如，承认农民在战乱中占有逃亡地主的土地为己业，移民垦荒，实行屯田，兴修水利，减轻赋役等，重视种植桑、麻、木棉等经济作物，使农业生产得以较快恢复和发展。同时，把手工业工人从元代的工奴制度中解放出来，除了少量时间服劳役外，大部分时间可以"自由趁作"，提高了手工业工人的生产积极性和创造性，为社会生产财富；在商业方面，则降低商税率，规定"凡商税，三十取一，过者以违论"①，婚丧嫁娶、时节礼物、自用物品等的赋税于永乐初年停收。这些措施的施行，在一定程度上促进了社会经济的初步恢复。

明仁宗、宣宗时期，经济上继续推行洪武、永乐年间所采取的有利于生产发展、社会安定的政策，当时出现了"吏称其职，政得其平，纲纪修明，仓廪充羡，闾阎乐业，岁不能灾，盖明兴至是历年六十，民气渐舒，蒸然有治平之象矣"的局面，史称"仁宣之治"。而后的孝宗，专力于内政，"恭俭仁明，勤求治理，置亮弼之辅，召敢言之臣，求方正之上，绝嬖幸之门。却珍奇，放鹰犬，抑外戚中官，平台暖阁，经筵午朝，无不访问疾苦，旁求治安"②，政治较为清明，言路畅通，社会安宁，"海内乂安，户口繁多，兵革休息，盗贼不作，可谓和乐者乎"③！可见自洪武中期，经永乐、洪熙、宣德、成化、弘治，政治环境比较开明，社会经济也在这种开明政策的引导下由恢复趋向繁荣，"计是时，宇内富庶，赋入盈羡，米粟自输京师百万石外，府县仓廪蓄积甚丰，至红腐不可食。岁歉，有司往往先发粟振贷，然后以闻"④。

在文化与教育方面，明初重视兴办官学、科举取士规律化。洪武二年（1369），太祖初建国学，论中书省臣曰："学校之教，至元其弊极矣。上下之间，波颓风靡，学校虽设，名存实亡。兵变以来，人习战争，惟知干戈，莫识俎豆。朕治国以教化为先，教化以学校为本，京师虽有太学，而天下学校未兴，宜令郡县皆立学校，延师儒，授生徒，讲论圣道，使人日渐月化，以复先王之旧。"⑤ 于是大建学校，府有府学，州有州学，县有县学，确立了"治国以教化为先，教化以学校为本"的文教政策。洪武三年（1370）五月初一下诏开科举，"明制，科目为盛，卿相皆由此出，学校则储才以应科目者也"⑥，规定凡科举者乃可得官，"学校有二：曰国

---

① 《明史》卷81志57食货5，中华书局2010年标点本，第1975页。
② 《明史纪事本末》卷42"弘治君臣"条，中华书局1977年版，第626页。
③ 同上。
④ 《明史》卷78志54食货2，中华书局2010年标点本，第1895页。
⑤ 《明史》卷69志45选举1，中华书局2010年标点本，第1686页。
⑥ 同上书，第1675页。

学，曰府、州、县学。府、州、县学诸生入国学者，乃可得官，不入者不能得也"①。这些政策强调读书才能入仕，地方官学在社会政治生活中的地位也因此变得越发举足轻重了。明初科举虽于洪武六年（1673）有短暂的诏停，但自洪武十五年（1382）复诏礼部重新开科取士，洪武十七年（1384）正式规定"三年大比"的制度以来，科举考试就再也未曾中止过。曾经与科举并行的其他进身之途，如盛于明初的荐举制度，随着科举制度的日益完备，也渐遭罢止，科举成为士子们进身仕途、光耀门庭的最重要的方式。

学校的地位提高了，随之而来的是学校教授地位的提高与学校生员待遇的改善，如"明初年优礼师儒，教官擢给事、御史，诸生岁贡者易得美官"②。明代生员作为士绅阶层待遇优厚，拥有朝廷赋予的种种特权，比如廪膳生员享受官府定额免费供给的米粮、鱼肉等，还可以见官不跪，无捶、笞之刑，免于纳粮当差的义务，甚至可以凭借自己的身份，府里、县里去说人情，吃荤饭，谋取种种好处。如果生员考中进士或者举人，将获得经济上更多的优待与好处。明代"禄以廪之""役以复之""科以升之"的养士政策，使读书成为有前途与"钱途"的事业。

明初政治环境宽松，科举取士规律化，广建学校等文化教育政策，客观上为望族的兴起与人文发展提供了一个较为适宜的环境。即墨望族就是在这样一个政治清明、百废渐兴的时代登上了历史舞台。考察即墨望族的兴起方式，可以看出即墨望族都是通过科举考试这种途径起家。从即墨望族起家的时间看，杨还吉家族在宣德年间已由岁贡入仕，蓝章家族起家于成化年间，黄氏家族兴起于嘉靖年间。即墨望族的兴起得益于明初政治与文教政策所创造的良好社会环境。

## 二　清初"声教首及"与即墨望族的发展

望族一般是以儒起家，大都从读书入学，经科举考试进入政界，结束政治生涯后，回乡成为乡绅，继续经营产业，再以积蓄资助其子弟沿着父兄的足迹，成为下一代的"士大夫"，保持家族长盛不衰。如果没有外力的干扰，望族会沿着"学而优则仕"的道路继续发展，当然这种持续发

---

① 《明史》卷69志45选举1，中华书局2010年标点本，第1675—1676页。
② 同上书，第1688页。

展的时间长短取决于家族自身的素质，有赖于家族成员的努力。而在遭遇外力的情况下，如改朝换代、文字狱、党争、自然灾害等，望族的发展可能会出现停滞甚至衰败。在明清鼎革之际，即墨望族能保持发展，与整个山东地区声教首及所带来的安定局面及清廷采取科举取士的政策有关。

明清鼎革，山东地区屡遭清兵铁蹄的蹂躏，特别是明崇祯壬午之变，清兵对山东进行大规模劫掠屠杀，不仅普通百姓，望族巨室也遭受灭顶之灾，如新城王氏家族除老幼妇孺避于长白山外，青壮成员都参加了抵抗清兵的战斗，三十余人牺牲，且这三十余人多为王氏家族第七代风华正茂的学人才子。再如莱阳被清兵破城后，莱阳宋氏的宋应亨、宋玫，莱阳姜氏的姜垶、姜泻里，莱阳赵氏的赵士骥等人均被杀害，莱阳望族遭受重创。甲申之变，国破家亡，百姓士绅死于锋镝酷刑下者难以数计，整个山东犹如人间地狱一般，"驰驱二千里，人烟断绝，即戎马终日行蓬蒿中"①。几经清兵屠戮，在失去最后的抵抗能力后，山东无奈归顺清朝，而山东社会较江南率先安定，为经济文化的发展提供了一个相对稳定的外部环境，山东士子也较江南士子更早意识到明朝确实天命已尽，转而思考如何在新政权中获得生存的机会及实现个人的价值。

即墨地处偏僻，因而在明清鼎革的过程中，未曾遭遇惨烈的战事。崇祯十五年（1642），即墨遭叛明降清的孔有德部围困，黄宗昌次子黄基中流矢而亡，但即墨城未被攻下，即墨望族的损失相对较少。崇祯十七年（1644），即墨城被黄大夏、郭尔标等人带领的农民起义军包围，即墨县令仓皇而逃，黄宗昌组织即墨士绅进行抵抗，起义军围城四十余天，后杨遇吉率二十余骑闯出城外，搬来清兵解困，即墨可以说是"和平"过渡到清朝。即墨望族最先享受到社会的稳定，他们也较少纠结于明亡后仕清，还是隐居不出。

李洵认为望族的形成"主要是两个途径，一是从进士及第开始，作了大官，广置产业，子弟再应科举进入仕途，几世过后，成为当地的著名乡绅官户。另一是以资产经营起家，再以资买官品，跻身于乡绅之列。几世之后，子弟都走上前一种途径，和那种以科甲起家的望族，无大区别了"②。起家的途径可以不同，但维系望族声望的途径却始终是科举，因

① （清）宋琬：《宋琬全集》，齐鲁书社 2003 年版，第 597 页。
② 李洵：《论明代江南士大夫势力的兴衰》，《史学集刊》1987 年第 4 期。

此在封建时代,科举入仕是望族广大门庭、保持家声不坠的唯一途径,拒绝科举就意味着淡出权力阶层,就意味着家族生存空间的缩小,所以对于望族来说,在鼎革之际,为家族及个人利益考虑,积极参加科举考试是他们的不二选择。

自从唐宋科举制度日益完备之后,士大夫阶层即成为统治阶层核心力量的来源,士大夫阶层通过科举进入官僚队伍,也是封建统治得以维持的重要条件,清廷统治者清楚地认识到这一点,因此顺治元年(1644),清统治者在刚刚入关之际即下令各地方官举荐山林隐逸,对在明朝取得文武进士、举人功名的士子仍加以任用,并接受范文程的建议,仿照明制开科取士。顺治二年(1645),顺天首次举行乡试,应试者达3000人,人数之多,超出了清廷统治者的预期,首次举行乡试的省份还有江南、河南、山东、山西、陕西等。顺治三年(1646),又先后举行了首次会试和殿试。因急需人才,清廷还打破三年一科的惯例,增加了顺治三年(1646)的乡试和顺治四年(1647)的会试,比正常科考多出两次,进士录取名额也由明朝的300人增加到400人。而后,清廷又在各个方面制定政策,保证生员的利益。顺治九年(1652),各地学宫建立卧碑文,曰:"朝廷设立学校,选取生员,免其丁粮,厚以廪膳,设学院、学道、学官以教之,各衙门官以礼相待,全要养成贤才,以供朝廷之用。"康熙九年(1670)礼部题准:"生员关系取士大典,若有司视同齐民挞责,殊非恤士之意。今后如果犯事情重,地方官先报学政,俟黜革后,治以应得之罪,若词讼小事,发学责惩,不得视同齐民,一律扑责。"清政府还规定,正规科甲出身为正途,余为异途,其由异途出身者,汉人非经保举,汉军非经考试,不得授京官及正印官。这些政策沿袭明朝的政策,给予秀才们一定的政治、经济特权,使他们通过科举不仅可以获得看得见的实在的利益,获得一些特权,而且可以为朝廷所用,实现个人价值,壮大家族声威。

清初科举的及时举行,为亡国之后处于迷乱中的普通士子们指出了一条明路,给他们提供了一个白衣起卿相、一飞冲天的机会,让他们看到了改变自身社会阶层的途径与希望。对于在清军占领中原的过程中遭受重创的望族来说,科举考试则是重振家声、再续辉煌的机会。即便是对前朝念念不忘的遗民,也不干涉后辈参加清朝的科举考试,如即墨望族黄氏就是这样。黄氏家族成员中,黄宗昌、黄培、黄宗瑗、黄宗庠、黄宗臣等人在明亡后坚守气节,不食周粟,以气节自重,有时还从事一些具有反清色彩的活动，他们心中有浓厚的前明情结。同时他们对家族子弟参加科举、出仕新朝并没有特别的抗拒，所以入清之后，黄贞麟于顺治十五年（1658）成戊戌科进士，黄坦任浙江金华浦江县令，黄㽅于康熙二年（1663）中癸卯科举人，黄㙊于康熙八年（1669）成己酉岁贡生，黄墒于康熙十年（1671）成辛亥岁贡生。黄培，曾为锦衣卫金事，他本人反清态度最为鲜明，但从他与黄坦、黄贞麟等人的唱和诗歌来看，他也没有反对或者鄙视黄氏家族中有志于科举、希望能出仕的子弟。再如即墨蓝氏。自从蓝章、蓝田父子分别于成化、正德年间中进士后，诗书传家，但其后一直波澜不兴，而蓝润于顺治三年（1646）考中进士，则成为蓝氏家族在清代重振的一个标志。

综上，山东的声教首及，即墨的和平过渡使即墨的望族没有遭受改朝换代时的灭顶打击，而清廷科举政策的及时实行，又满足了望族维持家声的内在需求，从而使即墨望族在明清鼎革之时能顺利地持续发展。

## 第二节　移民开发与海运贸易发达的经济环境

"大抵一地人文之消长盛衰，盈虚机绪，必以其地经济情形之隆诎为升沉枢纽"[1]，经济发展决定着一地人文之兴衰。明清时即墨望族的崛起与兴盛，从经济层面来考虑，与明初大量移民的输入及海运贸易的逐渐繁荣息息相关。

### 一　明初移民促进了即墨地区的开发

潘光旦研究移民之于望族的影响曰："人口分子之间，流浪性大的固然不能成就什么事业，而安土重迁的又大都固步自封。惟有在相当的载刺之下能自动的选择新环境的人，才真正能有为有守，一样成家立业，也唯有这种人才最能维持久远；时和景泰，他可以进而博取功名利禄，时难年荒，他可以退而株守田园，韬光养晦。"[2]潘氏所言即诠释了移民与经济发展的密切关系。明中叶起，即墨望族的出现与科举、文化的兴盛，很大

---

① 吴晗：《江苏藏书家史略·序言》，载北京市历史学会主编《江浙藏书家史略》，人民出版社 1984 年版，第 208 页。

② 潘光旦：《明清两代嘉兴的望族》，上海书店 1991 年版，第 119—120 页。

程度上得益于移民所带来的经济效益，可以说移民为即墨地区续接曾经辉煌的历史营造了一个很好的起势。

明朝初立之时，由于几经战火兵灾，户口减少，地多荒芜。为了恢复农业生产，明太祖制定了一系列奖励垦荒的政策，规定若还乡复业者，有司于旁近荒田内如数给予耕种，其余荒田，亦许民垦辟为业，免徭三年，并针对当时劳动力缺乏的状况，采取大规模移民的政策，其原则是由地少人多的狭乡移于地广人稀的宽乡，同时采用屯田政策，让军户垦荒种地，以供给军需。即墨在明洪武、永乐年间的移民大潮中迎来了大量的外地移民。

与山东其他区域的移民不同，来即墨的移民中军户所占比重很大。从洪武二年（1369）到洪武七年（1374），倭寇先后六次袭掠胶州、即墨沿海一带。为防倭寇袭扰，明朝在沿海地区实行卫所制度，即墨设立了一卫两所。鳌山卫，设于洪武二十一年（1388）五月，下设两所，分别是位于即墨东北的雄崖守御千户所和位于即墨南的浮山守御千户所。邻近即墨的胶州于明洪武三十一年（1398）设立了灵山卫，灵山卫下设三所，分别为前所夏河寨备御千户所、附于胶州城的后所胶州守御千户所、位于卫城内的左所。鳌山卫和灵山卫存在的时间长达三百余年，至清雍正十二年（1734），两卫方才"裁撤"，分别并入即墨县和胶州。

明代实行的是家属一同驻守的世袭兵制，家属同守是这一兵制的主要特征，所以每设立一个卫所，就必然会带来一定数量的军事移民。按明朝规定，一卫5600人，一所1100人，这仅是正规军的数目。除此之外，还有随军家属及相关人等。据此规定，鳌山卫、灵山卫以及两卫下辖的五所就有16700军士，如果再加上随军家属，军事移民的人口相当可观。据明万历《即墨县志》卷四《赋役·徭役》记载，洪武十四年（1381）即墨县的总户数为11231户，其中军户为6290户，占总户数的56%。当然，即墨移民除军户外，也有来自江、浙、皖等外省的移民及来自本省济南、青州、莱阳等地的移民。即墨的五大望族皆是移民家庭，蓝章家族迁自与即墨比邻的昌阳（今莱阳），黄嘉善家族永乐初年迁自青州，杨还吉家族的始祖来自浙江，周如砥家族明朝初年迁自汝南，郭琇家族明永乐初迁自青州，其中蓝田、黄作孚参加进士考试时身份为军籍[1]，杨还吉家族直到

---

① 陈文新：《明代科举与文学编年》，武汉大学出版社2009年版，第1555、2242页。

杨玠才脱离军籍①。

　　明代山东沿海地区农业垦殖的落后非常明显。史载："山东青、登、莱三府，隙地甚多，皆可耕之所，人事不修，沟浍不立。一雨成漫，而旱则赤地千里，虽古河额俱埋塞，沃壤无所用"②，"登莱一方，不过数百里，地瘠卤，禾苗少熟"③。即墨卫所的设置和军户移民的到来，客观上为当地经济的发展注入了新的活力。卫所将士"三分守城，七分耕种"，除了担负抗击外侵、戍关扼隘、保卫京师的军事任务外，自然要参加建造城池、疏浚河道、兴修水利等劳役，创建了许多关城、寨堡营垒和仓储。他们开垦土地，辛勤耕种，以卫所为家，改善了沿海农业垦殖的落后局面，使鳌山卫、灵山卫等沿海地区从荆棘充塞、树木丛杂逐渐变成了人烟稠密的地方，一个个村落逐渐出现。而且他们的垦荒并不局限于沿海一线，随着人口的增长，迫于对粮食的需求，为满足军事地理单元人口的粮食需求，卫所后来开始将屯田内移，与民同耕。

　　卫所的设置，对文化教育具有一定的促进作用。卫学的创建，使"王者之教远，远则化斯博矣"，也给军户一个通过卫学参加科举的机会，使军户家族成为地方大族有了可能，更使原来的不毛之地变得政令通达，文武教化并举。明正统十四年（1449），鳌山卫儒学（也称卫学）创建，其廪生、增生的定额与县学同等，各为20名，岁科取进附生和岁试取进武生的名额略少于县学。"从明洪武二十一年（1388）到清同治十一年（1872）的480余年间，鳌山卫学及其卫籍的生员中，取得进士的13名（其中武进士3名）、举人33名、贡士230余名"④，卫学的设立对当地社会教育的作用可见一斑。

　　另外，军籍及民籍移民的迁入，不仅在人口素质上形成"杂交优势"，同时还为即墨本土文化注入了新的因素，对即墨地域文化的构建和传承产生影响，如该地区广为流传的关于麦子与狗的神话传说、关于"创世记"等神话故事、祭拜"宗谱"的祭祖仪式结构等民俗都与云南地区流传的类似或相同⑤。这说明，明初迁移而来的云南军户的历史文化，

①　杨贵堡续修：《杨氏家乘》，民国二十六年铅印本，第2册，第175页a。
②　（明）章潢：《图书编》卷37，成文出版社1971年影印本，第11册，第4621页。
③　同上书，第4628页。
④　黄济显：《鳌山卫古城》，中国文史出版社2007年版，第22页。
⑤　张彩霞：《明初军户移民与即墨除夕祭祖习俗》，《民俗研究》2002年第4期。

深刻地影响了该地区的神话传说以及民间习俗的结构性特征。

综上，明朝初年全国移民大潮的到来和沿海地区卫所的设置，一定程度上繁荣了周边地区的经济，促进了即墨地区经济形势的好转。许铤《即墨县图说》云："国初，室庐相望，差赋咸轻，百姓有鱼盐之利，无追呼之扰，以故邑号治安"①，由此可知，经过明初的大规模移民及移民的开荒屯田，即墨的人口已大有增长，出现了"室庐相望"的繁盛局面。

### 二　海运贸易带动了即墨地区经济的发展

军户移民与屯田既保卫了海疆，又促进了即墨农业经济的发展，胶莱运河（马濠运河）的开挖通行和即墨周边地区海运贸易的开展则极大地改善了即墨地区的交通状况，为商品经济的发展、民间商人的往来及文化交流活动带来了机遇。

即墨"三面濒海，右伏马鞍，北至灵峰，二崂拱其南，天柱维其东，形胜为东方冠"②，地理位置优越，靠海的优势为之提供了发展航海业及海洋贸易的机会。自古以来，即墨与其周边地区就是海运贸易的重要通道，琅琊（今青岛胶南）是战国时沿海大港，胶州湾西北岸的板桥镇（今山东高密）是唐朝北方的重要海港，同新罗、日本乃至南亚、西亚的贸易往来频繁，中外文化交流密切。宋代在密州板桥镇设置了市舶司，使这里成为北方唯一的对外贸易口岸，成为中外交通的重镇。元朝建立后，为了方便南粮北运，则在胶东半岛开挖了胶莱运河，同时使用海运和河运来运粮。由于胶莱运河南连流入胶州湾的胶河，北接流入莱州湾的胶莱北河，横贯山东半岛，沟通胶州湾和莱州湾，所以通过胶莱运河运粮，缩短了海运航程，扩大了航运量，使南粮北运更省时省力，经济意义十分显著。

胶莱运河工程于元朝至元十九年（1282）七月告竣，至元二十六年（1289）罢废。虽然胶莱运河作为运粮路线的功能被罢废了，但胶莱运河的交通运输和贸易活动仍持续了相当长的时间，直到明初永乐年间方因淤积等原因废弃。胶莱运河对沿河区域商品经济的发展起到很大的拉动和促进作用，"苏北、山东沿海地区盛产海盐，商贩在这一带的

---

① 同治《即墨县志》卷10《艺文·文类中》，第971页。
② 同治《即墨县志·许志序论凡例》，第14页。

活动就非常活跃"①。明嘉靖十七年（1538）二月，山东巡抚胡缵宗奏曰："青、莱、登三府地方，旧有元时新河一道，南北距海三百余里，舟楫往来，兴贩贸易，民甚便之。比岁淤塞不通，商贾皆困。原设闸座，故迹犹存。"② 可见胶莱运河不仅在元代，即使在明初的兴贩贸易中都发挥着重要的作用。

明嘉靖十四年（1535），海防道副使王献上疏提议重开已淤塞的胶莱运河以通漕，山东巡抚胡缵宗等人亦极力推崇襄助，明廷允奏，复开运河。嘉靖十六年（1537）王献率人先凿通了元代未能开成的胶莱运河南段（马濠运河），但在疏浚胶莱运河时，因经费支绌，工程艰巨，王献又被调任山西参政，工程中止。马濠运河开通后，南来的帆船可直接从唐岛湾经马濠运河驶入胶州湾北岸，对胶州湾内胶州、即墨之经济发展起了积极作用："自此，南北商贾，舳舻络绎，往来不绝，百货骈集，货迁有无，远迩获利矣。"③

明初厉行海禁政策，但是民间的海上贸易活动实际上未曾中断过，"今虽有海防之禁，而船只往来固自若也"④。嘉隆之际，渤海湾内山东、辽东、直隶永平、天津等地商人每年二月至五月，汇聚于唐头寨、侯镇、海仓口等沿海港口，"贩运布匹、米豆、曲块并临清货物"，往来不绝。南岸的胶州、即墨一带多与江淮通贸易，"胶之民以腌腊米豆往博淮之货，而淮之商亦以其货往易胶之腌腊米豆，胶西由此稍称殷富"⑤。康熙十八年（1679）海禁开放，山东沿海贸易迅速发展，贸易范围扩大到闽粤，沿海各县的经济随着海运贸易的发展也逐渐繁荣起来，并出现了一些比较重要的商业城镇，如胶州、即墨、莱阳、蓬莱等，即墨及周边地区"遂为商贾辐辏之所，南至闽广，北达盛京，夷货海估，山委云积，民用以饶，将于沃土"⑥。万历年间，"今青齐疲邑，即墨称首焉"⑦，"今形胜

---

① 高荣盛：《元初山东运河琐议》，《人大复印报刊资料》（宋辽金元史）1984 年第 5 期。

② 同上。

③ （明）蓝田：《新开胶州马濠记》，《蓝侍御集》卷 4，《四库全书存目丛书》，齐鲁书社 1997 年影印本，集部，第 83 册，第 223 页。

④ （明）许铤：《地方事宜条陈·通商》，同治《即墨县志》卷 10《艺文·文类中》，第 992 页。

⑤ 同上。

⑥ 《重修胶州志》卷 1《海疆图序》，成文出版社民国六十五年影印本，第 106—107 页。

⑦ 同治《即墨县志·许志序论凡例》，第 14 页。

犹昔，凋敝乃尔。田之荒芜者居半，山之砍伐者已尽。鱼盐无贸易之通，居民鲜网罟之利，是滨海之疲邑也"①。乾隆年间尤孝淑编纂《即墨县志》曰："桑麻荫翳，民殷物阜，气象何殊也，古称即墨之饶，胜国以来至我朝始复其旧。"② 即墨经济状况的改善，应与其所处的海上贸易经济圈的逐渐繁荣密切相关。

　　从即墨望族的发家史来看，我们也可窥见当时运河与海运贸易的影响。即墨蓝氏到永乐年间的第三代蓝福盛之时，已经"以资雄于一邑"，第四代蓝铜"自律勤俭，少游江湖，善经营，未尝不获厚利""筑室不惜资，城郭间第宅峃然相望，莫出其右。广购膏腴良田，阡陌相连"③。在这样雄厚的经济基础上，蓝章专注学业，于成化二十年（1484）考中进士，蓝氏家族兴起。黄氏家族世代务农，第五代黄正"间亦服商""与邑人卖粟江上"④，因守信用而生意颇好，家境始变富裕，其子黄作孚于嘉靖二十五年（1546）中丙午科举人，嘉靖三十二年（1553）成癸丑科进士，黄氏家族之兴盛肇始于作孚。杨氏家族第五代杨泽少年为贾，继而"弃贾力学"，为成化四年（1468）岁贡，出任北直隶武邑县令，杨泽而下，杨氏家族书香旺盛不绝。由上可知，蓝氏、黄氏、杨氏三个家族皆因经商而致富，因致富而有经济条件参加科举考试，从而改换门庭，成为士绅之家，进而发展成为当地的世家望族。虽然即墨望族的家族文献中都提到过先祖经商之事，但对自己的家族从事什么样的商业活动，怎样获得财富，都语焉不详。从即墨的地理环境及周边海运贸易发达的情况来看，我们可以大胆推测即墨望族所从事的商业活动可能是通过海道经商。明初厉行海禁，但是民间通过海道进行的商业活动从未停止过，不过即墨望族当然不会授人以口实，将这些写进先祖的传记里。

　　综上，移民的到来及开垦屯田活动、海运贸易的逐步繁荣、胶莱运河的开通，促进了即墨地区经济的发展，为即墨望族的兴起与持续发展奠定了很好的经济基础，促进了科举家族的出现，即墨蓝、黄、杨三家就是在具有雄厚的经济基础上以科举起家，进而发展为影响地方的望族，"人尤

---

① 同治《即墨县志》卷1《方舆·疆域》，第114页。
② 同上书，第115页。
③ （明）官贤：《明故义授七品散官累赠通议大夫南京刑部右侍郎蓝公行状》，载蓝润《余泽录》，清顺治十六年刻本。
④ 同治《即墨县志》卷9《人物·孝义》，第588页。

朴鲁，故特少文艺"①的即墨地区也随之变成了人文荟萃之地。

# 第三节　区域文化与家族文化环境

文化与文学的发展不是一个孤立的简单的现象，它与政治、本地经济等社会要素之间存在着不可分割的内在联系，同时也与所在区域的历史文化传统、家族文化的累积与传承密切相关。即墨悠久的人文传统为即墨地区望族的兴起与发展提供了养分，而尚学重教的家族文化则是即墨望族兴起与发展的内在动力。

### 一　悠久的人文传统

即墨地区历史悠久，文化底蕴深厚。据近年来的考古发现证明，早在距今六千余年前，先民就在这里繁衍生息，创造了辉煌的古代文化。即墨境内发现的大汶口文化遗址上，曾发掘出石斧、石镰、石刀等石器和贝壳、兽骨，反映了当地以农为主业、渔猎为副业的生产情况。在龙山文化遗址发现的生活用品和装饰用品，特别是薄如蛋壳的黑陶，工艺非凡，说明了当时的手工业已经发展到相当高超的水平，验证了远古即墨先民的聪明智慧。

即墨古为东夷族居住地，据《尚书·禹贡》，即墨应属青州。夏商及西周时，即墨属东夷族之夷国。春秋时，即墨属莱夷。齐国灭莱夷后，于今平度市东南古岘镇大朱毛村置朱毛城，后因其临墨水，而改称即墨城，为齐国之通都大邑。齐威公时，在即墨大夫（姓名不考）治理下，即墨"田野辟，民人给，官无留事，东方以宁"，即墨经济得到了进一步发展，"史载齐有即墨之饶，而联袂挥汗与临淄并夸殷盛"②，即墨地区考古发现的即墨刀币反映了这个时期即墨地区经济的繁荣。即墨大夫的政声，田单火牛阵大破燕军的壮举，使即墨名载史书，成为传颂至今的历史名城。

秦统一中国，设郡置县，置即墨县，属齐郡。秦末农民起义爆发之时，田氏兄弟田儋、田荣、田横等率众起义，重建齐国，即墨复属齐。入

---

①　同治《即墨县志》卷1《方舆·风俗》，第151页。

②　（明）许铤：《地方事宜条陈·垦荒》，同治《即墨县志》卷10《艺文·文类中》，第987页。

汉后，即墨属胶东国，即墨城既为县治又为国都，下辖即墨、昌武、下密、壮武、郁秩、挺、观阳、邹卢八个县，即墨真正成为胶东半岛政治、经济、文化的中心。这一时期即墨地区涌现出几位名传千古的义士名臣，如秦末宁死不降、舍生取义的田横及五百壮士，创制《太初历》的西汉天文历法专家徐万且，行政宽和、驯虎救民的东汉不其县令童恢[①]，治理黄河水患、造福百姓的东汉水利专家王景[②]。由于即墨古城处于胶东半岛的中心腹地，地理位置优越，处于齐、鲁两种文化交流的中心地带，文化包容开放，即墨地区也涌现出一批经学人才：

王吉，字子阳，西汉琅琊皋虞（今即墨东北温泉镇）人，汉宣帝时官至博士、谏大夫。为官清廉，精儒学，兼通五经，以《诗》《论语》教学生，开《韩诗》王氏学，《论语》研究上则综有《齐论》和《鲁论》的特点，是西汉著名的经学家。王吉与贡禹情意相投，交往至深，因此有"王阳在位，贡公弹冠"的典故流传至今。传载《汉书》。

房凤，西汉不其（今青岛城阳）人，历官五官中郎将、九江太守、青州牧。从经学大师尹更始学习，在主攻《谷梁春秋》的基础上，吸收《左氏春秋》的有益成分，逐渐形成合两种学说为一的倾向，"由是《谷梁春秋》有尹、胡、申章、房氏之学"[③]。

庸生，名谭，西汉胶东国（今青岛胶州北关）人，世称"胶东庸生"。传习古文《尚书》与《齐论语》，在《尚书》和《论语》的传习演化中，起到了举足轻重的衔接作用。庸生的学生张禹，根据其传授的《齐论语》和当时流传的《鲁论语》，博采众长，择善而从，作出了集大成的《张侯论》，编定了今《论语》，并做了注释。郑玄在注释《论语》时，也从庸生学说中间接得到了重要的参考资料。传载《汉书》。

伏湛，西汉琅琊郡东武（今山东诸城）人，官至大司徒。建武六年（30）封不其侯，徙居不其城（今青岛城阳区）。伏湛死后，次子伏翕袭侯爵，后伏光、伏晨、伏无忌、伏质、伏完、伏典依次袭爵。伏氏家族共传八代，历时185年，成为不其城的望族。汉建安十九年（214），曹操杀汉献帝皇后——伏氏之女伏寿，不其城伏氏受株连。伏氏世传经学，影

---

① 《后汉书》卷76《循吏列传》第66，中华书局2010年标点本，第2481—2483页。

② 同上书，第2464—2466页。

③ 《汉书》卷68《儒林传》第58，中华书局2009年标点本，第3620页。

响齐鲁，被称为"东州伏氏之学"。伏湛九世祖伏胜，字子贱，即济南伏生，今文《尚书》传人。高祖伏孺，汉武帝时，讲学诸城一带，并定居于此。父伏理，为当世名儒，除治《尚书》外，又兼治《齐诗》，曾以《诗》授成帝，并为高密王太傅。伏黯，湛之弟，通晓《齐诗》。伏湛及其后代，皆秉承家训，传授经书，伏湛玄孙伏无忌，即为东汉名儒，曾与黄景、崔寔共撰《汉纪》，作《伏侯注》。以伏湛为代表的伏氏家族"经为人师，行为仪表"①，为即墨地区儒家文化的传播作出了巨大贡献。

公沙穆，字文义，东汉北海国胶东侯国（今青岛平度市）人。举孝廉，历任缯相、弘农令，迁辽东属国都尉。潜心攻读《韩诗》和《春秋公羊传》，尤其专心研究《河图》《洛书》和推算阴阳灾异的道术。公沙穆的五个儿子都有名气，时号"公沙五龙"。传载《后汉书》。

郑玄（127—200），字康成，东汉末年经学的集大成者，世称"郑学"。汉中平五年（188），黄巾军攻陷北海郡，因避战乱，郑玄携门人崔琰等人来到不其山（今青岛城阳区铁骑山）下，筑书院授徒讲学，慕名前来求学者有千人。后因灾荒，粮食紧缺，乃去徐州。郑玄在即墨的时间很短，但对即墨一带的儒学自有开创之功，影响深远。后世之即墨人，名其讲学之地为"康成书院"，并于明正德七年（1512）重建康成书院。书院周围的村子，名曰"书院村""院后村""演礼村"，无不是郑玄设教授徒之余韵。传载《后汉书》。

两汉时期，即墨地区学术方面兼容并济，传今文《尚书》者有伏氏子孙，传古文《尚书》者有庸生；传《齐诗》者有伏埋、伏黯，传《韩诗》者有王吉；传《公羊春秋》者有王吉、公沙穆等，传《谷梁春秋》者有房凤；传《齐论语》者有庸生。无论齐学、鲁学，还是今文、古文，都可以在这里传播。

除儒学外，尤其值得注意的是黄老哲学、仙道思想在即墨海滨地区的兴起与传播，安期生、卢敖、盖公在这一地区的活动情况，至今有文献可证，有实地可考。安期生，或曰安期，琅琊人，师从河上公，是秦汉期间燕齐方士活动的代表人物，黄老哲学与方仙道文化的传人。据《史记》，秦始皇东游，曾与之语三日三夜，赐金璧赤玉履。秦始皇离去后，安期生委弃金宝不顾。秦始皇曾派方士入海求蓬莱成仙的安期生。卢敖（生卒

---

① 同治《即墨县志》卷1《方舆·封建》，第122—123页。

年不详），即卢生，秦代博士，本齐国（一说燕国）方士。曾为秦始皇寻求古仙人羡门、高誓及芝奇长生仙药，秦始皇赏赐甚厚，进为博士。盖公，西汉胶西人，善治黄老之学。曹参为齐相时，闻盖公之名，厚币请之，盖公告之治齐之道在清净。

魏晋南北朝时期，五胡云扰，战乱频仍，朝代更替频繁，中国北方地区的经济、文化等各个方面遭受了极大的破坏。即墨所处的北朝，在145年中，历经四次朝代更替，还出现了多次局部的战乱，较之其他地区，即墨地区人口减少，经济凋敝，文化发展也处于低谷。

隋建立后，隋文帝于开皇十六年（596）重置即墨县，县治也移至今址。由于新置的即墨城由原来的县治向东南迁移了四十余里，地理位置更为偏僻，加之战乱造成的人口稀少，经济不发达，且远离政治中心，这造成了此后长达八百余年的贫穷落后局面，因而"人尤朴鲁，故特少文艺"。即使是在中国封建社会文化艺术达到顶峰的唐宋时期，即墨地区也默默无闻。盛唐三百多年间，《即墨县志》只记载了县令仇源倡修淮涉河大坝、孝子王君操替父报仇之事，文学艺术不兴。

在文化领域，值得一提的是崂山道教的兴起。自唐代起，原本就有仙道文化基础的道教文化在以崂山为中心的即墨沿海地区开始兴盛起来，崂山被封为"国山""辅唐山"，道教宫观开始修建，道教文化开始广为传播，崂山吸引了众多方士、隐士和修真之人，大诗人李白游崂山时也留下了"我昔东海上，崂山餐紫霞"的千古名句。宋朝也对道教礼遇有加，崂山道士刘若拙获封"华盖真人"。元至明代，崂山道教文化处于全盛时期。崂山全真道派丘处机被誉为"神仙"，获成吉思汗亲敕"金虎符文"，以他为代表的全真七子传经布道，弘扬教义，即墨崂山成为北方全真道中心。唐宋元时期道教文化的繁荣，丰富了即墨文化的内涵，使即墨文化在儒学的基础上更为深厚博大，从而形成了儒道兼容的文化格局。

## 二　家族文化的累积与建构

即墨地区悠久的历史文化为明清时即墨望族的兴起营造了一个良好的文化氛围，即墨望族发展的内在动力则来自家族文化的长期累积，换言之，即墨文化望族以家族为本位的教育方式以及重视家族传承的文化传统，对即墨望族的发展与诗歌繁盛的影响不可忽视。

（一）兴办书院

即墨望族以儒兴族，重视教育，在官办的书院体系之外，他们广办书院（私塾），明清时即墨望族的书院教育鼎盛一时。即墨蓝氏、黄氏、杨氏各自建立的书院或私塾，弥补了县学教育的不足，创造了良好的家族文化氛围。兹将这些书院列举如下。

华阳书院，明成化进士蓝章所建，位于崂山支脉华楼山前，是蓝氏子弟读书处。蓝氏原有东厓书院（今即墨西障村），因其近县城而多市廛喧嚣，不利于子弟静心读书，故此蓝章重选此址建造华阳书院。华阳书院延请名师教授子弟，蓝章三子蓝田、蓝囷、蓝因均曾在此就读。蓝章 70 岁时，又扩大华阳书院之规模，建紫云阁于其中。华阳书院于清康雍年间衰落，蓝氏后人至东厓书院或仰口小蓬莱之紫霞阁就读。华阳书院历史悠久，"传世十二，历年四百"①，藏书列即墨各书院之冠，名声"最著者，无如蓝氏之华阳书院"②，其所倡导的向学风气，对即墨地区的文化教育更是影响深远。

下书院与上书院，即墨黄氏家族读书处。明嘉靖年间，在崂山支脉石门山西麓幽谷中，黄作孚与其弟黄作圣建下书院。在黄作孚的严格督促之下，曾就读于此的黄嘉善于明万历五年（1577）中进士，官至陕西三边总督、太子太保、兵部尚书。后因下书院离山下村庄太近，为避农耕山樵之扰，黄嘉善在原址东上三里许之处，即今石门山主峰下再造房舍，称为上书院。黄氏子弟黄宗庠、黄宗昌、黄坦等曾就读于上书院。

玉蕊楼，清初黄宗昌所建，其位置在郑玄讲学地康成书院南侧。明代莱阳进士张允抡居玉蕊楼讲学，达十年之久，莱阳人宋继澄、宋琏父子于清初也设教于此。因玉蕊楼建筑敞朗，环境极幽，黄氏子弟多由上、下书院移至此处就读，玉蕊楼培养了黄贞麟、黄埏、黄宗崇及顺治六年（1649）进士姜元衡等人。

华萼馆，清康熙九年（1670），黄贞麟建于即墨鳌山卫东，又名上庄学馆。黄贞麟"延益都赵先生曰世五者为师，凡族之良与邑中能文者，

---

① （清）蓝重蕃：《华阳书院纪略》，载黄肇颚《崂山续志》，山东省地图出版社 2008 年点校本，第 161 页。

② （清）冯文炌：《华阳书院记》，载黄肇颚《崂山续志》，山东省地图出版社 2008 年点校本，第 161 页。

无不聚。君弟六七人，皆隽才，互相淬砺，争位雄长"①，他还依照旧制，重开家塾月课，以达到"月一课焉，劝其勤，警其惰，第其先后，而赏罚之，一时诸子弟胥奋然兴起，无敢后焉者"的作用②，从而营造了浓厚的文化氛围，促进了家族成员间的竞争，使人人争先，家庭文化氛围积极向上。与华尊馆同时，黄坦也设有私塾，"时莱阳张饶州并叔先生潜迹于墨，浦江公延以为师"③；黄坦之子黄贞泰"罢官后，葺别墅东郊，课诸弟子，肄业其中"④。这种对教育的重视，使黄氏家族"自祖若父，以逮数世子孙，论忠说孝，敦诗执礼，一堂元气，笼罗万象"⑤。

乌衣巷，清初即墨杨氏家族读书处。即墨杨氏家族重读书仕进，即墨杨氏七世祖杨盐归里后，于即墨南城门里建"承桂堂"，用作瞻仰祖像及子弟课业之处。明隆庆年间，曾任宛平知县的即墨举人胡从宾，在崂山乌衣巷筑别墅。因胡氏与杨遇吉为亲谊，故明亡后，胡氏族人遂将此别墅赠与杨遇吉，遇吉乃同其弟连吉携家隐居于崂山乌衣巷，乌衣巷遂成为杨氏子弟的读书之处。杨还吉的诗歌中多处提到了杨氏子弟在乌衣巷艰苦力学的情形，如《礼灶日诸子读书山巷未归遣仆送饴果时大雪口占以寄》："张灯中溜列春盘，戚戚无如兄弟欢。盐虀经年同气味，鸡窗长夜各辛寒。但将白雪容高卧，休羡黄羊祝岁阑。远寄一尊慰寂寞，好听爆竹报平安。"礼灶日是祭祀灶神之日，一般是农历十二月的二十三或者二十四，常以黄羊为祭祀品。礼灶日距春节只有六七天了，诗中的"诸子"却仍然在山巷（乌衣巷）读书，杨氏家族成员的勤奋苦学可见一斑。

（二）整理家族与乡邦文献

自古以来，名门望族多以其人文秀起为骄傲，其后世子孙也对前人著述多加以裒集刊刻，以表征斯文不坠。即墨地区的望族重视教育，家族文化氛围浓厚，他们在读书传家的同时，也非常注重整理刊刻家族文献。

---

① （清）周毓真：《武康君传》，《黄氏家乘》卷9，《山东文献集成》（第1辑），山东大学出版社2006年影印本，第18册，第252页。

② （清）黄坦：《家塾月课后序》，《黄氏家乘》卷10，《山东文献集成》（第1辑），山东大学出版社2006年影印本，第18册，第424页。

③ （清）王懿：《司马黄公传》，《黄氏家乘》卷8，《山东文献集成》（第1辑），山东大学出版社2006年影印本，第18册，第233页。

④ 同上书，第237页。

⑤ （清）黄叔琳：《黄氏诗钞叙》，《黄氏诗钞》，《山东文献集成》（第2辑），山东大学出版社2007年影印本，第42册，第336页。

即墨黄氏著述之富，为即墨各姓之冠，可以说称得上文献世家。乾隆年间，黄簪世广泛收集历代家族先辈遗留传世的诗词著作，编辑了《黄氏诗钞》，共收集了即墨黄氏家族从明嘉靖至清乾隆时期二百年间 17 人的诗集 17 种。道光年间黄氏家族第十五代黄守平在此基础上，编纂《黄氏诗钞》六卷，收集 71 人的诗作 3997 首，是黄氏家族文学的代表之作。黄守平在授徒讲学之余，编纂了《黄氏家乘》二十卷，书中收录黄氏家族传记、行状、墓志铭、科贡情况、奏疏等，资料翔实，内容丰富，是研究黄氏家族的重要文献资料。另有《即墨黄氏诗钞九种九卷》（不著辑者），收录明黄嘉善、明黄宗庠、明黄宗臣、清黄宗崇、清黄堣、清黄㙓诗集各一卷，清黄埧诗集三卷，其中收录的诗歌与黄守平《黄氏诗钞》互为补充。蓝氏家族文献有蓝重蕃整理的《蓝氏家乘》、蓝润《余泽录》，杨氏家族有杨玠辑录的《杨氏家乘》、不著辑者的《山东即墨杨氏诗集一卷文集一卷》等。即墨望族整理的这些文献，既是即墨望族家族文化的重要组成部分，同时也是即墨本地文化不可或缺的组成部分。即墨望族保存文献、传承文化之功不可磨灭。

另外值得注意的是，即墨望族都积极参与地方志的编修，为地方性知识积累贡献甚巨。在万历版《即墨县志》、乾隆版《即墨县志》、同治版《即墨县志》的编纂过程中，参与者基本上都是即墨望族成员，这些志书包含了即墨望族成员的心血和努力。即墨望族不仅参与志书的编写，也亲自编纂即墨地区的山志、乡土志。清光绪年间文人黄肇颚编著的《崂山艺文志》，又名《崂山续志》，共 10 卷，约 30 万字，书中辑录了许多以崂山为题材的诗文，并对崂山的名胜古迹、宗教源流、逸闻传说等皆有详尽记述，是研究崂山的重要文献资料。清代同治年间进士即墨人周铭旗编著的《即墨乡土志》，分上、下两卷，设历史、人文、地理三个门类，书中对崂山的山川风物多有记载。即墨望族充分利用自身的知识与财力优势，整理、编纂地方诗歌总集，成果以《即墨诗乘》《崂山诗乘》为代表。《即墨诗乘》，清代咸丰年间即墨文人周翕鏭编纂，共 12 卷，辑录251 人的 1198 首诗作。《崂山诗乘》，清代嘉庆年间即墨文人黄守和编纂，共 16 卷，汇编了 123 位诗人的诗作达 2684 首之多。这些大型的地方诗文、历史资料的编纂，不但保存了即墨地区乡贤的作品，也为研究明清时期即墨地区的文学提供了宝贵的资料。

# 第 二 章

# 区域文化与即墨望族的诗歌创作

文学与地域之关系极为密切，古代文人对此均有所论列，如孔尚任曰："画家分南北派，诗亦如之。北人诗隽而永，其失在夸；南人诗婉而风，其失在靡。虽有善学者，不能尽山川风土之气。盖山川风土者，诗人性情之根柢也。得其云霞则灵，得其泉脉则秀，得其冈陵则厚，得其林莽则健。凡人不为诗则已，若为之，必有一得焉。"① 明清时期南北诗学的区域特征十分明显，山左这一区域内，由于地理环境、文化传统等因素的影响，即墨所在的山左东部（即今胶东半岛地区）同山左中西部地区也存在着诗学风貌上的差异。即墨地处海滨，古属齐国，深受齐国黄老仙道思想的影响，又地处齐鲁儒家文化的发源地，深受山左儒家文化的影响，因而即墨望族的诗歌创作带有浓厚的地域色彩，呈现出别具风情的地域文化景观。本章将侧重于从道教文化、海洋文化、儒家孝道文化的角度探讨区域文化因素对即墨望族诗歌创作的影响。

## 第一节 道教文化与诗歌中的仙道之风

即墨地区的道教文化，主要是指崂山的道教文化。

崂山，古时也称劳山、牢山、辅唐山、鳌山，地处即墨县的东南部，背负平川，面临大海，不仅到处是奇峰异石，清泉回流，而且海光山岚，交相辉映，在雄旷巍峨之中，尽显旖旎俊秀，崂山是一座天下独秀的海上名山。

---

① （清）孔尚任：《古铁斋诗序》，载汪蔚林编《孔尚任诗文集》，中华书局 1962 年版，第 475 页。

崂山也是"神窟仙宅"，早在道教未生成之前，仙家方士就已经活跃在海疆名山当中，崂山也自然而然地沾染上了古老的神仙灵异之气。《齐乘》有吴王夫差登崂山得灵宝度人经的记载，《神仙传》有乐子长登崂山仙去的传说。虽说这些历史久远之事模糊不清，古人的仙迹遗踪也已无从寻觅，但仙道基因却留在了崂山峰峦之间，为后来的道教勃兴铺垫了古老的基石，"自汉以来，修真守静之流，多依于此"①。"当五代时，有华盖真人刘姓者，自蜀而来，遁迹兹山。宋祖闻其有道，召至阙庭，留未几，坚求还山，敕建太平兴国院以处之。上清、太清二宫，其别馆也"②。金元之际，全真道崛起于山东沿海地区，崂山道派逐渐划归全真门下，新建宫宇更是遍布绿峦翠谷，"自王重阳之东也，而全真氏之教盛行，其徒林立山峙，云蒸波涌，以播敷恢宏其说，于是并海之名山胜境，率为所有"③。全真教海上七真人中的马钰、刘处玄、丘处机、王处一均曾到崂山传教修真，其门下弟子更是广布山庵之间。崂山道教全盛之际，曾有九宫八观七十庵之多。"莱七邑，即墨其一也，在胶水之东，崂山沧海之间。盖东方胜游之地，多禅室仙窟"④。的确，崂山文化常含道教灵光。

即墨望族得地利之便，徜徉于崂山，游览山水胜景，感受道教文化，崂山的自然形胜及人文景观成为即墨望族最重要的一个创作题材。在意象的运用及情感的表达方面，他们的游山诗篇都深受道教文化的影响，充满浓郁的仙道色彩。

### 一　崂山的山水胜景

崂山雄浑壮美，东部和南部紧逼大海，形成山海相连的独特景观。蜿蜒曲折的海岸，形成了许多岬角和海湾，大小岛屿星罗棋布。海上看山，群峰攒簇，云雾缭绕；登山观海，烟波浩渺，水天一色，山海美景相衬相融。许铤赞其形胜曰：

> 县东南一带，蜿蜒曲折，崒嵂葱郁，大崂诸山也。鹤山自东北赴

---

① （清）顾炎武：《崂山图志序》，载《顾亭林诗文集》，中华书局1983年版，第39页。
② 《莱州府志》卷13《艺文·记》，乾隆五年刻本，第46页b。
③ 同上书，第46页a。
④ 同治《即墨县志·许志序论凡例》，第11页。

之，中空可数里，沧波渺茫，水天无际，海为著奇观焉。北过天柱抵
灵山，折而西，马岭雄踞，与胶西诸山竞奇争秀。两沾、白沙、墨、
涉诸水，经带包络，流乎其中。墨之兴盛诚伟矣。有田可耕，有山可
樵，有鱼可渔，其阨塞足以备不虞，其膏腴足以供赋税，其蒸云变
霞、酝灵蓄秀，足以生才哲为国华。①

周至元在《崂山志》中概括崂山之景曰：

山则岌嶪岝崿，海则弥漫浩瀚，得一足奇，兼之尤难也。旷观宇
宙名山，五岳而外，若匡庐、峨嵋、雁荡、天台诸胜，类皆山奇而少
海；而普陀、琅琊、成山、蓬莱有海矣，而山不能奇。兼而有之者，
其惟崂山乎？试观其峻峰入云不让泰岳之高，盘蹬凌空堪似华山之
仙，飞瀑澄潭擅雁荡庐山之胜，怪石古松兼具黄山天台之致。综群山
之奇不足尽一崂，游一崂可以擅名山之胜矣。②

崂山形胜如此之美，因而崂山的山水瀑泉等成为即墨望族诗文中挥
之不去的意象，并作为一种人生情节深深地融入他们的生命之中。即墨
望族吟咏描绘崂山的山水、瀑布等自然景观就是这种人生情节的表现。

即墨诗人对崂山从不同的角度进行描绘，展示了崂山不同的风情。如
蓝湄的《山行》：

策蹇崂山道，俯看万壑底。眼前黄叶满，杖底白云齐。鸟雀迎相
狎，海天望弗迷。何来钟磬远，矫首日沉西。

此诗描写行走在崎岖崂山道上所见之景：黄叶满山，白云悠悠，鸟雀
相迎，远望海天一片，耳听钟磬悠悠。诗人俯看、远望、回看，于声色交
织之中，既写出了崂山之高，又写出了崂山山海相依之特点，笔调欢快空
灵，造语流动自然，展示了崂山的明丽之美，也处处流露出清新恬淡、俯
仰随意的情味。再如黄体中《来山阁望玉标》曰：

---

① 同治《即墨县志》卷 1《方舆·疆域》，第 114 页。
② 周至元：《崂山志》，齐鲁书社 1993 年版，第 16 页。

三标矗矗屹东南，星斗环天侧影含。锁钥二崂通曲径，萦回九水落寒潭。闲凭竹栏圃青霭，高卧绳床梦碧岚。风雨阁中相对处，不须山顶结芳庵。

三标山位于崂山西麓，山势挺拔，奇石林立，因山顶三峰秀立，南、北、中一字并列，远望似三个梭标矗立云天，故名三标山。此诗题中的"玉标"指的即是三标山。黄体中的这首诗从远望的角度，以雄健的笔墨写出了三标山的雄伟高峻，境界阔大，表现了三标山的壮丽之美。

崂山独特的道教文化往往在即墨望族吟咏崂山的诗篇上打上自己的印记，使之平添隐逸之趣或道教文化的色彩。如蓝章《崂山》：

遥看山色层层碧，渐觉溪流汩汩深。匹马径寻萧寺树，老僧应识野人心。行云何意遮奇石，啼鸟多情和苦吟。不是将身许明代，便从逢子老山岑。

这首诗从遥看到深入山中，以溪流汩汩与啼鸟苦吟突显崂山的幽静，为我们展示了一个幽寂静谧的崂山，令人欲像逢子（逢萌）那样挂冠而去，隐居崂山养志修道。逢萌这个典故的运用，使诗歌的隐逸之趣得到了更好的表达。再如杨盐《鹤山吟》二首曰：

仙宇参差隔草莱，白云如幕护苍苔。
洞口镇日无人到，孤鹤巢松任去来。

穿云直上最高峰，虬舞峰头见古松。
更转石楼深处去，淘丹井畔觅仙踪。

鹤山是崂山北部支脉，因东峰有巨石形似仙鹤而得名。鹤山也是道教名山，丘处机曾在此聚众讲道，山上建有遇真宫等道教宫观。杨盐第一首诗描写鹤山的人迹罕至，第二首诗描写鹤山峥嵘之势。这两首诗中"仙宇""丹井""仙踪"等意象的运用，使鹤山道教文化遗迹颇多的景象非常鲜明。又如蓝田《三标山》诗云："三峰海上接云平，洞里丹经不识名。东望仙舟悲汉武，西邻书舍忆康成。崎岖百转泉流绕，苍翠千重夜气生。多病年来忘百虑，独立林壑未忘情。"描绘出三标山高耸入云、崎岖百转、泉水流绕的美景，抒写了喜爱林壑之情，情景交融，同时也运用"丹经""仙舟""汉武"等求仙问道的意象和典故，为诗歌增添道教的文化色彩。

有关崂山的人文故实也自然成为即墨望族笔下的内容。如黄体中《崂山》曰：

> 名胜甲东海，千岩插碧霄。望洋趋九水，拱岱屹三标。篆叶明书院，神鞭逐石桥。灵迹多恍惚，终古未遥遥。

据《齐记》载，不其山为郑玄授徒之所，山上有草丛生，叶如韭，长尺许，坚韧异常，隆冬亦青，号"书带草"，又有树号"篆叶楸"，皆他处所无。此诗以简练的语言描写崂山的雄伟壮阔，篆叶楸、康成书院、秦始皇鞭石建桥等人文典故的运用，又使灵迹颇多的崂山增添了厚重的历史文化感，全面展示了崂山既有自然形胜亦有厚重历史文化的形象。

即墨望族还描写了崂山的水、瀑布。崂山之水，以九水为最有名。九水是崂山最长的河流白沙河的上游，发源于崂山巨峰北侧的天乙泉。泉水自最高峰奔流而出，穿行于高山峡谷之中，形成蜿蜒曲折的18道大弯，由西至东，下游九道弯的水称"外九水"（北九水），上游九道弯的水称"内九水"。古时人们每至山水转弯处，就要脱鞋蹚水而过，每过一弯为一水，故称九水。黄玉衡《九水》曰：

> 行过大崂入一水，怪石叠叠大如咒。水穿洞底涌石来，澎湃声震山谷里。置身顿觉异境开，万壑谡谡松风起。溯流曲向源头寻，二水逶迤深复深。峭壁矽岩立泉侧，石磴冷冷鸣素琴。坐久不觉白云满，蒙蒙湿翠沾衣襟。咫尺相隔不数武，三水溶溶汇前浦。澄潭一亩浸空碧，岩花倒影可指数。旁列巨石古嶙峋，雨点苍苔渗石乳。山风忽送雷声喧，响应众峰万马奔。身历崖壁行且却，惊看四水波浪翻。双洞飞出玉龙白，珍珠万斛倾山根。冈峦一拗复一折，五水攒石团白雪。幽径斜通沿溪行，前与六水近相接。飞泉一道出石窦，长鲸吞涛电光

掔。扶筇徐到七水隈，天光云影相徘徊。人如山阴道上过，水自辈画溪上来。一峰当前疑无路，迢遥南下谷中间。谷口隐隐仙洞现，八水宏敞开生面。几湾秋水云烟蝉，浣洗山光净如练。隔岸渔樵相招呼，游人到此顿忘倦。九水风光迥不同，一山一水环相通。山复山兮水复水，万顷茫茫大崂来。

全诗以 322 字描绘了北九水的奇景，为文汪洋恣肆，洒脱流畅，读之如正在观看一部电视风光纪录片，随着镜头的转换，我们欣赏到一水到九水、水水风景迥异的美景。黄宗庠《九日同游九水》（其一）：

> 削壁悬岩路忽穷，莓苔曲曲石流通。夕阳峰转浮云外，红叶霜深一径中。千载泉声清听远，三秋山色故人同。到来二水迷归处，不尽寒蛮万壑东。

此诗以北九水为描绘对象。诗以入山路穷开篇，中间两联写游览途中的所见所闻，尾联总束全诗，又生出波折，诗有余味。此诗语言清新自然，描绘出九水层峦叠嶂、夕阳红叶之美景，也把诗人游览时的情绪变化刻画得很到位。

崂山之瀑布，以白鹤峪悬泉、鱼鳞口瀑布为最佳。黄埴《白鹤峪悬泉歌》曰：

> 华阴之麓白沙滨，森森万木高矗云。蔓壑枝峰向西走，巨石当路形轮囷。向南有峪曰白鹤，连峰崒嵂高如削。鱼凫蚕丛当面来，游人欲进行且阻。解鞍停骑步层峦，数里之外闻潺湲。两山夹立洞水流，其源仍在万仞头。谁向云中开石阙？上拂勾陈下瞰蛟龙穴。银河倒泻禹门倾，铁瓮金城千丈裂。秋为瀑布冬作冰，玻璃玛瑙琢为屏。三月和风冰始解，霹雳雷电声匉訇。光烛青冥射白日，雪浪声涛近石隙。影落澄潭起素波，喷沙扬沫归长河。此山距城未百里，骇目惊心乃如此。归来竹榻不成眠，澎湃之声犹在耳。

白鹤峪悬泉，今称为"天落水"，泉水飞流直下，形成壁间瀑布，远处眺望，宛如一匹白练垂挂于绝壁上，瀑布跌落洞底，水花四溅，秀美而又壮观。这首诗，以诗人的游踪为线索，由华楼山势起笔，然后再及白鹤峪，再而溪水，再而悬泉飞瀑，层层推进，依次写来，则峰峦的险峻高危、涧溪的淙淙之声、瀑布的四时变化都在目入耳，可闻可见。其间运用多种表现手法，既有细致真切的描绘工笔，也不乏新奇瑰丽的譬喻比拟，读之使人觉得妙象连生，巨微皆至，最后再以归来不眠、佳景难忘收束，与读者的印象谐和起来，更加深了艺术感染力。这是一首古歌行体的诗作，遣词造句舒卷自如，用韵随着内容的进展而变化，也为之增添了感人的魅力。

在描写鱼鳞口瀑布的诗作中，黄体中《鱼鳞口瀑布》可称得上佳作：

> 巨峰之阴九水源，万壑曲折通天门。鹰窠岩畔罗怪石，蛟龙腾攫狮象奔。东南陡壁飞瀑布，天半澎湃声远闻。乍疑银河忽溃决，还惊长鲸吸百川。晶帘横空垂不卷，万斛雪浪涌山根。其下澄潭更深碧，鉴人毛发无纤尘。年来崂海恣游遨，对此愈觉清心魄。匡庐自古擅名胜，风烟遥隔西江津。金山中泠泉第一，曾忆煮茗挽轻轮。何图近在鱼鳞口，甘醴石饴真味存。一水归望半弓地，怡老无过此山村。酒醒梦回松风满，涛声恍惚盈前轩。

诗中运用生动的比喻形象地写出了鱼鳞口瀑布飞流直下的气势，并通过比较崂山与庐山，表达了作者对鱼鳞口瀑布的喜爱之情。蓝中珪的小诗《九水瀑布》曰："峭壁层岩一径开，飞来倒挂水潆洄。玑珠乱涌穿水出，风雨雷霆杂沓来。"瀑布从高山石谷中劈落而下，翻滚的波浪似白云飞腾，震耳的轰响如雷声滚过，活现出瀑布急流飞下之气势、瀑布落水之美态，有声有色，如在目前。

由上可见，即墨望族以崂山九水、瀑布等自然景观为题材的诗歌，多是比较纯粹的景观描写，而对崂山及崂山支脉的描写，则带有浓郁的道教文化色彩。

## 二　吟咏道教宫观

崂山道观以太平宫、上清宫、太清宫、华楼宫、聚仙宫、神清宫、通真宫、玉清宫、黄石宫、白云观、明道观、太和观、塘子观、龙泉观、大崂观、凝真观、遇真庵、醒睡庵、修真庵、蔚竹庵、百福庵最为著名。由于这些道观多建于风光旖旎、清净秀丽之地，因而这些道观成为自然山水的一部分，描绘和吟咏这些道观的诗歌也属于山水诗这一类型。

即墨诗人吟咏道观的诗歌，很少直接引用道教语言，宣扬道教教义，也不重视对亭台楼榭、殿堂阁廊、幡旗鼓钟等道教建筑、法器的刻画，而是把着眼点放在客体的景色上，描绘道观所在之地的美景，抒发自己无限超然出尘的感觉和幽情。如杨舟《太平宫》云：

> 三月春将暮，重游览物华。云开山见骨，潮长海上花。嫩竹生寒玉，夭桃灿晚霞。尘间无此境，知是羽人家。

太平宫位于崂山仰口湾西侧，系宋太祖为华盖真人刘若拙敕建的道场，始名"太平兴国院"，后改称太平宫，又称上苑。金、明、清三朝均有重修，明嘉靖年间昌盛时，曾有道士四十余人。此诗并未涉及太平宫的历史、建筑，只是就太平宫所在之处的景色进行描绘：云开雾散，青山仿佛除皮现骨一样，露出峭硬劲健的真容；潮水涌涨，飞沫四溅，海面上好似绽开了朵朵白花；质洁韵清的嫩竹相互掩映，丛生繁茂，犹如块块寒玉，而夭夭灼灼的桃花则像晚霞一样灿然竞放，艳丽繁盛。面对如此美好的景色，诗人不由发出"尘间无此景，知是羽人家"的赞叹。诗人运用丰富的想象，自远及近描绘出一幅超尘脱俗、色彩明丽、富有生机的道宫暮春风物画，赞美了道家仙境的美好，字里行间流露出欣羡之情与脱凡心绪，太平宫也因诗人的描写而显示着自己的道宇风貌，闪现出诱人的艺术光彩和魅力。

以道教宫观为题材的诗歌，不仅常在对美景的描绘中抒发脱尘之想，而且多玄语妙思。如蓝田《宿巨峰白云洞》曰：

> 石洞丹梯上，掀髯一笑留。山高碍新月，潮涨失孤舟。樵笛穿林入，鱼灯隔岛浮。客怀浑不寐，直拟访丹邱。

白云洞是崂山著名的道观之一，始建于唐天宝二年（743），属道教金山派。此洞海拔四百余米，因常年白云缭绕，岚光变幻，故云"白云洞"。诗人写在白云洞的所见、所闻及所想：高峻挺拔的山峰挡住了初升的新月，高涨的潮水淹没了海滩，原来泊在岸边的孤舟已与暮色融为一体，仿佛消失一般，渔船上的灯火闪烁明灭，犹如浮动于海波之上，打柴人悠扬的竹笛声从林中传来，夜晚如此的宁静而美好，怎不令人生发出悠悠情思，直欲拜访蓬莱仙岛？全诗以写景为主，"以动写静"手法营造出静谧之境，"丹梯""丹邱"这些道教意象的运用使人自然生发出脱尘出世之思。再如杨泽《黄石宫》：

> 山巅一醉醒，百虑真忘绝。
> 虚白映松窗，危峰吐残月。

黄石洞位于崂山西北侧，在华楼宫北面绝壁之上，因洞口黄石满布而得名，在洞口下面谷地之中，建有道观，观前古柏苍翠，景色玄静幽雅，为道人修炼之处，因背靠黄石洞而得名黄石宫。此处上下峭峰叠嶂，诗人乘着酒兴游山观景，朦胧之中已不知不觉地登上了山巅，站上高处俯览胜景：晨日已出，把松枝摇曳的影子照在窗上，天上一弯残月夹在危峰之间，天上地下日月辉映，玄静美妙，诗人醉意消失，百虑皆无。"虚白"语出《庄子·人间世》"虚室生白，吉祥止止"，唐人陆德明《经典释文》引注："室，比喻心，心能空虚，则纯白独生也。"这里的"虚白"具有一定的哲学含义，指心极静则必能达于一种澄澈明净的境界，这是典型的道家思想。用虚白借指日光，为画面增添了几分迷离的仙气，勾画出一个恍若仙境的世界。

即墨望族诗人对宫观的题咏，虽然着眼点不在宫观本身，但因描写宫观所处的幽美之景，因而道教意象及道家思想在他们的诗歌中不可避免地留下了深刻的印迹。再如杨泽《游华楼》两首：

> 南山常作梦中游，此日登临是梦否。今夜翠屏隔尘世，清风碧落真蓬丘。谷口长松起寒籁，云际寒泉鸣素秋。东望仙人杳何许，耸身欲作餐霞俦。

> 登山兴剧尘心爽，坐对心光乐转陶。泉水流香丹灶冷，峰峦插汉石楼高。云霞渺漫穷三岛，黄白有无尽二崂。试觅丹阳灵药饵，人间名利等鸿毛。

华楼宫在崂山西北部华楼山王乔崮下，由道人刘志坚创建于元泰定二年（1325），中祀老君、玉皇及关帝。杨泽此诗，使用了蓬丘、仙人、餐霞、丹灶、三岛、黄白、丹阳灵药等道教意象，抒发了"人间名利等鸿毛"的感悟，带有浓郁的道教道家色彩。再如蓝田《秋日同翟中丞青石登华楼次韵》诗中运用"三山""安期"等意象，描述出华楼宫周边的道界风情：

> 有客乘黄鹤，长吟海上台。三山飞梦至，万里附潮回。红叶洞门落，黄花幽涧开。安期坐笑语，谁识谪仙来。

除了上述所列举的诗篇外，这一类诗歌的佳作不胜枚举，如黄宗臣《游上宫》中赞颂了上清宫超然出尘的道家境界："秋林多佳气，古寺层岩下。前有双乔木，樾荫连精舍。幽岩返照来，石路清泉泻。跫然闻足音，黄冠忽相讶。短垣半已颓，庇屋惟藤架。庭际起高飙，空翠落古瓦。我来慕静理，玄谈向深夜。愿言忘得丧，陶陶观物化。"胶州举人宋绳先《下清宫》展现出一幅海上名观的精彩图画："仙观藏何处，苍苍竹拂云。天疑山树合，地与海涛分。樵斧鸣幽谷，渔舟泛夕曛。游人烟霭里，钟磬但遥闻。"黄垍《宿修真庵》写修真庵尘嚣不染的道风："贝阙珠宫气象殊，仙居远在海东隅。林泉风暖宜丹灶，霜露秋深长白榆。鹤舞千年松树老，客游三径月明孤。夜来更向蓬山上，醉我琼浆满玉壶。"

除了崂山道教宫观之外，传说中的仙人遗迹也成为即墨望族诗人吟咏的对象。华楼峰是崂山西支脉石门山脉中一座较高的山峰，这里山清水秀，石怪峰奇，据说当年八仙渡海之前，曾在这座山峰的山顶高台上聚会，文人雅士便称此山为"聚仙台"。又传说何仙姑曾在山上梳洗打扮，所以平民百姓更喜欢称之"梳洗楼"。杨铭鼎《聚仙台》曰：

> 桃花未开杨花开，数里沿溪一溯洄。二崂拔地几千仞，就中高处聚仙台。台上天门跌荡荡，台下沧溟欻万象。东望咫尺即三山，遥见蓬莱与方丈。徐福乘风去不回，卢敖洞瑞安在哉。古来牢岛多不死，况有芝草生云隈。有时夜静飞鸾鹤，云里笙歌何处落。苍茫独立海潮声，天上人间差足乐。手招安期与羡门，汉武秦皇那可论。自是丹砂难变化，何须八骏访昆仑。君不见，台上孤松何偃蹇，虫书鸟篆蚀苍

蘚。李白曾经餐紫霞，上蔡何事谈黄犬。我欲赤脚踏其巅，仙乎仙乎
拍我肩。手援北斗酌天浆，世人遥望空垂涎。

想象丰富，神山蓬莱、方丈、昆仑，方士徐福、卢敖、安期、羡门，
长生不老的仙药芝草、丹砂，帝王汉武、秦皇，历史人物李白、李斯等一
系列相关意象纷呈眼前，令人目不暇接，整首诗充满了道家道教的意味，
富有仙隐色彩。

### 三　反映道士生活

崂山是道教名山，盛时道士多达千人，这些道士和文人学者往来颇
多，这种交往反映到诗歌中，就是在即墨望族成员的诗篇中，不仅有崂山
道士生活场景的描写，还有崂山道士生活习俗的记载。即墨举人黄宗扬在
《赠崂山道人》中为我们描述了这样一幅崂山道士的生活场景：

> 木青青兮欲发，鸟关关兮鸣春。泉漉漉兮触石，山隆隆兮入云。
> 山中之人兮何为，将采药兮山根。鹿豕游兮道上，虎豹蹲兮河濆。石
> 巉岩兮无路，谷谽谺兮少人。锄茯苓兮松下，掘黄精兮石门。入城市
> 兮易酒，聊混迹兮红尘。卧黄炉兮沉醉，歌慷慨兮销魂。问姓字兮不
> 答，指东山兮嶙峋。日薄暮兮归来，入山径兮黄昏。海月上兮皎皎，
> 篱犬吠兮狺狺。山既高兮水长，将终老兮此村。

在草木丰茂、泉石叮咚、鸟兽自由徜徉的崂山深处，山高林密，道路
崎岖。一位悠闲的采药道人信步走来，松树下锄起茯苓，石门旁掘来黄
精，这可都是上等的药材。采得草药，便拿去城里换酒，趁机在尘世行走
一番。不知不觉在黄泥炉边喝得酩酊大醉，兴起之时还慷慨高歌。人们好
奇地询问他的姓名，他指指嶙峋的东山算是回答。黄昏时回到道观，海上
一轮皎洁的明月，远处不时传来几声犬吠。山高水长，道士将要终老于
此，享受采药与嗜酒的美好生活。黄宗扬的这首诗写出了道士生活的闲适
惬意，再如蓝田的《太清宫次丘长春韵》（其二）曰：

> 云护茅庵枕海涯，风鸣幽涧泛奇花。
> 危桥险径幽人到，丹丘茶瓯羽士家。

明确交代有炼丹丘炉和茶具设施的地方，就是道士的居所，可见除了炼丹的生活，崂山道士还很喜欢饮茶。再如明代蓝史孙《送戴道人入崂山》诗云：

> 领略青山今有主，白云曾许等闲居。分泉洗钵烹灵剂，就石支床看道书。风入古松轩常乐，月窥春洞化人庐。日长漫作餐霞计，橘井丹炉却是余。

从"分泉洗钵烹灵剂"来看，崂山道士饮茶之时多用崂山的山泉水。王思诚的《金液泉》也指出了这一点："金液泉生碧落岩，津津下注石方瓮。瓦瓶日汲仙家用，酿酒煮茶味转甘。"饮茶能涤荡性灵，保持心境的宁静和清纯，获得自在和放达，丹药就可有可无，"橘井丹炉"也是多余了。至于烹茶的方法，即墨诗人也给出了答案。蓝田在《崂山次石亭韵》中说："长竿拟钓珊瑚树，活火亲烹紫笋茶。"崂山道人是用活水煮茶，燃料是就地取材，或者是"连根烧野竹，带月汲山泉"（孙风云《游九水》），使用带根的"野竹"；或者是"茶煮寒泉白，薪添落叶红"（江如瑛《蓝氏山庄》），连"落叶"都用。

许多士人与道士结下了深厚的友谊。黄坦与道士交好，其中与李一壶交往颇多。李一壶，佚其名，不知何许人。明亡后，着黄冠道衣，客居于崂山，貌颀而长，须眉疏秀，行必以一壶自随，时称"一壶先生"。喜饮酒，一壶辄止，醉向南山而哭，佯狂自放，读书则欷歔流涕。人问而不答，居崂山日久则去之，不日又归来，而容愈戚，哭愈哀。清康熙年间，自缢于僧舍，邑人黄坪葬之栗里，并时常携酒一壶祭其墓。黄坦写有《赠李一壶道人》（二首）、《题方壶道人》（二首）、《方壶道人赏花行》、《方壶道士歌》，共六首诗记述其事。《方壶道士歌》曰："方壶道士能避世，不言爵里与姓字。芒鞋布袜方山冠，首载青山足履地。年过八旬行绰约，双眸如电光磅礴。登山常握葛陂龙，还家未化辽阳鹤。不炼丹砂不辟谷，渴饮香醪饥食肉。青蛇在手气犹豪，白眼看天歌且哭。醉卧炉头人不识，鼾驹如雷彻四壁。夜阑酒醒月当空，笑倚东风吹铁笛。"刻画了一个洒脱自由的道士形象。黄坦还有《赠耿太翁道子》《题耿道子𦙶梅图歌》两首诗，只是耿道人之姓名已不可考。

　　杨嘉祜也与道士私交甚好，其《大劳观留赠宋道人》曰："大劳深处访仙家，雪里逢君兴最奢。藜杖千山挥朔气，篝灯午夜读南华。神随龙虎游天外，身侣鱼虾在河涯。日后丹成朝玉阙，谁从此地问烟霞。"赞颂了宋道人超尘脱俗的生活。

　　另外，崂山也有佛教寺庙。佛教早在魏元帝景元五年（264）就传入即墨崂山，因崂山是道教名山，道教根基深厚，势力强大，所以佛教的发展一直未能超过道教。明万历年间，道教太清宫曾一度衰落，临近的观音庵也变成遗址。南京报恩寺憨山禅师于万历十一年（1583）蹈东海崂山，隐修于崂山东麓那罗延山的那罗延窟，万历十三年（1585）以种田为名买下观音庵遗址上的一片空地，并在这块土地上修建了海印寺。但因其建立的海印寺处于道教的核心区域，触犯了道教的利益，所以道士耿义兰进京状告憨山强占庙产，憨山于万历二十三年（1595）被充军雷州，海印寺于万历二十四年（1596）被毁建宫，本来势力就不大的佛教遭到一次严重打击。但憨山在崂山的 12 年中，积极传播佛法，当地居民深受影响。尤其是黄氏家族，对佛教十分虔诚，黄嘉善曾来崂山海印寺拜会名僧憨山，写诗唱和，作有《谢憨山上人过访》《怀达观禅师西游和憨山韵》（四首）等五首诗。崇祯十年（1637），黄宗昌继承憨山的遗愿，出资在憨山修行之地那罗延窟的对面建华严庵。竣工不久，毁于兵燹。清顺治九年（1652），黄宗昌之子黄坦资助慈沾禅师重建于今址（那罗延窟东沟口北侧坡地上）。华严庵（今名华严寺）成为崂山的一座宏伟的佛教建筑。

　　即墨望族吟咏华严庵、海印寺和那罗延窟等佛教景观的诗歌，佳作也不少。如黄坦《华岩庵次韵》曰：

　　　　林杪晚生烟，寒光与树连。云归山雨后，松落海涛前。孤磬传清夜，长波没远天。一时人境寂，不复梦游仙。

　　抓住诗眼"寂"字，运用以动写静等艺术手法，描绘出华严庵入夜前和入夜后的宁静，表达了置身此境中无须梦游神仙之境的感慨。诗人所追求的虽然是佛教倡导的"寂"的人生，但从尾联我们知道他追求的也是现实的人生。黄玉书《华严庵》曰："万树浓阴一径斜，参差楼阁碧云遮。只今檀越春风里，犹识当年御史家。"黄宗昌曾做过御史，又出资修建华严庵，所以说"犹识当年御史家"。

那罗延窟和海印寺，皆为憨山修行之所，因此吟咏这两个地方的诗歌，多使用憨山之典故。如黄玉书《海印寺遗址》：

> 无边色相总空花，修竹万竿隐暮霞。
> 一去粤东魂不返，云山依旧道人家。

憨山因创建海印寺而被充军广东雷州，坐化于广东曹溪，一去不返，而今海印寺遗址上的建筑仍然是道人的宫殿，海印寺建毁的历史不正是世间一切犹如水月空花、似幻似真的佛教思想很好的注脚吗？范养蒙《海印寺道中》曰：

> 海气腾朝雾，山岚四野齐。衣沾青霭重，人踏白云低。茅屋松林外，钟声古坞西。生平幽寂意，到此欲岩栖。

清丽之景与幽寂之意浑然一体，这令诗人产生了摒却利禄追求、意欲岩栖的想法，诗人超然物外的心迹与佛寺幽静空寂的氛围十分契合。再如蓝中高《那罗延窟》诗云：“万壑千岩一罅开，那罗曾此坐莓苔。想因拾得寒山后，心境空明绝尘埃。”黄宗臣《游那罗延窟》云：“咫尺灵岩不可寻，秋山迢递绿萝深。相过共会无言意，持得白云赠素心。”也都有这样的特点。

## 第二节　海洋文化与诗歌中的海洋色彩

海洋的浩瀚与壮阔自古就吸引着许多文人墨客，创作出大量吟咏海洋的诗词歌赋。这些海洋题材的诗作风格各异，既有瑰丽的咏海歌赋，也有平实的观海诗篇，还有的深寓哲理于海景，诸如“东临碣石，以观沧海”（曹操《观沧海》）、“东方云海空复空，群仙出没空明中”（苏轼《登州海市》）、“郁郁苍梧海上山，蓬莱方丈有无间”（苏轼《海上书怀》）的佳句名篇层出不穷。明清时期的即墨，三面临海，即墨望族在吟咏描绘大海方面有着得天独厚的地理条件，因而这类诗篇在即墨望族的笔下几乎俯拾皆是。广阔无垠的大海，在他们的笔下，或安静祥和、或波澜壮阔、或峥嵘飞动、或神秘莫测，呈现出万千不同的风姿。丰富的海洋神话传说、人文典故，又使即墨望族描写海洋的诗歌充满了丰富的想象力，呈现出浪漫主义文学的艺术特征。即墨地区望族诗篇中充溢着的海洋元素、海洋气息，与山左其他地区相比，尤为引人注目。

**一　海洋的自然风光**

在即墨诗人的笔下，海洋呈现出多面的美丽，或是波光荡漾的优美，或是惊涛骇浪、汹涌澎湃、激起千堆雪的壮美，或是海市蜃楼、似真如幻的神秘莫测。杨连吉《海上》诗云：

> 西风淅淅日将暮，微云一片下寒雨。海波不动绿含烟，岸阔沙平飞白鹭。何处欸乃秋意清，渔人遥自芦花渡。潮生路迷归欲急，薄雾霏霏没村树。

细雨暮色中，海波不兴，白鹭飞翔，渔人归家，祥和静美。再如周如锦《小蓬莱观海》诗云：

> 大海无波碧似银，潮来惟见水粼粼。
> 平铺万里天关静，倒印长空碧镜新。

小蓬莱是崂山湾西岸的一座山峰，站在这座山峰上观海，大海平铺万里，波光粼粼，犹如一面碧绿的镜子倒映长空，诗人用两个形象的比喻描摹出了大海的宁静柔美。

即墨望族成员笔下的海景之作更多地体现了时空意象阔大、境界苍茫的风格，如黄坦《小蓬莱望海》诗曰：

> 滔滔雪浪拍长天，银汉沧州半接连。
> 为问祖龙桥下水，何时更变作桑田。

同为小蓬莱观海，黄坦的这首则用夸张的手法写出了惊涛拍长天的壮观景象，与前述周如锦之作风格完全不同。再如下面两首诗：

> 凭阁东望气雄哉，雪浪横空岛影开。

此去扶桑千万里，六鳌飞送赤轮来。

——黄坦《紫霞阁观日出》

凭高万里目，汹涌惊涛风。鲸浪翻天碧，蜃楼映日红。茫茫腾彩气，灼灼曜龙宫。琅琊空千尺，秦皇不得东。

——杨铭鼎《楼观沧海日》

两首诗皆为观看海上日出，都把红日喷薄而出的景象置于波涛汹涌的背景中，红日、巨浪、岛屿的意象组合在一起，构成了一幅激动人心的画面，整个画面充满生机与力量。再如纪润《八仙墩》：

陡壁东溟上，登临意豁然。鲸鱼吹海浪，鸥鸟破冥烟。足外真无地，眼中别有天。餐霞谁到此？千古说青莲。

八仙墩，是崂山东南濒海处的一大胜景，席石而坐，可观海浪翻卷的奇险壮景。纪润的这首《八仙墩》想象与写实结合，笔调夸张地描绘出一幅海浪壮阔、烟云茫茫、白鸥轻盈掠过海上的图画，是一首少见的描绘大海景色的佳作。

在即墨望族诗人的笔下，即墨地区苍茫雄阔的海景与傲视天下、辅济苍生的豪迈之情互相生发，相互交融，如杨舟《楼上观海潮》：

高楼晚眺八窗开，大海萦纡岛屿回。泊岸浪花飞碎玉，拂空潮鼓吼晴雷。鱼龙作队没还出，消长无时去复来。欲向源头寻活水，不知谁是济川才。

海水回旋迂曲，惊涛拍岸，浪花飞溅如碎玉，潮声如鼓如雷，撼天动地。这种气势磅礴的海景，激发了"谁是济川才"的深沉感慨，整首诗境界阔大。黄宗臣《望海》曰：

云山行欲尽，半岭望秋涛。荡涤无千古，铿訇动六鳌。光涵天影静，波撼地维高。正切乘风志，勿辞破浪劳。

涛声铿訇，似能惊动六鳌；波浪滔天，仿佛撼动大地；乘风破浪，实现远大志向，又怎会怕险阻重重。诗中运用神话传说，想象丰富，气势雄健，气概豪迈，情感昂扬。

由于即墨地区是道教文化的中心，崂山更是道教名山，因而即墨望族诗人描写海洋景色的诗歌也带有浓郁的道教文化色彩，特别是在情感的表达上，如黄宗辅《崂山观潮》曰：

> 平水潮生高十丈，喷如两管触相向。紫贝渊含碧落摇，苍精射激青冥漾。杖底轰㵑动远雷，叠雪浪花接天开。天东蓬岛无多路，手指云霞向深处。觅取洪崖共拍肩，笑携二子凌风去。

这首诗充分运用比喻、想象、夸张的艺术手法，写出了海潮涌动的形、声、色、势，而后由潮水汹涌澎湃的壮观景象，联想到天东蓬岛，抒发了意欲羽化成仙的情感。诗歌切观潮之题，又抓住了崂山是道教名山的文化特点。黄玉瑚《观海》曰：

> 万壑奔赴趋沧溟，巨鳌负地东南倾。波光浮日相吞吐，测之以蠡神魂惊。恍惚灵怪天吴游，浪起如山摇双睛。蜃楼海市气幻化，漾漾吐雾翻长鲸。海水之广难计程，望之令我生远情。中有十洲三岛，阆苑赤城，琪花瑶草，鹤舞鸾鸣。仙人七虬云中行，天乐缥缈吹箫笙。琼浆玉露迭宾主，霞裳羽衣何轻轻。神仙可望不可即，秦皇汉武徒纷营。我亦尘俗士，忘机狎鸥盟。观海惟见涛訇訇，何尝扬尘又浅清？安得天风引之到蓬瀛，群仙抗手相逢迎？

此诗运用丰富的想象和恰当的比喻，描绘出一幅雄壮浑厚的海上画卷，而对海中仙岛的描摹，又为诗歌增添了一种朦胧缥缈的仙家气氛，也为读者的想象提供了广阔的空间，最后又从海中仙岛回到现实，抒发不知何时到蓬瀛、与众仙相聚的感慨。诗人笔意纵横，从眼前的海景，到想象中的仙岛景色，而后又回到现实中，虚实结合，长短句杂用，诗句节奏昂扬有力。

即墨望族子弟的诗歌中，写海景的诗歌多与山峰、岛屿等意象、道教传说等结合，使即墨望族诗歌呈现出山海相连、美景与传说交融的海域特点，大海不但呈现了壮观、浩荡、磅礴、掀翻天地的种种景象，而且还有三神山般的缥缈、神秘、变幻无常，其所抒发的情感也因之而或豪迈慷慨或飘逸洒脱。

### 二　海洋人文景观

"所谓海洋景观，就是人类文明的历史在海洋上的反映所构成的可供旅游观光审美鉴赏的存在物。"① 海洋景观既包括海洋的自然景观，也包括海洋信仰、历史事件及人物所产生的人文景观。

就海洋人文景观来说，宗教文化的内容主要表现为一些道观寺庙建筑、碑林石刻、文人墨宝、古树石器等，它们与内地山林中的宗教文化不尽相同，往往海味浓郁。崂山是一座道教名山，因而在即墨望族子弟的笔下，崂山的道观、佛寺都增添了海的气息，上节我们列举的描写崂山道观的诗歌，大多都有这样的特点，再如蓝田《太平宫》：

> 蜃气几层楼阁，潮声一片宫商。羲驭早离旸谷，野人高卧石桥。潮长沙头鸥起，风来林外渔歌。隔浦淮山几点，玻璃盘拥青螺。

崂山的太平宫好像是海上幻现出的亭台楼阁，海潮声声犹如乐声，潮涨鸥起，风送渔歌，万顷碧波似透明的玻璃盘，太平宫所在的上苑山则宛如青髻。太平宫是道教景观，潮声、蜃气、海鸥、渔歌等一系列意象的使用，增添了海域色彩。

历史名人或者事件在海洋文化的历史发展过程中举足轻重，因此历史名人或者事件所留下的历史遗迹以及后人所修复的建筑，都构成了海洋人文景观。在即墨及其周边地区，秦始皇东巡求仙的历史遗迹及由此所附会出的故事传说、徐福东渡的历史遗迹、田横与五百壮士、八仙传说等都成了即墨诗人笔下常用之人文典故。

从战国中后期到汉武帝时，神仙信仰已相当广泛。齐威王、齐宣王、燕昭王、秦始皇、汉武帝都曾派方士去海上三神山寻求神仙及不死之药，其中秦始皇最为执着。秦始皇三次巡视山东沿海地区。始皇帝二十八年（公元前219），秦始皇东行郡县，南登琅琊刻石纪功，徐福请去求仙药；

---

①　曲金良：《海洋文化与社会》，中国海洋大学出版社2003年版，第167页。

始皇帝二十九年（公元前218），秦始皇由芝罘登琅琊；始皇帝三十七年（公元前210），秦始皇由李斯、胡亥等随从，第三次巡游琅琊。秦始皇寻仙求药的活动，为文学艺术提供了新的主题和素材，秦桥遗迹、徐福采药等故事成为诗歌中常用的典故。

传说秦始皇东巡海上，欲渡海去观日所出处，命人筑石桥。时逢神人能驱石入海，"石去不速，神人辄鞭之，尽流血，石莫不悉赤，至今犹尔"。石桥建成后，秦始皇感激海神之助，约他见面，但因秦始皇手下画工偷画自认为貌丑的海神，海神怒而毁桥，只余四个桥墩时隐时现于波涛中，这四个桥墩便是"秦桥遗迹"。"秦桥遗迹"其实是天然存在的自然景观，但是由于它很早就与秦始皇附会并演变成了脍炙人口的神话故事，使得千百年来人们一直将它看成是秦始皇修桥的遗迹，它也就由自然景观演变成了人文古迹。"秦桥遗迹"是即墨望族子弟描写海洋的诗篇中常用的典故。如黄宗庠《望海》（其二）曰：

> 碧海舒长望，披襟步石滩。潮痕冲岸去，岛影卧波寒。天地来春色，鱼龙卷暮澜。荒哉秦帝意，驱石一桥难。

诗人于一日将尽之时放眼远眺碧海，感慨人生短暂和人类面对自然的无力，但诗人并不直抒胸臆，而是运用郦道元《水经注·渭水》中"龙鱼川"之典和驱石筑桥的典故，驰骋想象，以秦始皇的权力有限，反衬凡夫常人的无力。这一曲笔，使全诗跌宕有致，含蓄蕴藉，更加意趣深长。再如林钟柱《观潮》：

> 岛屿横空击目遥，忽惊澎湃涌新涛。气吞海角沙飞舞，势撼山根树动摇。地轴凌风怒蛟立，天吴喷雪夐龙骄。眼前已见蓬壶接，翻笑秦皇鞭石桥。

写海潮全从想象入手，天吴喷雪，蛟龙发怒，涌起的波涛气势惊人，吞没海角，浪花飞溅如沙飞舞，其声势似可撼山动地，眼前所见的壮阔景象已是蓬莱仙境，秦始皇鞭石筑桥、入海寻找观日之处的行为，实在是可笑。典故的运用起到了深化诗思、强化意蕴的作用，开拓了诗歌的时空意境。

　　秦始皇第一次东巡琅琊时，齐人徐福等上书："言海中有三神山，名曰蓬莱、方丈、瀛洲，仙人居之，请得斋戒，与童男童女求之。"① 于是，秦始皇遣徐福率领童男童女数千人，入海求仙人。徐福奉秦始皇之命出海求仙，确有其事，他究竟自何处出海，史书上无明确记载，但关于即墨崂山徐福岛是其起程之地的传说，却流传已久。在崂山登瀛口外海中，有一座小岛，叫徐福岛。据崂山民间传说，徐福率童男童女各三千人曾在徐福岛水域训练航海技能，并由此东渡，故此处海口及村庄均称"登瀛"，《即墨县志》记有："徐福岛，县东南五十里，相传徐福求仙住此，故名。"②

　　徐福东渡这一故事，与长生不老、成仙、航海等息息相关，带有浓厚的道教文化色彩和海洋文化色彩。当人们眺望大海时，总会不自觉地联想到徐福，或猜测徐福出海之动机，或反思徐福东渡之价值，或讽刺徐福之欺骗秦始皇，或怀疑长生不老药之存在。无论对徐福东渡的看法如何，徐福及其东渡事件都是海洋文化中的一个重要部分，也是文学创作中的一个重要题材，于即墨地区的诗人而言亦是如此。黄体中《徐福岛》曰：

> 东海茫茫万里长，天水何处是扶桑。
> 海船一去无消息，徐福当年赚始皇。

　　东海茫茫，虽然不知道扶桑在何处，但求仙访药的徐福一去无消息，这怎不让人怀疑徐福是借寻找长生不老药而远走海外？诗人态度明朗，直接指出徐福欺骗了秦始皇的事实，表达了神仙之说实为虚妄的主旨。再如杨兆鲲《游雄崖白马岛》二首：

> 忆昔徐生驾巨舟，为秦采药海东游。
> 飘空一去不复返，祖龙灰冷今千秋。
>
> 咫尺蓬莱迷去路，长年三老不复渡。

彼仙者兮且杳冥，人生何必悲朝露。

白马岛位于今青岛即墨丰城雄崖所东北，丁字湾南侧，岛上的海岸崖壁呈现雄浑无比的赤色，但诗人这两首诗并未描写白马岛的风景，而是由眼前大海，联想到徐福寻药不归的传说，直接抒发感慨。第一首感叹徐福一去不返，不但秦始皇空等，千年之后的人们也未见徐福归来，较为含蓄地指出长生不老药的传说并不可信。第二首则直接点出海中神山神人之杳冥，长生不可求，何必悲伤人生朝露呢？不如以旷达心态对待生老病死。

田横岛，"县东百里海中，去岸二十五里，相传田横五百人殉节处"①。据《史记·田儋列传》记载，田横为故齐王田荣弟，曾于秦末随兄起兵重建齐国，汉立后，率五百徒属逃亡海岛。刘邦召降，许以侯位，并威胁如不降服，便发兵加诛。田横终因不愿称臣，于去汉朝途中自杀，居岛五百徒属惊悉噩耗，亦集体殉节。田横及五百士宁死不屈、舍生取义的崇高气节，令人肃然起敬，此后他们逐渐成为大义、高节的化身，人们不仅在岛上建造了田横庙、修建了五百义士冢以示纪念，还在诗文中吟咏、称颂他们。如李白《于五松山赠南陵常赞府》曰："海上五百人，同日死田横。当时不好贤，岂传千古名"；杜甫《八哀诗·赠司空王公思礼》曰："永系五湖舟，悲甚田横客"；韩愈《祭田横墓文》评曰："自古死者非一，夫子至今有耿光"；刘基《咏史》曰："虽非中庸道，要亦有耿光"；陈廷敬《咏汉事》云："田横能得士，高义陵千秋"；郑成功《复台》曰："田横尚有三千客，茹苦间关不忍离"；赵执信《田横岛咏古》云："食客三千两鸡狗，岛人五百一头颅"；龚自珍《咏史》诗云："田横五百人安在，难道归来尽列侯？"在这些诗篇中，田横与那五百壮士代表着华夏民族傲岸不屈的精神。

田横岛近在咫尺，即墨地区望族子弟得地利之便，驻足田横岛，吟咏田横之壮举成为他们诗歌的一个主题。这类吊古咏史之作，大都写得激情澎湃又悲壮感人。周璠，万历年间即墨县县丞，其《田横岛》曰：

山函巨谷水茫茫，欲向洪涛觅首阳。穷岛至今多义骨，汉庭谁许有降王。断碑卧地苔痕重，古庙无人祀典荒。识得灵旗生气在，暮潮

---

① 同治《即墨县志》卷1《方舆·古迹》，第148页。

风卷早潮扬。

把田横及五百壮士的壮举比作隐居首阳、耻食周粟而饿死的伯夷叔齐,尽情赞颂了田横五百壮士不贪荣利、舍生取义的铮铮铁骨,感慨田横及五百壮士的精神如奔流不息的海水万古长存,感情饱满深挚,格调慷慨苍凉。

张铃,即墨人,乾隆甲寅科举人,其《田横岛》在田横五百壮士与六国其他食客的对比中,赞扬了田横五百壮士义薄云天的英烈骨气:"刎颈见陛下,神归兹岛中。岛中五百人,心与二客同。孰死不归土,孤屿生白虹。六国争得士,市道相罗笼。食客号三千,见危几人从。乃知夫子贤,义高薄苍穹。薤露痛已晞,图画莫能工。我来寻遗迹,剑璏血晕红。吊古鬼雄多,怀抱纷横纵。泪洒秋涛上,大海起悲风。"黄守湘《田横岛》二首把田横五百烈士的英魂作为吟用对象:

> 螺堆一点望嶙峋,落落英风不可寻。四塞河山归日角,千秋义烈吊忠心。青峰碧血沦苍翠,大海生潮吟古今。太息田齐尚余此,咸阳宫阙久销沉。

> 赤帝握符命已断,田横何事苦忘身。四君空有三千士,一岛独传五百人。共誓丹心昭日月,共怜毅魄化青磷。我来凭吊悲前史,慷慨齐东节义真。

感慨以议论出之,具有酣畅淋漓的气势。周如锦《即墨怀古》(其一)也直抒胸臆,慷慨悲壮:"田横客五百,慷慨殉所感。至今岛中魂,犹破天吴胆。"

## 三　海域风土人情

即墨沿海地区的百姓大多是以捕鱼为生,因而即墨望族的诗歌反映了即墨地区渔村的情形,如黄玉瑚《海上渔家》:

> 拔刺秋鳞入馔香,渔罾潮退起方塘。
> 孤舟晚泊看帆影,远在山头紫蟹庄。

　　诗人选取秋鳞、渔罾、潮退、孤舟、帆影、紫蟹等一组富有海滨地域特征的意象，勾画出一幅海滨渔村渔罾图，文笔凝练。再如周思璇《渔村》：

　　　　斥卤无禾稼，老农殊不嫌。人家多晒网，村落半烧盐。潮退滩逾阔，鸥飞意自恬。坐看烟起处，斜日入西崦。

　　此诗较为朴实地反映了即墨海滨多为盐碱地，百姓很少从事农业生产，多根据地利，从事渔业、烧盐工作的情形，比周思璇《渔村》更为写实。再如江如瑛《青山道中》：

　　　　不减山阴道，纡回一径通。海连松间碧，叶落草桥红。鸥队闲云外，人家乱石中。居民浑太古，十室半渔翁。

　　青山在崂山太清宫东北方，山下为青山村。这首诗描绘出青山幽丽如仙境的风景，也反映了那里淳朴诚实的古老民风及一半人家以捕鱼为生的生活实际。
　　即墨自开放海口，海运贸易就繁荣起来，因此，描写海口观渔的诗歌也出现了。如鳌山卫廪生王六谦《女姑港观渔》云：

　　　　徘徊海之畔，冷然微风善。海波静不扬，青铜磨水面。空水以石投，云开日影散。波纹时动摇，万叠光华烂。远远见渔艇，无风驶若箭。顺流网数收，得鱼长尺半。惊风何处来，海势忽一变。激宕鼓洪流，舒惨顷刻现。潮头高于舟，蓄极始拍岸。渔舟渺然去，我犹汪洋叹。三山如可接，恍如安期见。

　　女姑港位于胶州湾东北部白沙河口，女姑山下，明朝时已经启用，明清两代一直是即墨的重要港口，据当地同治十年（1871）所立《重正旧规》石碑记载，此处海口曾繁荣一时，百物鳞集，千艘云屯，南北货物流通，农商均获利益。在这首诗中，诗人先描绘了微风轻拂、海波不兴、波光激滟的海景，然后镜头转向如快箭般驶过水面的渔船，描写船上渔民顺流收起渔网，并在惊风忽至、海浪高过船头时渺然而去的情景。诗人把渔船之来如"箭"，渔船之渺然去无踪，置于大海由平静无波到激荡拍岸两幅场景中，观渔之事穿插其中，着墨虽少，女姑港渔船捕鱼的生活场景却再现于眼前。清代寓居青岛的莱阳文人孙笃先《浮山观海》诗，也反映了渔船驶于海浪之上的情景："茫茫烟水接天秋，影见扶桑天际流。满目惊涛风正怒，千层雪浪认渔舟。"

总体来说，即墨望族成员对海洋自然和人文景观最为关注，诗作中也以表现海洋自然景观和人文景观为主，涉及海滨风土人情的诗作较少。从这个方面来说，即墨望族诗歌中地域文化的表现是相当有限的。大部分即墨望族诗人长期生活在家乡，理应对家乡的地域和文化特征有更为深刻和细致的刻画，但是实际情况是他们对家乡风土人情的了解与刻画都相当有限。究其原因，这与文人士大夫的生活远离普通百姓的生活有关系，也可能与熟视无睹的心理有关。不过这些数量有限地反映海滨社会生活的作品，仍是给我们读者带来了比较新鲜的内容，有其价值存在。

## 第三节　儒家文化与诗歌中的家族意识

齐鲁是儒家思想的发源地，齐鲁文化具有浓厚的儒学色彩。明清即墨望族生活于浓厚的齐鲁儒学环境中，以儒起家，亦以儒传家，深受齐鲁文化和孔孟之教的影响。他们志操耿介，负性气盛，在朝为官不惧权宦，直言敢谏，出现过不少为官一地、造福一方的端方名臣。在诗歌创作领域，或许是受道释文化的影响，即墨望族诗歌中虽有抒发"致君尧舜上，再使风俗淳"这样济世抱负的作品，也有关心民瘼、针砭时弊的作品，但总的来说，这类诗歌的数量十分有限，即使有，也相对较为缺乏宏大深厚的底蕴，在艺术表现上也并不突出。儒家文化中的孝悌思想在他们的诗歌中表现得较为鲜明。他们的诗歌表达了对乡贤先祖的尊崇、对后辈的期盼以及对兄弟亲情的维护，具有较为浓厚的乡邦意识和家族意识。

### 一　对乡贤祖辈的尊崇与称颂

家族是一个由血缘关系联系起来的共同体，共同的祖先是维持一个家族成立的基本条件。对先祖的追述和颂扬既是对家族血缘的认可，也体现了对先祖的孝思，是儒家孝伦理的体现。在先秦儒家经典中，《礼记·祭统》篇对颂扬先祖行为的论述较为具体："夫鼎有铭，铭者自名也。自名以称扬其先祖之美，而明著之后世者也。为先祖者，莫不有美焉，莫不有恶焉。铭之义，称美而不称恶，此孝子孝孙之心也，唯贤者能之。铭者，论撰其先祖之有德善、功烈、勋劳、庆赏、声名，列于天下，而酌之祭器，自成其名焉，以祀其先祖者也。显扬先祖，所以崇孝也。"① 可见孔子把对先祖的颂扬直接列为孝的一种。再如《诗经·大雅·文王》篇语曰："无念尔祖，聿修厥德。"② 这句话的意思是说作为子孙后代时刻都不要忘了自己的祖先，对先祖的功德更要追述和发扬。

　　即墨望族子弟尤为看重自身家族的血缘关系，他们都对自己的先祖怀有一颗崇敬之心，表现在文学上就是通过对先祖的追述和颂扬，表达无尽的孝思。黄立世著有《述旧集》，收录 24 首诗，不但吟咏即墨乡贤蓝章、蓝田、周如砥、周鸿图、杨良臣、杨士鳞等的事迹，还颂扬了黄氏家族中那些佼佼者的功德事迹，如《上庄》：

　　　　胜国当季年，兵戈极天表。东海更惨烈，乱离不能保。吾祖方数年，八口寄于草。屋宇荡飞尘，仓皇匿诸岛。朝饥食橡栗，夜宿傍虫鸟。时我曾亡父，忧心怒如捣。慈亲年八十，有子尚少小。日夕对烽烟，惊心转相抱。乾坤会旋转，遭家独不造。曾亡父不年，愍凶倩谁扫？发奋益读书，典坟极搜扫。夜半冰雪深，孤灯坐清晓。高科弱冠余，甘棠饮名早。司理古濠梁，如山法难挠。解释几千人，熏莸敢颠倒。官裁更盐山，颜色为之槁。百里亦何择，严疆阅旱潦。民贫已难医，冠盗聚城堡。终宵不成寐，忧心几时了。御侮兼恤灾，三年见粳稻。单骑历乡村，谆谆善为宝。忠孝乃为人，庶不愧安饱。量移更农部，涕泪满周道。万姓齐呼天，婴儿失褟褓。国史纪循良，衔恩列上考。崂山围上庄，西风千树杪。园林百余载，可如昔时好？孙行余最季，弹指已衰老。先绪慎勿忘，海波日渺渺。

　　上庄是黄立世曾祖黄贞麟所建的别墅。此诗前有小序，介绍了黄贞麟

---

① 《十三经注疏·礼记正义》，北京大学出版社 2000 年整理本，第 1590 页。
② 《十三经注疏·毛诗正义》，北京大学出版社 2000 年整理本，第 1129 页。

的生平，小序曰："先大父讳贞麟，字方振，号振侯，顺治乙未戊戌进士。司理凤阳府判，海寇逋赋劫鞘，扳连五六省，逮及千余人，皆省释之。后以缺裁改知盐山县，盐地斥卤，为巨盗所出入，御患恤民，盐大治。即迁计部，盐民数万人涕泣，赴部有夺我良人之诉云。"这首诗以平实的风格追述先祖黄贞麟的一生：少年时遭逢朝代更换的战乱，父亡家贫，生活悲惨，而后发愤读书，考中进士，实现达则兼济天下的理想，名载青史，表达了一种绵长的怀想和孝思。这种怀想和孝思又潜在地表现出对家族血缘的认可，表现出希望能回到家族的鼎盛时期，希望保持家族荣耀的心理，提醒自己勿忘先人。在《闻珂侄诗草喜其才可造就为述吾家诗学原委示之》中，黄立世则追述了黄氏家族的家学渊源：

> 吾家世泽两朝余，青箱只有书五车。抚时感事今夕殊，少年谁景前贤趋。当时高平腾云衢，杏林彩笔压三都。尚书御史声焕如，诗法往往逼黄初。燕许老手大金吾，婆娑白发凌清虚。兄弟叔侄耀连珠，酒酣落笔声呜呜。是时吾祖登官途，上吞五岳下五湖。盐山诗笔流民图，杜陵忠爱果非迂。慨自异轨有老奴，文字发难出不虞。镜岩楼中山不姝，白鹤峪中草亦枯。一时坛坫尽荒芜，百年谁把旧犁锄。世父复入承明庐，摩空词赋文采摅。三唐两汉开前驱，不数巴唱与吴歈。华馆去今几居诸，荒凉每叹黄公垆。四百年来规模具，爱尔有才意不疏。腾骧磊落龙为驹，孤竹老马增踟蹰。珂乎珂乎有是乎，吾道从今喜不孤。

自高平公黄作孚以来，黄氏家族形成了自己的诗学传统，黄作孚（高平公）首中进士，诗歌传统肇始，其后黄氏家族中诗人层出不穷，黄嘉善（兵部尚书）、黄宗昌（御史）、黄培（大金吾）、黄贞麟（盐山令）等人都写出了优秀的诗作。康熙初年，曾为家仆的姜元衡状告黄培"怀明反清"，黄氏家族多名成员被逮，黄培被杀。黄宗庠（镜岩楼）、黄垍（白鹤峪）无心诗文，黄氏家族的诗学传统面临断裂的危机。而后黄鸿中（花萼馆）等人又再承继传统，吟诗作词，诗学传统延续多年。在诗人的追述中，既有对家族传统的骄傲，也有对"黄培文字狱案"后诗学不振的感慨，还包含着对侄子的鼓励和期待，以及家族诗学后继有人的欣喜。

杨铭鼎有强烈的家族意识，其《康熙乙卯春祭见墓后为山水冲缺鸠工修之敬书俚语以示后人》："奉先思祖德，霜露转凄然。清白推前业，寅恭绍世传。人心皆不死，我意自缠绵。封树真难已，还将望后贤。"宣扬祖德之清白，鼓励后人承先继后。再如《敬宇来归纪事》叙说家世，为三世祖留在辽东的后裔认祖归宗感到欣慰。

蓝润有《白斋》二首，诗前有序，序言曰："先侍御肄业于万卷楼，复治此斋，题曰'白斋'。所著《白斋表话》，今失无存，仅有集行世。自正德丙子，至今百五十年。余于崇祯乙亥督理重建，今得游息焉。学疏识短，不能仰承万一，赋此志愧。"其一曰："原是藏修处，行将二百年。著书垂后胤，创业属先贤。直道由来尚，孤忠自昔怜。展函思祖烈，循此保无愆。"述说先辈著书、创业的传统，颂扬家族耿直、忠心的家风。其二曰："鹰堂卤舍蔚文光，先业传来八代芳。当日图书存万卷，于今简册有余香。余生碌碌成何事，祖德绵绵志未遑。兀生几竿修竹下，遗编郑重奉圭璋。"述说祖德中，有碌碌无为、有愧于先祖的想法。

## 二　对后辈子弟的谆谆教诲

即墨望族诗歌中的家族意识还表现在他们对后辈子弟普遍寄托了殷切的期望。在封建社会，延续家族荣光的道路是科举，如果一个家族的成员没有功名，无人走上仕途，那么这个家族的未来是渺茫的，所以即墨望族对后辈的期望，多是叮嘱后辈认真读书，考取功名，为自己的家族争光。如蓝重蕃《勉子孙》：

> 紫云高阁起华阳，祖德己同海石长。
> 尔在东崖须记取，青青不断是书香。

蓝章归田后在崂山华楼山前修建了华阳书院，并于其中修建紫云阁，聘请名师，教育蓝氏子弟。这首诗中饱含祖德长久如海石的骄傲，也冷静地提醒后人要书香传家。杨还吉《乙丑四月十四日雨中偶示望孙》：

> 寒风凄雨，朝薑暮盐。千年人物，画粥黉山。咬得菜根，无愧圣贤。不怨不尤，立志孔坚。猗嗟小子，勿忘艰难。

用"朝齑暮盐""画粥黉山"的典故鼓励望孙不怕生活艰苦，坚定信念，坚持苦读。杨还吉还在诗中直白地劝勉后辈子弟珍惜时间，不辜负好时光，如《示诸子》："青山当户亦悠哉，白日如流老渐催。寄语诸郎须努力，秋声夜夜迫人来。"

读书是科场得胜的途径，因此在参加科举考试前，诗人总是寄予美好的期望，如杨还吉的《戊午八月予被征入燕侄法鼎元鼎宗鼎同赴历下应秋闱思而不见遥有此寄》（其二）：

> 百年清白重家声，戊午重逢望一经。折桂图传藏月窟，钓鳌路近傍东溟。空山夜映霞城彩，老树云流竹巷青。寄语诸郎须努力，好驰逸足蹑先型。

在小辈家族成员参加科举考试前，寄语后辈努力向上，踏着先人足迹前行，为家族争光。当科场捷报传来，诗人也会借此机会，勉励后辈，如黄垍《沁园春》：

> 黄氏科名，逮子之身，于今六传。自青州远徙，来居即墨，越我高祖，有积德焉。清白家声，箕裘世业，甲第相承二百年。人都说，是天心眷顾，家学渊源。
> 古来履盛为难。尔小子、从今宜勉旃。惟严以持己，谦以接物，勤以集事，敬以承先。福泽功名，方兴未艾，子子孙孙永象贤。春风起，看桃花浪里，水击三千。

这首词的小序曰："丁巳秋，大中系高捷北闱。报至，作《沁园春》小词志喜，且示勉焉。"黄大中康熙十六年（1677）中顺天府经元后，词人欣喜至极，写下了这首词。黄垍先回顾黄氏家族甲第相承二百年的历史，勉励小子"惟严以持己，谦以接物，勤以集事，敬以承先"，希望子子孙孙永远象贤。再如黄立世《忆昨行示玫儿》：

> 家世本寒薄，诗书继先哲。譬如御车者，不改东西辙。予昔十二三，艺苑恣采撷。既已就外传，父教更严切。每当秋冬时，精神益磨折。……日尽继以火，呀唔无时歇。祖母伤家贫，绩麻忧惙惙。绩声

与书声，夜半互续辍。布袍不御寒，薄衾尽如铁。帘外灯摇风，窗前竹压雪。鸡鸣更未卧，倦剧头磨楔。如此更数岁，颇谓尽心血。苦中寓至味，祖父悲亦悦。其后落风尘，恍如晓星减。三度游济水，一度朝双阙。薄宦天之涯，往事不可说。汝今十二三，好自惜萌蘖。摊书日几行，赋才本谫劣。功半而事倍，无为间时月。祖父告终日，眷眷犹提携。料得爱儿心，爱汝无以别。世泽在诗书，心力两俱竭。勉旃听吾言，恃此绵瓜瓞。

虽然孩子的天赋不高，做事情事倍功半，但诗人仍然用自己的经历鼓励孩子向学，把诗书世泽的传统保持下去。

即墨望族对维护家族地位与门庭声誉非常看重，因而在对家族后辈的教诲之中，也多有对后辈子弟言行举止等方面的劝诫，例如希望他们节俭、谦恭等。杨良臣《田册偶题》曰："侥幸登科托祖先，自家治买地连阡。因知孔子两行字，不受前人一寸田。父宅祖园全弟业，南庄西汇付儿传。后人珍重须常守，常守良方节用钱。"以自己的行为为榜样，提醒后代子孙兄弟之间要懂得谦让，生活中要节约，不要挥霍祖产。杨还吉《别大儿文鼎》曰："开口欲有语，泪下已溅溅。弟妹各幼小，况复对几筵。事以隐忍胜，勿以躁动传。于人多善悔，于己乃无愆。"告诫儿子做人多隐忍，勿躁动。《寓青州寄望孙并十德儿庶朝夕知做》："我居青土，忽已兼旬。惟念小子，勉哉成人。黎明起颂，句读要真。握管写字，点画停匀。行步端详，言语雅驯。凡诸戏狎，绝无身亲。孳孳不已，德进日新。嗟尔小子，听此谆谆。"对读书、写字、走路、说话用语等都提出具体的要求，期盼望孙"孳孳不已，德进日新"。杨盐则要求后人做个好人："小窗间与儿曹话，要种心田学好人。"①

这种长辈对后代训诫劝勉的诗歌被称为"家训诗"，主要是劝学的内容，也涉及个人修养方面的内容。这种家训诗既是即墨望族维系家风的一种形式，也反映了儒家传统文化观念对即墨望族诗歌的影响。

---

① （清）杨玠：《七世沛公传》，《山东文献集成》（第2辑），山东大学出版社2007年影印本，第42册，第767页。

### 三　对兄弟的关心厚爱

儒家讲父慈子孝、兄友弟恭的长幼伦理之情，这种笃厚亲情的儒家思想，在诗歌活动和诗歌创作中的体现，就是亲情的彰显。即墨望族的亲情诗既表达了父子、叔侄的长幼伦理之情，也抒发了同族兄弟的手足之情。

即墨黄氏家族由于家族成员众多，且文学修养颇高，所以在家族子弟的成长过程中，家族便能提供一个相对自足的文化环境，使得家族子弟有机会聚集在一起，讨论文学，切磋技艺，因而各位家族成员在血缘关系的基础上，也结下了深厚的友谊。他们既是亲人，也是诗友，因此黄氏家族成员吟咏亲情的诗歌在数量上就十分可观。以黄贞麟和黄塏为例，二人有本合集名曰《赠答草》，此集选编了黄塏、黄贞麟叔侄二人50年中往来赠答之诗。虽然此集已散佚，但黄贞麟和黄塏的现存诗歌中，仍保留了二人之间为数不少的赠答之作。现存黄塏诗歌中就有《赠麟侄归田十二韵》《冬暮简计部侄》《赠麟侄归田》等十几首诗；黄贞麟的诗歌中则有《怀家子厚叔》《怀家澄麓叔》《怀家澄麓伯》等几首诗反映了二人之间深厚的叔侄之情。如黄塏《怀家澄麓叔》曰：

> 久喜相如健，别来更若何？勿庸亲药饵，须是戒吟哦。才大应多嫉，心闲得太和。几时同杖履，东海问渔蓑。

问候黄塏别后如何，劝说其戒除吟哦，方能远离药饵，身体康健，同时盼望着能相聚东海之日。诗很符合黄贞麟作为后辈的身份。黄塏亲情类诗歌写得情词并茂，很感动人，如组诗《哭大兄》的第一首和第二首：

> 嗟兄何太忍，弃我在桑榆。白日肠应断，秋风病未苏。箧中余旧帙，床下蔍诸孤。为问池塘上，还生春草无？

> 死别应多恨，生存余独难。那堪孤雁影，不耐北风寒。脉脉思前事，凄凄念后艰。无须怀具远，棣萼已摧残。

第一首以埋怨的口气说兄弟你怎么忍心舍我而去，独留我这桑榆之年的人在世上，让我这个病中之人怎么不肠断？书箱中旧帙仍在，床前孤儿还小，池塘上的春草来年又生，你却永远不回来了。第二首感慨兄长死后自己如秋风中的孤雁一般凄凉，感慨独活在世上的艰难。这两首诗都情深义重，令人不忍卒读。黄坦还有《简大兄》《大兄病起》等诗歌记述二人之间的兄弟之情。再如乾隆年间的黄立世，其吟咏亲情的诗篇情意缠绵，感人至深，体现了他讲求性灵的诗歌主张。

即墨杨氏"吾家自宋元前明以来，衣冠累世，书香不断，为即墨故家远矣，非必有高官大爵也，只此孝友二字为祖宗传家之本"[1]，"孝友家风，久而不坠，而杨氏亦可绵长于弈世矣"[2]。杨还吉幼年失怙，兄长抚养成人，后"与诸兄白首同居，无间言。尝以礼教衰斁，幼长失顺，因元旦定家人礼，乡党以为士"。他描写自己与兄长子侄间感情的诗歌较多，如《寄山巷三兄并诸侄》：

> 山巷日夕佳，一水绕前村。老槐十余株，绿荫尽当门。农人虽有事，出入必相存。有时较晴雨，列坐古槐根。槐叶密如盖，槐实已可吞。忽忽疑风雨，岂复辨朝昏。我虽在长安，日夜念诸昆。安得守山巷，共读且讨论。终夜不能寐，未明苦朝暾。笑为朔皋误，待诏来金门。

这首诗是杨还吉入京参加博学鸿儒选拔时所写的，他想念故乡的槐树，向往自在的山居生活，更想念兄长诸侄，希望能有朝一日"共读且讨论"，而不是像现在这样为诗文所误，待诏金门。

综上，在道教文化、海洋文化和齐鲁儒家文化的影响下，即墨诗人的创作表现出鲜明的地域特色，形成了即墨望族诗歌创作中引人注目的特点。但在这种醒目特点的表象背后，我们也会发现即墨望族诗歌的局限性。由于即墨诗人生活空间狭窄，他们的活动基本上局限于即墨这一小小的区域之中，他们吟咏的题材、所用的人文故实都不是那么丰富，诗歌表现的内容在具有地域特色的同时，也具有单调的特点。即使是蓝田这样交

---

① 杨贵堡等续修：《即墨杨氏家乘》，民国二十六年铅印本，第一册，第46页 a。
② 同上书，第47页 a。

游广阔、踪迹南北的诗人，其诗所描绘的也主要是崂山一带的山水形胜。
突破这种地域局限，使自己诗歌的地域色彩呈现多样化的是杨玠和黄立
世。杨玠在赣县为令，黄立世在粤东为令，二人的诗作分别描绘了江西、
两广等地的风景，他们的诗歌带有岭南的地域色彩。

# 第 三 章

# 明清山左即墨地区望族文学交游考

明清时期，即墨地区望族的结社交游活动随着本地文化教育和诗歌创作活动的繁荣而逐渐活跃起来。明正嘉年间，蓝田参加丽泽诗社和海岱诗社，与杨慎、冯裕等人诗歌唱和。明清鼎革之际，即墨望族人才济济，他们不仅与山左地区的文人交游颇多，还与踏足即墨的顾炎武、施闰章等当世名家发生了一些联系，并且成立了以本地望族成员为主的丈石诗社。本章选取蓝田、黄培、黄坦、杨还吉四人来考察即墨望族的交游结社情况，勾画出明清时期即墨望族结社交游活动的发展历程。

## 第一节　蓝田与明正嘉诗坛

蓝田（1477—1555），字玉甫，号北泉，嘉靖二年（1523）进士，官至河南道监察御史。蓝田是明代中期即墨地区最重要的诗人，他交游广阔，与正德、嘉靖年间的诗坛名家诗歌唱和。通过其交游活动，可以窥见明正德、嘉靖年间诗学思潮演变之复杂。

### 一　蓝田与丽泽诗社

正德元年（1506），杨慎"与同乡士冯驯、石天柱、夏邦谟、刘景宇、程启充为丽泽会，即墨蓝田，永昌张含结社唱和"①。他们作诗论文，互相砥砺。现存杨慎与蓝田的《东归倡和》及张含的一些诗，就是当时"丽泽会"唱和留下的只鳞片羽。

---

① （明）简绍芳：《赠光禄卿前翰林修撰升庵杨慎年谱》，载王仲镛《升庵诗话笺证》，上海古籍出版社 1987 年版，第 592 页。

除了蓝田以外，"丽泽会"另七名成员情况如下。

杨慎（1488—1559），字用修，号升庵，四川新都人。正德六年（1511）殿试第一名。嘉靖三年（1524），因上疏议大礼，两被廷杖，以翰林修纂谪戍云南永昌卫。在云南期间，他博览群书，精研文史诸学，著作达四百余种，成为明代学术大家，对晚明及清代学风和文学的发展，具有相当大的影响。在蓝田交游圈子中，杨慎是当时及后世影响最大的名家。

张含（1480—1567），字愈光，号禺山，又号半谷，云南永昌人，"杨门六子"之一。正德二年（1507）举人，六次参加会试都未得中，最后一次未到京而返，居于永昌，专心于诗文创作。他师事李梦阳，友何景明，与杨慎交游最契。著有《张愈光诗文选》八卷，为杨慎亲手检定。

石天柱，字季瞻，号秀峰，四川岳池县人，正德三年（1508）进士，历都给事中，官至大理寺丞。他"立朝敢言"①，正德十二年（1517），武宗始巡游塞外，营镇国府于宣府，天柱率同官力谏。武宗欲复巡幸宣府，天柱刺血书疏进谏。都御史彭泽被诬，"天柱与同官王爌力明泽无罪，乃得罢为民"②。嘉靖初，升为大理寺丞，卒于官。著有《秀峰集》及疏稿等。

夏邦谟（1485—1566），字舜俞，号松泉，四川涪州人。正德三年（1508）进士，历任道、州同知，两淮运判，官至工部、户部、吏部尚书。在任期间，查田亩，裕税赋，弥补国库长期亏空；纳群言，拒馈赠，不为权奸左右，终被忌恨攻讦，嘉靖三十年（1551）罢归。晚居涪州，与杨慎赋诗唱和。

刘景宇，字参之，四川南溪人，正德六年（1511）进士，任御史。因疏荐王守仁不报，遂谢病。桂萼以书招之，不应，得罪桂萼，在嘉靖六年（1527）的御史考选中被张璁等人指责。清廉自守，"尝手书《范滂传》揭于庭，日夕三复。每岁终，将诸当道馈遗悉归有司，作书答谢"③。杨慎为其同乡好友，其《升庵集》中多有投赠之作，如《过南溪怀二刘参之承之兄弟》云："京国交游四十春，刘家兄弟最情亲。风流云散三生梦，水逝山藏一聚尘。沙步维舟催解缆，邻村闻笛倍沾巾。可怜烟草江安树，愁见当年送别津。"

① 《四川通志》卷8《人物》，清乾隆元年刻本，第53页a。
② 《明史》卷188《列传》第76，中华书局2010年标点本，第5004页。
③ 《四川通志》卷8《人物》，清乾隆元年刻本，第62页b。

　　冯驯，字行健，四川岳池人，正德三年（1508）进士，授户部主事，历任福建兴化太守、福建布政使，官至江左布政使。冯驯为官正直，"疏弥变七事，言甚恳切。出守兴化，除害民吏役素号'二虎''三彪'者，政治肃然"①。铨部考核，天下第一。

　　程启充（？—1537），字以道、初亭，别号南溪，四川嘉定州人，正德三年（1508）进士，除陕西三原知县，后入朝任御史，是明代"嘉定四谏"之一。《明史》载："启充素謇谔，张璁、桂萼恶之。会郭勋庇李福达狱，为启充所劾，璁、萼因指启充挟私。谪戍边卫十六年，赦还，言者交荐，不复用。卒。隆庆初赠光禄少卿。"② 程启充与杨慎为素交，升庵亟称其诗，著有《初亭集》《南溪诗话》三卷。

　　综上，"丽泽会"结社之时，八人皆在求学期间。作为当时的青年才俊，他们结社唱和，一方面促进了应举能力及诗艺的提高，另一方面也形成诗坛潜在的新生力量，新的诗潮正是由他们中的杨慎引领。弘治正德间，"前七子"主盟诗坛，文必秦汉，诗必盛唐，强调学习汉魏盛唐，并且这种学习，是以"不读唐以后书""汉后无文，唐后无诗"、割断源流为前提，其末流于汉魏盛唐之中专学数家或一家，字模句拟，诗学日益狭隘。"丽泽会"的核心成员杨慎在正德年间，便有异于七子的自觉，倡言六朝初唐。所以说，杨慎是嘉靖间六朝初唐派的代表作家。"丽泽会"的其他成员如冯驯、石天柱、夏邦谟、刘景宇、程启充、蓝田、张含及刘澄甫、祝蜜、杨恒、胡宗道、王时中、张潮、方豪、崔铣等，诗学主张大体相近。他们交游甚笃，常相唱和，但他们立派意识并不强烈，尚依违于茶陵派、七子派，比如杨慎、蓝田等师从李东阳，张含以李攀龙为师，与何景明为友。"丽泽会"成立之时，并无明确的立派意识，待"丽泽会"多位成员于正德初年成为进士，他们逐渐有了自己的影响力。正德末年至嘉靖初年，七子派内部争论激烈、离心趋强、弊端尽显，他们的立派意识才开始彰露，但他们在创作与理论上还未取得足够的实绩以支持六朝派的大力发展并同七子派分庭抗礼。不久，大礼议起，核心成员杨慎遭贬谪，离开了诗坛中心，六朝初唐派遂转向边缘发展了③。

---

① 《四川通志》卷8《人物》，清乾隆元年刻本，第53页a。
② 《明史》卷206《列传》第94，中华书局2010年标点本，第5435页。
③ 雷磊：《明代六朝派的演进》，《文学评论》2006年第2期。

在"丽泽会"中，蓝田与杨慎、张含的交往较多。

蓝田与杨慎的交往，有父辈之谊的基础①。弘治十六年（1503），蓝章升太仆寺少卿，来到京城，自此到正德元年（1506），有四年的时间，蓝田常在京侍奉。同一时期，杨慎及其父杨廷和也在京师。《东归倡和序》云："三公子皆事其三大人于燕京。其三大人也，俱以文章斐灵、梗概宣洽、道德契符同朝，称三君子交。三公子年相次，读父书，禀父风，敦父谊，而相善如之。后先举孝廉，杨用修、刘子静获隽南宫，蓝玉甫下第东归，两进士送之柳郊，为竟夕饮，赠答以诗，一夜遂成百首，蓝公子拾之，缀于奚囊。"② 三公子是指蓝田、杨慎、刘澄甫，三大人则分别指三公子之父蓝章、杨廷和、刘钫。三大人同朝为官，为君子之交，三公子也相知相善，所以杨慎结社丽泽之时，蓝田也参与其中。正德三年（1508），蓝田六赴春闱不第，即将东归，杨慎、刘澄甫为其饯行，赠答以诗，相互唱和。杨慎作《送东厓先生玉父东归》曰："司马声华在上林，高人宁肯叹升沉。念君未有璠瑶赠，诲我常怀金玉音。落月浮云千里思，倚楼看镜一生心。离怀况值花时节，留别情如送别深。"蓝田和之，题为《次韵留别》，诗云："树转城东歧路分，官河春草碧连云。孤舟帆上潮初落，祖席歌残日欲曛。十载梦醒羞蚁战，一轮丝卷狎鸥群。莫嫌酒伴频相劝，别后何因散缦纹。"《东归倡和》中杨慎的34首诗歌未收录到今通行81卷本的《升庵集》，刘澄甫的32首诗也不见于《海岱会集》，所以《东归倡和》作为丽泽诗社唱和的只鳞片羽，不仅是我们了解丽泽诗社活动的一个窗口，也会对研究杨慎、刘澄甫二人早期创作有所裨益。

嘉靖三年（1524）"大礼议"，蓝田七次上疏，惨遭廷杖。杨慎也两遭廷杖，并被谪滇南。从此二人天各一方，虽天南海北，交通不便，往来渐少，但他们仍然有书信往来。嘉靖二十二年（1543），蓝田作《答杨升庵》，信中说："一别二十余年，相望一万余里，贱子放逐东海，而吾兄

---

① 蓝祯之所辑《大崂山人集》中收录杨廷和与蓝章的书信16篇，杨慎与蓝章的书信5篇。杨廷和与蓝章的书信，除了讨论政务，还委托时为陕西巡抚的蓝章照顾扶继母灵柩回乡的杨慎。杨慎与蓝章的书信，多是感谢蓝章的眷顾周至。杨慎正德八年（1513）扶继母灵柩回乡，这些书信当写于此时。嘉靖二年（1523），杨慎还作《寿少司寇兼御史中丞蓝公七十一序》。这些书信分别见《大崂山人集》（内部刊物），即墨供销社1996年版，第163、166、151页。

② （明）梁招孟：《东归倡和序》，载肖冰《蓝田诗选》，青岛出版社1992年版，第10页。

留滞滇南，云泥悬隔，无握手之期。每一念及，数夕不寐，计吾兄同此也。张碧泉来，蒙寄示手教及《升庵诗话》，长跪奉读，如见颜色，知龙驹凤雏，娱侍左右，将来为瑞，以绍前休必矣，颇慰鄙怀。癸卯孟秋，贱子继室又弃世，衰残之年，复值鳏居。虽有两小儿已纳妇，然年幼无志识，琐屑家务，又萦心曲不去。造物者之于贱子，何若是之酷也？恃知爱，敢一布之。读《初亭诗话序》，知吾兄近著书甚多，恨不得尽，以偿夙愿。倘有便人，寄示为祷。新正偶冒风寒，卧病未愈，搦笔答，恨不能尽所怀。"① 诉思念之情，叙家常话题。杨慎《寄蓝玉夫》曰："四海风纪蓝御史，廿载逃名即墨城。青冥鸿飞日月白，紫渊龙卧波涛清。晴窗香芸拂蟫蠹，春谷乔木歌嘤鸣。总角欢游忽衰老，握镜愁看华发生。"此外，蓝田还有《题画猫次杨升庵韵》《题画次杨升庵韵》《次杨升庵韵》（五首）等诗篇见证了他们之间从总角到华发的友谊。

　　张志淳（1457—1538），张含之父，字进之，号南园野人。成化二十年（1484）进士，与蓝田之父蓝章同年。蓝田《送永昌张氏伯仲下第南归序》曰"南园公，某家司寇公同年友也，视某犹子也，必有教以教子也者矣"，又曰"司徒南园公之伯子曰愈光，仲子曰愈乎。愈光少时，以豪侠闻于滇南，及壮，奉太夫人来京，侍公于宦邸，乃折节读书，从诸老先生游，为文赋诗，以秦汉自期许，视南北朝以下漠如也"②。由此可见两家关系之密切。张含有《答北泉蓝玉甫侍御次韵》一诗，诗曰："独鹤风神老凤身，贞松古柏进龙鳞。遥遥江海音尘隔，滚滚烟云变态新。一疏早囊辉两观，千年青史照孤臣。歌传谢傅山中妓，桃咏刘郎观里香。"从诗中之意来看，此诗作于"大礼议"事件之后，是与蓝田的唱和之作。杨慎评此诗曰："为知己之作，自尔超卓，古之杜于李、元于白亦然"③，确为的论。

---

　　① （明）蓝田：《北泉文集》卷5，《四库全书存目丛书》，齐鲁书社1997年影印本，集部，第83册，第438—439页。蓝田《蓝侍御集》卷10有《答鹤塘书》，内容与《北泉文集》中所收《答杨升庵》相同，见《四库全书存目丛书》，齐鲁书社1997年影印本，集部，第83册，第288页。

　　② （明）蓝田：《北泉文集》卷2，《四库全书存目丛书》，齐鲁书社1997年影印本，集部，第83册，第356页。

　　③ （明）张含：《张愈光诗文选》，《丛书集成续编》，新文丰出版公司1985年影印本，第142册，第405—406页。

### 二　蓝田与海岱诗社

纪昀《四库全书总目》云："嘉靖乙未、丙申间，（陈）经以礼部侍郎丁忧里居，（蓝）田除名闲住，渊甫未仕，存礼等五人并致仕，乃结诗社于北郭禅林。"① 冯裕《长至日海岱会集序》曰："嘉靖乙未，日南至，于是石子、蓝子、二刘子、黄子、杨子、冯子七子者相与会，寻诗盟也。"② 由此看来，海岱诗社正式成立的时间是嘉靖乙未年的"长至日"，即嘉靖十四年（1535）农历十一月十九日。海岱诗社的成员共有八人，分别是石存礼、冯裕、刘澄甫、刘渊甫、黄卿、杨应奎、蓝田与后来加入的陈经。

石存礼（1471—1539），字敬夫，号来山，益都城里人。弘治三年（1490）进士，授行人。历任户部员外郎、郎中，官至绍兴知府，以忤当道罢，于正德九年（1514）回乡。嘉靖《青州府志》评之云："存礼质淳厚沉静而刚方不诡，故所至以严见惮，人多忌之。家居三十余年，惟课子耕读为务，非公事未尝一接显贵。性不乐置生产，每念以清白遗子孙，斤斤然有古人之风，人呼为万石君家云。"③

冯裕（1479—1545），字伯顺，号闾山，祖籍临朐，致仕后居青州城里。正德三年（1508）进士，初授华亭令，历知晋州、贵州按察副使。因秉性刚直、廉洁守正而遭受弹劾中伤，于嘉靖十三年（1534）以正四品贵州按察副使职衔解官而归。冯裕"性重厚刚介，人不敢干以私。晚年端坐陋室，手不释卷，与诸同志结社，赋咏不忘忠爱之念"④。著有《方伯集》。

刘澄甫（1482—1546），字子静，号山泉，青州寿光人。正德三年（1508）进士，初授行人司行人，累官至山西布政司左参议。由于惩治贪官污吏，不畏权贵，得罪朝廷要员，遂于正德十四年（1519）致仕归家，居青州城南花林疃。著有《山泉集》。

---

① （明）冯琦：《海岱会集》，《文渊阁四库全书》，上海古籍出版社 1987 年影印本，集部，第 1377 册，第 2 页。

② 同上书，第 4 页。

③ 嘉靖《青州府志》，《天一阁藏明代方志选刊》，上海古籍出版社 1981 年影印本，第 41 册，第 33 页 a。

④ 同上书，第 32 页 b。

刘渊甫（1484—1548），刘澄甫之弟，字子深，号范泉。正德五年（1510）举人，累官至汉阳知府。刘渊甫虽满腹经纶，但因其不羁的性格及恃才傲物的秉性，仕途并不顺利。致仕后，长居家乡，建"范泉精舍"，筑"范泉亭"，植奇花异木，以农事为乐。"为诗歌，春容藻缋，山川名胜，多所吟咏"①，著有《范泉集》。

黄卿（1485—1540），字时庸，号海亭，益都北关人。正德三年（1508）进士，累官至江西左布政使。所至皆以能称，任刑部时，值宸濠之乱，为兵部尚书乔宇筹划方略，多有建言。"平生嗜学，老而弥笃，虽隆冬盛暑不废览阅"②，著有《编苕集》《编苕诗话》等，其诗"锐意高深，覃思元远"③。

杨应奎（1486—1542），字文焕，号渑谷，别号蹇翁，回族，益都东关人。正德六年（1511）进士，累官至临洮、南阳知府。博览群籍，精工右军书法，其高致雅行，每以希文自期。著有《渑谷文集》《吟稿》，今未见。有散曲《陶情令》一卷，《全明散曲》收录。

陈经（1482—1549），字伯常，号东渚，益都城里人。正德九年（1514）进士，历兵科给事中、通政司参议、通政使、礼部侍郎、户、礼、兵三部尚书。陈经性刚直清廉，说直敢言，"立朝垂三十年，门鲜干谒。卒之日，囊无私遗，有古人之风"④。结海岱诗社时，陈经丁忧在家，因而得以参加诗社的活动。

蓝田与以上七人皆为当时名士，进士或举人出身，品行正直刚方，结社之时因致仕等原因退居林下，有着共同的境遇与悠游从容的心态。从所属地区来讲，除蓝田是即墨人外，另外七人都是青州府人，蓝田为何到几百里之外的青州参与诗社活动？《蓝氏家传》云："侍御为少司寇长子，幼有才名，与刘山泉、杨用修善，程篁墩试以梅花赋，叹其敏绝过人。客

---

① （清）宋弼：《山左明诗钞》，《山东文献集成》（第1辑），山东大学出版社2006年影印本，第40册，第475页。

② 嘉靖《青州府志》，《天一阁藏明代方志选刊》，上海古籍出版社1981年影印本，第41册，第34页 b。

③ （清）宋弼：《山左明诗钞》，《山东文献集成》（第1辑），山东大学出版社2006年影印本，第40册，第495页。

④ 嘉靖《青州府志》，《天一阁藏明代方志选刊》，上海古籍出版社1981年影印本，第41册，第34页 b。

居青州，山泉举海岱诗社，侍御其一也。"① 王士禛《古夫于亭杂录》曰："吾乡六郡，青州冠盖最盛。明嘉靖、万历间，官至尚书者八九人。而世宗时，林下诸老为海岱诗社，倡和尤盛，其人则冯闾山、黄海亭、石来山、刘山泉、范泉、杨涠谷、陈东渚，而即墨蓝北山（按：当为北泉）亦以侨居与焉。"② 由此可见，蓝田是客居青州期间参加海岱诗社的。

蓝田客居青州之原因应从蓝田与刘澄甫的关系谈起。前文提到，刘澄甫和蓝田早在京城时期就因父辈的关系、因相同的志趣而相识相知并诗文唱和，《东归倡和》就是他们交游唱和的见证。后蓝田把长女嫁给刘澄甫之子刘士云，两家结为儿女亲家，交往更为密切。在蓝田的诗作中，涉及刘澄甫的就有《宿瓮山寺次刘子静韵》《再步子静韵》《题刘山泉画册》《题画牛次山泉韵》等几十首诗。正德十五年（1520）十月，刘澄甫从青州来游崂山，蓝田盛情接待并陪游崂山诸峰，刘澄甫作《游华楼山》诗二首，蓝田命人将诗文刻石并立于崂山华楼宫前，刻石至今仍在。蓝田客居青州，当是去刘澄甫家探亲访友。所以当刘澄甫等人结社时，恰逢其会的蓝田加入诗社就在情理之中了。作为同一文化圈的名士，蓝田与海岱诗社的其他成员可能熟悉，但目前尚无资料证明蓝田是为了海岱诗社的成立而特地赶赴青州的。

海岱诗社成立后，内部定有"社约"，约定诗社每月集会一次，成员轮流召集，每次集会，社员必须拟赋题一道，古今体诗十首。同时规定会友各备私课簿一册，公课簿一册，大小格式相同，转相抄录。不许将会内诗词传播，违者有罚。海岱诗社的正式文会举办了数十次，持续三年多的时间，小型的创作活动仍然持续了一段比较长的时间。到万历中，冯琦把曾祖冯裕所传抄收藏的诗簿，摘选汇编，取名《海岱会集》，分寄友人，《海岱会集》便以手抄本的形式广为传播开来。《海岱会集》按诗体分类编排，"凡古乐府二卷、五言古诗二卷、七言古诗一卷、五言律诗三卷、五言排律一卷、七言律诗一卷、五言绝句一卷、七言绝句一卷，计诗七百四十九首"③。不过令人遗憾的是《海岱会集》唯独没有收录蓝田的诗歌，

---

① （清）宋弼：《山左明诗钞》，《山东文献集成》（第1辑），山东大学出版社2006年影印本，第40册，第519页。

② 同上书，第474页。

③ （清）纪昀：《海岱会集提要》，《文渊阁四库全书》，上海古籍出版社1987年影印本，集部，第1377册，第2页。

"侍御年在第二，而无诗，集中亦无社集诗，未详何故"①。对此，清代益都人李文藻在《海岱会集跋》中做了合理推测，他认为蓝田"仅存姓氏，而无一诗，岂当时偶与斯会，旋即归去，来山诸君子未忍删落其名邪"②？前文讲到蓝田是客居青州，偶逢其会，才参加了海岱诗社。结社后，蓝田旋即东归，蓝田后来"有时亲至，有时走使领诗题，诗未有过期不就者"③，但毕竟两地相距较远，传抄诗文多有不便。另一个原因，应该与《海岱会集》的初编者有关。冯琦于万历年间编选《海岱会集》，此时距海岱唱和已过了六十多年，物是人非，又或许编选仓促，或者有其他原因，未及搜寻蓝田诗作也是有可能的。

从目前掌握的资料来看，蓝田是海岱诗社的成员是毫无疑问的，蓝田与海岱诗社的成员之间也有较密切的往来，可考的还有冯裕、陈经。蓝田诗文集中关于冯裕的记载有《次冯闾山》《题闾山画扇》《题画牛次闾山韵》，蓝田还曾写信求砚石于冯闾山。蓝田《次冯闾山》（其曰一）："耿耿寒灯伴独居，挑灯重读寄来书。几回欲寄相思字，倚遍栏干思有余。"字里行间可见二人之间友情的深厚。冯裕仅有《秋日有怀蓝北泉》一诗，诗曰："昔年骢马过，山郭有光辉。对酒邀明月，寻诗历翠微。夜深还共坐，春到便言归。好谢南征雁，衔书向北飞。"陈经亦有《秋日有怀蓝北泉》一诗，诗曰："仙境悬东海，高人忆北泉。地邻蓬莱岛，宅近蜃楼烟。秋水兼葭远，霜空鸿雁偏。乘槎会何日，藉草一谈玄。"陈经与冯裕所作的诗题相同，当是海岱诗社集会之时怀念蓝田之作。

### 三　蓝田与复古派

蓝田和当时风靡文坛的"前七子"派文人颇多交往，交游对象中既有名列"前七子"的边贡、王廷相，也有和复古派某些主张相似的陈沂、胡缵宗。

边贡（1476—1532），字庭实，因家居华泉附近，自号华泉子，山东历城人。弘治九年（1496）丙辰科进士，官至太常丞。边贡以诗著称于

---

①　（清）宋弼：《山左明诗钞》，《山东文献集成》（第1辑），山东大学出版社2006年影印本，第40册，第519页。

②　李文藻：《海岱会集》后跋，1945年杨应奎九世孙杨纯锡抄本。

③　（明）李开先：《文林郎河南道监察御史北泉蓝公墓志铭》，《李中麓闲居集》卷7，《四库全书存目丛书》，齐鲁书社1997年影印本，集部，第92册，第668页。

弘治、正德年间，与李梦阳、何景明、徐祯卿并称"弘治四杰"，后又名列倡导文学复古的"前七子"。杨还吉《重校蓝北泉先生诗集序》称，蓝田致仕后，"与济南边华泉、青土刘山泉及同里载轩子，唱酬无虚日"①。蓝田《次华泉韵集古》（其一）云："酒醒重读寄来诗，思却千思与万思。前日红颜今日老，几将天外数归思。"边贡《复邃庵杨相公书》提到了蓝田："光世诗文，草计十有二册，癸未夏，蓝君玉父寔托鄙人以修茸之。"②

王廷相（1474—1544），字子衡，号浚川，潞州人。弘治八年（1495）举人，弘治十五年（1502）进士，授庶吉士，入翰林院，曾任兵科给事中等职，官至南京兵部尚书。王廷相文有英气，诗赋雅畅，是"前七子"之一。王廷相正德五年（1510）冬巡按陕西，此时蓝田之父蓝章为巡抚陕西都御史，正在剿灭鄠本恕等人的叛乱。正德六年（1511）八月，蓝章凯旋，王廷相作《蜀汉寇平赠兰中丞凯还》以贺之。诗云："天南喜下班师诏，汉水梁山绝寇氛。八阵已闲丞相垒，三秦终倚破羌军。从来才调先谋国，今日朝廷更右文。胡虏临边须藉手，汾阳应见累高勋。"③蓝田与王廷相的书信有两封，一是《答浚川书》，二是《谢浚川寄诗》。《答浚川书》曰："又辱使来，出示雅什，再拜只领，挑灯夜读，顿觉头目清爽。"④《谢浚川寄诗》曰："正尔耿耿，忽辱来使，赐手教并雅什盈卷。再拜捧读，感慰无已。公之《春兴》何减少陵《秋兴》，《短歌行》《白头吟》亦汉魏间语。"⑤可见二人常在书信中探讨诗歌，蓝田更是对王廷相的诗歌给予很高的评价。

陈沂、胡缵宗二人在诗史观、诗人论及乐府论诸方面，对李、何诸人之说有所发挥补充，是"前七子"的同道，蓝田与他们往来密切。

陈沂（1469—1538），字宗鲁，后改鲁南，号石亭，因好苏氏学，又号小坡，浙江鄞县人，家住南京。正德十三年（1518）进士，曾于嘉靖年间出任山东参政。善诗工画，早年与顾璘、王韦称为"金陵三俊"，后

① （明）蓝田著，肖冰等选：《蓝田诗选》，青岛出版社1992年版，第12页。

② 许金榜、米寿顺选注：《边贡诗文选》，济南出版社2009年版，第212—213页。

③ 葛荣晋：《王廷相生平学术编年》，河南人民出版社1987年版，第22页。

④ （明）蓝田：《蓝侍御集》卷10，《四库全书存目丛书》，齐鲁书社1997年影印本，集部，第83册，第285页。

⑤ 同上书，第287页。

与李梦阳、何景明、康海、边贡等人并称"十才子",著有《遂初斋集》。嘉靖十二年(1533)九月二十二日,陈沂与蓝田、蓝因、蓝困同游崂山,山游凡五日,"所得诗二十余首"①,蓝田则有《同陈石亭太史游鹤山洞次韵》《次石亭韵》等诗与陈沂唱和,其《和石亭见访韵》曰:"石亭学士来青州,我有斗酒与妇谋。云起巨峰堪采药,潮平竹岛好乘舟。共追太白餐金液,曾识安期赋远游。弱水谁云三万里,东瞻咫尺是瀛丘。"朱升之所撰《北泉草堂记》后附陈沂的一首诗,无诗题,诗曰:"山下清泉北郭流,功成于此筑菟裘。池荒两岸芙蓉老,原迥一亭枫叶秋。司寇遗踪谁复继,绣衣新构我来游。君家庆泽从来远,岂用重为孙子谋。"当是陈沂来即墨时所作。

胡缵宗(1480—1560),字世甫,原字孝思,号可泉,别号鸟鼠山人,陕西秦安县人。正德三年(1508)进士,任翰林院检讨,官至巡抚。胡缵宗师事李东阳,与李梦阳、王廷相等人为友,论诗宗李东阳,重音律,崇尚温厚之风,创作观与李、何相似。有《鸟鼠山人集》等著作传世。嘉靖十五年(1536)冬,胡缵宗升任都察院右副都御史,巡抚山东,在山东任职两年有余。嘉靖十七年(1538)二月,胡缵宗上疏奏请开挖胶莱新河,朝廷准其疏。蓝田当是因开挖胶莱运河之事与胡缵宗有了较多交往,他先后为胡缵宗的诗集题写了《题胡可泉乐府》与《书东巡十韵后》,后者称赞胡缵宗的诗"有风雅之遗音焉,可以传矣"②。

## 第二节　即墨黄氏与明末清初诗坛

明末清初,即墨望族黄氏、蓝氏、杨氏人才荟萃,他们结丈石诗社唱和,抒写遗民不屈的高洁情怀。因明清鼎革而来即墨崂山隐居,或因宦游、游览等原因踏足即墨的外地文人墨客逐渐增多,即墨望族也有机会与顾炎武、周斯盛及山左其他地区的名家交游唱和。本节从黄氏的视角考察清初即墨望族的交游结社情况。

---

① (明)陈沂:《鳌山记》,同治《即墨县志》卷10《艺文·文类上》,第811页。

② (明)蓝田:《蓝侍御集》卷8,《四库全书存目丛书》,齐鲁书社1997年影印本,集部,第83册,第272页。

### 一　黄坦、黄培与顾炎武

晚明时期，复社大盛，清初复社成员的活动虽没有以前浩大的声势，但是成员之间依然联系密切。山左复社活动活跃的地区是莱阳、掖县等地①，复社成员顾炎武北游之时，便首先选择了复社活动活跃的山东掖县。他于顺治十四年（1657）秋到达掖县，拜访了山左大社领袖赵士喆的从兄弟赵士完等人，并定为生死之交。在掖县居住期间，顾炎武去了即墨，"过即墨，主黄培家"②，"从莱州，他又到了即墨黄家（后来的文字狱牵连就是由此而起），游了崂山，然后西去济南"③。

在即墨期间，顾炎武"东蹑崂山、不其"，创作了《安平君祠》《崂山歌》《张饶州允抡山中弹琴》《不其山》四首诗，还为黄宗昌的《崂山志》作序。顾炎武在《崂山志》序言中考证了"崂山"之名的由来，称崂山是"神仙之宅，灵异之府"，最后点出作序之因：

> 故御史黄君居此山之下，作崂山志未成，其长君朗生修而成之，属余为序。黄君在先朝抗疏言事，有古人节概，其言盖非夸者。余独考劳山之故，而推其立名之旨，俾后之人有以鉴焉。④

从这段话可以看出，"行谊甚高，而与人过严"的顾炎武是应黄坦（朗生）之邀而为《崂山志》撰写序言。此事本身不仅说明顾炎武非常认同黄宗昌的人品、学问，同时也清楚地表明顾炎武到过即墨，并与黄坦有过交往的事实。

顾炎武到了即墨，除了和黄坦、黄培有所交集，还与即墨文人杨还吉、寓居即墨的莱阳遗民张允抡有诗书往来。杨还吉（1626—1700），字

---

① 即墨地区参加复社的士子有即墨的孙忭、解楷和胶州姓名失载的一位士子。孙忭，字尧封，岁贡，博学能文。解楷，字仲木，明庠生。见《山东文献集成》第1辑第41册卢见曾《国朝山左诗钞》，山东大学出版社2006年影印本，第123页，宋琏名下所附小传。也可见同治《即墨县志》卷9《人物·文学》，第619页。孙忭、解楷之父解翰、山左复社领袖宋继澄皆娶即墨望族黄嘉善孙女。

② 周可真：《顾炎武年谱》，苏州大学出版社1998年版，第217页。

③ 赵俪生：《顾亭林新传》，载《顾亭林与王山史》，齐鲁书社1986年版，第44页。

④ （明）黄宗昌：《崂山志·序》，即墨黄于斯堂民国五年铅印本，第1页b。

启旋，后更字六谦，号充庵，"性澹静，无仕宦志"①"生志杰而行芳，才茂而年盛"②。因博综能文，于康熙十八年（1679）召试博学鸿儒，不仕，隐居崂山乌衣巷。杨还吉有《得顾宁人书》两首诗，收录于《即墨诗乘》，亦见于《即墨杨氏族谱》。诗云：

　　　　北海一晤君，平生愿始惬。云间推无双，汉党明居八。逸气排星昴，高文何萃拔。平视中迭辈，竹青竟未杀。绸缪未几终，忽脂车中辖。壮游凤所甘，豪气痛难刮。往往被酒时，哀歌意不惄。慷慨失幽燕，此意君当察。懔懔岁将暮，遗我一书札。

　　　　开札何所见，素练起霜雪。敦笃为吾道，慰勉辱提挈。久要君所矢，异日我当竭。及览途中作，英词截云霓。逊国已无年，君复独何说。正朔一相承，帝位未可绝。谁言方莫逆，呜呼真苦节。征文苟不亏，疑信终当决。

　　顾炎武，字宁人，这是杨还吉收到顾炎武信札后所写的诗，诗歌赞扬了顾炎武的高洁人格与诗文成就，还表达了希望能竭尽全力支持顾炎武的心愿。诗作的年代不详，但从"北海一晤君，平生愿始惬"这句诗，可知顾、杨二人见于"北海"，即墨在晋朝时属北海郡，所以顾、杨二人应是相识于即墨。因顾炎武只去过一次即墨，所以二人相识于顺治十四年（1657）顾炎武的即墨之行。张允抡，字并叔，一说为慈叔③，号季栎，别号栎里子，莱阳（今山东省莱阳市）人。明崇祯七年（1634）进士，曾任江西饶州知府。崇祯十六年（1643）二月，清兵攻破莱阳城，他一家死难者17人，他的母亲与伯兄及诸兄允擢、允扳、允抛均遇难。明亡后，他隐居崂山玉蕊楼、张村等处，授徒十余年。顾炎武作有《张饶州允抡山中弹琴》一诗，诗云：

①　（清）杨玠：《山东文献集成》（第2辑），山东大学出版社2007年影印本，第42册，第775页。

②　（清）卢见曾：《国朝山左诗钞》，《山东文献集成》（第1辑），山东大学出版社2006年影印本，第41册，第450页。

③　张穆：《清顾亭林先生炎武年谱》，台湾商务印书馆1980年版，第34页。

赵公化去时，一琴遗使君。五年作太守，却反东皋耘。有时意不惬，来蹑劳山云。临风发宫商，二气相氤氲。可怜成连意，空山无人闻。我欲从君栖，山崖与海滨。

诗中用了"成连意"这个典故。相传伯牙师从成连学琴，三年而后成，但其琴技虽高超，情感的表达却稍显不足，未能臻于至境。成连与之同往蓬莱访求名师，后来将伯牙一人留置岛上。伯牙在孤独寂寞中闻浪啸鸟鸣而感悟琴道，从此操琴妙绝人寰。顾、张二人同是明朝遗民，相见于东海崂山深处，以琴明志，倾诉着埋名林泉、不食周粟的高洁情怀，诗中充满了同声相应、同气相求的情愫。

顾炎武与即墨黄氏再次发生交集，则因被牵连到"黄培文字狱案"中。康熙五年（1666），姜元衡状告黄培，指其《含章馆诗集》中有反清复明的诗句，同时揭发黄培家中所藏逆书《忠节录》（又名《启祯集》）是顾炎武到即墨搜罗史实，然后捎去南边刻印的，于是顾炎武被牵涉进"黄培文字狱案"。顾炎武"康熙七年（1668）二月十五日，在京师慈仁寺寓中，忽闻山东有案株连。即出都门，于三月二日抵济南"①。因黄培、黄坦等人与顾炎武皆矢口否认认识对方，顾炎武又得到其外甥徐元文、时任山东巡抚刘芳躅幕僚的朱彝尊，还有李因笃、颜光敏等友人的全力营救，顾炎武在入狱七个多月后被释放出狱。

顾炎武与黄氏的这次交集，在其出狱后的诗作及书信中皆有反映。由于被牵连入狱，实非乐事，故此在这些诗作及书信中，顾炎武对山东士人及即墨黄氏多是负面评价。《赴东六首》前有小序，言明写作背景："莱人姜元衡讦告其主黄培诗狱，株连二三十人，又以吴郡陈济生《忠节录》二峡首官，指为余所辑，书中有名者三百余人。余在燕京闻之，亟驰投到，颂系半年，竟得开释，因有此作。"②《赴东六首》（其一）感慨了"斯人且鱼烂，士类同禽骇"的恐怖现实，称赞朝廷大吏"伟节不西行，大祸何繇解"。《为黄氏作》则以极其蔑视的"齐虏"称呼黄氏，对文字狱中黄氏的做法进行了讽刺："齐虏重钱刀，恩情薄兄弟。虫来啮桃根，桃树霜前死。"顾炎武在书信中对黄氏更是多有抱怨，如"凡当日抚军止

---

① （清）顾炎武：《顾亭林诗文集·亭林佚文辑补》，中华书局1983年版，第231页。

② 同上书，第378页。

批审后酌夺，臬司径发府送羁，以至院示取保而不得保，已准保而不得出，皆江夏（指黄培）之为也，可谓'中山狼'矣"①！"黄氏绝不照管，债主断绝，日用艰难。庄田之麦俱为刘棍割去，每日以数文烧饼度活，何以能支"？② 顾炎武对即墨黄氏的不满丝毫不加掩饰。

黄培、黄坦在文字狱案中，一直坚决否认顾炎武到过即墨，这种极力撇清与顾炎武关系的行为是为了帮助他免除牢狱之灾，那么顾炎武与即墨黄氏在共同经历磨难之后，关系应该更进一步，即便关系没有更进一步，也不至于在诗文中批评抱怨，而无一正面评价提及黄家。对比他对朝廷官员"大君子""上台淑问之明"的称颂，顾炎武在书信及诗歌中对即墨黄氏的抨击态度让人觉得难以理解，顾炎武对黄氏不加掩饰的恼恨和其一贯高洁傲岸的遗民形象有些不符，与此案中宁死不屈的遗民黄培相比，也黯然失色。对顾炎武的这种做法，周可真评价说：

> "十四人逆诗"一案被告发后，他（黄培）身陷囹圄，却仍然说："吾于文字一道无死法也，然而吾可以死矣。吾以文字为吾生之理而何以死也，死以文字亦吾生之理也。"（转引自《清诗纪事》明遗民卷"黄培"条）黄培在狱中的态度由此可以想见。而先生以为其"骄吝"，则似显出其为保全自己的生命而过于"灵活"了。诚然，先生采取这种"灵活"态度，一方面是因为他是被人诬陷的，故对他而言并不存在着一个"杀身成仁"的问题，他有充分的理由采取一定的灵活态度来保全自己的生命；另一方面则由于他惧怕牵累同人，故其以灵活的态度来保全自身，也是为了保全同人。但是，他屡称康熙"圣明"（见《亭林佚文辑补·与人书》），称清朝官员"大人君子"（同上），则似乎越出了灵活性的范围。黄氏或许在处理与先生的关系上有失其当，并因此得罪了先生，但他毕竟是一个坚守自己的民族气节的人，这一点以他在入狱前后的表现，先生应该是知道的（这应是过去他与黄氏交游的政治思想基础），他实不该因个人的恩怨而在私下场合称黄氏为"中山狼"。对一个始终坚持民族气节并因此而身陷囹圄的人而予以"中山狼"的评语，这无论如何是不

---

① （清）顾炎武：《顾亭林诗文集·亭林佚文辑补》，中华书局1983年版，第203页。
② 同上书，第235页。

恰当的。①

　　这个评价很是到位，顾炎武在"黄培文字狱案"中所表现出的形象并不高大，却是很真实地反映了顾炎武此时不想与清廷为敌的心态，这种心态与黄培以身殉明的遗民心态格格不入，因而导致二者之间发生矛盾，友谊破裂。这一事件也反映了二人性格的不同，顾炎武灵活变通，黄培则体现了即墨人性格刚绝、宁折勿弯的特点。

　　"黄培文字狱案"发生期间，蓝湄（字伊水）等人趁黄培不在，"启户搜毁，倡和类多焚毁"②。顾炎武在康熙七年（1668）赴济南投案之时，"笥中之书，昨至德州点检二日，悉取而焚之矣"③。从这两件事可看出，在"黄培文字狱案"的审理过程中，为了避祸全身，那些可能会被捕风捉影、招惹是非的文章，那些与此案人物有关的唱和之作被毁的命运，这也就不难理解为何在《黄氏家乘》二十卷、《黄氏诗钞》六卷，在黄培《含章馆诗集》、黄坦《紫雪轩诗集》这么多的文献资料里，即墨黄氏家族成员与顾炎武交往的资料这么难寻了。

## 二　黄培与"丈石诗社"成员

　　黄培在家居期间，与黄氏族人、蓝氏族人及寓居即墨的宋继澄、宋琏父子结"丈石诗社"，时常赓歌唱酬，遨游于崂海之间。对于"丈石诗社"，以往的研究者有所提及，并多认为文献散佚，详情不可考，如黄金元《明清之际济南府望族与诗歌》④、宫泉久《清初山左诗歌研究》⑤ 及张兵《清初山左遗民诗群的分布态势与创作特征》⑥。何宗美在《明末清初结社研究》中提到了"丈石诗社"，指出"丈石诗社"和明末清初其他的遗民诗社一样，其活动与反清复明息息相关，但也未对"丈石诗社"

　　① 周可真：《顾炎武年谱》，苏州大学出版社1998年版，第377—378页。
　　② （清）黄贞明：《含章馆诗集焚余小引》，载即墨市政协文史资料研究委员会编《黄培文字狱案》，即墨市政协文史资料研究委员会2001年版，第193—194页。
　　③ （清）顾炎武：《顾亭林诗文集》，中华书局1983年版，第235页。
　　④ 黄金元：《明清之际济南府望族与诗歌》，博士学位论文，山东师范大学，2010年。
　　⑤ 宫泉久：《清初山左诗歌研究》，博士学位论文，山东师范大学，2009年。
　　⑥ 张兵：《清初山左遗民诗群的分布态势与创作特征》，《西北师范大学学报》2005年第5期。

加以考证就作出上述结论①。"丈石诗社"虽已引起学术界的注意，但未有人加以详考的原因，在于关于这个诗社的记载较少。笔者今据黄氏家族文献《黄氏家乘》《即墨县志》及"黄培文字狱案"的相关文献，对"丈石诗社"的活动场所、活动时间、成员组成及基本特征等方面进行考证，并通过这个诗社的活动考察即墨黄氏、蓝氏家族成员与莱阳遗民宋继澄、宋琏的交游。

（一）诗社活动场所

前文提及，康熙五年（1666）即墨发生的"黄培文字狱案"牵连顾炎武入狱七个多月。关于"丈石诗社"，笔者所见到的唯一记载即是顾炎武《与人书》。除此之外，笔者也未能找到其他任何记载。兹将《与人书》所转引姜元衡状告黄培之《南北通逆》录于此：

> 据各刻本山左有丈石诗社，有大社，江南有吟社，有遗清等社，皆系故明废臣与招群怀贰之辈南北通信。书中确载有隐叛与中兴等情，或宦孽通奸，或匹夫起义，小则谤讟言，大则悖逆。职系使臣，宜明目张胆秉笔诛逆，故敢昧死陈揭，逆刻种种罪在不赦。北人之书则削我庙号，仍存明号，且感愤乎鸱张，虎豹乎王侯。南人之书以我朝为东国，为虎穴；以伪王为福京，为行在。北人之书曰斩虏首（黄培刻《郭汾阳王考传》中有"斩首四千级，捕虏五千人"，乃子仪败安禄山兵纪功之语），拥胡姬，征铁岭（黄培诗有云："怨女金闺里，征夫铁岭头"），杀金微；又有思汉威仪，纪汉春秋。南人之书有黄御史握发一传，又有起义，有举事，有劝衡王倡义及迎鲁王、浙东王上益王等事。又有吴人与鲁藩舟中密语，又有平敌将军，有悬高皇帝像恸哭及入闽入海等事。北人之书有《含章馆诗集》《友晋轩诗集》《夕霏亭诗》《郭汾阳王考传》，南人之书有《启桢集》（即《忠节录》）《岁寒诗》《东山诗史》仿文信国集子美句百八十章。其北人则黄培所刻《十二君唱和序跋》等人，其南人则《启桢集》所载姓名籍贯，俱在刻本中，约三百余人。②

---

① 何宗美：《明末清初结社研究》，南开大学出版社 2003 年版，第 414—415 页。

② （清）顾炎武：《顾亭林诗文集》，中华书局 1983 年版，第 232—233 页。

《南北通逆》提到了山左的两个诗社，一是山左大社，二是丈石诗社。山左大社，始创于明末，是复社的一个分支，莱阳的赵士喆、宋继澄是其组织者，其成员以莱阳人为主，对此研究者多有研究，兹不赘述。那丈石诗社是否就是文中提到的黄培等人结成的诗社呢？再看《崂山志》卷六"物产"中的一段文献：

> 甲申冬十月，大金吾吾侄培奉母柩归葬毕，曰："吾安适矣。"入八仙墩将浮海，见大石如墨，可丈许，光射目。从者二三人，扶而植之如山立，朴而润，有峰峦可像，视而叹曰："是可与吾处者，其坚可居也！"归而树诸斋，以丈石名。日面石，自是不复出户，客至，少有见者。①

这段话介绍了黄培"丈石斋"的由来及其寓意。由上述两条文献可知，"丈石诗社"的说法出现在姜元衡讦告黄培怀明反清、意图不轨的《南北通逆》状文中，而黄培的书斋又恰巧叫"丈石斋"，状文中列举的《含章馆诗集》《友晋轩诗集》《夕霏亭诗》《郭汾阳王考传》等北人之书，也是黄培及黄氏家族成员的作品，这些无疑表明"丈石诗社"是黄培等人结成的诗社，黄培"丈石斋"就是诗社活动的重要场所。那黄培等人是否有结社唱和活动呢？再看一下"黄培文字狱案"中姜元衡告黄培的一段供词：

> 又问："你可曾结社成群？"
> 又供："只问姜元衡，他说书上有'结社'字样，也有'社集'字样，这是房社，怎么是结社呢？"
> 又问姜元衡："这结社结的就是诗社么？"
> 又供："黄垍《友晋轩》诗内有'社集''结社'字样，有诗集可查。"随查诗集内果有"社集""结社"字样。
> 诘问黄垍："这诗文社从前俱已奉禁，你诗内如何又注'社集''结社'字样？这就是违禁了。"黄垍无词。②

---

① （明）黄宗昌：《崂山志》卷6，黄于斯堂民国五年铅印本，第21页 a。
② 即墨市政协文史资料研究委员会编：《黄培文字狱案》，即墨市政协文史资料研究委员会2001年版，第21页。

从"黄埙无词"可见姜元衡所说是事实，也就是说黄埙、黄培等人确曾结诗文社。仔细研读《黄氏家乘》，我们发现其中有多处提到即墨黄氏、蓝氏等人唱和之事。兹仅以宋继澄为黄氏家族成员所作的诗序为例。《夕霏亭集序》曰：

> 壬寅以避乱，复居即墨。诸黄兄弟及蓝伊水叔侄皆乐言诗，乃日集丈石斋，分韵赓和，觉一室之中，大雅振响。虽余不无切磋之功，而诸作者之才分、功力，则天地之钟于一时一域也。①

《友晋轩诗集序》云：

> 去年壬寅丈石斋倡和，诸黄竞爽。②

《含章馆唐诗选序》云：

> 壬寅日与封岳倡和，出其所精选唐诗示余。③

《修竹山房诗集序》曰：

> 子明为人沉静自任，每不因人。壬寅丈石斋倡和，或谓子明未必与同，而子明顾乐从之。④

这些序言中确定无疑地提到在黄培的"丈石斋"有活跃的诗歌唱和活动。

再如黄宗崇《地僻》（如何岑寂久）后小注转引宋澄岚《万柳堂集》曰："壬寅寓居即墨，偶坐黄封岳丈石斋，以"地僻"二字为题，赋五七言律、五七言绝各三十首，岳宗、朗生、子友、子明、子厚、蓝伊水、元

---

① （清）黄守平辑：《黄氏家乘》卷 10，《山东文献集成》（第 1 辑），山东大学出版社 2006 年影印本，第 18 册，第 409 页。

② 同上书，第 394 页。

③ 同上书，第 380 页。

④ 同上书，第 405 页。

芳、季芳亦为之，故《地僻》三十首遂成巨帙，诗坛极一时之盛。"① 据笔者统计，保存在黄氏、蓝氏诗集中的《地僻》诗仍有不少，黄宗崇《地僻》5 首，黄墡（子明）《地僻》8 首，黄埼（子友）《地僻》28 首，黄垍（子厚）《地僻》10 首，蓝湄（伊水）《地僻》3 首，蓝启华（季芳）《地僻》16 首，共计 70 首。黄培（封岳）则有《次澄岚地僻韵》3 首、《次林寺地僻韵》5 首。

黄培《含章馆诗集》对"丈石诗社"的唱和活动也有所反映，提到聚会唱和活动的诗题有《清明后同宋澄岚张并叔杜廷蛟饮家坦弟朗生西流池亭三首》《五日宋澄岚孙五城蓝伊水及林寺诸甥弟集余丈石斋得多字》《夜饯澄岚同坐蓝伊水及甥蓝元芳启蕊季芳启华家垼垍二弟》《同垼垍诸弟暨贞麟侄春游惜别》《仲夏社集作感怀诗限皇张阳墙字》《中秋夜集》等，从上述诗题就可看出宋澄岚、张允抡、黄坦、黄埼、黄垍、黄贞麟、蓝伊水、蓝启华、蓝启蕊、宋琏等人活跃的唱和活动。

综上，考虑到"丈石诗社"这种说法的出处、相关的事件及人物，我们可以确定，姜元衡《南北通逆》状文中的"丈石诗社"就是清初活动于山东即墨的一个诗社，这个诗社活动的场所主要是黄培的"丈石斋"。

（二）诗社活动时间及始末盛衰

宋继澄在为《夕霏亭集》《友晋轩诗集》《修竹山房诗集》所作的序言中都提到了壬寅"丈石斋"唱和，那"丈石诗社"是否成立于康熙壬寅年（1662）呢？同治版《即墨县志》记载：

> 宋继澄，字澄岚，莱阳人。天启丁卯举人，擅古文辞。明鼎革后，隐居不仕，设教于即墨。时墨无习诗者，继澄与黄蓝诸族结诗社，朝夕吟咏。子林寺琏、乡人董莺谷樵亦与焉。②

宋继澄与即墨黄蓝诸姓结社唱和，始于他设教即墨之时。宋继澄明亡

① （清）周翕鐄：《即墨诗乘》卷 5，清道光二十年刻本，第 13 页 a—b。
② 同治《即墨县志》卷 9《人物·侨寓》，第 653 页。

后第一次到即墨是顺治九年（1652）①，但这一次没有长住，不可能教授生徒。宋继澄《澹心斋诗集序》云："丁酉秋，余居即墨，戊戌春，就先生西席，训其子起埰，因与先生快谈风雅之旨，期入古人之室。"② 宋继澄于丁酉秋，也就是顺治十四年（1657）秋到即墨，次年戊戌春，即顺治十五年（1658）春，在黄宗臣家教书，因此宋继澄与即墨黄蓝诸姓的的结社唱和最早始于顺治十四年（1657）。

顺治十八年（1661），胶东爆发于七抗清起义，宋继澄又来到即墨。此时即墨黄蓝诸姓，人才荟萃，宋继澄与他们日集黄培"丈石斋"唱和，诗社的唱和活动达到高峰。康熙四年（1665）春，蓝溥因其子蓝启新与黄培之子黄贞明"偶勃溪，小忤不相下，溥遂斥予为顽民，摘诗中诸句，谓为'藐国欺君'，揭告县府作前矛焉"③，"黄培文字狱案"爆发，并随着姜元衡的介入而再次升级、扩大化，黄培、宋继澄、宋琏、黄埛、黄坿等人相继牵连到案中，黄氏家族中被逮至济南者有九人，诗社的唱和活动也因"黄培文字狱案"的审理而逐渐停止。

综上，可知"丈石诗社"应始于顺治十四年（1657），宋继澄可以说是首倡者。康熙元年（1662），也就是壬寅年，诗社的活动非常活跃，是其鼎盛之时。康熙四年（1665）春，"黄培文字狱案"兴起，而后又升级并扩大化，多位诗社成员被逮至济南，唱和活动趋于沉寂消亡。在"黄培文字狱案"由孩子间的争吵谩骂发展为叛逆要案的过程中，亲朋好友怕被株连受祸，纷纷毁掉与黄培有关的诗歌。因此，有关诗社唱和的资料匮乏，"丈石诗社"成立的具体时间及一些详情无法确考，根据现有资料，只能得出其活动的大致时间是顺治十四年（1657）至康熙四年（1665）之间。

（三）诗社成员组成及核心成员

关于参与"丈石诗社"唱和活动的成员，"黄培文字狱案"的供词给我们提供了一些线索。审姜元衡告黄培的供词记载：

---

① 周至元：《即墨黄培文字狱事实真相》，载青岛市史志办公室编《崂山诗文选》，青岛市史志办公室1989年版，第179页。

② （清）黄守平辑：《黄氏家乘》卷10，《山东文献集成》（第1辑），山东大学出版社2006年影印本，第18册，第366页。

③ 即墨市文史资料研究委员会编：《黄培文字狱案》，即墨市文史资料研究委员会2001年版，第193页。

又问黄培："这《好我十二君》果然是倡和逆诗么？"

据供："这《好我十二君》诗内，俱写的是号，原是犯人姐夫宋继澄作的，内黄封岳就是犯人的号……朗生即黄坦，黄汤谷即黄堣，黄子友即黄塥，蓝伊水即蓝湄，黄子明即黄壒，黄子厚即黄垍，黄虎溪即黄坪，黄振侯即黄贞麟，蓝元芳即蓝启蕊，蓝季芳即蓝启华，黄永光即黄贞明，这林寺便是宋琏外甥至亲，诗内字句并无妨碍，怎么是倡和的逆诗呢？"①

据此供词，姜元衡揭黄培结社成群，唱和逆诗，指的就是宋继澄、宋琏及《好我十二君》中的十二君，一共14人。分别是即墨望族黄氏家族的黄培、黄坦、黄堣、黄塥、黄壒、黄垍、黄坪、黄贞麟、黄贞明九人，蓝氏家族的蓝湄、蓝启蕊、蓝启华三人，寓居即墨的莱阳人宋继澄、宋琏父子二人。

另据宋琏的供词，这12个人是他们父子到即墨时曾提供帮助的人，所以其父宋继澄写《好我十二君》诗表示感谢，所以这12个人并非都参与了"丈石诗社"的唱和活动，也并不意味着参与丈石唱和活动的成员只有这12个人和宋氏父子，比如黄坪就没有诗歌流传下来，家族文献中也没有他会写诗的记载，而董樵虽不常住即墨，但黄培、黄坦、黄垍、黄壒、黄塥、黄贞麟、蓝启蕊等人皆与他有唱和之作。据笔者统计：黄坦有《赠董樵》《秋雨同董樵子明子厚赋》《佛峪次董樵韵》三首；黄贞麟和董樵之间的唱和之作有《东岳庙和董樵韵》《清明次樵韵》《天宁寺塔次樵韵》《春雨次樵韵》《送董樵还山》（二首）、《送董樵》（三首）、《怀董樵》，共计十首；黄垍有《赠董樵》《送董樵入长安》《百字令·题董樵纪遇》三首；黄塥有《赠董樵》《即席赠董樵》《董樵隐居文成山》三首；蓝启蕊（元芳）有《赠董樵处士》《古诗》两首；黄培有《赠董樵处士》一首。由此看来，董樵可视为"丈石诗社"活动的外围成员，如黄贞麟《送董樵》曰："夙昔闻声久，相逢湖水涯。三年同患难，千里共京华。意气贫弥壮，诗篇老愈佳。凉风送好友，秋色照兼葭。"其中"三

---

① （清）不著撰者：《黄培文字狱案一卷》，《山东文献集成》（第2辑），山东大学出版社2007年影印本，第13册，第435—436页。

年同患难"似是指黄培文字狱案期间二人同甘共苦的经历。

从"丈石诗社"成员之间的相互关系来看,他们互有血亲、姻亲、师生或同乡的关系。黄贞明是黄培之子,黄堦、黄埙、黄坦、黄壎、黄垍是黄培的从兄弟,蓝湄与蓝启蕊、蓝启华是叔侄关系,蓝启蕊与蓝启华为同胞兄弟。蓝氏家族与黄氏家族又有姻亲关系,黄培原配为顺治三年(1646)进士蓝润之妹,蓝润从弟为蓝湄,蓝湄之兄为蓝溥,蓝溥继娶的是黄贞明妻的同胞妹妹。宋继澄与宋琏是父子,宋继澄是黄培的姐夫。张允抡与宋继澄是莱阳同乡,同在山左大社,同是明亡后不仕的遗民,来往密切。董樵与宋继澄也是莱阳同乡,又在少时曾经从学于宋继澄,得其指授有数百篇,二人还有师生之谊。董樵与宋琏年岁相近,同为左懋弟的族侄女婿,是至交好友。由此可知,"丈石诗社"的成员主要是由即墨本土的黄氏、蓝氏两个家族及来自莱阳的宋继澄父子、张允抡、董樵组成,成员之间又构成网状的错综复杂的关系,"丈石诗社"的成员组成呈现出以家族为支架的特点,又具有鲜明的地域性。

无论文社或诗社都有其核心人物,"丈石诗社"自不例外。就各位成员在诗社活动中的作用及现存的作品来看,宋继澄、黄培无疑是其中的核心人物。宋继澄明亡后两居即墨,教授生徒,并与黄蓝诸族教学相长,为唱和诸人的诗集写作序言,对诗社的酬唱活动与诸位成员的诗文创作有点拨教谕之功。即墨蓝氏、黄氏家族中能诗之成员几乎人皆有诗与之唱和,连隐居崂山乌衣巷的杨还吉都写有《次宋澄岚先生韵》三首诗。黄培则是以高于诗社其他成员的创作实绩成为诗社中的佼佼者,以其洁身自好的傲岸人格成为诗社的精神标杆。

参加"丈石诗社"活动的即墨蓝、黄两姓成员的生平将在下文相关章节详做介绍,兹只将宋琏及董樵的生平略述如下:

宋琏(1615—1694),字晓园,亦字林寺,崇祯十二年(1639)举人。明清鼎革后,与父亲宋继澄隐居不出,终老田园。著有《晓园子诗集残稿》一卷、《晓园文集》一卷。

董樵(约1615—?),初名震起,字樵谷(一字莺谷),号东湖,山左著名遗民。他"自天下大乱,雅志林泉"[①],随其师赵士喆隐居不仕,曾参加胶东的于七起义。数客即墨,参与黄蓝诸姓的唱和活动。

———————————

①　民国《莱阳县志》卷三之三上《艺文·传志》,民国二十四年铅印本,第39页a。

（四）诗社的基本特征

作为一个诗社，"丈石诗社"为即墨的文人骚客提供了切磋诗文技艺的舞台，在某种程度上提高了清初即墨的诗歌创作水平。同时，受时代、地域文化等因素的影响，它又具有这个时代所赋予的时代特征及清初山左诗社的地域特色。

明清鼎革之际，海宇激荡，"从东林到复社再到遗民结社，直接介入了明末清初的政局斗争，东林和复社不说，拿遗民结社来说，它与反清复明的运动息息相关"①。"丈石诗社"也是如此。宋继澄早在明末就"与子琏同在复社"，倡道海滨，为山左大社的领袖人物。明亡后，他"隐居海滨，三征不仕，教授生徒"②，"隐然以复明为志"③。胶东爆发于七起义时，"相传董樵曾亲自参加于七军，充作参赞，黄培还通过董樵以物资接济过于七军，在黄培赠董樵诗中有'祖龙桥畔松多古'之句，这分明是以樵比作为韩复仇的张子房。据此更可证实这种传说是可靠的"④。《黄培文字狱案》的供词中也有几处提到康熙壬寅丈石斋唱和活动的活跃，与顺治十八年（1661）胶东地区爆发的于七起义有关联。如杨万晓状告黄培的供词称："又值于寇东发，胶东地方人心汹汹，培等逆谋遂决，招集逆类黄坦、黄贞麟等十余人，刻印诗集，流传天下，动摇人心，其中辱我君父，辱我宗社，言言思明，句句中兴。"⑤又招供曰："黄培当于七变乱时深盼变乱扩大，他诗有'重开新紫极，光复旧庭帷'，就是思明朝恢复的意思。"⑥姜元衡控告黄培谋逆叛清之举的用心虽不可告人，其言辞也必有诬陷夸大之处，但黄培一些诗句的意思是很清楚的，其声辩也多支吾搪塞，姜元衡的发告并非子虚乌有。

综上所述，"丈石诗社"与清初其他的诗社一样，是带有些许政治色彩的诗社，其活动与当时的反清复明活动有着隐秘而密切的联系，但由于黄培文字狱案的影响、文献缺失等原因，这种联系无法详述。

---

① 何宗美：《明末清初结社研究》，南开大学出版社 2003 年版，第 414—415 页。

② 于世琦：《万柳诗集残稿·附录》，北平卢乡丛书社民国十八年铅印本，第 9 页。

③ 于世琦：《万柳老人诗集残稿·跋》，北平卢乡丛书社民国十八年铅印本。

④ 李恩浦：《于七起义》，青岛出版社 1995 年版，第 158 页。

⑤ 即墨市政协文史资料研究委员会编：《黄培文字狱案》，即墨市政协文史资料研究委员会 2001 年版，第 14 页。

⑥ 李恩浦：《于七起义》，青岛出版社 1995 年版，第 168 页。

### 三　黄坦与山左及宦游即墨的文人

黄坦擅古文辞，为即墨地区诗人之冠。他交游较广，除了上节提及的宋继澄、宋琏、董樵外，在山左地区，他还与"金台十子"中的曹贞吉、颜光敏及宦游即墨的周斯盛、董剑锷等人诗词唱和。兹就黄坦的交游对象介绍如下。

（一）曹贞吉、颜光敏、李焕章、高珩、杨还吉

曹贞吉（1634—1698），字升六，又字升阶、迪清，号实庵，山东安丘人。康熙二年（1663）乡试解元，康熙三年（1664）进士，官礼部郎中，后以疾辞湖广学正归里。淡泊荣利，工于诗词，为"金台十子"之一，有《珂雪词》传世。黄坦与曹贞吉同为康熙二年（1663）举人，唱和之作颇多。曹贞吉有《沁园春·读子厚新词却寄》三首，词曰：

> 不见澄庵，六年于兹，思如之何。忆大明湖畔，论心握手，之莱海上，痛饮高歌。以子襟怀，消人鄙吝，叔度汪汪千顷波。分袂后，想生平意气，暗里蹉跎。　　惊闻二竖相苛。早伏枕、山中岁月多。幸清漳第近，时过小阮，人来不夜，闻讯无他。拼事医王，未驱穷鬼，且负青青六尺蓑。长安市，怅故人疏放，老子婆娑。

> 凭借飞鸿，贻我一编，花间草堂。喜风流旖旎，小山珠玉，惊心动魄，西蜀南唐。更爱长篇，嵌崎历落，辛陆遥遥一瓣香。吟哦久，妒金荃佳句，遂满奚囊。　　休论小弟行藏。叹笔砚、年来已尽荒。纵劳他精卫，难填闷海，倾来米汁，莫润愁肠。鸟亦伤心，花能溅泪，独对东风舞一场。如何是，羡扁舟渔父，芦荻苍苍。

> 读罢新词，击碎唾壶，悄然以悲。任邯郸枕上，重裀列鼎，大槐官里，貂锦娥眉。未勒功名，难消磊块，不向空门何处归。又底事，问安期高誓，乞取刀圭。　　茫茫大造谁知。况世上、原无真是非。彼南华齐物，呼牛呼马，灵均呵壁，将信将疑。我赋三章，为君七发，得愈头风或有之。掀髯笑，望西山一带，暮雨迷离。

第一首词回忆自己与黄坦在大明湖畔论心握手的促膝长谈，在之罘海

上的痛饮高歌，对黄培因病伏枕山中多年表达了关心。第二首词非常欣喜地评价黄培之词，赞其小词如五代南唐词一样风流旖旎，慢词则像辛弃疾、陆游的词一样嵚崎历落，感叹自己疏于写作，坦言自己的苦闷心绪及对黄培徜徉于家乡山水间的倾慕。第三首词写自己读黄培词的感受，其中"况世上、原无真是非"之句，实为曹贞吉对人生的达观见解，也是对朋友的肺腑之言。

曹贞吉这三首词所表达的情感层次丰富，可谓是"不事雕镂，俱成妙诣，此绚烂极而平淡也"。黄培收到这三首词后，回复《沁园春》一首，小序曰："丙辰，曹升阶年兄以三词寄余，余病不能和。隔岁，乃仅赋一章见意，时曹在中秘。"词曰：

> 捧读新词，玉质金声，清越以长。似凤凰池畔，吟成七步，沉香亭北，赋就三章。词旨淋漓，珠玑错落，八斗应难罄所藏。云笺上，见香分辛陆，秀比钟王。　　别来云水茫茫。更梦断、凉州月满梁。记天池铩羽，蒙君惠顾，朔风吹雪，送我还乡。感念生平，且歌且泣，一夜相思两鬓霜。短吟罢，恨江淹才尽，老大徒伤。

这首词称赞曹贞吉才气纵横，八斗难罄，评价其词是"香分辛陆，秀比钟王"，感念往昔友情，诉今日之悲凉心境。另外，黄培还有《风流子·易水怀古》六首、《满庭芳》（曹升六舍人寄珂雪词九首，赋赠）、《百字令咏史》六首、《百字令寄怀曹升六郡司马》等词与曹贞吉唱和，黄培诗则有《次曹升阶舍人谢文石韵》（燕山话旧信多情）。

颜光敏（1640—1686），字逊甫，更字修来，别号乐圃，山东曲阜人。康熙六年（1667）进士，由中书舍人累迁吏部郎中，充《一统志》纂修官。书法擅名一时，尤工诗，为"金台十子"之首，著有《乐圃集》《未信编》《旧雨堂集》《南行日记》。黄培有两首诗写给颜光敏，第一首为《简颜修来铨部》："相思秋尽暮凭栏，谁向丹霄借羽翰。久别故人头似雪，当年倾盖臭如兰。龙墀重望山公启，鸡骨羞弹贡禹冠。试倚衡门搔首望，云山直北是长安。"第二首是《赠颜修来仪部》："长安日日逐缁尘，三载相逢意更真。文物适承典礼命，衣裳已动上林春。系传圣裔光华远，诏出天家雨择新。愧我箨冠犹在首，依然踪迹老河濒。"黄培有《沁园春·寄怀颜修来铨部》一词，词曰："忆昔英年，射策金台，与君并驱。奈樗栎之质，潜踪邱壑，驿骝之步，骧首天衢。半世烟霞，千秋事业，稷契巢由迥自殊。相思久，喜人来阙里，惠我鱼书。　　开缄词旨温如。更念我、轮囷十载余。叹山公书札，交情备至，文园憔悴，病骨难苏。日事雕虫，聊抒愤悁，深愧当年见大巫。长吟罢，但凭阑西望，搔首踟蹰。"

山左文人中，黄埙诗文中还提到了李焕章、高珩、杨还吉。

李焕章（1613—1692），字象先，号织斋，山东乐安人。李焕章少承家学，博览群书，一生专攻古文诗词，文名远播。明亡后，不复仕进，与"诸城十老"遗民群交游颇多。李澄中订其生平所著为《织斋集抄》八卷。黄埙《百字令·赠乐安李象先》曰："东皋春暮，亘长空、一片瑶光如绮。日射沧洲星浪涌，化作犹龙紫气。昨夜函关，青牛老子，税驾荒城里。年垂耋耄，丰神矍铄如此。　　为君细捡山邱，穷搜林壑，只有东南美。五岳名山如指掌，应笑崂峰岪嵼。灵宝丹经，康成书带，且供先生醉。归来何有，满囊都是空翠。"另有《赠别乐安李象先》一诗。

高珩（1612—1697），字葱佩，号念东，晚号紫霞道人，淄川人。王象乾外孙，王渔洋表兄。明崇祯十六年（1643）进士，入清后，官至刑部侍郎（又称少司寇）。黄埙有《少司寇高念东游崂山赋赠》一诗。

杨还吉，即墨杨氏家族的代表人物。黄埙有词曰《沁园春·赠杨六谦征君》："杨子山居，沧海之陬，烟霞郁葱。忆关西旧业，累传清德，墙东小隐，暂托冥鸿。笔底文锋，胸中武库，都说南阳有卧龙。藏名久，但夷然自乐，泉石高踪。　　今朝名达宸枫，忽平地、扶摇上碧空。看从容辞别，乌衣巷里，解衣磅礴，碣石宫中。为雨为霖，作舟作楫，天为苍生起谢公。试翘首，望金门待诏，喜溢重瞳。"从词的内容看，此词是杨还吉应诏博学鸿儒之时黄埙的赠别之词，期待杨还吉金门待诏，"喜溢双瞳"。另有《赠杨六谦》一诗。

（二）周斯盛、董剑锷等人

周斯盛（1637—?），字屺公，一字铁珊，学者称证山先生，浙江鄞县人。顺治十八年（1661）进士，康熙八年（1669）秋任山东即墨县知县。在即墨任上刚七个月，即因镇将诬陷而下狱，后被赦出狱，于康熙十二年（1672）正月十一日离开了让他蒙冤的即墨县。后奔走燕、赵、吴、楚间，足迹半天下。与李澄中、洪嘉植等以谈诗相契，为刘翼明选《镜庵诗稿》十一卷，著有《证山堂集》等。

黄埙与周斯盛的唱和之作有《初冬和屺公周明府韵》《送屺公周邑侯南归》等诗，如其《次屺公周明府韵》曰："寂寞寒林见暮鸦，樽开云水近天涯。泉清不丑愚公谷，地僻还疑陶令家。醉我空庭皆白露，宜人满径是黄花。于今何处无秋色，落叶风高君莫嗟。"

杨还吉作有《送证山周夫子南还》一诗，诗曰："东风吹枯梅，昨夜来涛声。涛声挟天地，有怀讵可平。临歧俱挥手，去住难为情。两年山馆月，对君若偏明。诗卷达人节，风霜国士名。忆昨诏狱日，岂曰非更生。巨罪亦已释，臣心敢曰诚。腊前闻归雁，万里与之征。传甘莱子雪，听桡鹊湖莺。四海一空囊，蹙蹙何□□。悠悠衡门下，草色趁紫荆。回首望二崂，岛屿隐田横。"这首诗后附小注曰："康熙初，邑侯四明周证山倡诗社。其幕友董佩公、张又陶、周殷靖，广文则德州陈意白，巡检则关西张敬心，吾邑若家元之先生黄岳宗、杨六谦、黄子厚、蓝季芳诸先辈，皆在此中，坛坫称极盛焉。无何，证山以海洋事诬去。"据此小注，周斯盛在即墨时，曾倡导诗社，参加活动的有其幕僚董剑锷（佩公）、张潜（又陶）、周志嘉（殷靖），训导陈允捷（意白），巡检张敬心，即墨本地诗人黄宗崇（岳宗）、杨还吉（六谦）、黄埙（子厚）、蓝启华（季芳）等。周斯盛为黄宗崇的《石语亭集》作序，序曰："己酉秋，余来吏兹土，踰姑、尤，望大小崂山及田横、不其诸岛，意必有畸人逸客如焦光、魏野其人者，既而得杨子六谦、黄子岳宗。岳宗出其诗，大抵读书饮酒、相羊山水之作，视世之不得志而感愤者，大有间焉。"① 《杨氏家乘》记载，周斯盛"庚戌二月十三日，当征比期，升堂，忽呼肩舆访文敬公于书舍，遂留赋诗剧饮，抵夜方去问邑事。……后与其客董佩公共倡和无虚日，公序所谓每一扎至，不问，即知其为证山佩公也。集得《庚戌倡和草》一卷"②。

周斯盛与诸城刘翼明、李澄中交游唱和，诗有《赠别李渭清》《送李渭清》《和李渭清韵答别兼示张石民徐栩野》《慈仁寺与刘子羽同宿》《闻刘子羽司训利津雪夜有作》等。李澄中有《与周屺公刘子羽登超然

---

① （清）卢见曾：《国朝山左诗钞》，《山东文献集成》（第1辑），山东大学出版社2006年影印本，第41册，第438页。

② 杨贵堡等续修：《即墨杨氏家乘》，民国二十六年铅印本，第2册，第188页a。

台》："万壑阴云积，初寒肃布袍。山从沧海断，树拥穆陵高。落日寻遗迹，临风忆浊醪。东岩最幽处，往事话卢敖。"

董剑锷（1622—1703），字佩公，一字孟威，号晓山，浙东鄞县人。崇祯十七年（1644），北京失陷，董剑锷抱父而泣，焚其衣巾，自是父子互相激励，以遗民自居。当时，董家之婿钱肃乐、张煌言，皆举抗清义旗。董家故国世臣之感，兼以姻眷所连，倒庋倾筐，资助义军。工诗与古文，清初与宗谊、范兆芝、陆宇燝、叶谦、陆昆、余楫结为西湖诗社，称"西湖七子"，与林时对、周元初等人结"南湖五子社"，著有《墨阳集》《晓山游草》等。

董剑锷跟随周斯盛来到即墨，与即墨的文人交游唱和。董剑锷为黄埨作《黄子子厚传》，评价其人其诗曰："前三四年，罹患难，几蹈不测，且丧明。今以年四十而尚未举子，坎坷殆焉。然其言浑浑灏灏，无几微行于楮墨，可以知其人矣。"① 另外，董剑锷还为杨还吉作《山巷草序》，为黄宗崇作《黄子岳宗传》。

以黄埨为中心，我们可以看到，他不仅和清初在全国有影响力的"金台十子"成员诗文来往，还和莱阳、诸城的遗民以及宦游即墨的周斯盛等人往来。周斯盛是康熙八年（1669）到即墨任职，再通过他与即墨、胶州、诸城等人的交往，可以看到当时存在于本地区的一个交游密切的文学圈子。这个文学圈子包括即墨人黄埨、黄宗岳、蓝启华、杨还吉，寓居即墨的周斯盛、董剑锷、陈意白、张敬心、孔秀言、赵其昌、赵涛等人，诸城李澄中、刘翼明、徐田等人。

## 第三节  杨还吉与康熙初年诗坛

杨还吉是即墨望族杨氏家族的代表人物，与即墨地区同时代的诗人相比，他的交游范围比较广，他因缘际会结识了顾炎武（见本章第一节）、施闰章等诗坛巨擘名家，还与山左胶州、诸城及本地的文人交游唱和。其交游对象既有明朝遗民，也有清廷新贵，呈现比较复杂的态势。

---

① （清）黄守平辑：《黄氏家乘》卷8，《山东文献集成》（第1辑），山东大学出版社2006年影印本，第18册，第195页。

### 一　杨还吉与施闰章

施闰章（1618—1683），字尚白，号愚山，安徽宣城人，清初著名诗人。顺治六年（1649）进士，官至侍读。顺治十三年（1656）奉旨视学山东，这期间，愚山"取士必先行而后文，崇雅黜浮，有冰凿之鉴"，杨还吉即是他在督学山东时所取之士。施闰章为杨还吉所作的《杨生诗序》曰："即墨杨生志洁而行芳，才茂而年盛，其乡皆称之而不肯就童子试。县令张琛折柬招之，强而后出，余为补诸生冠军，镌其文。逾年，莱州道张君号知人，生用是名益著。念予始遇之殷，而度余之将行也，徒步来历下，又质其诗文各一卷，其意高，其请益之心，勤且至矣。夫名之将成，败者将至；名之既成，忌者斯至。杨生行业日进，而予惧然无以益之，乃告以古君子之道，知杨生必有成也。生归过掖水，有罗生鸿图者，亦余首拔士，且又尔友也，其亦以是告之。"① 据《即墨杨氏族谱》记载，登莱道张永祺考校十五州县士，文敬公文特佳，取超等，施闰章先生喜甚，曰："当以古文名世"②。可见二人的相识，是基于施闰章的爱才知人与杨还吉的志行高洁，才华横溢。对施闰章的知遇之恩，杨还吉心怀感激，其《赠别施愚山夫子》诗曰："步出东莱门，车骑何辚辚。只命理皇役，去去安可论。嗟我二三子，有怀未及陈。斯文幸不坠，齐鲁识尊亲。蒲轮征有道，华国得名臣。再来海岱间，不闻有藏珍。椅桐荷雨露，梁窦委风尘。洋洋集剑佩，萧萧会青春。譬彼鱼与鸟，人龙睹凤鹓。宗伯掌邦教，胄子驯直温。自顾殊疏顽，误蒙国士恩。文章愧未就，气谊夙所敦。停车呼我前，教诲何谆谆。再拜谢明德，愿言矢无谊。前旌已屡抗，骋望方销魂。"称颂施闰章为名臣，感谢其知遇之恩与谆谆教诲，表达了依依惜别之情。

山东学政期满后，施闰章于顺治十八年（1661）转江西布政司参议。虽地隔南北，音讯难通，杨还吉仍关注对自己有提携之恩的施闰章。他作有《读施愚山夫子粤游草因赋谢海重》，诗云："当代论文章，宛陵洵才杰。联翩入金门，声名日掀揭。持节下庾关，华风变魋结。悱恻吊遗黎，忧思独羁绁。忠信苟不亏，在远情弥切。独登五羊城，怆然涕欲雪。山川连荆吴，万里昔提契。常闻陆大夫，不辱使臣节。夫子相后先，秦道无阻

---

① 杨贵堡等续修：《即墨杨氏家乘》，民国二十六年铅印本，第 2 册，第 166 页 a。
② 同上书，第 187 页 b。

绝。文采映珊瑚，急难心孔热。循览照江篇，招魂为呜咽。不独悲胶漆，艰虞愤所结。劬劳小雅怨，荡毁无家别。窃于言语间，知公负稷契。正声一沦没，余子何琐屑。君昔入承明，遍交当世喆。独步推宣城，此道几心折。遂出帐中秘，不我弃薄劣。何必宗何李，眼中人几阅。岁岁忆春风，永怀岁不减。"此诗乃读施闰章《粤游草》后所作，诗人十分推崇施闰章的诗歌，认为"当代论文章，宛陵洵才杰""文采映珊瑚"。还把施闰章比作曾出使南越、说服尉佗接受汉朝所赐王印的陆贾，为政一方，造福一地，景仰之情溢于言表。由诗中内容来看，诗作的时间当是施闰章为政江西之后。

康熙六年（1667），清廷裁撤道使，施闰章归乡。《郎潜纪闻二笔》记载："施愚山分守江西，政声籍甚，时论以为不日当开府，忽遭束阁。盖安丘刘相国正宗，当愚山持节山左时，有所干请不遂，至是修怨焉，然亦见愚山之不畏强御矣。"① 施闰章在山东主持乡试时，时任太子少傅的刘正宗，曾为落选的亲属请托，被施闰章拒绝，当然也就得罪了刘正宗，以致施闰章仕途受到影响。此后，闲居乡里，周游各地。施闰章有《游崂山》诗一首，诗云："十里山嶙嶒，蛟宫寄一僧。飞楼安石罅，悬壁攫云层。越险苍藤接，盘空细路登。棹回怀重把，鲈脍出鱼罾。"② 或许是这个时候所作。

康熙十年（1671），施闰章奉檄入都补官，以叔父老辞归。康熙十八年（1679），制诏举"博学鸿儒"，胶州赵铁源先生荐举杨还吉入京。施闰章也在叔父敦促下，再入京就试。在京期间，杨还吉与施闰章相见甚欢，常常切磋诗艺。施闰章《故庠生孝义晋生杨君既配孙氏墓志铭》中也提到这一点："戊午，上征博学弘词之臣，予与君季弟还吉同应诏在京师。时过余，扬挖风诗，考订道义，间述其先世孝友、家声清白，予为慨然者久之。一日，出一书示余，曰此伯氏《解围记》也。"③ 杨还吉寓居王北野先生处，那儿有桂花一株，遂成《桂花赋》，施闰章先生评曰："古人十年作赋，六谦援笔成篇，不伤摇落，自尔芬芳，将移置于上林，

---

① （清）陈康祺等：《清代史料笔记丛刊·郎潜纪闻初笔二笔三笔》卷 16，中华书局 1984 年版，第 623 页。

② 周至元：《崂山志》，齐鲁书社 1993 年版，第 318 页。

③ 杨贵堡等续修：《即墨杨氏家乘》，民国二十六年铅印本，第 2 册，第 163 页 a。

岂含芳于空谷?"① 杨还吉在京期间作《九月初七日夜雨念三兄山巷对菊无人感述诗》两首，其一曰："暮雨从西来，萧瑟动凉飔。我行已永久，寒暑忽推移。夜半随飞鸿，归路识旧蹊。柯桥水已落，鹿堤草凄其。山巷杳无人，四顾掩柴篱。落叶满空街，黄菊正纷披。荧荧一灯青，无语正支颐。菊影方澹漠，人影亦嵚崎。采采情未已，远道何能期。"其二曰："游子久不归，留滞在何方。白露忽已庙，夜雨凝清霜。不知霜早晚，但见草木黄。南园收紫栗，临崖割蜜房。及此岁未暮，好制我衣裳。于物虽少取，与世幸无妨。俯仰性自适，丘壑道难忘。汉阴有老父，策杖话羲皇。"施闰章先生评曰："诗则陶韦，其情则常棣之什矣。"② 施闰章《燕台诗序》："山左旧游举进士能诗者，既有田子纶、曹升六、王仲威诸子，李子渭清舆、即墨杨子六谦又同召至都下，不为不遇，今数来论诗，诗日有闻，喜诸子足张吾军也。"殿试时，因有"清彝"字样，施闰章触犯忌讳，几被罢斥，置二等第四，授翰林院侍讲，入馆纂修《明史》；杨还吉则未通过殿试，返回了即墨。

康熙十九年（1680）十二月，长兄杨遇吉去世。"辛酉春，六谦以书来告讣"，并附上所写行述，邀施闰章写墓志铭。施闰章于康熙二十年（1681）作《故庠生孝义晋生杨君既配孙氏墓志铭》，称赞杨遇吉"生而磊落，有气概，重然诺，立信义，乡党多严重之"③。此后二年，施闰章病逝，其所作墓志铭成为杨还吉与施闰章交往的最后见证。

施闰章文章淳雅，尤工于诗，与同邑高咏等唱和，时号"宣城体"，顺治年间在京师，与宋琬、张文光、陈祚明、赵锦帆、严沆、丁澎等结社唱和，名列"燕台七子"，还与宋琬并称"南施北宋"，他的诗歌亦被刻入吴之振《八家诗选》中，在清初文学史上享有盛名。杨、施相识之时，一尚无功名，一名满天下，施闰章的提携、奖掖与品评，对杨还吉诗歌的传播与诗文创作水平的提高大有益处。

## 二　杨还吉与山左文人

杨还吉与山左莱阳、胶州、诸城的文人也颇多往来。

---

① 杨贵堡等续修：《即墨杨氏家乘》，民国二十六年铅印本，第 2 册，第 188 页 b。
② 同上书，第 188 页 b。
③ 同上书，第 162 页 b。

（一）莱阳宋继澄、董樵

宋澄岚客居即墨多时，蓝、黄两家诗人与宋继澄的唱和之作甚多，杨氏家族成员与宋继澄的唱和之作却不多见，因此杨还吉《次宋澄岚先生韵》三首就尤为珍贵了，兹录于下：

> 为客何多日，风前见落花。穷愁时有作，离乱忍无家。一榻围青玉，双崂餐紫霞。即看春草色，不敢恨天涯。

> 春来应自惜，开尽故园花。变起沧桑地，人怜王谢家。归鸿寒食夜，倚杖半天霞。闻道干戈隐，吾生幸有涯。

> 名园堪一憩，才放碧桃花。避足林生笋，典衣客到家。放怀成懒漫，远梦托烟霞。赖有忘年侣，乘槎泛海涯。

从诗中"离乱忍无家""闻道干戈隐"等，可见此诗是清初所作。诗中流露出的隐居情怀，也是当时经历过改朝换代巨变的许多文人共同的选择。

董樵与即墨黄氏家族中的黄贞麟等人多有唱和，他自己既留有吟咏崂山的诗篇，亦存有《九水纪游》一篇。这篇游记中提到"庚戌（康熙九年）九月二十五日，黄子方振邀余同黄子子厚过快山堂。又明日，使君周公证山、董子佩公暨杨六谦后至，夜饮定游程，或主太平，或主华楼，二径循游人旧例耳，独余主九水"①，董樵与黄贞麟（字方振）、黄垍（字子厚）、周斯盛（号证山）、董剑锷（字佩公）、杨还吉（字六谦）一起游山，可见董樵与杨还吉有来往。

（二）胶州谈必昌、赵文焴、高日恭

谈必昌，字禹臣，谈震采之子，明末胶州人，诸生。性情淡泊，居于城东别墅，界于姑、尤二水之间。"工诗，与法若真、刘翼明、杨六谦相倡和"②，著有《乙酉草》《长日编》等诗集。从杨还吉《石门山下别谈禹臣兼寄琅琊刘子羽夹河张临皋》等三首诗可以看出，杨还吉与谈必昌

---

① （清）黄肇颚：《崂山续志》，山东省地图出版社 2008 年点校本，第 172 页。

② 《重修胶州志》卷 25《列传·人物》，成文出版社民国六十五年影印本，第 959 页。

来往密切。如《初春陪胶西谈禹臣买山卜居》曰："二崂山色耐人看，杖策犹增暮雪寒。四海无兵初罢战，百年如梦敢求安？生还但作沉冥计，老去方知行路难。山北山南谁是主，与君携手共盘桓。"

《青岛历代著述考》"谈必达"下注释说谈必达"与王无竟、法若真、宋之麟、杨六谦等在大珠山下创办诗社，与李于麟历下诗派抗衡"①。此种说法值得商榷。谈必达，字白复，号非庵，是谈必昌之兄，道光《重修胶州志》中并无他和王无竟等人唱和的记载，只有宋之麟与王无竟唱和的记载："宋之麟，字仁趾，有隽才，以诗名。与王倛相倡酬，数奇不偶，以诸生老。诗歌散漫，止存《南游草》。"② 另外，王倛（无竟）卒于明崇祯八年（1635），而杨还吉（六谦）生于明天启六年（1626），此二人结社唱和是不可能的。法若真（1613—1696），字汉儒，号黄石，亦号黄山，山东胶州人。顺治三年（1646）进士，翰林院庶吉士，历官福建兴泉道参政、浙江按察使。康熙二年（1663）因不满《明史》案而辞官归乡。康熙七年（1668），起补安徽布政使，复以丁母忧辞官。此后绝意仕进，以诗画自娱，是清代著名诗人、画家，著有《黄山诗留》16卷。杨还吉诗文集中并无他与法若真唱和之作，但杨还吉的同邑黄贞麟却有两首《次法黄石先生借酒韵》，其一曰："乾坤容吾拙，朝市亦林泉。令节惊秋露，生涯寄晓烟。清贫犹傲吏，疏懒学颠仙。愿倚黄石衲，沉酣书画船。"可见法若真虽然隐居黄山三十余年，但与杨还吉交往还是可能的。

赵文㷭，字玉藻，号铁源，胶州人，胶州赵氏家族成员。康熙九年（1670）进士，改庶吉士，历官翰林院侍讲，充实录馆纂修。著有《云鹤古文稿》二卷、《千树斋诗》四卷、《清籁词》三卷、《粤游草》等，《国朝山左诗钞》选其诗十首。杨还吉得以参加博学鸿儒的选拔，得益于赵文㷭的推荐。康熙十七年（1678）重阳前一日，赵文㷭招饮，杨还吉应招宴集，并写有《重阳前一日铁源赵先生招饮黑龙潭同宋既庭倪闇公黄俞邰李蓼野李醒斋分韵得静字》一诗记载此次聚会。

高曰恭，字作肃，号梅野，别号雪怀居士，清初胶州南三里河村人，高凤翰之父。康熙十四年（1675）乙卯举人，历官诸城、淄川两县教谕。

---

① 窦秀艳等：《青岛历代著述考》，中国社会科学出版社2010年版，第31页。

② 《重修胶州志》卷25《列传·人物》，成文出版社民国六十五年影印本，第959页。

擅丹青，工于诗文，其离淄川归里之时，生徒数百人，设帐十余里，各为诗以送之。杨还吉有《至胶西不见高作肃兄弟》一诗。

（三）诸城李澄中、刘翼明

明末清初，诸城活跃着以"诸城十老"为核心的遗民团体。"诸城十老"是指诸城籍的丁耀亢（野鹤）、王乘箓（钟仙）、刘冀明（子羽）、李澄中（渔村）、张衍（蓬海）、张侗（石民）、邱石常（海石）、徐田（栩野）、隋平（昆铁）、赵清十人。参与"诸城十老"活动的还有自各地奔集而来的"侨寓"者，寓县内张氏放鹤园，即蓬海、石民族居之地，其中多是有影响的人物，如武定李之藻（淡庵）、益都杨涵（水心）、王屿似（鲁珍）、乐安李灿章（绘先）、李焕章（象先），以及河北雄县马鲁（东航）、扬州洪名（去芜）、昆山金奇玉（琢岩）等。至于数往来于县者，则有益都薛风祚（仪甫）、安丘张贞（杞园）、掖县赵涛（山公）、赵瀚（海客）、寿光安致远（静子），以及释元中（灵辔）、成楚（荆庵）、成榑（奚林）等人。这是当时一个影响比较大的北方遗民团体，与南方扬州遗民集团遥相呼应。杨还吉和这个群体中的李澄中、刘翼明交往密切。

李澄中（1629—1700），字渭清，号茵田，又号渔村，山东诸城人。少颖异，弱冠为诸生，每试必冠。康熙十一年（1672）拔贡，康熙十七年（1678）应诏"博学鸿儒"，授翰林院检讨，历任明史纂修官、云南乡试正考官，迁侍读，告老归。退居潍上，仅茅屋数椽，以蔽风雨。澄中工文，尤好为诗，其诗以汉魏三唐为宗，效"于麟体"，高岸开朗，与王士禛、田雯鼎足而立，号称"山左三大家"。著有《卧象山房集》《艮斋笔记》《李渔村先生稿》等。

杨还吉和李澄中同年参试"博学鸿儒"，杨还吉有《月下登超然台怀李渭清太史》《春夜同琅琊李渭清集饮》两首诗。《月下登超然台怀李渭清太史》曰："台下超然是比邻，层城一望转伤神。昨来双鲤蓟门道，苦忆五莲象谷身。月伴沧浪犹有鹤（台西丁野鹤沧浪亭），更深曲巷遥无人。几回手摸密州字（读碑阴仅辨密州二字），尊酒他年待子论。"诗人登台赏月，想到苏轼在此地所写的"但愿人长久，千里共婵娟"（《水调歌头》），望月想人，情景交融。李澄中《闻六翁四兄谈大崂山居之胜漫赋十截句呈政》其三曰："华楼遥挂海东霞，洞口仙人枣如瓜。听说杨家兄弟好，乌衣巷满石楠花。"① 杨家兄弟当是指居于即墨崂山乌衣巷的杨还吉兄弟。二人在参加博学鸿儒科考之时，曾一起参加文人的交友聚会，有记载的是康熙十八年（1679）二月十四日曹广端招饮，杨还吉与李澄中都应招宴集，参加这次聚会的还有尤侗、彭孙遹、李因笃、孙枝蔚、邓汉仪、李念慈、汪楫、朱彝尊、李良年、王嗣槐、陆嘉淑、沈嗥日、陆次云、顾景星、吴雯、潘耒、董俞、田茂遇、吴学炯诸君②。

刘翼明（1607—1689），字子羽，世居琅琊台下，因号越台，人称竹虡士，明末山东诸城人。康熙八年（1669）岁贡，授利津县训导。少工诗，喜交天下士，颇具侠义性格。胶东王倜负才使气，不与凡俗来往，闻其名，即以诗来相唱和。后王倜为仇家所杀，族人不愿过问，翼明为之具讼奔走，终将凶手尽置诸法，由此名声大著。而他却谢绝人事，遁迹琅琊山下，专力为诗。"所居钟山海之胜，故笔下苍秀。读书涵养，骨力朴老，此老生平得意处。诗以意为主，意所不到，时复颓唐汗漫。"③ 存有《海上随笔》不分卷、《镜庵诗选》五卷、《东武高士刘翼明诗稿》一卷、《镜庵诗稿》十一卷，皆收录于《山东文献集成》第三辑。

刘翼明是李澄中同乡好友，二人以诗文相砥砺，相交三十余年间，尺素往来无虚日，李澄中为其选《镜庵诗选》，杨还吉则作《镜庵诗选小引》："东武之郡之琅琊台下，有刘子羽者，其以诗为性命，盖已多年矣。盖自十有七，迄今六十七岁，非诗无以为生活之地也。故其作诗甚多，往往逸去，亦不知爱惜。"④ 杨还吉有《山中怀琅琊刘子羽》一诗，诗曰："琅琊台畔又逢春，几载携家傍海滨。短布单衣千古恨，穷交死友百年身。即看一树临流发，不见当时命驾人。何日重来还载酒，沧溟与尔共垂纶。"《石门山下别谈禹臣兼寄琅琊刘子羽夹河张临皋》曰："如此春山亦可怜，苍然松桂夕阳前。浮云不向红尘老，青眼终妨白昼眠。万树梅花藏

---

① （清）黄肇颚：《崂山续志》，山东省地图出版社 2008 年点校本，第 167 页。

② 徐釚《南州草堂集》卷 6 有《花朝前一日，曹正子招同李天生 孙豹人 邓孝威 尤悔庵 彭羡门 李屺瞻 陈其年 汪舟次 朱锡鬯 李武曾 王仲昭 陆冰修 沈融谷 陆云士 杨六谦 李渭清 顾赤方 吴天章 潘次耕 田鬟渊 吴星若诸君宴集西园亭二首》。参见陆勇强《陈维崧年谱》，中国社会科学出版社 2006 年版，第 426 页。

③ （清）张谦宜：《絸斋诗谈》，载钱仲联主编《清诗纪事》（顺治朝卷），江苏古籍出版社 1987 年版，第 2269 页。

④ （清）刘翼明著，李澄中选：《镜庵诗选一卷》，《四库未收书辑刊》（第 8 辑），北京出版社 2000 年影印本，第 16 册，第 738 页。

竹屋，两河鸥鸟下晴烟。知君不废寻游兴，无奈嵇生病未瘥。"刘翼明《出华阴市寄杨六谦》曰："路口别名山，俨如别好友。前期不可知，黯然频回首。"另有《喜六谦来游琅琊便道过访》诗曰："平生相望有高丘，岂意青骡此地游。正好藏书寻石室，难忘遵海问沧州。投身不使江湖□，放眼来将日月收。莫为老人烦过滤，囊中久谢茂陵求。"①

### 三　杨还吉与应诏博学鸿儒者

康熙十八年（1679），杨还吉在胶州赵文㬎的举荐之下，奔赴京城，参加了博学鸿儒科试。在京期间，杨还吉除了积极准备应试以外，他还参加各种交游聚会活动，除前文在施闰章、李澄中部分已提到的他在京师的交游对象外，杨还吉还结识了新友黄虞稷。

黄虞稷（1629—1691），字俞邰，号楮园，明末清初晋江安海人，著名藏书家，编有《千顷堂书目》三十二卷。他为杨还吉所作的《云门草序》中谈到了与杨还吉的相识过程："今上康熙戊午春诏求宏博之士，一时海内名彦群集京师，余始识六谦先生于铁源赵编修座上，同饮酒赋诗甚乐也。……壬戌春，六谦复入京师，余方以修史征入，一晤匆匆而别。今年丁卯夏五，六谦再过余邸舍，屈指相晤之期，已五易裘葛。"②从这段叙述可知，二人因应征博学鸿儒而相识于康熙十七年（1678），再会于康熙二十一年（1682），而他们的第三次见面是康熙丁卯年即康熙二十六年（1687），杨还吉因是这一年的岁贡生而到京。在康熙丁卯年的见面中，黄虞稷为杨还吉的《云门草》写了序。序言中对杨还吉的诗歌赞赏有加："予观其《云门草》，游览所至，长篇短什，高秀浑雄，跌宕纵逸，如少陵峡中之作，东坡海外之篇，何多奇也！……今方将以经明行修举于有司，抒其生平之所学，以见于世。斯集也，固不足以尽六谦，然读是诗者，亦可知其胸中之所蕴，非如时俗流辈，苟博一官已也。"③

由上可知，即墨望族的交游结社活动，从历史的发展眼光来看，体现了即墨望族文化与文学的逐步繁荣。明中期的诗坛，蓝田一枝独秀，即墨

---

① （清）陈介祺：《桑梓之遗录文》，《山东文献集成》（第1辑），山东大学出版社2006年影印本，第40册，第161页。

② 杨贵堡等续修：《即墨杨氏家乘》，民国二十六年铅印本，第2册，第167页b。

③ 同上书，第168页a。

本地基本没有称得上结社唱和的活动，诗人参与的是外地诸人所结之诗社。明末清初，随着即墨望族的发展，他们不但成立了以本地望族为主要成员的"丈石诗社"，还与邻近的胶州、诸城、莱阳的文人交游唱和，顾炎武、施闰章也因踏足即墨而成为即墨望族的交游对象。清初交游活动的活跃，正是当时即墨地区文化与文学创作活动繁荣的真实反映。

# 第 四 章

# 即墨蓝氏家族与诗歌研究

即墨蓝氏是明清时期莱州府即墨县最早以诗歌著称的文化世家。蓝氏于明成化年间兴起，诗学传统延续至清末。在家族成员仕途并不十分显赫的背景下，诞生了蓝章、蓝田、蓝因、蓝史孙、蓝润等数位诗人，特别是蓝田，少年成名，人称"万言倚马才也"①，晚年参加"海岱诗社"，是明嘉靖时期山左诗坛名家。以蓝田为代表的即墨蓝氏诗人群，实为即墨诗学传统的开启者。

## 第一节　即墨蓝氏家世述略②

### 一　即墨蓝氏的迁移与早期发展

蓝章《先大夫赠侍郎公家传》曰："公讳福盛，字世荣，先世故昌阳之羿山人，后徙居即墨之黄埠，后又徙居盟旺山。元初远祖有讳珍者，仕至武义将军，总领监军，攻襄阳有大功，子孙官百户、千户、镇抚、防御、察官、教谕、劝课官者二十余人，其详见于元人邢学正所撰先茔墓碑。"③ 蓝田称："我蓝氏世居即墨，元初有讳琭者，为武毅将军监军总

① （明）潘允端：《蓝侍御集选序》，《四库全书存目丛书》，齐鲁书社 1997 年影印本，集部，第 83 册，第 188 页。

② 据各大图书馆目录，海内外现存至少四种蓝氏族谱，分别为：（1）蓝再茂：《蓝氏家谱》，嘉庆九年刊本二册，藏中国科学院图书馆。（2）蓝深、傅以渐：《蓝氏族谱》，清抄本一册，藏河北大学图书馆。（3）邢世英：《蓝氏族谱》不分卷，清宣统三年重刻本，藏河北大学图书馆、青岛市博物馆。（4）蓝升旭：《蓝氏族谱》，民国十九年石印本，藏上海图书馆。本书主要采用清宣统三年重刻本。

③ （明）蓝章：《蓝司寇公崂山遗稿》，《四库未收书辑刊》（第 5 辑），北京出版社 2000 年影印版，第 18 册，第 11 页。

领，其世系具于邢学正所撰墓碑。"①《即墨蓝氏族谱》蓝再茂叙曰："我
蓝氏，故昌阳羿山人。自南宋间徙居即墨，远祖讳珍，仕元，至武义将
军，监军总领。"② 据上所述，蓝氏元代自昌阳羿山迁来即墨黄埠，再迁
盟旺山，而后世居即墨，蓝珍为蓝氏家族在元代就居于即墨的远祖。蓝
珍并非显赫人物，昌阳在莱阳，与即墨毗邻，人物与迁徙地均不似攀附
传说，蓝氏父子和《即墨蓝氏族谱》关于先世的记述是可信的。

即墨蓝氏在元代基本上为一个武将家族。同治《即墨县志》载，元
代即墨地方留名的"将才"（出仕武职者）共12人，其中11个姓蓝，被
蓝章、蓝田父子共同承认的远祖蓝珍也在其中③。再比对《蓝氏家谱》世
系表，11人中共有六人同时列名家谱。据《即墨县志》，这六人的简单情
况如下：

蓝德　防御军官。

蓝珍　武义将军，总领监军平襄阳有功。

蓝顺　管丁壮军百户，攻取海州。

蓝福兴　珍子，管军百户。

蓝旺　潍县秃鲁花千户。

蓝春　胶州漕运管军把总。

《即墨县志》中提供的信息只明确蓝福兴是蓝珍的儿子，参对
《蓝氏家谱》卷首的"族公家藏谱图"和"元代世系表"，我们还能
知道蓝顺是蓝珍的兄弟，蓝德是蓝珍的叔父，而蓝旺是蓝德之孙。由
蓝珍曾助元平襄阳，可知这五人皆为13世纪末至14世纪初人，而且
蓝珍总领监军攻襄阳有大功，子孙官百户、千户、镇抚、防御、察
官、教谕、劝课官者20余人，可见蓝氏在元代兴盛之概况与蓝氏在
元代世为武勇之事实。《即墨县志》"将才"中其他5位蓝姓人物也
很可能与这6位同族。

入明之后，蓝福盛重新建立了蓝氏世系，现将蓝福盛重新建立的世系
简要介绍如下：

---

① （明）蓝田：《先叔父宣义郎蓝公墓志铭》，《蓝侍御集》卷5，《四库全书存目丛书》，
齐鲁书社1997年影印本，集部，第83册，第243—244页。蓝田《寿李母太孺人八十序（代司
寇公作）》也提到"余先世居昌阳，武毅将军公始迁即墨"，见《蓝侍御集》卷3，第220页。

② （明）蓝再茂：《即墨蓝氏族谱·叙》，宣统三年傅桂堂刻本，第1页a。

③ 同治《即墨县志》卷7《选举·将材》，第509页。

第一世　蓝文善

蓝文善，蓝福盛祖父。

第二世　蓝景初

蓝景初，蓝福盛父亲。蓝景初时，蓝家迁居即墨城里十字街西路北居住。

第三世　蓝福盛

蓝福盛，字世荣，"率子弟力田治生，以赀雄于本邑。斥其赢余周恤孤贫者，亦不计也"①，"以农业致富，甲于一方"②。明永乐十八年（1420），平唐赛儿叛乱有功，授巡检，赏钞一千贯，辞官受钞，以孙章赠公通议大夫南京刑部右侍郎。子三：蓝铣、蓝铜、蓝铠。

第四世　蓝铜

蓝铜（1422—1489），字宗济，号义斋，又号东村翁，七品散官，以子章贵，敕赠文林郎贵州道监察御史、诰赠中宪大夫都察院右佥都御史、晋赠通议大夫南京刑部右侍郎。蓝铜"性峻直，里有斗者，率质于铜。铜以理判其曲直，皆贴然"③。"自律勤俭，少游江湖，善经营，未尝不获厚利。素善，筑室不惜资，城郭间第宅峣然相望，莫出其右。广购膏腴良田，阡陌相连。"④ 子三：蓝章、蓝竞、蓝奇。

## 二　即墨蓝氏的鼎盛时期

即墨蓝氏第五世、第六世是蓝氏家族发展过程中最辉煌的时期。这一时期，蓝章、蓝田父子二人先后考中进士，蓝章的仕宦地位最为突出，蓝氏后辈无人能及，蓝田的诗文成就则是蓝氏家族中最具有代表性的。

第五世　蓝章

蓝章（1453—1525），字文绣，成化二十年（1484）进士，初任婺源令，后调任潜山令，皆有政声。升任贵州道监察御史，巡按山西。因弹劾

---

① （明）蓝章：《先大父赠侍郎公家传》，载《蓝司寇公崂山遗稿》，《四库未收书辑刊》（第5辑），北京出版社2000年影印本，第18册，第11页。

② （明）官贤：《明故义授七品散官累赠通议大夫南京刑部右侍郎蓝公行状》，载蓝润《余泽录》，清顺治十六年刻本。

③ 同治《即墨县志》卷9《人物·孝义》，第588页。

④ （明）官贤：《明故义授七品散官累赠通议大夫南京刑部右侍郎蓝公行状》，载蓝润《余泽录》，清顺治十六年刻本。

不避权贵，转任金都御史。后因忤刘瑾，被贬为抚州通判。刘瑾败，复起为巡抚陕西。时朝廷催陕西造毡帐若干，需巨额银两，蓝章抗疏停之。明正德三年（1508），四川鄢本恕、蓝廷瑞聚众数万，于湖南、陕西一带打家劫舍，蓝章选将练兵，歼其首恶，平息叛乱。升任南京刑部右侍郎兼左金都御史，特敕清理两淮、长芦盐法。正德十二年（1517），上疏乞休归。晚自号"大劳翁"，寄情山水，并建华阳书院，专事对子弟的培育。崇祀名宦乡贤，传载《即墨县志》《明史》等。蓝氏一族的名气至蓝章而显，蓝福盛、蓝铜皆因蓝章而获封赠。子三：蓝田、蓝困、蓝因。蓝章这一支为本文的研究对象。

蓝竟，蓝铜次子，任义官，"凶年贷粟贫者，里党称之"[①]，蓝田为之作《先叔父宣义郎蓝公墓志铭》。子三：蓝国、蓝圀、蓝图。此支后世并不显达。

第六世　蓝田、蓝困、蓝因

蓝田生平详见本章第三节。子二：蓝柱孙、蓝史孙。

蓝困，字深甫，号南泉，又号巨峰，嘉靖年间选贡生。

蓝因，字征甫，号东泉，嘉靖年间贡生。以父荫除知江宁，居官清严，人莫敢干以私，升庆阳府通判，致仕归。勤学问，诗、文、书法皆能入妙。

### 三　即墨蓝氏的沉寂时期

蓝氏第七世、第八世、第九世已大不如其祖。这一时期，科举不兴，无一人考中进士、举人，为官者多是贡生出身。

第七世　蓝柱孙、蓝史孙

蓝柱孙，字少泉，选贡生。博学能文，初试莱郡督学，拔置十庠第一。惜英年早逝，士论惜之。

蓝史孙（1527—1560），字汝直，号守泉，例贡生，例赠兵马司指挥。集先世《四朝恩命录》，未竟而卒，年仅33岁。子四：蓝思绍、蓝思继、蓝思统、蓝思绪。

第八世　蓝思绍、蓝思继等人

蓝思绍（1551—1624），号如泉，明礼部儒士，加衔光禄寺署丞，以

---

① 同治《即墨县志》卷9《人物·孝义》，第602页。

孙蓝润贵，诰赠通议大夫江南按察使。子二：蓝再茂、蓝愈茂。

蓝思继，太学生，母卒，庐墓三年。

蓝思统，明衡府礼士。

蓝思绪，明兵马司指挥。

第九世　蓝再茂

蓝再茂（1583—1656），字青初，号雨苍，明崇祯元年（1628）选贡生。事继母以孝闻，让产于弟，宗族赖其为生者甚众。华楼宫道士栾道明纠集徒众霸占华阳书院地产，年仅12岁的蓝再茂挺身而出，与之争讼，此事惊动莱州府，道台亲临查处，最终保护了书院地产。为诸生时，倜傥，尚气节，招远县诸生王赐佩、刘见龙蒙奇冤，蓝再茂召集十学士，诉于学使项公，为之申雪。任南皮知县，为官清廉，决断明晰，卓有政绩。崇祯八年（1635）归家，整修祖莹祠堂，续修族谱、家乘，修缮书院学堂，教授子弟读书。后购得周氏崂山小蓬莱"紫霞阁"隐栖终身。同治版《即墨县志》有传。子二：蓝深、蓝润。

蓝愈茂，生平不详。子四：蓝济、蓝沐、蓝渡、蓝灏。

蓝世茂，思继子，生平不详。子二：蓝漪、蓝浥。

## 四　即墨蓝氏的再兴时期

从第十世到第十二世，是即墨蓝氏发展的又一个新阶段。这一时期，蓝氏科举顺利，不仅出现了蓝润、蓝启延两个进士，一个武进士蓝浥，而且在诗文创作领域，还有数人有诗稿或诗作传世。

第十世　蓝深、蓝润

蓝深（1606—1674），字明水，号毓宗，顺治八年（1651）恩贡生。为官江南临淮知县时，值海寇犯京口，距邑仅三舍，训兵守御，海寇知难而遁。又浚锅铁口以通商贸，民赖其利。赋税入不及额，辄鬻产赔解，亦不令民知之。有大盗未捕获，监司加罪于其他小盗，令诬服，嘱县速毙之以灭口，蓝深不忍以人命悦上官，遂投劾归。两举乡饮大宾，卒后祀乡贤，同治版《即墨县志》有传。子二：蓝启晃、蓝启肃。

蓝润（1610—1665），字海重，号凫渚，顺治三年（1646）进士。原名滋，字千水，顺治十年（1653）奉旨改名。选翰林院庶吉士，官至湖广左布政使。蓝润为政一方，造福一地。督学江南时，"务拔寒峻，绝请托，士风文体为之一变"，顺治皇帝赞其可为楷模："居官如蓝润，可法也"①。顺治十二年（1655），为福建督粮道右参政，督管军粮有法，军食无缺。顺治十三年（1656），海寇猝攻榕城，蓝润时已丁外艰，但仍急率家仆守城，间出击贼。顺治十六年（1659），补官岭南道左参政，招降芦田、横水两地诸寇。顺治十七年（1660），迁任江南按察使，清除积案，平反冤狱。升任江西、湖广布政使，后以审案之故，为前任波累，落职而归。卒后崇祀名宦、乡贤，传载《熙朝新语》《即墨县志》。子四：蓝启先、蓝启晃（出嗣蓝深）、蓝启亮、蓝启延。

蓝涊，字澄海，明崇祯十四年（1641）武进士，历官南京金陵守备、南京神威营坐营都司。明亡后，在崂山华楼山南天门西麓峪中，构茅庐三间，名曰"读书楼"，隐居不出。

蓝漪，字德充，号沧溟，诸生。子三：蓝启蕊、蓝启襦、蓝启华。

第十一世　蓝启晃、蓝启肃、蓝启延

蓝启晃，字复元，号惺庵，康熙十三年（1674）岁贡生，蒙阴县训导。天性孝友，于女姑庄置义田三顷，以收族人之失业者。致仕归，举乡饮大宾。

蓝启肃（1653—1700），字恭元，号惕庵，因喜竹，又号竹庵。以叔荫官生，弃弗就。康熙二十三年（1684）举人，考授内阁中书，需次家居。慨然以先人事为己任，刊家乘，置祭田，朔望会族姓于庭，谆谆提命，承其教者多以循谨称。尤述时务，邑有大利害，长吏疑不能决，开陈详切，了若指掌，官与民皆便之。传载同治版《即墨县志》。子一：蓝重蕃。

蓝启延，字益元，号延陵，康熙二十六年（1687）举人，康熙三十九年（1700）进士。令广东乳源时，洁己爱民，荐循良第一，以忧去。再补陕西西和知县，西和县为陇右僻邑，好逋赋而鲜文教，蓝启延剔厘宿弊，振兴文教，不期年，民亲爱之。值西陲用兵，调督军饷，以劳卒于官。传载同治版《即墨县志》。子三：蓝重徽、蓝重煜、蓝重粤。

第十二世　蓝重蕃等人

蓝重蕃（1686—1762），字念宗，号半园，附监生，候选州同知。

① （清）徐锡麟、钱泳辑：《熙朝新语》，上海古籍出版社 1983 年版，第 12 页。

"少孤，事母孺慕终身。事之关宗祀、涉敦睦者，以身先之。戚友之贫不能葬者，必躬任焉。"① 子五：蓝中昭、蓝中文、蓝中琮、蓝中珪、蓝中高。

蓝重祐，蓝启先子，廪贡生，正红旗教习，考授知县。子五：蓝中璥、蓝中瑜、蓝中珵、蓝中玑、蓝中玢。

蓝重谊，蓝启亮子，拔贡生。

蓝昌伦，字斯广，号彝庵，康熙五十五年（1716）丙申岁贡生，官寿张县训导，敕授修职佐郎，卒于官。

蓝昌后，字斯贻，号西岩，康熙二十六年（1687）丁卯科举人，授文林郎，官德州学正。"勤考课，诸生膏火不给者，典衣供之，一时门下多知名士"②，《德州志》赞之曰："公性孝友，乐育人才，德州文风为之一变。"③

### 五　即墨蓝氏的衰落时期

即墨蓝氏自第十三世后，进入其衰落时期。这一时期，无人考中进士，为官者多是地方小吏，社会及文化的影响力逐渐减弱。

第十三世　蓝中珪、蓝中高等人

蓝中珪，字汝封，乾隆四十五年（1780）庚子科贡生，任高苑县教谕。

蓝中高，字季登，号海庄，乾隆十八年（1753）癸酉拔贡。官日照教谕时，课诸生，黜华崇实。资助亲族，纂修家谱，不计得失有无。《即墨县志》有传。子四：蓝学方、蓝述方、蓝希方（出嗣中珪）、蓝顺方。

蓝中璥，字伯镇，重祐长子，附监生，山东齐河县训导。子二：蓝仕宸、蓝仕寀。

蓝中昭，廪生。

蓝中文，廪生。

蓝中琮，庠生。

第十四世　蓝学方、蓝述方、蓝仕宸等

---

①　同治《即墨县志》卷9《人物·懿行》，第636页。

②　同治《即墨县志》卷9《人物·孝义》，第600页。

③　（清）周翕鏶：《即墨诗乘》卷8，清道光二十年刻本，第12页b。

蓝学方，乾隆五十七年（1792）壬子岁贡生，任蓬莱县训导。

蓝述方，监生。

蓝希方，监生。

蓝顺方，字信甫，号应修，嘉庆六年（1801）辛酉拔贡，历任澧州、靖州知州，宁远知县，茶陵知州，常德府同知。所至有治声，捐修宁远育婴院，募金置田赡养，俸余多救助贫老者。传载同治版《即墨县志》。

蓝仕宸，增生，子二：蓝用和、蓝用献。

蓝仕宲，庠生，同治版《即墨县志》有传。

第十五世　蓝用和

蓝用和，字介轩，号长村，又号柳下居人，乾隆二十一年（1756）丙子科举人。初为山东齐河县教谕，后官广东龙门知县，清廉爱民，尝平反冤狱，罚俸亦不惧，以疾告归。传载同治版《即墨县志》。子一：蓝均。

第十六世　蓝均

蓝均，庠生，子一：蓝恒纛。

第十七世　蓝恒纛

蓝恒纛，子二：蓝志苌、蓝志蕴。

第十八世　蓝志苌、蓝志蕴

蓝志苌，同治元年（1862）壬戌恩科顺天举人。蓝志蕴，光绪元年（1875）乙亥恩科举人。

蓝氏自明朝永乐年间开始兴起，蓝章中进士起家，其后蓝氏家族人才辈出，明清两朝，共出了5位进士（包括一位武进士），11位举人，56位贡生，廪生、增生、庠生、监生、武生等有上百人。仅同治《即墨县志》就收录了蓝氏的诗文22篇，著作27部，23人存有传记。即墨"五大家族"入乡贤祠者共15人，蓝氏就有5人，可见蓝氏一族在明清时期即墨地域文化史上占有重要的地位。

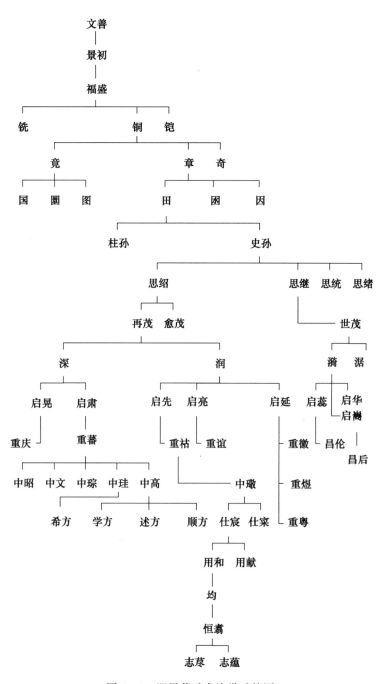

**图4—1　即墨蓝氏家族世系简图**

表4—1　　　　　　　　　　　即墨蓝氏进士一览表

| 编号 | 姓名 | 时间 | 官职 |
| --- | --- | --- | --- |
| 1 | 蓝章 | 成化二十年（1484）甲辰科 | 巡抚陕西，南京刑部右侍郎 |
| 2 | 蓝田 | 嘉靖二年（1523）癸未科 | 河南道监察御史 |
| 3 | 蓝涀 | 崇祯十四年（1641）辛巳科武进士 | 南京神武营坐营都司 |
| 4 | 蓝润 | 顺治三年（1646）丙戌科 | 湖广布政使 |
| 5 | 蓝启延 | 康熙三十九年（1700）庚辰科 | 陕西西河知县 |

资料来源：同治版《即墨县志》《即墨蓝氏族谱》等。

表4—2　　　　　　　　　　　即墨蓝氏举人一览表

| 编号 | 姓名 | 时间 | 官职 |
| --- | --- | --- | --- |
| 1 | 蓝登瀛 | 明武举人 | |
| 2 | 蓝章 | 成化十三年（1477）丁酉科 | |
| 3 | 蓝田 | 弘治五年（1492）壬子科 | |
| 4 | 蓝润 | 顺治二年（1645）乙酉科 | |
| 5 | 蓝启肃 | 康熙二十三年（1684）甲子科 | 考授内阁中书 |
| 6 | 蓝昌后 | 康熙二十六年（1687）丁卯科 | 德州学正 |
| 7 | 蓝启延 | 康熙二十六年（1687）丁卯科 | |
| 8 | 蓝用和 | 乾隆二十一年（1756）丙子科 | 广东龙门知县 |
| 9 | 蓝志苃 | 同治元年（1862）壬戌恩科 | |
| 10 | 蓝志蕴 | 光绪元年（1875）乙亥恩科 | |
| 11 | 蓝志杰 | 光绪元年（1875）乙亥恩科 | |

资料来源：同治版《即墨县志》《即墨蓝氏族谱》等。

## 第二节　即墨蓝氏著述考与诗歌创作简论

中国自古就有诗书传家的传统，在一些世代贵胄的名门望族中，往往会由于累世家学的积淀，逐渐形成一种代表自己家族特色的家族文化。这种家族文化又会进一步提高家族的地位与声望，并使之青史留名。蓝氏以科举起家，文化积淀深厚，文化名人辈出，就其家学而言，诗歌是即墨蓝氏家学的主要内容。蓝氏的诗学成绩彰显自第六世蓝章，其后诗风大炽，绵延数世而不绝。据统计，即墨蓝氏有著述者共 31 人，各类著述五十余种（见此节后表 4—3），但这些著述，大多散佚，存者寥寥。有必要将蓝氏家族成员的著述加以考述，并对其诗歌创作略加论述。

## 一　蓝章

### （一）蓝章著述考

蓝章著述中，目前可见的有《蓝司寇公崂山遗稿》一卷、《八阵合变图说》一卷、《西巡录》和今人辑录的《大崂山人集》。

《蓝司寇公崂山遗稿》为清雍正刻本，卷首有张谦宜序，收文 18 篇（其中一篇是蓝田代作的《便民仓》），诗歌 2 首，附刻冯文炌《蓝司寇公传》《先司寇年谱集略》（实无年谱内容）。北京出版社据此刻本影印，收录于《四库未收书辑刊》第五辑第 18 册。

《西巡录》为明抄残本，不分卷，五册，国家图书馆藏。《西巡录》是蓝章以都察右佥都御史巡抚陕西之时所作，收录蓝章自正德六年（1511）二月初九日至正德八年（1513）十二月十五日所上奏疏 52 篇，涉及剿灭四川流贼鄢本恕、考选军政官员、地震、灾荒等内容，是了解蓝章思想及为政的重要文件，对研究西北的历史也是极有价值的参考资料。

《八阵合变图说》一卷，明刻本，收录于《四库全书存目丛书》子部第 30 册。书前有广东布政司右参议徐昂《八阵合变图说叙》，书末有蓝章《八阵图跋》。蓝章跋称："予奉诏致讨，督师驻汉中，因取八阵图而推演之"[1]，又云："三复考订，命武都人龙正图之而注其左，付郡守杨秉衡刻梓，自将领以至士卒，人给一本，颂而习之"[2]，可见《八阵合变图说》一书出自蓝氏之手，龙正定稿。此书与《孙子兵法》、诸葛亮《将苑》、戚继光《练兵实纪》同列，是很有价值的兵书。

《大崂山人集》由蓝章十三世孙蓝祯之辑录而成，1996 年由青岛即墨供销社出版，现藏于青岛城阳图书馆。《大崂山人集》分为内编、外编。内编下列奏疏、记等各类文体 17 篇，诗歌 8 首，附《先司寇公事略》等 4 篇及《八阵合变图说叙》。外编分两卷，卷一为汪舜民、康海等人为蓝

---

① （明）蓝章：《八阵图跋》，《四库全书存目丛书》，齐鲁书社 1995 年影印本，子部，第 30 册，第 820 页。

② 同上书，第 821 页。

章所写的诗序、生祠记等，卷二主要是同僚好友的来信。《大崂山人集》收集了《蓝司寇公崂山遗稿》《西巡录》《八阵合变图说》及蓝章散落在家乘、地方志中的诗文书信，可说是迄今为止蓝章作品收录最全的一个集子。

（二）蓝章之诗

蓝章没有诗集传世，他的诗歌主要保存在《蓝司寇公崂山遗稿》及各个选本中。

《蓝司寇公崂山遗稿》存蓝章 2 首诗，分别是《别卢业师之任伊阳》《辛未平蜀寇视师汉中次洋县用察院壁间韵》。

清人宋弼所编《山左明诗钞》收录《孟秋池莲始华》《崂山》《送友人》《野适》（也题为《野兴》）、《题画竹》5 首。

《明诗纪事》收录《野兴》《题画竹》2 首。

《即墨诗乘》收录蓝章《孟秋池莲始华》《野适》《题画竹》《登功德寺阁》《草堂次韵》5 首诗。

《大崂山人集》辑录了《蓝司寇公崂山遗稿》中的 2 首诗和《山左明诗钞》中的 5 首诗，又辑录了《送友》1 首，一共收录 8 首诗。

《即墨诗乘》收录的《登功德寺阁》《草堂次韵》不见于蓝章的其他集子，其中《登功德寺阁》曰："忆昨宣皇幸梵庐，霓旌锦缆照西湖。雅歌云静鱼龙跃，清跸风来草树呼。岩岫何年钟紫气，楼台当日眺清瞰。而今芝辇无游豫，官柳箫残驰道芜。"此诗也见于蓝田的《北泉草堂诗集》。《北泉草堂诗集》是清钞本，杨还吉的《重校北泉草堂诗集序》作于康熙癸酉仲春，即康熙三十二年（1693）。而把此诗放在蓝章名下的《即墨诗乘》则是道光二十年（1840）刻本，由时间先后，我们判定《登功德寺阁》是蓝田的诗歌。《草堂次韵》也见于《蓝田诗选》，不清楚到底属于何人。考虑到这首诗歌未选入《蓝侍御集》《北泉草堂诗集》，且作蓝章的诗歌。所以《大崂山人集》中的 8 首诗加上独见于《即墨诗乘》的《草堂次韵》2 首，共得 9 首诗，这就是目前我们能够见到的蓝章诗。当然蓝章生前并未整理自己的作品，其诗可能不止这 9 首。

蓝章诗直抒所感，意气豪迈，如《送友人》："楚江瞻北斗，晚秋入神京。有书献天子，无刺谒公卿。虎豹九关远，江湖一叶轻。归来寻酒伴，松菊不寒盟。"表达对清正廉直官员的赞许。《野适》云："白露横江天色空，江边老木起秋风。幽怀欲吐无人见，曳杖危桥亭子东。"用笔老辣，以简洁的语言勾画出一幅幽人独行的画面，情在景中。

（三）蓝章之文

蓝章之文有 17 篇，其中《请赈疏》《即墨高大夫御寇记》《重修即墨城隍庙记》收录于同治版《即墨县志·艺文志》。从这些奏疏可以看出，蓝章关心民众疾苦，心忧天下，是个正直的官员。同时这些文章保留了即墨早期的一些文史资料，极具文献价值。

**二　蓝囷、蓝因**

蓝田、蓝囷、蓝因"皆擅才，誉有'蓝氏三凤'之目"①，其中蓝田成就最高，蓝囷、蓝因也可谓作者（我们将蓝田单列出来讨论，详见下节）。

蓝囷，著有《巨峰遗诗》，抄本，存于蓝氏后人处，收录 22 首诗。清人宋弼《山左明诗钞》收录《秋日》2 首，《即墨诗乘》收录了《秋日》（其二）与《题画》2 首。《秋日》（其一）云："今秋霜信早，昨日雁书传。枫叶兼红紫，荷盘几碎圆。青山扪虱坐，白昼学蚕眠。老矣杜陵客，空怀尺五天。"其二云："野蔓萧疏绿，霜林寂寞红。残蝉鸣向日，孤雁落因风。张翰思吴下，杜陵悲蜀中。闲吟佳兴足，莫笑一囊空。"初秋到来的信息引发了诗人心中淡淡的惆怅，蔓绿霜红、万山染遍的秋色在他眼中却是"寂寞红"。尽管诗人以"青山扪虱坐，白昼学蚕眠""闲吟佳兴足，莫笑一囊空"来自勉，但"空怀尺五天"的失意情绪仍难以排遣，萦绕心头。诗人强作闲适、终难排遣的无奈之感，写得尤为形象。

蓝因，著有《东泉遗诗》，抄本，存于蓝氏后人处，共收诗 20 首。《山左明诗钞》收录了《天戒寺石村宪长邀饮和壁间韵》《江上晚怀》2 首。《即墨诗乘》收录《金山寺》《赤壁和邵前川宪副席上韵》《东园清风亭》《严谷寺赏红梅》四首。

蓝因"诗、文、书为世所推重"②，由于他早早以父荫得官，一生较为顺利，因此其心性洒脱乐观，表现在诗作上，就是其诗歌呈现出明亮洒脱的特质。如《天戒寺石村宪长邀饮和壁间韵》云："木落天空秋气清，

---

① （清）宋弼：《山左明诗钞》，《山东文献集成》（第 1 辑），山东大学出版社 2006 年影印本，第 40 册，第 542 页。

② 同治《即墨县志》卷 9《人物·文学》，第 617 页。

多君携植过山城。葛巾一笑草堂坐，凫鸟犹穿花径行。鸟带斜阳林影薄，江翻白浪海潮生。风尘吴下舟南北，野寺惟余钟盘声。"诗写秋色，所选意象却不像其兄那样选择充满悲凉色彩的"残蝉""孤雁"，表达的情感也无秋之悲凉，而洋溢着相聚的欢快。《严谷寺赏红梅》曰："闲探梅花入竹来，庚庚履齿印苍苔。碧云萝径无尘到，斜日松扉为我开。题字尚留寒殿壁，翻经还上老僧台。白头行乐何曾减，又是春风第一回。"诗人白头仍然不减游兴，尽情在诗酒登临中寻觅人生的真趣。

### 三　蓝柱孙、蓝史孙

"三凤"之后，蓝田子蓝柱孙、蓝史孙也有诗名。

蓝柱孙，著有《少泉遗诗》，手抄本，存于蓝氏后人处，存诗15首。《山左明诗钞》选《即景》《题画》《题金主出猎图》3首，《即墨诗乘》也选录了《即景》（2首）和《题画》（4首），可见《山左明诗钞》与《即墨诗乘》在审美趣味上是大致相似的。蓝柱孙博学能文，其诗作清新淡远，澄静明丽，如《即景》（其一）："江上潮平春日斜，潮痕浅落自鸥沙。船头坐到忘记处，燕子飞来衔落花。"诗人悠然地欣赏春日美景，沉醉其中，忘却世事。再如《题画》（其一）："春风吹上钓鱼船，不识渔翁何处眠。嫩柳新蒲为谁好，青山如画自年年。"清雅闲淡，怀抱冲和，有柳宗元、韦应物之风致。

蓝史孙，著有《守泉遗诗》，今存诗26首。《山左明诗钞》选5首，分别是《登山》《岁晚》《中秋夜》《北泉杂咏》《题画》。《即墨诗乘》收录《岁晚》《题画》《中秋夜》（2首）共4首诗。《即墨县志》收录1首《淮涉寺》。蓝史孙之诗在内容、情致上与其兄有相近之处，如《登山》："百转青山路，风花处处飞。石门留宿雾，野涧带晨晖。洒落诗人兴，飘扬游子衣。前村云树合，拟向武陵归。"诗中设色淡雅，景物怡人，处处展露隐逸的宁静。《村居》也表现出隐居的兴味："东山佳兴足，况复雪新晴。风入空林响，云归乱壑平。瓦盆留客醉，石榻结诗盟。欲效子真隐，携家谷口耕。"《中秋夜》则隐隐透露了人生失意的凄凉之感："萧萧黄叶满林秋，月下裁诗劝酒瓯。永夜谁家闲捣药，中宵有客笑登楼。西风寒露凌衰草，玉树银蟾照白头。可叹珠遗沧海上，纶巾终日对沙鸥。"在家家团圆、欢声笑语的中秋之夜，诗人却独发悲音，将老去无成的惆怅融入暗淡萧瑟的景物之中，将他人笑声与自己月下的霜发对比，尤显情浓意长。《淮涉寺》赞美了即墨城一带的自然风光和人文胜景，具有史料价值："山势东来翠欲流，溪声西下泛沙鸥。孤城隐雾三春曙，危塔呼风六月秋。僧趁晚凉依绿树，客携春酒笑红楼。墨民未必知淮涉，唐宋朝时通越瓯。"淮涉寺始建于元泰定二年（1325），因淮涉河而得名。这一带唐宋时曾经商贾云集，可以通过海运通往越瓯（今温州及浙南一带），诗人作此诗时，它已失去了当年的热闹景象，成了风景优美、僧人游客避暑纳凉的好处所。此诗写炎夏时游览淮涉寺的情景，格调轻灵，用语条畅自然，流溢着一种明朗清隽的情趣，引人悠然神往，尾句阑入唐宋旧事，感慨今之墨人不知淮涉寺在唐宋时期是通往越瓯的海运要津。这感叹之中虽暗含世事桑沧、即墨已非昔日盛况之意，令人生出淡淡的俯仰凭吊的迷茫之感，却不影响整首诗的明快风格。

### 四　蓝再茂

史载，蓝再茂著有《世鹰堂遗诗》《谳牍初刻》，可惜亡佚不存。今蓝氏后人处有《封太史公遗诗》，手抄本，存诗22首，其中《送何少尹致政归里》一首收录于《国朝山左诗续钞补钞》，《山居即事》收录于《即墨诗乘》，并以《山居》之名收录于同治版《即墨县志》。蓝再茂淹贯博洽，诗文有古人风味，如《秋日禅院偶成》："山阁自凝眸，梧桐依静秋。鸟飞黄叶下，人渡古溪头。俯仰空三界，苍茫动十洲。凭凌思羽化，更欲拂云游。"又如《山居即事》诗："春入数峰晴，河流户外声。高怀云淡落，静目水空明。草木宜清适，安闲足达生。卑藏成后老，不用杖浮名。"闲适恬淡，意境深远。

蓝再茂另存《实政录》二卷，记其任南皮知县时的政绩，今藏上海图书馆，另外崇祯八年（1635）刻本《纪事》一卷也藏于该馆。

### 五　蓝润

（一）蓝润著述考

蓝润著作存有《聿修堂集》四卷、《余泽录》四卷附录一卷、《东庄遗迹诗》一卷。

《聿修堂集》（不分卷），清钞本，北京图书馆藏。齐鲁书社将其影印收录于《四库全书存目丛书》集部第213册，并于其后附上《四库全书总目·聿修堂集一卷提要》。据统计，《聿修堂集》有制草34篇（多是碑文与下葬文），疏 3 篇，序 17 篇，引 4 篇，记 10 篇，檄文 1 篇，约 1 篇，墓志 3 篇，传 1 篇，铭 7 篇，祭文 2 篇，书启 24 篇，诗歌 76 题。

《余泽录》四卷附录一卷，清顺治十六年（1659）刻本，山东博物馆藏。《续修四库全书总目提要》称《余泽录》："乃就其父再茂所辑之家乘中，择其先世之功业勋名昭著于世者录出，删其芜词，订其异同，汇辑而成者。全书所录，大半皆其高曾以下之事迹，或录家传，或抄行状，皆为注出，盖其父再茂，曾因显扬祖烈，于文献故家，搜求遗迹，间得之市上，如获拱璧而珍藏之，润继其志而成是书也。"①

《东庄遗迹诗》一卷，山东博物馆藏清乾隆三十三年（1768）蓝中璨抄本。

（二）蓝润诗文创作

《四库全书·聿修堂集一卷》提要说："其为江南学政时，有《视学录》；为福建参政时，有《视闽纪略》；为广东参政时，有《入粤条议》；为江南按察使时，有《臬政纪略》；今皆未见。惟此集为其子孙钞，传、诗、古文寥寥数首，皆应酬之作，殆非所长。"② 蓝润致力于家族文献的整理，其诗多为应酬之作，数量虽不少，但仔细读来，确实乏善可陈者居多。写得较有文采的多是写景之作，如《草堂落成》："新辟茅堂桑拓村，二崂山色落柴门。莓苔满径对尘迹，薜荔缘墙补漏痕。花底营巢来燕子，竹根解箨长龙孙。三间屋外饶余地，自织青蓑学灌园。"写出了草堂清幽之景与作者的平静闲适之情，艺术水平较高，《即墨诗乘》《国朝山左诗钞》都只收录蓝润的这一首诗。再如《入卫过天柱山》："天柱凌空起，俯临千仞冈。群峰罗翠黛，大海拱汪洋。东望扶桑迎，西迎泰岳光。游人思仰止，夷险道中商。"天柱山位于即墨鳌山卫镇西部，因形若石柱而得名。诗人从大处落墨，摄取了天柱山挺拔陡峭、路险境绝之特点，为我们呈现了天柱山群峰耸立、大海苍茫的美景，对仗工整，颇有气势。

蓝润《福堆岸新建文昌塔记》《马鞍山建庙碑记》等文对研究崂山历史有一定的参考价值。其《聿修堂集》的《家言》部分，除了话家常，

---

① 中国科学院图书馆：《续修四库全书总目提要》（稿本），齐鲁书社 1996 年版，第 25 册，第 468 页。

② （明）蓝润：《聿修堂集》附录，《四库全书存目丛书》，齐鲁书社 1997 年影印本，集部，第 213 册，第 105 页。

写思念之情，还有很多做人、做事、为文的叮嘱之语，内容涉及生活的各个方面。如《乙亥都门寄子启亮》叮嘱儿辈为人居家之道："忧勤惕厉，无论居家居官，须体而行之。"又曰："大抵家庭事，以忍让为主，不听妇人言，不信奴婢语。……汝同汝晃兄在家，须当和睦，凡事相商。有故相规，勿起猜疑之念，亦门庭佳气也。"再如《戊戌十二月历山道中寄子侄》："人情险恶，立身涉世，其难其慎，切忌妄言招尤。……驭家人宜严，有纪必惩；待佃户宜宽，勿令骚扰。"《入粤道中寄子启亮》则要求蓝启亮节俭持家："吾家粮石尚宜，节用以备。"又曰："俭德可师，节用为贵。数石之粟，一朝用尽，将何恃哉？"在蓝润的家书中最多的是读书写作方面的勉励劝诫，如《训子侄》："胸中空疏而语多缠绕，不细心之过也。读书须会其义，究其理，方为有得。""静坐读书，自是不同。晃侄、亮儿之文，非从前荒疏矣。须当精心努力，与日俱进，方不虚度光阴也。勉之勉之。"再如《甲辰寄子启亮》："作文要显明，字要端楷，汝其勉之。惟愿汝谨慎小心。……恕字终身可行。"《乙巳训子侄》："余废举业久矣，偶于乙巳暮春读甲辰会墨，知一代之风气所尚。孟夏读唐宋八大家，盖有志于古也。又选房书一部，竭目力与心思，望子侄之向学耳。须各细心理会，专攻于此。……出语无俗韵，下笔有沉思，行文以古势，庶可望其有成也。"这些家书对我们了解蓝氏家族文化的养成有重要意义。

## 六　蓝漪、蓝湄

蓝漪，著有《耐寒斋诗稿》，手抄本，存于蓝氏后人处，现存诗 26 首。《即墨诗乘》选一首，名为《灵岩望震泽》，诗曰："一水近天平，千山晓色晴。沙边遗鸟迹，石上列棋枰。逸兴倾诗酒，幽香散橘橙。笑谈人不见，满地月明生。"寥寥数笔，勾画出清新疏淡的意境。蓝漪咏史怀古之作则笔力雄健，感慨深遥，如《中秋同焦奎明刘韬采弟明水登虎丘塔望姑苏台旧址》："盘曲登来最上空，下临山水画图中。吴门烟雨横千载，越国荆榛埋几丛。走狗闻鸡王气绕，卧薪尝胆霸功隆。此夜蟾蜍浑似昼，悲欢离合兴难同。"再如《采石矶望金陵》："龙蟠虎踞大江寒，历代神州鼎几迁。千载空余王气在，何人起向采石看。"

蓝湄，字伊水，号素轩，康熙三十八年（1699）己卯岁贡生，官曲阜县训导，著有《素轩诗集》，存诗 34 首，手抄本，蓝氏后人处藏。《国朝山左诗钞》选录《闻雁》一题两首，《即墨诗乘》选录《闻雁》《地

僻》《忆别》《宿逸筠轩》四首。《即墨县志》收录《山行》一首。蓝湄
为文古奥，诗则冲淡和雅，如《曲阜斋中对月》："昔亦一轮月，今亦一
轮月。昔月在墨水，今月在尼山。山水渺难及，同对月华圆。明月照高
阁，间关辽且廓。蒹葭秋水边，伊人自安乐。"

### 七　蓝启肃、蓝启蕊、蓝启华

　　蓝启肃，善诗，工书画，著有《清贻居集》四卷。"是集共诗三百余
首，分体编次"[1]，惜不存。笔者辑得其诗 101 首，词 5 首。《国朝诗别裁
集》收录《送郭华野总制湖广》一诗，《国朝山左诗钞》收录 2 首，《即
墨诗乘》收录 7 首，《即墨县志》中存其《鳌山晚发》《观海》2 首。

　　《续修四库全书总目提要》著录略云："启肃幼入太学，适取士易策
论，千言立就。秉家法，联族属，孝友足以维风，文章足以模世。其为诗
素主杜工部，而出入于白乐天。"[2] 又云："冯文炌序其集谓，体近于香山
而风雅过之，沐浴于少陵而天才踔厉，绝尘而驰，则尤不受其笼络者云
云。于启肃诗，诚为确论。"[3] 如《鳌山晚发》云："驱车薄暮望，萧瑟
动林坰。日落晚峰翠，云浓归路暝。人声依远浦，渔火聚寒灯。更有河洲
雁，哀鸣不可听。"写从黄昏到夜晚时的旅途见闻。云峰积翠、远浦路
暝、几星渔火、数声寒雁，勾画出一种苍凉萧索的意境，而此时行人的心
绪不言自明。全诗景中含情，各种意象不做平面孤立地罗列，故能融为一
体，语言也清新可读，为其集中之至佳者。再如《送郭华野总制湖广》
云："中旨才传出汉宫，直教欢喜到儿童。如闻元佑征司马，未许东山
卧谢公。列郡应多投墨绶，当朝谁不避青骢。澄青岂但荆襄路，伫见吁
谟沃圣衷。"《国朝诗别裁集》在此诗后有注释："华野名琇，弹劾要
人，直声震朝野，后以报复摧折。圣祖南巡，问吴江士民谁为廉吏，众
以琇对，圣祖命总制湖广。华野旧令吴江，汤文正公斌荐为侍御者也。"
郭琇因弹劾权臣明珠等人而被罢免，康熙三十八年（1699），又被康熙
帝起用，总督湖广，蓝启肃此诗写于此时。诗人着重写郭琇又被起用的
欢喜，希望郭琇湖广任上能大展宏图，用典贴切，立意新颖，基调欢

---

① 《续修四库全书总目提要》，齐鲁书社 1996 年版，第 25 册，第 754 页。

② 同上。

③ 同上。

快，无传统送别诗的伤感。

蓝启蕊，字子开，号元方，诸生，"为学能文"①，著有《逸筠轩集》一卷，已佚。笔者辑得其诗 111 首。《国朝山左诗钞》录其《出自城东门》《田家行》《古诗》《大明湖》4 首，《即墨诗乘》录其 22 首，《即墨县志》录其《天井山》1 首。

蓝启蕊诗以古体诗为主，多反映自己的日常闲雅生活及高洁情趣，如《山居》："有客爱幽寂，结庐入深谷。行吟采紫芝，躬耕驾黄犊。床上书万卷，儿孙足诵读。春肥南涧芹，霜寒秋篱菊。岁晚识同心，萧萧一林竹。"清幽雅致，写出闲适情怀。再如《弹琴》："拂石对清流，列我五弦琴。仰面看飞鸿，泠泠发孤音。一弹木叶落，秋气忽萧森。有山彼自高，有水徒自深。寥寥古今人，谁与会此心。"著笔高雅，古淡风味，不逊古人。

蓝启蕊也有反映现实的古诗，如《田家行》："饭牛耕东菑，鸡鸣星皎皎。春风二三月，播种起常早。四月立新苗，五月锄青草。汗湿心如焚，烈日何皎皎。高田常苦旱，低田常苦潦。溽暑六月至，炎蒸滋烦恼。冉冉黑云驰，闪闪雷电绕。冒雨不得闲，劳劳通水道。七月凉风生，寒蝉桑麻稿。四时历艰辛，所幸收成好。登场谷穗多，儿女得一饱。谷多苦价少，官租何时了。札札响机杼，夜夜织到晓。"描写了田家一年四季辛苦劳作，还得卖谷、织布，方能交付官租的悲惨生活。

蓝启蕊参与了即墨黄培的"丈石斋"唱和，与董樵、宋澄岚交好，有《赠董处士樵》《赠宋澄岚先生》等诗作。

蓝启华，字子美，号季方，诸生，工书法，善作斗大书。著有《学步吟》《余堂集》《白石居诗稿》，俱已佚。笔者辑得 86 首。《即墨诗乘》收录 8 首，其中有《怀旧》2 首未见于这 86 首，故此蓝启华现存诗 88 首。

蓝启华的诗多写山居生活，如《地僻》："望去溪山稳，行来杖履安。未知人世阔，独爱此般宽。心事怜丛桂，身名问畹兰。长歌时起舞，孤剑夜光寒。"诗中充满了高洁的隐士情怀，隐含换代之际对自己保持节操的期许。他的山水诗写得很有气势，如《小蓬莱》："大壑渺

---

① （清）卢见曾：《国朝山左诗钞》，《山东文献集成》（第 1 辑），山东大学出版社 2006 年影印本，第 41 册，第 546 页。

无际，苍茫日西流。百年怜逝水，千里送孤舟。岛屿移鳌背，阴晴变蜃楼。空闻不死药，何处是丹邱。"时空意象阔大，境界苍茫，《即墨县志》卷十"艺文"中选录此首。蓝启华与蓝启蕊一样，也是"丈石斋"唱和的参与者。

### 八　蓝昌后、蓝昌伦

蓝昌后，著有《西岩遗诗》，惜不存，仅存《春初游山》一首，诗云："晓山明雾色，幽兴满林间。流水心无极，归云态自闲。坐来时见性，随处一开颜。何必深居者，忘机独闭关。"洒脱随性，自然见妙。《国朝山左诗钞》《即墨诗乘》皆收录此诗。

蓝昌伦善文词，工吟咏，"文学尤著"①，著有《静愉斋诗草》，今不存。《国朝山左诗续钞》选了《重游九水有感》一首，另辑得 14 首，这样蓝昌伦共存诗 15 首。所作之诗语言凝练，笔力强健，气魄沉雄，当不在法黄山之下，如《函关》："函谷千重险，黄河万里流。雄关踞百二，部娄视中州。"再如《重游九水有感》诗云："九曲溪旁第四游，涛奔湍涌几经秋。前贤已往尘婴面，野老重来雪满头。黄叶萧萧风溅泪，青山寂寂鸟衔愁。不知六十余年后，谁为伤心对碧流。"今昔之感，自然生发，感慨深沉。

蓝昌伦亦有如民谣之作，非常口语化，如《长歌行》："有田莫嫌薄，薄田自生活。不得富翁羡，那堪显者夺。聊将遗子孙，拘束性挥豁。膏腴千顷多，岂是十年割。有子莫嫌庸，庸人耐挫折。富贵安吾分，贫贱守吾拙。一切机械息，万种风波灭。高才空绝俗，步步受倾跌。有妇莫嫌蠢，蠢妇胜妖婤。粗粝适口腹，荆布完衣着。露手勤朝餐，凭机伴夜作。敢效牝鸡晨，常为邦家索。有奴莫嫌愚，愚夫任谴责。侍主乏灵性，谋身无长策。可以同安乐，不妨共颠沛。狡慧要宠恩，恩深思叛逆。君不见，山高不可攀，渊深不可测。野狐千里雾，白日尽迷惑。灵禽栖乔木，动为弋人得。猛兽伏巉岩，不免猎士逼。远远逐虎豹，渺渺放蛇龙。犁牛与蠢马，良训共相容。"

---

① 　同治《即墨县志》卷9《人物·孝义》，第600页。

### 九　蓝中珪、蓝中高

蓝中珪，著有《紫书阁诗集》，山东博物馆藏清乾隆自刻本。今辑得诗歌 63 首，《即墨诗乘》选诗 4 首。其诗多是描写即墨本地，特别是崂山的景色，崇尚壮美。如《九水瀑布》："峭壁层闱一径开，飞泉倒挂水漾洄。珠玑乱涌岸冰出，风雨雷霆杂沓来。"描写瀑布之声色气势，如在眼前。再如《张仙塔》："雪浪怒起阴风吼，云里卷倾舟不走。一峰矗出海尽头，倒醮水天龙露肘。梭梭石咀当空凸，仙塔亭亭就中结。孤尖崩崩鬼神惊，直运娲石补地缺。岂是仙墩临东海，故显神奇助天功。淘漾羲轮光彩射，一朵芙蓉散空蒙。云中蛟龙击霹雷，飞来奇峰吞不得。天朗气清波涛静，缥缈依旧照颜色。"即墨崂山头东坡上有岩石层叠如塔，传说为崂山名道张三丰所建，故名张仙塔，又名三丰塔。张仙塔下临巨溟，波涛汹涌，人不能前，舟不能近，此诗写浪怒风吼中倔强屹立的张仙塔，想象奇特，有天马行空之势，收放自如。

蓝中高，著有《海庄诗集》《南游草》。蓝氏后人处有《海庄诗集》，手抄本，存诗 185 首。《即墨诗乘》选录 6 首，《国朝山左诗续钞》选一首《晚过无锡》。蓝中高的诗歌主要描写即墨崂山的美丽景色，如《春日游华严寺》云："何处寻春好，华严日暮时。流泉喧竹籁，宿鸟栖林枝。涧曲风生暖，山高月上迟。夜阑烧短烛，梵响更吾伊。"诗人由日暮时分写到夜阑之时华严寺的春日景色：流泉淙淙、竹叶沙沙，飞鸟栖林、月高风暖、梵音咿唔，静寂中又富有生机，且具有浓浓的佛教气氛。

### 十　蓝用和

蓝用和，著有《梅园遗诗》，现存诗 53 首，《即墨诗乘》收录了 3 首，分别是《月夜登斋外小峰》《贻谋主人邀同博王二鸿胪游东皋出城作》《寄傅子时御》。其诗有反映民生疾苦之作，如《农民苦》诗云："农民苦，苦在春。视益无一粒，适野有十人。货粮谁见与，借牛邻或嗔。穿花紫骝马，岸帻来问津。农民苦，苦在夏。晒日臂为皴，蒸湿汗盈把。采新多先时，执役每就下。炎灼谁人知，牛羊满绿野。农民苦，苦在秋。场粟因霜杵，野田带两收。计费以千万，计获以瓶瓯。驼橐输官税，所余不盈簋。农民苦，苦在冬。破屋漏残雪，一瓿常尘封。锄犁尽行典，牛驴不留踪。家人问来年，今年有何庸。"这首诗生动地描写了穷苦百姓春夏秋冬四季辛苦劳作，到头来却衣食无着，生活困苦的悲苦境遇。《贻谋主人邀同博王二鸿胪游东皋出城作》（其一）则以清新自然的语言勾勒出一幅乡野画卷："望中疏柳几人家，茅舍参差傍水涯。犹有衢尘些子在，紫骝嘶过白芦花。"疏柳、茅舍，马嘶、尘飞、花舞，有声有色，有动有静，诗中有画。

蓝氏一门于文学有会心之处，惜科第不利，仕途不够显达，一定程度上影响了诗名与作品的传播。

**表 4—3**　　　　　　　　　　**即墨蓝氏著述一览表**

| 编号 | 姓名 | 著述 | 存否 |
|---|---|---|---|
| 1 | 蓝章 | 《蓝司寇公崂山遗稿》一卷、《八阵合变图说》一卷、《西巡录》四卷 | 存 |
| | | 《群英遗墨》 | |
| 2 | 蓝田 | 《蓝侍御集》十卷、《蓝侍御集》二卷、《东归唱和》一卷、《北泉文集》《北泉草堂诗集》 | 存 |
| | | 《白斋表话》二卷、《白斋随笔》《白斋续笔》 | |
| 3 | 蓝困 | 《巨峰诗集》一卷 | |
| 4 | 蓝因 | 《京兆诗集》一卷 | |
| 5 | 蓝柱孙 | 《少泉遗诗》一卷 | |
| 6 | 蓝史孙 | 《四朝恩命录》一卷 | |
| 7 | 蓝再茂 | 《实政录》四卷、《纪事》一卷、《蓝氏家谱》 | 存 |
| | | 《世鸁堂遗诗》《谳牍初刻》二卷 | |
| 8 | 蓝润 | 《聿修堂集》四卷、《余泽录》四卷、《东庄遗迹诗》一卷 | 存 |
| | | 《东郊吟》《入粤条议》《臬政纪略》 | |
| 9 | 蓝湄 | 《素轩诗集》一卷 | |
| 10 | 蓝漪 | 《耐寒斋诗》一卷 | |
| 11 | 蓝深 | 《即墨蓝氏族谱》 | 存 |
| 12 | 蓝启蕊 | 《逸筠轩集》一卷 | |
| 13 | 蓝启华 | 《余堂文集》四卷、《即墨节妇传》 | |
| 14 | 蓝启晃 | 《文印堂语录》一卷 | |
| 15 | 蓝启肃 | 《清贻居集》四卷 | |
| 16 | 蓝启延 | 《延陵文集》 | |

续表

| 编号 | 姓名 | 著述 | 存否 |
|------|------|------|------|
| 17 | 蓝昌后 | 《西岩遗集》一卷 | |
| 18 | 蓝昌伦 | 《静愉斋诗》一卷 | |
| 19 | 蓝重谷 | 《蓝氏家藏》六卷、《余泽续录》四卷 | |
| 20 | 蓝重蕃 | 《蓝氏家乘》二卷、《东厓杂着》二卷、《即墨稿存》 | |
| 21 | 蓝重煜 | 《上禄草》 | |
| 22 | 蓝重祜 | 《即墨蓝氏哀启》 | 存 |
| | | 《蓬莱遗诗》 | |
| 23 | 蓝中琮 | 《竹窗录》一卷 | |
| 24 | 蓝中珪 | 《紫云阁诗集》 | 存 |
| 25 | 蓝中璈 | 《带经堂诗集》 | |
| 26 | 蓝中高 | 《海庄诗集》《南游草》 | |
| 27 | 蓝中玮 | 《匣外草》 | |
| 28 | 蓝用和 | 《柳下文集》《梅园遗诗》 | |
| 29 | 蓝　均 | 《南溪诗草》 | |
| 30 | 蓝恒囊 | 《录猗亭诗集》 | 存 |
| 31 | 蓝恒矩 | 《下车录》 | 存 |

资料来源：《即墨县志》《山东通志》《即墨诗乘》《莱州府志》等综合得之。

## 第三节 "海岱八子"蓝田诗歌研究

　　毫无疑问，蓝田是即墨蓝氏家族中文学声名最显著的成员。一方面，他参加了丽泽诗社和海岱诗社的唱和活动，广泛的文学交游使他声名鹊起；另一方面，他也是蓝氏家族中作品存留数量最多的作家。他流传至今的诗歌有 622 首，疏、记等各种文体多达 164 篇。笔者将着重对其诗歌的创作情况进行细致的梳理和分析，并就其杂记、志传等文体略作探讨。

### 一　蓝田生平考①

　　蓝田（1477—1555），字玉甫（玉父），号北泉。其人生大体可以分

---

　　① 本小节资料来源为李开先：《文林郎河南道监察御史北泉蓝公墓志铭》，《李中麓闲居集》卷 7，《四库全书存目丛书》，齐鲁书社 1997 年影印本，集部，第 92 册，第 665—669 页。本小节引文未注出处者皆来自于此。

为读书仕进、为官、闲居故里三个阶段。

（一）读书和仕进时期

蓝田神颖天成，七岁"善记诵，能诗对"，八岁随父蓝章游历京城，其才已获时人称赞。翰林孙珪出长对难之，蓝田不假思索随口答出，且用字准确，对仗工整。十二三岁时，从父寓居婺源，师从吴江陈元吉，大学士礼部侍郎程敏政以《梅花赋》试之①，蓝田"援笔立就"，令程敏政叹曰："吾举神童日，亦不能过此子！"南直隶督学司马亮，屡命陪诸生糊名试之，不出一等。弘治五年（1492）归而试于山东，山东提学沈钟奇以其文不类少年语，三复试之，始信蓝田之才华，喜而批其卷曰"不期即墨之乡，而产蓝田之玉"。由此，蓝田年仅15即名扬齐鲁。后"入太学，不误学规，以其余日从师于李西涯东阳、杨邃庵一清、杨石斋廷和，取友于杨升庵慎、刘松石天和、张伎陵凤翔，不惟文笔纵横，而国体亦通达矣"。弘治六年（1493），蓝田首赴春闱，不第。而后屡赴春闱，却屡次不第，直至嘉靖二年（1523），蓝田才中癸未科会魁，殿试二甲进士，这时他已经46岁了②。

蓝田才华横溢，"自六籍而下，凡诸史牒子集、天文律历、梵旨道箓，下逮牛经马谱、稗史小说，要皆胸中故物也。与之谈道理，辩论古今，或评品人物高下，嗒乎如宏钟响毕，而大小各随其叩也。如熟读《禹贡》而知水之原委，读《本草经》而各知其地及其时与其色味、性效之何如也"③。但蓝田却屡次科考失败，赶赴春闱十次，蹉跎科场31年，究其原因，与其文风有关。当时场屋之文日趋于浮靡，犹如晚宋之文妖经贼，蓝田"奋然以变时习为己任"，所作之文"果是高古、藏锋锷，不露圭角""因而不合于主司"，这可以说是其多次科举失利的一个重要原因。

---

① 程敏政ˑ（约1444—约1499），字克勤，安徽休宁人。十岁时，巡抚罗绮以神童举荐，诏读书翰林院。明成化二年（1466）进士，官至礼部右侍郎。为明代文学家，著有《篁墩程先生文集》。

② 李开先在《文林郎河南道监察御史北泉蓝公墓志铭》中记嘉靖癸未会试时，蓝田与邻号舍者戏曰："此愁障吾坐其中总三十三日矣。倘仍不见录，从此废书不读，亦不由他途出仕。"可见他31年间竟然每次都参加了考试。

③ （明）张凤翔：《送即墨乡进士蓝玉甫氏下第东归序》，蓝信宁辑：《即墨蓝氏家乘》，家藏本。

（二）为官时期

从嘉靖二年（1523）入仕到嘉靖四年（1525）居家，是蓝田的为官时期。进士及第后，蓝田选授河南道监察御史。此时，朝廷正在争论"大礼议"，蓝田初入仕途，便卷进了这场政治纷争之中。正德帝无子，由其堂弟嘉靖帝继位，是为世宗。世宗欲尊生父为帝，首辅杨廷和等认为，继统的同时要继嗣，应尊孝宗为皇考，生父只能是皇叔考，反对世宗尊生父为帝，杨廷和这一派被称为"护礼派"；张璁、桂萼等人迎合世宗的心意，主张尊世宗生父为帝，这一派被称为"议礼派"。在这次事件中，蓝田站在"护礼派"的政治立场上，认为继统不能继嗣，继嗣乱大统，他七次上奏疏进谏，并参与了嘉靖三年（1524）七月的左顺门哭谏，被逮下狱，翌日受廷杖几殆，呻吟床席月余。

嘉靖三年（1524）十月，蓝田上《纠劾奸佞大臣疏》弹劾席书。疏中所论席书计四事：其一，席书所言孝宗把其言"置之座右"无凭，或为不实；其二，席书为求宠而建言世宗多见大臣；其三，席书植党市恩，为钱子勋、隋全等低阶官员求请；其四，席书与陈洸结党，为陈洸请托开脱。最后建议罢免陈洸。蓝田上此疏的同时，亦附上宋元翰《辩冤录》。蓝田此举得罪了席书、陈洸、桂萼等人，埋下他日后被谪出朝的伏笔。不过，蓝田当时并未受到打击报复。

嘉靖四年（1525），蓝田出任陕西巡按。其父蓝章曾巡抚陕西四年之久，有平乱安民之功，汉中固城、金县等地皆有生祠。蓝田到任后，"平乱安民，奏所当兴革者十数事"，在地方治安和边务上皆有政绩，得到了民众的认可，以致西人谣曰："一按一抚，一子一父，虏不犯边，民得安堵。"嘉靖四年（1525）十二月，父蓝章去世，蓝田返家守制。

嘉靖六年（1527），以陈洸案复查为始，世宗与张璁、桂萼等开始全面报复打击议礼反对派，蓝田这次未能幸免，在考选御史中受到指斥。《明实录》记载了嘉靖六年（1527）九月戊寅张璁对御史的考选结果：

> 署都察院事兵部左侍郎张璁考察各道不职御史共十二人。酷暴为民：浙江巡按王璜；不谨闲住：南北直隶提调学校卢焕、朱衣、丁忧蓝田、刘景宇、刘舯；不谙宪体、取回别用：养病王完，陕西巡按张

濂、广东巡按苏恩、山西巡按张录、四川巡按李东、久病致仕福建巡按刘廷篮。上既斥璜等，因命："自今巡按员缺，须选老成风力者代之。不许枉道还乡，及过家延住，其见任巡按者俱严加戒谕。"①

张璁此次考选带有报复的性质，李开先《墓志铭》明确提到了这一点："执政欲为（陈）洸报复无由，乃穷索所上累疏，污诋中之，将执下锦衣狱，西桥刘太常铳及数相知多方解说，止拟本省会勘，回奏为民。"《明史》说蓝田："争大礼被杖，张璁掌都察院，考察其属，落职归。"②由此看来，蓝田是嘉靖六年（1527）以考选御史罢。《山东通志》云："田以谏大礼廷杖几死，又以积忤执政，为所摭拾罢归，三十余年，高尚不起。"③ 蓝田卒于嘉靖三十四年（1555），如果他家居三十余年，那他大概居家治丧之后就未再出仕，应该是在丁忧期间被罢免了。

蓝田"每一下第，辄改一经，久而五经俱遍"，学问精深，以其声誉和学问，本来足以有所作为于当时，但从嘉靖二年（1523）中进士，到嘉靖四年（1525）十二月丁父忧，蓝田为官的时间屈指可数，其能力未能得到充分发挥。仅从蓝田短短的为官时期的作为来看，他性格亢直，风节凛然，在地方任职时是个颇有政绩的官员。

（三）闲居故里时期

蓝田闲居故里时，筑"可止轩"，与门生讲学不倦，亦与好友黄作孚、杨盐等吟诗作画，自得其乐。嘉靖十四年（1535），同青州好友冯裕、刘澄甫等在青州北郭禅林成立"海岱诗社"，借诗抒怀，陶冶性情。蓝田在乡里亦多有义举，他捐建儒学，扶危济困，因此其文名及气节广为人知，当时两京台谏、山东抚按、阁部大臣，前后荐者二十余疏。都御史胡缵宗称他"博学而才优，气刚而志锐，德望更重于时，才识有裨于政"。许赞称他"义气振扬于台宪，清风表正乎乡间。若寄以抚治之任，侍从之司，必能教养保障，启沃论思"。但蓝田对仕途早已心灰意冷，以

---

① 《明世宗实录》卷80，嘉靖六年九月戊寅条，台湾"中央研究院"语言研究所1962年影印本，第1767页。

② 《明史》卷206列传第94，中华书局2010年标点本，第5445页。

③ （清）宋弼：《山左明诗钞》卷8，《山东文献集成》（第1辑），山东大学出版社2006年影印本，第40册，第519页。

"我数十年老妇，何可与红颜争艳"①之言婉拒举荐，再不入公门，但因疏荐较多，蓝田获"冠带闲居"。

李开先在所作墓志中，对"一二大臣不能休休有容也"，致使一位有才华和有施政潜力的士人不能尽展其志，颇为感叹。万历十五年（1587），进士潘允端为蓝田文集作序，对其节行极为称颂，喻之以屈原和贾谊，而对嘉靖中后叶之官风士风进行了强烈批评。其文节录如下：

> 余尝览史，如屈大夫之骚，贾长沙之疏，读其文，想见其为人。盖本刚烈之行，而以问学佐之者也。晚近以来，士风日替，幼而务尹吾，非不慨然冀所树立，及登仕籍，卒未能表表自见。即工于著述，而行谊或亏，是亦收须臾之誉而灭万世之名者矣。乃有若屈之骚，贾之疏也者，盖鲜闻哉。嘉靖初有即墨蓝公者，为少司冠大劳翁冢嗣，余先子恭定公同年友也，文章行谊高出侪伍。……回环读之，即欣欣向往焉。盖读公之文，益想见公之懿行，有不与贾屈辈共垂不朽哉。②

蓝田的奏章诗文，在万历年间由其后人刊刻成书③。蓝田文名传至清代，士人除重其文才，对其仗言直谏的精神，颇为赞赏，康熙年间即墨士人杨还吉在《重校蓝北泉先生诗序》曰："予谓先生之可传者，谏草也。其謇謇谔谔，难进易退之风，固已天下后世共为志之矣，又何论其语言文字哉！"④

## 二　蓝田著述考

蓝田流传至今的诗文集有《蓝侍御集》（十卷）、《北泉草堂诗集》《北泉文集》《东归倡和》和《蓝侍御集》（二卷）。今人编选的诗集有

---

① （明）潘允端：《蓝侍御集选序》，《四库全书存目丛书》，齐鲁书社 1997 年影印本，集部，第 83 册，第 188 页。

② 同上书，第 187—188 页。

③ （清）蓝思绍：《书先侍御集后》，《四库全书存目丛书》，齐鲁书社 1997 年影印本，集部，第 83 册，第 290 页。

④ （清）杨还吉：《重校蓝北泉先生诗序》，《四库全书存目丛书》，齐鲁书社 1997 年影印本，集部，第 83 册，第 291 页。

《蓝田诗选》。

《蓝侍御集》十卷，为明万历十五年（1587）蓝思绍刻本，其中收录的既有诗歌，也有文章。《北泉草堂诗集》，为复旦大学图书馆藏清钞本，收录了蓝田的诗歌 287 首。《北泉文集》，为天津图书馆藏清钞本，收录了蓝田的各类文章 158 篇。齐鲁书社将上述三个集子影印并收录于《四库全书存目丛书》集部别集第 83 册。

《东归倡和》为明崇祯刻本，是蓝田、杨慎、刘澄甫唱和诗作的结集，中国国家图书馆藏。除了与杨慎、刘澄甫的联句 30 首，《东归倡和》中保存了蓝田 34 首诗，这 34 首诗皆是七律。

《蓝侍御集》二卷，为山东省博物馆藏稿本，前有寿光赵愚轩作于民国二十九年（1940）的跋，每篇文章都有点评。《山东文献集成》第二辑第 27 册影印收录此书。

《蓝田诗选》为今人肖冰、孙鹏、江志礼等所编选，其中收录了蓝田 549 首诗，并将蓝水所作《先御史公年谱》附于书后。《蓝田诗选》1992 年由青岛出版社出版。

蓝田的诗歌也被选入其他集子，《山左明诗钞》卷八收录 31 首，《即墨诗乘》收录 74 首诗，《即墨县志》收录 7 首诗。

因蓝田各种诗文集及选本中所收篇目重合之处甚多，有必要厘清其诗文的具体情况，故将蓝田诗文集的收录情况列表如下。据表 4—4 统计，《蓝田诗选》收蓝田诗 549 首。《蓝侍御集》（十卷）收诗 184 首，其中与其他集子重合的诗 116 首，68 首诗（包括 55 首集古诗）未收录其他集子。《北泉草堂诗集》中收诗 287 首，有 4 首诗未收入其他集子。《即墨诗乘》中收录的《狮子峰》（树色三秋里），未见于其他集子。因此，蓝田共有诗 622 首。

据表 4—5 统计，《北泉草堂文集》收文 158 篇。《蓝侍御集》（十卷）收文 102 篇，除了《补王嫱小传》《张三丰真人小传》《祭郑东谷文》与《蓝氏三仙小传》（3 篇）这 6 篇外，其余文章与《北泉草堂文集》所收录的文章重合，只是编排顺序及所列入的文体有所不同，如《蓝侍御集》书信分为"书"与"书启"，《北泉草堂文集》分为"书""尺牍"，内容却相同。《蓝侍御集》（二卷）收文 24 篇，都见于《北泉文集》和《蓝侍御集》（十卷）。因此，蓝田现存文章共 164 篇。

**表4—4　　《蓝侍御集》《北泉草堂诗集》《蓝田诗选》收诗异同表**

| 集＼类 | 拟古 | 四古 | 五古 | 七古 | 五律 | 五排 | 七律 | 五绝 | 六绝 | 七绝 | 联句 | 总数 |
|---|---|---|---|---|---|---|---|---|---|---|---|---|
| 蓝田诗选 | 10 | 5 | 19 | 35 | 47 | 1 | 125 | 101 | 10 | 163 | 33① | 549 |
| 蓝侍御集（十） | 10 | 1 | | 20 | 17 | 1 | 9 | 36 | 10 | 78 | 2 | 184 |
| 北泉草堂诗集 | 6 | 3 | 6 | 24 | 35 | 1 | 41 | 52 | 7 | 112 | | 287 |

**表4—5　　《蓝侍御集》十卷本、《北泉文集》《蓝侍御集》二卷本收文异同表**

| 集＼类 | 《蓝侍御集》十卷 | 《北泉文集》 | 《蓝侍御集》二卷 |
|---|---|---|---|
| 序 | 8 | 32 | |
| 记 | 9 | 13 | 7 |
| 传② | 6 | 3 | |
| 墓志 | 9 | | 12 |
| 墓碑行状 | 3 | 3 | 3 |
| 上梁文 | 3 | 3 | |
| 帐词 | 7 | 8 | |
| 铭 | 2 | 4 | |
| 箴 | 1 | 1 | |
| 祭文 | 10 | 9 | |
| 题 | 5 | 14 | |
| 跋 | 2 | 4 | |
| 说 | 1 | 1 | |
| 书 | 19 | 1 | 1 |
| 书启 | 17 | 33（尺牍） | |
| 疏 | | 1 | 1 |
| 书后 | | 4 | |
| 颂 | | 1 | |

---

①　这33首联句诗包括蓝田《东归倡和》中的30首联句诗。

②　《北泉文集》"传"目录是3篇，其实只有2篇。

续表

| 类＼集 | 《蓝侍御集》十卷 | 《北泉文集》 | 《蓝侍御集》二卷 |
|---|---|---|---|
| 纪 | | 1 | |
| 阡表 | | 1 | |
| 志铭 | | 21 | |
| 总数 | 102 | 158 | 24 |

### 三　清雅可观的诗歌

#### （一）丰富的诗歌内容

客观地说，蓝田在名家云集的有明诗坛上并无显赫的位置。与一流大家相比，蓝田现存诗歌中几乎没有多少有影响力的作品。但放眼当时复古思潮张扬的诗坛，蓝田诗歌还是具有其自身特点的，也不乏佳作。

就体裁而言，蓝田的620余首诗歌，诸体兼备，并略有侧重。其中七言绝句最多，共160余首，七言律诗次之，共125首，其他五言绝句百余首，五言律诗40余首，五言古诗以及四言诗、六言诗都有所涉猎。

就诗歌创作题材而言，蓝田的诗歌创作题材较同时代的作家并没有明显的拓展，但其中有些诗人常用的题材，蓝田写得颇具自己的特色。按照题材的不同，蓝田诗可以分为赠答酬唱诗、山水田园诗、述怀诗、题画诗等，下面我们分而论之。

1. 赠答酬唱诗

翻检蓝田的诗作，不难发现，其很多作品题为《写怀次胶西栾简斋侍御韵》《赋送邹令君西归》《范泉亭次韵》《同陈石亭太史游鹤山洞次韵》等类型，诗题中用"次韵""寄怀""赠""送""呈""和""步""再步"等字样的大概有180首，超过其诗歌总数的四分之一。这表明诗歌是蓝田亲友赠答、交流思想感情、互致问候的工具，他赠答唱和的对象多是与其志趣相投的师友亲朋，如杨慎、刘澄甫、冯裕以及叔父、侄子等人。这些赠答唱和之作中，较为值得关注的是蓝田与杨慎、刘澄甫二人的唱和诗作。

本书第三章第一节提到，蓝田在京城期间，结识了杨慎、刘澄甫二人，他们的唱和之作结集为《东归倡和》。在《东归倡和》中，杨慎作有《送东厓先生玉父东归》两首，蓝田、刘澄甫分别次韵两首。刘澄甫作

《奉饯玉父老兄》两首,杨慎、蓝田分别唱和两首。三人还联句 30 首,题为《话别限韵联句三十首》。在三人联句之后,杨慎又作 30 首,诗题为《前诗联句奇博清丽已不可续貂矣愚意犹以为执事高才盛德与愚衷之仰慕系恋者似少及之敢再添蛇足惟不吝教之是幸三十首》,蓝田作《次韵三十首奉答月溪兄兼呈洋溪求和》,刘澄甫作《前日话别联句月溪兄次其韵东厓兄复次之各出奇绝赠答之情殆亦尽矣仆以鄙陋雅调实不能继率尔掇拾或随寓立题或触物起兴亦强成三十首殊可媿竦谨录呈求教》①。因此,《东归唱和》中三人联句酬唱之作共计 130 首,三人联句 30 首,杨慎 34 首,蓝田 34 首,刘澄甫 32 首。

《东归倡和》中诗人们饮酒送别,抒发了依依惜别之情。杨慎《送东厓先生玉父东归》曰:

> 千里相思袂欲分,定知别后赋停云。孔林归去春初暮,萧寺相过日未曛。灵凤昔曾占快睹,人龙今又惜离群。遥知渺杳孤舟路,南浦微波起縠纹。

刘澄甫《次韵》(其一)曰:

> 交游落落已星分,芳草燕台压暮云。促膝几年谈夜雨,离怀今日倚残曛。野人赠愧齐东语,吾子行空冀北群。回首短亭春已晚,柳条牵丝乱成纹。

蓝田《次韵留别》(其一)曰:

> 握手旗亭坐午林,野人离思暂消沉。他时月屋应劳梦,何处诗坛更赏音!斗酒半醺怜独醒,猗兰一曲忆同心。片帆归去华楼麓,忍听莺声春已深。

---

① 国家图书馆藏《东归倡和》(微缩胶卷版)中收录的刘澄甫《前日话别联句月溪兄次其韵东厓兄复次之各出奇绝赠答之情殆亦尽矣仆以鄙陋雅调实不能继率尔掇拾或随寓立题或触物起兴亦强成三十首殊可媿竦谨录呈求教》只有 28 首。《东归倡和》(微缩胶卷版)前面的序言也不完整,原因不详。

送别情浓且深。除了《东归倡和》中的唱和诗歌外，蓝田与杨慎、刘澄甫还有其他的诗歌唱和之作。因前文已经论及，略不详述。

《东归倡和》外，蓝田还与多人诗歌唱和，内容多表现日常生活的文人情怀与雅趣，一定程度上反映了当时文人闲雅的审美趋向。如访友招饮、郊游踏青、品茶题画、病中问候等，涉及他们日常生活的各个方面。在即墨当地，蓝田诗歌酬唱的对象主要是即墨杨氏家族成员。杨氏是即墨望族，蓝田与这个家族中的杨泽、杨良臣、杨舟、杨羹皆有诗文往来，有《寿方山先生》写给杨泽；有《杨舜卿先生之任太平令》《寄怀杨舜卿先生》《戏柬杨舜卿先生二首》写给杨良臣；有《题杨中斋伴云亭词二首》《送杨中斋东归》写给杨羹；有《巨平山人招饮不赴》《梦中得梅花笑我寒彻骨却乃哦诗慰尔穷之句醒后足成短歌呈载轩子求和》《载轩子歌》写给杨舟（号载轩）。

蓝田与当地诗人诗酒相招，赏字评画，过着悠游卒岁的生活，他们形成了主导即墨当时文坛的一个团体。从《壬子九日赏菊与解载卿刘公弼杜道隆江体昆杨尔浮期集于百福庵以雨不果乃小酌于家园可止轩尔浮赋诗》这一诗题，可见当时即墨诗人雅会唱和的盛况。

2. 山水田园诗

蓝田从幼年起就随父蓝章行走各地，京城、婺源、潜山、南京、抚州、陕西等地都留下他的足迹；他也因 11 次赶赴春闱而往来奔走于家乡与京城，见多识博，广阅名山大川，但是这些经历在其诗歌中很少得到呈现。嘉靖四年（1525）后，蓝田居于家乡即墨 30 年，即墨不但有风光秀美的崂山群峰，潺潺流淌的墨水河，还有波涛汹涌的大海，这些美丽的自然景观成为诗人模山范水、吟咏唱和的重要内容。

对于山水自然，蓝田采取了不同的处理方式，对于大海的描摹，多铺张扬厉，奇姿横出，如七言古诗《观海行》：

> 少崂山人乘桴来，天地岛屿洪涛回。三山若无又若有，蜃气海市成楼台。下有天吴之窟宅，朝餐珠英夕水碧。安期赤松相经过，缥缈千年忆方格。秦人乘车求神仙，方士楼船去不还。茂陵何事寻遗辙，琅琊台上芝呆巅。东望扶桑大如拱，弱流万里风呼泅。君不见，千载殷鉴宇宙间，桥山峨峨轩辕冢！

　　诗人运用大胆的夸张与想象，运用神话传说、历史故事，用汉大赋的铺排笔法来摹写出洪涛奔涌、三山渺茫的壮观奇境，并由此引发了诗人对求仙长生的深刻思索。当然这类作品是比较少的，蓝田更多的作品在语言运用及意境的营造上，体现出了或清幽或平淡的审美取向。如《登华楼》二首：

> 山木丛深石径回，洞门长对野花开。
> 摩崖上有前朝句，一片白云锁翠苔。
>
> 岚翠千重袅篆烟，松风一派奏钧天。
> 开尊共坐云根饮，烂醉狂歌不羡仙。

　　第一首用深丛、野花、白云、翠苔、摩崖描写出一派清幽冷寂，第二首则侧重于抒发自己在雾笼翠峰、篆烟袅袅、松风阵阵的仙境中烂醉狂歌的放达之情。再如《登华楼绝顶》（其一）：

> 天吹风上翠屏巅，光景无边拱目前。烟岛团团浮碧海，云峰个个倚青天。笙簧杂奏林中鸟，环佩时闻石上泉。我已尘心无一发，丹砂九转是神仙。

　　诗人登上山巅，眼中所见是远处团团烟岛浮于碧海之上，高耸入云的山峰若与青天相依相靠，耳中所闻既有笙簧声奏的林中鸟叫，也有如环佩声声的石上泉流。此情此景，令人忘却尘世，犹如神仙。此诗语言流畅浅显，写景抒情却自然天成，用字也似经锤炼，"天吹风上翠屏巅"的"吹"字、"光景无边拱目前"的"拱"字、"云峰个个倚青天"的"倚"字，把"天""光景""云峰"拟人化，本来山顶风大、云峰高耸的景象由此变得颇有趣味，诗也活泼了许多。

　　蓝田描写家乡山水风光的诗作表达了对大自然的热爱，而对田园闲居生活的描写，则表现了隐逸乡间、远离宦海风波的闲舒心情。如《村居》云：

> 稻花香里水潺潺，村落秋风农事闲。

　　　　野老相呼新酒熟，蒙腾得句不须删。

　　这首诗充分调动嗅觉、听觉、视觉的感受，把稻花、流水、村落、新酒、野老组成了一幅有声有色、幽静又生机勃勃的图画，饱经忧患、看透官场的诗人在这幅美丽的图画中找到了真我的存在与心灵的宁静。整首诗清新淡远，别具情致，使人体会到淡淡的诗情画意。再如《村居自适》：

　　　　浊醪饮半醺，袒腹绳床宿。裹足木棉衾，枕头采野菊。检点妄想心，自然能合目。晨起读离骚，儿供菰米粥。惟我素心人，可共此清福。

　　此诗以简洁的手法描写了自己简单艰苦却自由自在的乡居生活，遣词用字都相当平实朴素，没有刻意的雕琢粉饰，而诗人那种平和恬然的心态却都自然而然地表现了出来。再如七古《漫兴》：

　　　　海滨草阁大如斗，十围老柳垂左右。中藏白发避世叟，床头新酿桑落酒。桥东来者金石友，古风和就五十首。每吟一句赏一卮，麻衣如雪露双肘。试洗破砚书蝌蚪，寒酸风味可哂否。

　　居草阁之中，虽麻衣露肘，砚台破旧，生活寒酸，诗人却没有牢骚满腹，而是安于往来无白丁、诗酒风雅的潇洒生活。诗歌寄至味于淡泊，抒真情于朴素，语言非常本色，感情真挚坦率，可见诗人对山居生活发自肺腑的喜爱。

　　3. 述怀诗

　　蓝田少年成名，弘治五年（1492）15岁即举乡荐，名重齐鲁，而此后蓝田科场一再受挫，第十一次赶赴春闱才得中嘉靖二年（1523）进士，此时蓝田已经从一个风华正茂、意气风发的小伙子成为年已46岁、历经沧桑的中年人。这三十多年的时间里，蓝田奔走于科举道路上，屡败屡战，饱经科举的摧残。中进士之后，蓝田踏入官场，恰逢大礼议起，蓝田因上疏反对大礼议而遭廷杖，几乎丧命，后丁父忧期间，又遭"议礼派"报复打击，被诬入狱，后虽得救脱罪，却再无机会施展自己的才能。就蓝田的一生来说，春风得意时少，抱负莫展时多，这种坎坷艰辛的人生经历，令其对人生有着更为深刻的理解，"已知世纲皆成幻，谁信禅宗独是真"（《送徐上人宪寺归山》）、"东海青山今始归，回头四十九年非"《慧炬院上人》。他的诗中充满悲观消极的失意情绪。如《自题小像》二首：

> 杏园花发十年前，曾伴群仙醉御筵。
> 华发放归春梦觉，数枝惆怅楚江边。
>
> 朝陈封事暮归耕，蕉鹿床头梦始醒。
> 种得芭蕉长二尺，写成乐府寄狂生。

这两首小诗为诗人晚年家居时所作。面对自己的写真画像，诗人回顾自己坎坷的一生，百感交集，感慨无穷。"华发放归春梦觉""蕉鹿床头梦始醒"，两首诗中皆用"梦"字，不仅令人感受到诗人理想破灭、饱经磨难的失意与痛苦，而且从一个侧面真实地反映了古代知识分子的悲惨命运。再如《无题》（其三）：

> 蕉鹿梦已觉，湖山醉又残。
> 平生擒贼手，今日把鱼竿。

诗人把自己的大半生看作是梦一场，本是擒贼之手，而今只能垂钓江上，两相对比，何其悲也。这首小诗和上述《自题小像》第二首，都用了《列子·周穆王》中"蕉鹿梦"的典故，形象地表达出因"朝陈封事暮归耕""平生擒贼手，今日把鱼竿"的巨大人生反差而产生的恍如梦一场的感受。这种人生感受反映了蓝田深沉的苦闷心理，也体现了他对人生的深刻反省意识。

蓝田因自己的坎坷遭遇而有失意悲痛的情怀，同时蓝田也是一个善于开解自己的诗人，其积极的人生态度也表现在述说坎坷遭遇的诗作中。如《少崂山居图》：

> 巨屏之山深更深，杏花万树茅屋阴。东风一夜云锦侵，山翁少年
> 不解事。谈笑功名可立致，挟策走赴长安试。一朝赐晏杏园中，豸袍
> 五夜朝法宫。叩首请剑诛奸雄，孤臣不向岭表窜。放归故山麋鹿伴，

君恩浩浩阔如瀚。回头二十四番春，却忆同时看花人。八尺俄成一聚尘，山人日日坐花下。一醉须倾三百斝，澹白昨日是殷赭。何人画出山居图，谁识今吾即故吾。霜髯真称山泽臞，日食万钱亦何有。何如白衣人送酒，是耶非耶付身后。

从文中"回首二十四年春"这句，可知这首诗作于晚年。这首诗不啻是蓝田自己的一幅自画像：年少轻狂，意气风发，欲建功立业，济苍生，辅社稷，却因直言进谏而遭罢归，居于乡间，与麋鹿相伴。而今回想过去，同科之人已化为尘土，且畅饮大醉，把一切功名利禄抛之脑后，一切是是非非，且留给后人评说。这192个字的感怀之作，评述自己一生的遭际及对此的感悟，极有概括力，其略带激愤的语言，表达了诗人的抑郁不得志，同时又包含着人生短暂，且醉享人生的洒脱。"八尺俄成一聚尘"化用唐人寒山"始忆八尺汉，俄成一聚尘"和宋人黄庭坚诗"婵娟去作谁家妾，意气都成一聚尘"之意，极写人生的短暂、渺小和虚幻。这种以道释观念看待人生，力图在有限的生命中忘却痛苦，享受山水和美酒的人生观，在《写怀》中表现得更充分。《写怀》（其一）云：

> 北泉先生真腐儒，未央前殿来上书。狂言迂论忤中旨，合投岭表桎梏拘。圣恩如天赦臣愚，黄纸放归东海隅。葛巾纻袍风徐徐，钓竿还垂阴岛湑。大崂小崂山色殊，云霞掩映如画图。廿载流落气不除，遥指桃林寻酒炉。不耻山鬼相揶揄，不悲霜雪点鬓须。水底神山果有无，采药楼船妄且诬。翻笑今吾即故吾，点缀新诗聊自娱。潮生潮落走天涯，惟尔鸥盟不负余。

前六句简要概括了自己的人生遭际，然后写自己放归故里之后垂钓登山、饮酒赋诗的优哉游哉。诗人不怕山鬼揶揄，不悲鬓发已霜，不信道教神仙，只驻足于现在，洒脱生活。如果只看前六句，按照惯常思维，必以为后面表达失意情怀，但作者用反跌的手法，表达了归乡闲居后的旷达情怀。如果说前一首《少崂山居图》利用道释思想自我开解、自我安慰，这一首则表现了诗人选择后的坚定无悔，两首诗，两种心态，对往日的坎坷，诗人最终放下并得到了解脱。

在中国人的传统观念中，光宗耀祖乃是天经地义之事，长辈常谆谆教海小辈以此作为进取的动力。蓝田历经科举的挫折、政治的磨难，感叹"宦海无情"（《送徐上人宪寺归山》），认为"栖栖四海无宁处，只为儒冠误此生"（《宿寒亭次韵》其二），所以他对后辈的期望也与众不同。其《生孙》两首云：

> 泉翁七十七，三岁得三孙。但求续书种，不敢望兴门。淡薄无犀果，沉酣有酒尊。明春寒食节，抱尔拜先坟。

> 猗猗兰生蕊，娟娟竹有孙。客称我余庆，我喜客盈门。梦卜期他日，赓歌侑此尊。传家谏草在，休似太翁惛！

蓝田对孙辈的要求很简单，"但求续书种，不敢望兴门"，告诫孙辈"休似太翁惛"。这两首诗虽然消极，但出自科举官场都倍受打击的蓝田之手，未尝不具有普遍性的意义。

4. 题画诗

蓝田是诗人，同时也是书画家，其《花卉图》为今即墨博物馆的镇馆之宝。他创作了不少与画有关的诗，据其现存诗作，其题画之作大概有60首之多。从体裁上来说，除了两首七古外，余皆为绝句。从内容上讲，蓝田题画诗多为花鸟山水画而作，主要表现自己的悠然自得和对山林生活的热爱之情。如《题牧牛图》："春草牧牛肥，月出归村落。更携一卷书，牛背寻真乐。"《题画》："竹遮茅屋绿阴稠，带犊羸牛下陇头。牧子斜骑横短笛，一声吹破白云秋。"在描写画面景物的过程中，表现了诗人的平和心态和隐逸情趣，文字晓畅，诗风恬淡自然。同时蓝田的题画诗也不回避现实，有的甚至极有现实意义，如《题画》二首曰：

> 可怜双鲤鱼，不易一斗粟。
> 生计只长竿，官租何日足。

> 溪翁贫至骨，日晚食无鱼。
> 小舟今已卖，不怕算舟车。

此诗虽并不直接反映现实生活，却通过观画后的感受反映了现实，即现实生活中的渔民辛苦捕鱼，却无鱼可食，还得卖了小舟交租，生活处于饥饿贫困之中。此诗名为题画，却寄寓了诗人希望百姓安居乐业的美好愿望。

蓝田的题画诗并不注重对画面做准确细致的描绘，而着意于展现画境之外的诗意，诗意与画境相融。如《题刘山泉画册》（其四）曰：

> 溪上添秋水，微茫浸碧岑。
> 道人倚杖久，无复羡鱼心。

诗人用清新、洗练的笔调，描绘出道人倚杖、溪流水涨、雾气遮峰的旷远景象，富有诗意诗趣。第三句中的"浸"字十分精妙，生动传神地表现出山雾缓慢升起，碧绿山峰浸入其中的动态过程，变静态的画为动态的诗。再如《题画》："径险药苗茂，洞深泉水甘。悠然独来去，妙处与谁参。"此诗先写径险洞深的清幽之境，然后抒写悠然独往来的情怀，由画境生发的诗情非常自然。

有的题画诗直接写观画所触发的感受，如《为蕙侄题观莲图》曰：

> 俗学千年后，悠悠祇以言。
> 濂溪图太极，吾道见真原。

此诗名为题观莲图，诗歌内容不涉及画作本身，而是直接由周敦颐《爱莲说》引发议论。不看诗歌题目，很难把这首诗和题画诗联系起来。再如《题画次杨升庵韵》："翻云覆雨无知己，斜日残霞客忆家。三尺焦桐弦绝久，且看秋水梦南华。"此诗感叹在翻云覆雨、朝政多变之时没有知己，并以老庄的出世思想自我宽慰，以求豁达处世。

蓝田的题画诗有时也借画言志，如《题画猫次杨升庵韵》："何处玉狻猊，须载爪如铁。仗尔不群才，扫平社鼠穴。"以诗寓意，直抒胸怀，表达自己欲把危害社稷江山的小人（社鼠）消灭掉的昂扬志气，从中可见诗人并非一味优哉游哉，聊以卒岁，也有济苍生辅社稷之志。

蓝田的题画诗具有较高的艺术性，其风格以婉约为主，亦有雄浑之作。其七古《题画》诗仅有两首，写得笔势奔腾，雄浑放达。其一曰：

海上仙山青芙蓉，穷崖绝壑藏蛟龙。飞来瀑布悬晴空，银汉倾斜神无功。一凉彻骨惊改容，今日何日御天风。忆昔南登五老峰，瀑布仿佛争雌雄。醉里题诗墨痕浓，归来茅屋才数弓。霞光云影蓬窗对，净洗豪气荡肺胸。

绘画是在二维平面内表现三维空间的造型艺术，其物质媒介与表现手段为自然的颜料和点线面。绘画只能在平面上描绘事物在一瞬间静止的并列的状态以及完美和谐、可感可视的外部形貌。题画诗如果一一罗列画中景物，就不免刻板、呆滞。蓝田这首诗歌就注意发挥诗歌的特点，运用"藏""飞""悬""倾斜""惊""御""争"等动态十足的动词，展现了画面上静止景物的动态，芙蓉青山、悬崖绝壑、飞来瀑布在诗人的笔下展现出雄浑的气象，令人如睹其画。同时诗人也不囿于对画作的描绘和反映，诗人借题画之际，在诗中追述自己昔日登上五老峰的经历，表达了自己热爱山水之情。其二曰：

山溪之畔野人家，红叶黄叶如春花。屋左屋右蒸九霞，萋竹亭亭复斜斜。桧柏苍苍枝槎丫，翠微残照明蒹葭。鸥鹭飞来点白沙，霜落潭底鱼可叉。危桥十丈浸西涯，东有酒帘为我赊。掀髯一醉落巾纱，焚香午夜读南华。

这首诗侧重于空间的描画与色彩的运用，红叶黄叶，苍松翠竹，翠微白沙，用词明丽，色彩斑斓，画面以亮丽的色彩使溪水旁的野人家展现于眼前，而"掀髯一醉落巾纱，焚香午夜读南华"则表现了诗人悠悠自乐的心态与隐逸情趣。

此外，蓝田描写社会现实的诗歌也值得关注。蓝田罢官闲居之后，长期生活于民间，目睹农民生活的艰辛，因而其诗对当时农民的生活状况也有所涉及。如《有感》：

山村破屋鼠敛迹，黄牛十角卖供役。深林乳虎山怒号，草间伏兔度今夕。云泉有龙镇日眠，荷锄无人蛇在田。战马未了复甲马，一羊十牧谁相怜。老妻随猴拾橡栗，侧听邻鸡起治栉。吏来烹犬长跪迎，买猪无钱应遭桎。

　　山村破败萧条，连老鼠也绝迹不见；百姓卖牛供税，无粮可食，只得捡食橡栗；战乱频仍，人烟稀少，无人耕田而赋税沉重，百姓的生活是多么悲惨！最后两句更是令人痛心，官吏来到家中，不但要烹犬跪迎，还要因无钱买猪而戴上刑具，官吏对普通百姓的盘剥何其无耻。再如五言绝句《有感》两首：

> 捕鱼恒苦饥，采薪无完衣。
> 相见长叹息，催租夜扣扉。
>
> 倭奴东海浮，我无一叶舟。
> 叹息麦秋至，筑城犹未休。

　　百姓缺食少衣，却仍被催租；麦熟季节，却无暇收麦，忙于筑城防倭。这两首诗以简单朴实的语言反映了当时农民赋税、徭役的沉重，流露出诗人对百姓生活现状的担忧之情。当时即墨的各种社会问题在蓝田的其他诗歌中也有反映，如《赋送邹令君西归》通过知县邹臣（字柏庵）来即墨前后的情况对比，描绘了即墨本地"夫钱料价复重重，催科横纵无有终""观风使者尊且雄，铢两尽付吏手中""三夏犹促修城工，大麦小麦畎亩空"的情形。这类诗都反映了现实生活中普通百姓被苛捐杂税盘剥的现状，在诗人看似平和的语调下，蕴含着诗人对民生的关注之情。

　　总的来说，上述几类诗歌是蓝田诗歌的价值所在，蓝田还有大量的咏物之作，反映了文人的雅趣，但大多乏善可陈，略而不论可也。

　　（二）真率闲雅的艺术特色

　　通过对蓝田诗作概貌的全面梳理，笔者不揣浅陋，拟就以下几个方面探讨蓝田诗歌的艺术特色。

　　1. 多样的艺术风格

　　张献翼《蓝侍御集选序》曰："诗则语取畅心，不由雕刻，占唯信口，奚假深沉，多无意求工而自然追雅"①，杨还吉《重校北泉先生诗集序》云："先生语不经意，而兴象幽然"②，语言简洁自然、诗风真率闲雅是蓝田诗歌的突出艺术特征。如五律《平坡山》：

> 载酒春风里，行歌傍碧溪。云生山寺远，雨涨石桥低。花絮惊飞尽，江湖思欲迷。催归太无赖，两两竹林西。

在骀荡的春风中，行走在碧绿的溪水旁，诗人载酒行歌，白云、山寺、石桥、花絮、竹林等景象相继入目，溪水的碧、云朵的白、花絮的红、竹林的绿又给予色彩的点缀，诗中有画，画中有情，给人恬淡悠闲的艺术享受，语无雕琢之感，诗有自然意趣。再如《题刘山泉画册》中的两首：

> 采药蓬山远，餐霞碧海空。
> 不如寻酒伴，携杖过桥东。
>
> 积雪满空山，枯藤上寒木。
> 江月落沉沉，孤舟对谁宿。

第一首绘山中景色，颇有清高的隐逸之趣，第二首写江边的幽寂景色，给人清冷的感觉。二者为题画之作，皆用简洁精练的语言勾勒出清幽孤寂的山水意境。

蓝田的诗歌并非局限于上述风格秀美之作，其诗作中也有气势雄豪之作，如《观王晋卿施天秩二将军畋猎歌》：

> 晋卿万户气如虹，平明选徒猎胶东。天秩武举力似虎，手挽强弓飞白羽。马上横吹三叠罢，封狐狡兔惊叱诧。左呼黄犬右苍鹰，彭彭逐逐相枕藉。云蒸雾拥南北合，涛翻雨注东西呼。须臾三匝马山麓，

---

① （明）蓝田：《蓝侍御集》，《四库全书存目丛书》，齐鲁书社 1997 年影印本，集部，第 83 册，第 190 页。
② 同上书，第 292 页。

车前车后悬狐兔。即墨营中二将军，范我驰驱武且文。霜浓马肥太白动，谈笑何有胡虏氛。去年不剌出青海，祁连山下陷坚垒。今年吉囊犯云中，烽火夜报甘泉宫。彼开府者口乳臭，可惜三军曳兵走。吁嗟乎！王子施子真人豪，何时登坛拥节旄。

　　诗人先记叙观猎所见，绘制了一幅声势浩大的行猎图，然后笔锋自然一转，表达了希望皇帝能重用王、施二位，委派他们担当重任，保卫边防，改变目前被亦不剌、吉囊等部落不断骚扰边界的现状。诗人所写打猎场面宏大，境界开阔，特别是"云蒸雾拥南北合，涛翻雨注东西呼"，写出了王、施二位率众打猎之时那种千骑奔腾越野、势如磅礴倾涛的壮观景象，其中洋溢的热烈昂扬气氛，让人有身临其境之感。整首诗读起来韵调铿锵，实为蓝田难得的佳作，诗人对明王朝安危的深切关注，也使这首诗成为蓝田少有的表达爱国之情的诗作。

　　蓝田这种汪洋恣肆、气势恢宏的艺术风格，主要表现在七言古诗中，刘澄甫在《五月五日海岱会集序》中称之为"浩博"[1]，再如《渔樵》：

　　　　山中有木大如鱼，直干千寻凌太虚，我无斧斤徒嗟吁！海中有鱼大如木，腥百里兮明日月，我乘桴兮过空谷。天吴九兮恒垂涎，猛虎骈列思飞骞。崩涛往来瘴雾漫，胡不归来守垄亩。春东作兮耕而耦，衡门之下聊糊口。

　　作者先用"木大如鱼""鱼大如木"的奇特说法来喻指高官厚禄，然后用天吴（水神）垂涎、猛虎骈列、崩涛往来、瘴雾弥漫来比喻宦途的艰难，最后以归于田园清贫度日结束全篇。整首诗想象奇特丰富，情感强烈，富有激情与感染力，令人想起诗仙李白及其诗歌的狂放不羁，事实上，蓝田确实学习李白的诗歌，这使得他的诗歌呈现出流丽爽畅之特点。

　　2. 浓郁的道家道教色彩

　　崂山是道教名山，居住在崂山脚下的蓝田在诗歌的意象选择、情感表达方面都富有浓浓的道教文化色彩。如《登华楼》：

---

　　① （明）刘澄甫：《五月五日海岱会集序》，《文渊阁四库全书》，上海古籍出版社1987年影印本，集部，第1377册，第5页。

前山后山红叶多，东涧西涧白云过。红叶白云迷远近，云叶缺处山嵯峨。闲抛书卷踏秋芳，扶藜偶入山人房。柴门月上客初到，瓦瓮酒熟兼松香。玉皇洞口晓花暗，金液泉头秋草遍。药炉丹井尚依稀，白雪黄牙今不见。长春高举烟霞外，使君远出风尘界。当时人已号飞仙，只今惟有残碑在。人生适意且樽酒，莫放朱颜空老丑。神仙千古真浪传，丹砂一粒原非有。乃知造物本无物，薄命不逢随意足。云满青山风满松，何必洞天三十六。

诗人起笔就把读者引入一个美妙绝伦的天地，白云与红叶覆盖了千岩万壑，只揭开一角露出峥嵘的山峰，这一藏一露，既神秘又真实。接着诗人以散文化的笔法叙述自己的山中游踪：拄杖踏花而行，来到山人住处，此时天上新月弯弯，门外花草遍地，屋内酒香四溢。当年长春真人丘处机炼丹陈迹依稀尚存，只是不见了长生不老的仙药，他飘然高举，不隶人间，当时已号称"飞仙"，然而如今他又身在何处！只空留几截断碑而已！道教服食修仙皆是虚妄，人生最要紧的乃是随遇而安，饮酒自适，不辜负大好年华与眼前这无限风光，何必什么三十六洞天七十二福地！全诗思路流转，通脱自然，语言优美，浅切清新，每四句一换韵，活泼又灵动，是一篇上佳的山水诗章。诗中充溢着药炉丹井、飞仙、神仙、丹砂、白雪黄牙、三十六洞天、长春子等表征道家、仙界事物的意象，给诗歌带来飘然尘外的道教文化色彩，"人生适意且樽酒，莫放朱颜空老丑"的情感抒发，酣畅淋漓，既有飘逸超脱之风范，又可见道家自由超脱的精神内涵。

蓝田诗歌对道教和道家意象的运用，到了几乎俯拾皆是的程度，举凡道教炼药之器物、道教之成仙道人、道教中的神仙、道家和道教的术语等皆可入诗。但是蓝田并不信奉道教和道家思想，他在诗歌中多次表明这一点。"神仙千古真浪传，丹砂一粒原非有"（《登华楼》），"水底神山果有无，采药楼船妄且谀"（《写怀》），"茂陵何事寻遗辙，琅琊台上芝罘巅"（《观海行》），都表明他对得道成仙是持怀疑态度的。道家对他的影响表现在他以道家的哲学来平衡化解心中的不满与挫折感，从而获得心灵的宁静平和，以仿佛是消极、实则看破世事的乐观与旷达态度处世。

道教对蓝田诗歌创作的影响还在创作风格层面上展现出来。道家思想所宣扬的上下无极、浩然无边的宇宙意识为蓝田提供了一个驰骋想象的广阔空间，主体情感也在虚实交错间得以淋漓尽致的宣泄。蓝田正是在这种自由穿梭间创造出独具道家色彩的抒情之作，使诗作沾染了诗人强烈的主观色彩。如最有道教痕迹的游仙诗《游仙歌赠彭九皋》

> 有美一人在九皋，何年化鹤巢松梢？一鸣遇我赤松子，授以地雷之初爻。喜汝宿世有仙骨，外若泥兮中怀玉。石函列仙蝌蚪传，迂怪声名振林谷。一飞南上太和巅，紫霄洞府访偓佺。再飞西下空峒麓，广成笑曰汝可仙。三飞东过芝罘岛，安期赐我如瓜枣。四飞北临医无间，伯侨问讯颜色好。芝英琼蕊蓬丘宫，西灶还丹气吐虹。摇摇六翮三万里，五岳八纮御天风。山翁曾为玄圃客，廿载不踏东华陌。美人来寻泉石盟，九酝流霞永今夕。

彭九皋，生平不详，蓝田的朋友。彭九皋一鸣遇赤松子，一飞而南见偓佺，再飞西下见广成，三飞东去见安期，四飞北遇伯侨，而且赤松、偓佺、广成、安期、伯侨这些仙人都赞美彭九皋的仙人气度。九皋在彼岸世界，逍遥自在，五岳八纮任飞翔，这样的仙人来和我这位山翁结交，又怎能不令人感到三生有幸呢？诗作用铺排、夸张的手法，糅合道教故事中颇具神话色彩和传奇性的故事，形象地赞美了九皋及有幸结识九皋的喜悦。再如《彭九皋鹤龄》：

> 鹤也蓬莱客，飘然下九关。游仙怀赤壁，飞梦绕东山。露冷松风晚，天高野意闲。一桨今已办，吾与尔同还。

这首诗在《蓝田诗选》中题为《陇右喜逢彭鹤龄》，诗意是蓝田与彭九皋在陇右相逢，二人将一起返回京城。蓝田从彭九皋的姓"彭"，也许是联想到先秦传说中的仙人彭祖，便以此作为构思的出发点，从而使不易出彩的吟咏主题充满了浪漫色彩。

### 3. 个性鲜明的抒情主人公形象

诗歌是抒情的艺术。在蓝田诗歌中，无论是赠答唱和诗、山水田园诗，还是写怀诗、题画诗，诗人都倾注了自己的感情，特别是他的咏怀之作，表达自己的思想感情、人生体验和感受，几乎都是直抒胸臆，不假借辞藻，因而其笔下的抒情主人公形象非常鲜明突出。如《写怀》。（其二）曰：

> 山人嗜诗复嗜酒，短歌长歌不绝口。桑落松醪恒在手，平生潦倒于陇亩。赫赫要路耻奔走，万钟千驷更何有。芋栗才秋又春韭，昨日朱颜今老丑，安得丹邱砂炼九？君不见，湘累词赋光映斗，又不见，坡仙赤壁谋诸妇。我诚不能二子偶，酒卮诗卷随左右，适意那复记谁某。

基本上全用口语，艺术上也是采用简单的白描手法，但整首诗情真意真，浑然天成。诗人那种放荡不羁、洒脱而又天真的神态，历历在目。再如《写怀次胶西栾简斋侍御韵》：

> 少崂山人拙且痴，有园三亩郭之西。朝朝抱瓮灌白菜，喜见一尺青玻璃。人生一饱亦云足，况有床头盈缶齑。试看方丈万钱者，何如箪瓢颜氏居。菜根嚼出真滋味，拍手楚狂歌凤兮。

诗中的诗人形象既痴又拙，视金钱如粪土，甘于清贫自在的生活，在菜根中嚼出了人生的真滋味。当然，与意旷神逸相伴的是，蓝田诗歌里的个人形象也带有些许的颓废消极，试看以下诗句：

> 开尊共坐云根饮，烂醉狂歌不羡仙。——七绝《登华楼》（其二）
> 相逢莫话穷通事，人世何殊一掷卢。——七绝《与相士》
> 人生适意且樽酒，莫放朱颜空老丑。——七古《登华楼》
> 何如白衣人送酒，是耶非耶付身后。——七古《少劳山居图》
> 人生行乐耳，穷达有乘除。　　　　——五古《出西郭》

蓝田科场受挫，直言获罪，对现实是有不满情绪的，这种狂歌醉酒、看破红尘就是抒发自己愤懑的一种方式。

综上，蓝田生活的时代正是"前七子"倡言复古、天下巍然向风的时期。他正德元年（1506）29岁时参加了杨慎发起的丽泽诗社，嘉靖十四年（1535）58 岁时参加了冯裕等人组织的海岱诗社。以杨慎为核心的丽泽成员倡导学习六朝初唐诗，形成隐然独立于"前七子"之外的新诗派；冯裕等海岱诗社成员对景言情，即事属辞，抒写自我的真感情，创作出"质而葩，逸而典，清新而畅，不矫不艳，异乎今君子诗"① 的诗歌。所以从蓝田的结社情况来看，我们可以窥见蓝田清丽疏朗诗风的渊源有自，但是如果因蓝田参加的诗社与诗坛的复古思潮异趣，就认为蓝田和诗学主流复古派截然对立，则是不符合事实的。

　　从蓝田的文学交游活动来看，蓝田与"前七子"中的边贡、王廷相及文学复古倾向鲜明的文人墨客有较为密切的往来，如蓝田闲居时就"与济南边华泉、青土刘山泉及同里载轩子唱酬无虚日"②，而且蓝田的诗歌创作确实受当时诗学思潮的影响，他创作了不少的拟古、摹古之作。《蓝侍御集》卷一即乐府诗，共收录《前溪歌》《三妇艳》《秋千谣》《姜薄命》《刲股引》《孝思图》《枯木吟》《方山辞》等 10 首诗，《北泉草堂诗集》也在"拟古"名目下，收录了 6 首乐府诗。在这两个集子的其他各体诗中，也不可避免地带上六朝和盛唐的余韵。蓝田的拟古诗歌在修辞、句法、题材方面基本袭用原作，没有什么创新之处，但是他没有像七子末流的创作那样走向极端，一味流于摹古，而是以性情为旨归，在诗歌中抒发一己之情怀，诗作"清雅可观，无三杨台阁之习，亦无七子摹拟之弊"③，颇具个性色彩。究此诗风形成之原因，四库馆臣纪昀曰："其社约中有'不许将会内诗词传播，违者有罚'一条，盖山间林下自适性情，不复以文坛名誉为事，故不随风气为转移。而八人皆闲散之身，自吟咏外无别事，故互相推敲，自少疵类，其斐然可诵，良亦有由矣。"④ 可见"不随风气为转移"的创作态度是海岱诗社在复古风潮中始终坚持自我风格的原因，也是蓝田诗风异于复古派的原因。

　　在目前明代诗歌的研究中，以单线演进模式描述明诗演变的历史，是比较常见的思路。概括地讲，这种模式，是将明诗史描述成以台阁体、茶

---

① （明）魏允贞：《海岱会集序》，《文渊阁四库全书》，上海古籍出版社 1987 年影印本，集部，第 1377 册，第 3 页。

② 肖冰选注：《蓝田诗选》，青岛出版社 1992 年版，第 12 页。

③ （清）纪昀：《海岱会集提要》，《文渊阁四库全书》，上海古籍出版社 1987 年影印本，集部，第 1377 册，第 3 页。

④ 同上。

陵派、前后七子、公安派、竟陵派的此消彼长为轴心的演化过程。在这个基本思路的指导下，学界对处于此轴心中的重要诗人及流派作出了深入细致的研究，也取得了显著的成果。透过蓝田的个案研究，特别是其结社交游活动，我们看到的是特定时段内一个鲜活、复杂的明代诗坛，即在明正德嘉靖时期，在七子复古派风行天下的表象下，诗学观念与创作亦存在着多元化的特点，诗歌的流变有其复杂性。蓝田的个案研究对研究明诗的丰富性、多样性颇有价值。

### 四　率直简澹的杂记、志传

蓝田的散文创作数量丰富，成就也较为突出。现存 5 卷《北泉文集》，疏、记、序、题、跋、书、说等各类文体就有 160 余篇，论及社会生活诸领域，除去公文性质的奏疏外，其他文体不乏粲然可观之作。张献翼《蓝侍御集序》赞"其记序，咸闳大畅朗，多裨世教，端风轨；赋，率直简澹；书，亮直有藉，为南车较若左券者；碑铭，将昭潜于盖棺，非溢美于誉墓"①，李开先认为其文"高古，藏锋锷，不露圭角"，时人赞其"文行无愧于上世，声光有益于东莱"。

蓝田性格亢直，风节凛然，敢于直言进谏，"直声动一时，其生平可传者在诸谏草"②，但今日可见者唯有弹劾礼部尚书席书的《纠劾奸佞大臣疏》，"不知何故，或有所忌讳欤"③，这对我们全面了解蓝田的文章创作，殊属遗憾。我们只有通过现存的这一篇《纠劾奸佞大臣疏》来窥其奏疏之一斑④。此文开门见山，"窃以为大臣之罪，莫大于讪君上、欺朝廷、肆奸言、植私党，有一于此，已不容诛，四者备焉，其何以宥！"然后从这四者出发，列举席书之言行，以"其讪君上之罪，一也""其欺朝廷之罪，二也""其肆奸言之罪，三也""其植私党之罪，四也"做层层剖析，最后总结陈词："伏望陛下，俯察臣言，将书罢斥，将洸拿送法司，明正其罪，使忠佞不得以杂处，枭鸾不得以并栖，则纲纪正而体统益

---

① （明）蓝田：《蓝侍御集》，《四库全书存目丛书》，齐鲁书社 1997 年影印本，集部，第 83 册，第 189 页。

② 《续修四库全书总目提要》，齐鲁书社 1996 年影印本，第 32 册，第 211 页。

③ 同上。

④ （明）蓝田：《北泉文集》卷 1，《四库全书存目丛书》，齐鲁书社 1997 年影印本，集部，第 83 册，第 329—330 页。

尊，法令行而宗社益固矣。"文章观点鲜明，层层推进，气势淋漓，逻辑缜密，读起来如凛凛清风，可以鼓天下之正气，激天下之义风。

兹就其比较有特色的杂记、志传加以考察研究。

（一）杂记

蓝田之奏疏虽最获时人赞誉，但在后代文学接受史上，却是其"记"影响较大。蓝田共有"记"13篇，或是以文献价值而引人注目，或是以写景而传诵千古。《新开胶州马濠记》《城即墨营记》《修高密城记》《旧鼓腔记》等，对我们研究即墨地区的历史文化具有重要的文献价值。我们可以具体看一下《新开胶州马濠记》①：

> 齐之东，青、登、莱三郡，皆海濒也。海运之罢，百二十余年矣。先时，邱文庄公及先蓝侍郎公论列海运，皆不果行，议者惜之。
>
> 嘉靖乙未，巡海宪使王公建行台于莱，练兵纠吏，既肃且宁，兴废流滞，巨细毕覃。乃按部郡邑，稽阅图志，访胶莱新河之故迹以及于马濠口。叹曰："嗟乎，齐人之穷困，我知之矣，盖舟楫不通故耳。"
>
> 父老进曰："昔在有元，专仰海运，以灵山之东，浮山、崂山北，至于成山西，至于九皋大洋之险。乃议开胶莱新河，南自麻湾，北至海仓，三百余里，出北海以避之。然浮山之西有薛岛、陈岛相接，百数十里，石礁林立，横据大洋，若桥梁然，尤为险阻。薛岛之西十里许，连海涯处有平冈焉，曰马濠者，南北几五里，元人尝凿之，遇石而罢。今若凿马濠以抵麻湾，浚新河以出北海，则舟楫可通，吾侪之穷困，庶其可济乎！"公曰："然。"又询诸乡大夫，士皆如父老言。
>
> 公南登琅琊台观之。见沿涯海溜，宛如素练，萦转迂回，北至马濠而止。父老曰："海溜者，旧运道也。"爰以其议，请于抚台及察院，下其议于藩臬，皆曰："巡海之议，是也。"乃檄公成之。
>
> 公虑财计徒，将举斯役。时有妒能忌功者，飞语腾谤，波涌风起，不可遏止。或以蝼蜞之后，庾积空矣，公曰："用取诸赎金，而

---

①　（明）蓝田：《蓝侍御集》卷4，《四库全书存目丛书》，齐鲁书社1997年影印本，集部，第83册，第222—223页。

费不敢敛于民也。"或以恶莩之余，筋力耗矣，公曰："募民以雇役，而阴以寓夫赈恤也。"或以濠中皆石，不可凿矣，公曰："独不见李冰之凿离？确乎，天下无不可举之事，亦无不可成之功。人可与乐成，难于虑始。苟足于国而裕于民，吾虽获谤，亦何悔之有！"乃下令雇役，民皆乐趋。选文武将士之有才力者，以督其成程，以备其器用。公复戾止，相形度势，去元人之旧迹少西七丈许开之。其始也，土石相半，其下则皆石也。立法以示惩，而厚犒以劝劳，而畚插云动，锤凿雷奔，决壅斩莽。取彼巨石，焚以烈火，沃以水潦，摧坚破顽，化为灰烬。力不告残，形不知疲，而石渠成矣。

盖经始于丁酉正月之二十二日，毕于四月二十二日。凿石成渠者一千三百余步，浚南北之滩碛二千五百余步。潮汐日至，护以木椿，其为阔六丈余，其为深半之。海波流入，宛若天成地列，有神明阴相之者。是日也，淮舟适至，乃率文武将士，卓午登舟。自濠南滩而入，岛屿环抱，中夹一水，广如湖潭，南风徐来，波涛不惊。帆樯载张，舟师鼓舵，旌旗飞扬，鼓吹振作。北至于胶州，又东至麻湾，入于新河陈村而止。日尚未曛，盖已百五十余里矣。老稚妇子，扶携来观者皆呼，忭曰："余百年而未见也。"自兹，南北商贾，舳舻络绎，往来不绝，百货骈集，贸迁有无，远迩获利矣。

抚台闻马濠之开也，屡行褒嘉，具疏荐公，而复以浚新河之役，责成于公焉。父老曰："公之凿马濠也，出于昔人之所难，而成于今日之独易。在力断浮议之非，而坚持永逸之利耳，由是安不忘危。河漕阻涩，而邱公江淮海运之说，可试也。易盐输布，盐贱如土，而蓝公胶东运盐之说，可行也。斗粟十钱，丰年亦饥，而粟米之征，可运于京师也。"

呜呼！地有定形，人可以用其力。天有迅变，然人力亦可以胜之也。但观成者怠，而交承者诿，事之可以为，而莫为之者多矣，岂独水哉！公之治水，泽庇当时，而功垂来世，与李蜀守相伯仲也。敢假词刻石，以志不忘矣。新河之成，自有太史氏纪于河渠书。

公，名献，字帷臣，陕之咸阳人，登癸未进士，授监察御史，擢山东按察副使。斯役也，纲维于上者，巡抚都御史蔡公经、胡公缵宗，巡按御史张公鹏、李公松、周公钦，文武将士若莱州府同知陈栋、武举千户周鲁、指挥王瑾、程文、柳碧、朱继祖、刘琦，皆督功有劳者，附书于后。

这是蓝田在欣闻王献开通马濠运河后所写。此文详细记述了马濠运河开凿的背景、开凿过程、开凿成功时的盛况及对未来海运的影响，不仅成为后来胶莱河海运议案中的重要参考文献，更是我们了解明清时期海运情况不可缺少的重要资料。文章叙事繁简得当，叙议结合，大段的对话既写出了王献开凿马濠运河的谨慎，也表现了当地民众对此事的支持，"自濠南滩而入，岛屿环抱，中夹一水，广如湖潭，南风徐来，波涛不惊。帆樯载张，舟师鼓舵，旌旗飞扬，鼓吹振作"的景致描写，"自兹，南北商贾舳舻，络绎往来不绝，百货骈集，贸迁有无，远迩获利矣"的展望图景，文采飞动，避免了叙述的枯燥，增添了文学性。

蓝田的《崂山白云洞记》为记述体写景散文，以简淡的笔墨渲染了崂山白云洞的奇幻景象，是吟咏崂山作品中的名篇：

即墨之东南，百里皆山焉，山之大者，曰崂山。崂山之群峰，其最高者，曰巨峰。巨峰之巅，有洞焉，曰白云。洞深而明，旁有水泉，可引以漱濯，甲于巨峰。虽当晴昼，云气蓊郁，则咫尺不可辩，顷刻变幻，则又漠然不知所之矣。然地气高寒，又多烈风，非神完骨强者，不敢久居。其登也，缘崖攀萝，崎岖数十里，非有泉石之癖者，亦不能至也。

北泉山人，薄游海上，南访朐山，登琅邪台，北观之罘山，雄秀突兀，皆未有若崂山者也。《齐山》曰："泰山虽云高，不如东海崂。"是崂山之高，高如泰岳矣。然崂山僻在海隅，名未闻于天下，而朐山、琅邪、之罘，以秦皇之游览也，人人知之。呜呼！山之见知与不见知，而亦有幸不幸存焉。山川且然，而况于人乎？

道士张某，得白云洞，曰："是与人境隔异，直可以傍日月而依星辰，非玄武之神，不足以当之也。"乃于其中奉事玄武，而自居其旁，学炼形之术焉。

嘉靖壬午秋，北泉山人登巨峰之巅而望焉，面各数百里，海涛蜃气，起伏汹涌，而岛屿出没其中者，皆若飞凫来往，旦夕万状，连峰有无，远迩环绕，村墟城郭，隐隐可指数，神观萧爽，非世人耳目所尝见闻者也。夜宿洞中，援笔题于石曰："居白云洞者，自张某始也。"

李谪仙诗曰："我昔东海上，崂山餐紫霞。"呜呼！安得断弃家事，而餐紫霞洞中，弹琴鼓缶，以咏屈子《远游》之篇也哉！顾今有所未暇，聊记于此，以志自愧云。

此文乃嘉靖元年（1522）蓝田游崂山巨峰后所作。写崂山之景，骈散结合，富有节奏感，同时叙议结合，由崂山之不见知，联想到人之不见知，隐现内心之块垒。此时蓝田已参加了十次科举考试，仍未考中进士，满腹文才却科举屡次失利的现状，正如景色绝妙却不被天下人赏识的崂山，其无法施展抱负的忧闷之情自然表现出来。以摹景为主体的散文在《北泉文集》中极为罕见，《新开胶州马濠记》中的景观描写，服务于整篇文章，景中可见开凿马濠运河后人们的欣喜之情，《崂山白云洞记》借景色表达自己的志趣情怀，叙议结合，有强烈的主观意识，体现了蓝田记述体散文的特色。

他如《旧鼓腔记》，也体现了叙议结合的特色。此文先以简洁干练的语言叙述旧鼓辗转于寺僧、前太守、范公之手，而后归于己的过程，然后由此生发感慨："寺僧，固俗物也，不识此而弗用，前太守刘师慧爱之，欲完饰弗果，范公亦爱之，不自取而遗之于予，则物之得遇于人亦难矣！不特此物，天地之间，凡事有自然之遇。凡其大者言之，如吕望之遇周，伊尹之遇汤，管仲之遇桓公，不劳而王而霸，一有心于其间，非特功业无成，反取讥于后世。自其小者言之，如明珠之遇随侯，良骥之遇伯乐，美玉之遇卞和，皆自然而然耳。今此物见弃于僧，弗果于刘，且爱于范而有取于予，岂非遭际有定与，而何假人为也哉？大抵人之出处际遇，惟听其自然，则天理顺，人心安，而俯仰无愧怍矣。"由鼓及人，既有怀才不遇的感喟，也有安天知命的乐观旷达，虽立意较为显豁，亦不失为其佳作也。

（二）志传

蓝田有约 30 篇的人物传记，其中墓志占了 21 篇，另外几篇散见于传、行状中。这些人物传记，描写对象灵活，不仅有史书或传说中的人物，如和亲的王昭君、梁祝中的祝英台、八仙中的蓝采和等，也有现实生活中的朋友与亲人。他的传记注重文学性，带有作者自己浓重的个人色彩。《载轩子小传》就综合展现了这一特点。传曰：

杨仲子，性冲雅萧旷，厌处市尘间，乃卜居南山之麓，溪水之阳。筑土成台，高寻丈，上结茅屋四楹，吟诗读书，偃仰其中，名之曰"载轩"，朋俦因名之曰"载轩居士"。仲子大笑曰："是善名我。"由是书疏往来，亦因以此代名，盖用华阳隐居例云。

载轩居士，葛巾芒鞋，被服等寒士，然喜饮酒。常躬耕种黍数十亩，荷锄自耘之。获黍数十石，命家人酿酒，酒熟乃大笑曰："可以度朝夕矣！"每有过访者，辄留之饮，谈棋鼓琴，唱和诗数十篇。露顶蓬发，大酌更饮，不醉不已。人或以酒招之，载轩亦辄往饮，饮亦辄醉，醉亦辄卧其侧。或强起之，亦不辞；或醉不能归，亦辄止宿焉。率意任情，不以世务婴心，人谓其类五柳先生云。

尤喜方外之士。羽客禅衲，闻载轩名者，辄累累相访，载轩辄与之谈服食、养生、导气之术，穷极玄奥。尤不喜见俗人，遇辄舍去也。每风日佳时，狂歌徒步，或登二崂山巅，或观渤澥潮汐上下，指顾青丘，裹干糇絮酒，坐卧林壑，数日忘归。又大笑曰："吾何日得纵游五岳，以偿夙愿也。"人又皆曰竹林七贤之流也。

载轩为文，落笔千万言，奇气横发，不可遏止，然数踬于文场，载轩子无喜怒之色。尝自叹曰："管敬仲、乐毅、诸葛孔明，彼何人也，而不得与之游，其亦命也夫。"胸次耿耿，洞视古今，时人盖未之识。

载轩轩中，蓄群经、子、史、集数千卷。北泉访之，往复问难，指摘考订。载轩子大笑曰："学病博而寡要。"问曰："其要云何？"答曰："吾闻诸濂溪夫子，文以载道。"北泉叹曰："吾子之所谓载者载是矣。"遂作《载轩子小传》。

蓝田此文以介绍"载轩""载轩居士"的来历开篇。第二段写载轩居士爱饮酒，赞其率性自然，似五柳先生。第三段写载轩居士喜方外之人，喜欢林泉生活，似竹林七贤。第四段写载轩居士虽科场失意却胸次耿耿的气量。最后一段以自己的经历证实载轩居士的见识高明，并述写作缘由。整篇文章章法自由灵活，写得神完气足，三次"大笑"的描写将载轩子洒脱、超然、乐观的形象表现得形神兼备，生动丰满。

### 五　蓝田社会交游考

蓝田的一生以读书、乡居为主，为官的时间虽然很短，但其奔波科场几十年，交游的对象却比较广泛。除了上文提到的文学交游对象以外，下面就其社会交游对象做一梳理，以便我们了解其社会交际网络及对地方的影响力。

（一）与师友的交往

杨一清（1454—1530），字应宁，号邃庵，别号石淙，云南安宁人。成化八年（1472）进士，曾任陕西按察副使兼督学。弘治十五年（1502），擢都察院左副都御史，督理陕西马政，弘治末巡抚陕西。武宗立，受命总制三镇（延绥、宁夏、甘肃）军务，抵御外侮，颇有功绩。后劝宦官张永揭发刘瑾罪恶，瑾因此被诛。累迁至太子太师、特进左柱国、华盖殿大学士，为首辅。著有《关中奏议》《石淙类稿》。杨一清为蓝章写有《跋都御史蓝公生祠记乐歌去思碑卷》①，蓝田有《恭送杨邃庵少傅节制三秦》《赠杨邃庵少傅节制三秦用边华泉太常韵二首》，皆是嘉靖三年（1524）杨一清以少傅、太子太傅改兵部尚书、左都御史，总制陕西三边军务之时蓝田所作。蓝田另有《代王虎骨上石淙书》。②

张凤翔（1472—1501），字光世，号伎陵子，汉中洵阳人。弘治五年（1492）举人，弘治十二年（1499）进士，官至户部尚书。工书法，以左手书写，著有《张伎陵集》七卷。凤翔与李梦阳为同年友，梦阳为作《张光世传》，以王勃比之。张凤翔《送即墨乡蓝玉甫氏下第东归序》记载了他与蓝田二人相交的过程："弘治癸丑，予偕计吏上春官，三试未竟，入太学。时山东即墨蓝玉甫氏田，与予俱总角，与之揖，占其为伟器，然未探其中之所蕴者何如也。越四年丁巳，予来京师，玉甫氏适随侍乃尊甫侍御君官次，予甫与之定交，时以笔研文字相丽泽，称莫逆焉。"在此序中，张凤翔也对蓝田的诗文创作给予很高的评价："至其制作，文则得左之瞻，深得庄之旷而典，而豪放瑰奇如司马子长、韩退之，随其所

---

①　（明）蓝章著，蓝祯之辑：《大崂山人集》（内部刊物），即墨供销社1996年版，第121页。

②　（明）蓝田：《蓝侍御集》卷9，《四库全书存目丛书》，齐鲁书社1997年影印本，集部，第83册，第276—277页。

感而各出一机轴焉，固非规规行墨者。其为诗酷爱汉魏名作，而陶韦沈宋诸家，拟之逼真；其声律也，清而婉典而奥，出入少陵、后山之间，而跌宕颖发有李之风焉。"① 张凤翔去世后，蓝田还曾委托边贡整理张凤翔的诗文集，边贡《复邃庵杨相公书》："光世诗文，草计十有二册，癸未夏，蓝君玉父寔托鄙人以修葺之。"②

郭东山（1470—1530），字鲁瞻，号石崖，莱州掖县人，弘治九年（1496）进士，授山阴知县，改浚县，擢监察御史，正德二年（1507）巡按宣大二镇，诸多裁抑，为瑾党构陷，逮下诏狱，被笞免归。正德七年（1512）起为四川按察佥事，持法廉平，官至四川右参政。晚年家居，与毛纪及同乡滕谧等人结成"五老忘形会"，经常在野外饮酒作诗，寄情山林，时人认为有"香山洛社之遗风"。著有《石崖集》。王士禄《涛音集》云"其诗如披薪刈楚，丛杂之中不乏菁秀"③。蓝田与郭东山为同年举人，二人又和明朝首辅毛纪有姻亲关系，郭东山是毛纪的姐夫，蓝田的女儿嫁给了毛纪之孙。蓝田有两首诗是写给郭东山的。其《送郭鲁瞻年丈尹山阴》云："鲁瞻别我去，冲风度浙东。照看扶桑日，夕望会稽峰。大禹知已远，神气犹郁葱。遗民在山下，读书而力农。君子佩墨绶，种花理丝洞。政清讼自息，陶然远古风。春日兰亭饮，夜色镜湖中。悠悠千载后，寻我王贺踪。逸兴得佳句，寄以慰吾衷。"当是郭东山去山阴任职时所作。《寄郭鲁瞻同年》云："杏花欲放东风暖，黄鸟不鸣春意闲。寥落无人共杯酒，举头西望大伾山。"大伾山在河南浚县城东，此首诗当是蓝田在郭东山任职浚县时所作。

乔宇（1457—1524），字希大，号白岩，山西乐平人。与蓝田之父同为成化二十年（1484）进士，授礼部主事，官至兵部尚书参赞机务。因平息宁王朱宸濠谋反有功，加太子太保、少保。世宗即位，召为吏部尚书。大礼议起，因忤帝意，遂于嘉靖三年（1524）致仕。他诗文雄隽，通篆籀，著有《乔庄简公集》。蓝田写有《送太常乔先生代祀序》《求寿文与白岩书》二文与《次乔白岩村居韵》等唱和之作，如其《东冈草堂

---

① （明）张凤翔：《送即墨乡进士蓝玉甫氏下第东归序》，见蓝信宁《即墨蓝氏家乘》，家藏本。

② 许金榜、米寿顺选注：《边贡诗文选》，济南出版社 2009 年版，第 212—213 页。

③ （清）宋弼：《山左明诗钞》卷 4，《山东文献集成》（第 1 辑），山东大学出版社 2006 年影印本，第 40 册，第 38 页。

次乔太宰白岩先生韵》（其一）曰：“东冈丈人北海宗，归田解佩闲双龙。三间茅屋月皎皎，一篙野水烟重重。满径花开笑残醉，何处鸥来傍短筇。山中逐客梦李白，孤舟雪夜定尔从。”

（二）与山东地方官员的交往

蓝田与各级官员过从甚密，从《蓝侍御集》卷三中《赠大邦伯梅川柳公考绩入觐序》《赠安山先生王令君抚台褒赉叙》《大宪伯万山先生仲公自东莱赴云南叙》《令君雨诗序》等文章的题目就可以看出这一点。其中比较密切的如下：

邹臣，字汝忠，号柏庵，安阳举人，嘉靖三十二年（1553）任即墨县令，严明廉政，豪强为之敛迹。蓝田《赋送邹令君西归》称赞他曰：“柏庵邹子人中龙，邺下词赋摩苍穹。”另有《墨民谣为即墨大夫邹令作也大夫以外艰闻书谣五解》。

王献（1487—1547），字帷臣，因家居渭、沣二水会流之地，自号南沣。明嘉靖二年（1523）进士，次年任江西道监察御史。嘉靖五年（1526），奉命赴山西，清理军伍，稽查案牍，政绩突出，后经吏部派员考核，升任文林郎。嘉靖十一年（1532），出任山东按察副使，巡察海道，提议疏通马濠至麻湾的海道。经朝廷允准，亲自勘测设计并组织施工，三个月竣工，使“江淮之舟，达于胶莱”。王献之举足国裕民，当地士民立碑颂其功，但他却因“妄兴海运”之诬而被调离。王献与蓝田是同科进士，二人交情甚笃。为疏通马濠运河，王献曾咨询过蓝田的建议，蓝田《马濠宴集呈王南沣台长》曰：“多情折简能招我，尊酒论文似梦中。”得知王献率领民众成功开挖马濠运河，蓝田欣喜挚友的成功，遂题写碑文《新开胶州马濠记》，当王献调离之时，蓝田作《送大方伯南沣王老先生大人帐词》，称赞他“访海运之旧迹，浚胶莱之新河，通贾通漕，足兵足食，声誉上达于当宁，纶绰下颁于外台，人望甚隆”①。

毛纪（1463—1545），字维之，号海翁，又号砺庵、鳌峰逸叟。成化二十三年（1487）进士，改庶吉士，授检讨，历官户部尚书、武英殿大学士，赠少保，谥文简，著有《鳌峰类稿》。毛纪有学识，居官廉静简重，与杨廷和、蒋冕正色立朝，并为缙绅所依赖。蓝氏与毛氏为通世之

---

① （明）蓝田：《蓝侍御集》卷7，《四库全书存目丛书》，齐鲁书社1997年影印本，集部，第83册，第258页。

谊，蓝章与毛纪同朝为官，有书信往来，《大崂山人集》收录毛纪与蓝章的书信两封①。蓝田的次女嫁给毛纪之孙、太仆寺卿毛蕖之子毛延太。

丛兰（1456—1523），字廷秀，号半山，山东文登人。弘治三年（1490）进士，授户科给事中，官至南京工部尚书，谥赠柱国太子少保。蓝田《题丛半山奏议略后》赞其奏议："斟酌时病，不夸不激，不恤讳恶也""为言简而仲，气直而达，可为事君者习也"②。蓝田另有《承直郎巩昌府通判监督甘肃粮储致仕丛公墓志铭》《故资德大夫正治上卿南京工部尚书赠太子少保丛公行状》《纪龙湾先生丛伯子出处》《与龙湾书》《答龙湾书》等文，反映了他与丛氏父子的交往情况③。

综上，与地方官员和乡绅大族之间的联系足以让蓝田成为当地缙绅中的显赫人物，在地方事务中发挥自己的作用，李开先墓志铭中说他"口谈不及官事，足迹不入公门，缙绅有造访其庐者，恳请始出一见"，恐非是全部事实。作为即墨人，他了解即墨本地的经济发展状况，在他与有关政府官员的来往中，也积极向这些官员介绍本地的情况并献言献策，从《新开胶州马濠记》可知，在开凿马濠运河一事上，蓝田积极支持，希望能通过马濠运河的开凿发展本地的经济。

---

① （明）蓝章著，蓝祯之辑：《大崂山人集》（内部刊物），即墨供销社 1996 年版，第 33 页。

② （明）蓝田：《北泉文集》卷 3，《四库全书存目丛书》，齐鲁书社 1997 年影印本，集部，第 83 册，第 383 页。

③ 《四库全书存目丛书》，齐鲁书社 1997 年影印本，集部，第 83 册，第 246、251、270、278、287 页。

# 第 五 章

# 即墨黄氏家族与诗歌研究

即墨黄氏是莱州府即墨县最知名的望族。黄氏家族之所以能科甲蝉联、簪缨继世，重视教育的家风可说是维系家族昌隆的根本原因。黄氏家学中的诗歌成就最为突出，清初黄培志行高洁，其诗歌慷慨激昂，唱出了遗民诗人的心声，在山左遗民诗歌中独具特色。黄立世主张诗歌抒发性灵，其诗在简单朴实的表象下蕴含着打动人心的真切情感。黄氏家族成员的诗歌创作，与时代同步，成为明清时期山左诗歌繁盛一时的一个缩影。

## 第一节　即墨黄氏家世述略

即墨黄氏自明永乐年间由青州迁居即墨至清代末年，时间跨度为数百年，其发展过程大体上经历了以下几个阶段：从明永乐初年至嘉靖中期，即墨黄氏始祖至第六代，是一个由农耕之家到科举世家崛起的过程。从嘉靖中期到崇祯末年，以即墨黄氏第七代、第八代、第九代为主体，是即墨黄氏的鼎盛时期。经历了明清鼎革和黄培文字狱案的冲击，以黄贞麟这一支第十代到第十二代为主体，是即墨黄氏重振科举、重振家声的中兴时期。从乾隆中期至清末，以即墨黄氏第十三代至第十八代为主体，是即墨黄氏的衰落时期，但其在很长时间内并没有失却一个士绅家族的地位。即墨黄氏家族这一发展历程为探讨明清两代山东的社会、经济变迁提供了一个窗口。

### 一　即墨黄氏的迁移与崛起

《黄氏族谱序》云："吾宗，故青州籍也。徙而居墨，不知何时。嘉善幼侍大父，大父能言之，然亦莫详。"① 黄氏家族来自青州，具体的迁居时间已不可考，大概是明永乐初年来到即墨。移居即墨后，其世系情况如下。

第一世　黄景升

黄景升，子四：黄福、黄兴、黄亨、黄玘。

第二世　黄福

黄福，子三：黄安、黄宁、黄稳。

第三世　黄安

黄安，子一：黄昭。

第四世　黄昭

黄昭，字廷辉，庠生，诰赠光禄大夫、太子太保、兵部尚书。子一：黄正。

第五世　黄正

黄正，字用中，号东村，乡饮大宾。"性仁厚，重然诺，于物能容，常使人有余地以自全也。"② 黄氏家族自一世祖黄景升至五世祖黄正，"世业农，间亦服商"③，经济条件较一般的农民好，这为家族的兴旺提供了良好的经济基础。子五：黄作肃、黄作孚、黄作哲、黄作圣、黄作霖。

第六世　黄作孚、黄作哲、黄作圣

黄作孚（1516—1586），字汝从，号纫斋，军籍，嘉靖二十五年（1546）丙午科举人，嘉靖三十二年（1553）癸丑科进士。嘉靖三十四年（1555）任山西高平县知县。黄作孚为官清廉，不依附权贵，正气凛然，因不肯俯就权奸严嵩而罢官归里。家居时，事亲教子弟，"日与乡人讲明古礼，海滨文物，振兴之力居多"④。黄作孚是黄氏家族历史上的第一位进士，黄氏家族科甲累业，起自黄作孚，"以文学世其家，高平而后，绩学掇甲科者，代不乏人"⑤。黄作孚可以说改变了黄氏家族命运，奠定了

---

① 即墨黄氏：《黄氏宗派图》，民国二十九年和顺堂增修刻本。

② （清）宋琏：《明赠光禄大夫太子太保兵部尚书黄公传》，《黄氏家乘》卷7，《山东文献集成》（第1辑），山东大学出版社2006年影印本，第18册，第7页。

③ （明）黄宗崇：《先曾祖明赠光禄大夫太子太保兵部尚书黄公纪略》，《黄氏家乘》卷7，《山东文献集成》（第1辑），山东大学出版社2006年影印本，第18册，第15页。

④ （清）黄守平辑：《黄氏诗钞》卷1，《山东文献集成》（第2辑），山东大学出版社2007年影印本，第42册，第339页。

⑤ （清）黄簪世：《黄氏诗钞》跋，《山东文献集成》（第2辑），山东大学出版社2007年影印本，第42册，第541页。

黄氏家族由科举进入仕途的兴盛之路。后世尊称黄作孚为高平公，他这一支为即墨黄氏家族的高平支。子三：黄应善、黄锡善、黄师善。

黄作哲，字汝明，号守斋，例授迪功郎。历任渭南主簿、直隶赞皇县丞。乡饮大宾。子五：黄取善、黄久善、黄养善、黄友善、黄纳善。他这一支为即墨黄氏家族的渭南支。黄宗灏，作哲孙，万历三十七年（1609）乙酉科武举人。

黄作圣，字汝睿，号思斋。寿官，因子黄嘉善累赠光禄大夫、平阳府同知、都察院右金都御史、兵部右侍郎、太子少保、兵部尚书兼都察院右副都御史、太子太保、兵部尚书。作圣受父兄影响，很重视教育，与兄作孚在石门山西麓的幽谷中建书院，聘请名师任教，黄嘉善、黄宗昌等人均在此就读。子五：黄嘉善、黄兼善、黄陈善、黄好善、黄继善。他这一支因黄嘉善而被称为即墨黄氏家族的赠太保支。

综上，即墨黄氏前五代是普通农家，至第六代黄作孚，方濡染书香，始肇文脉，继而走上了科宦之路，黄氏家族也自第六代始门庭改换，由农耕之家成为士绅之家。

## 二　即墨黄氏的兴盛时期

即墨黄氏自第七代黄嘉善始，随着举业的成功，真正发展成为本地的名门望族。即墨黄氏第七代、第八代、第九代人才济济，是即墨黄氏的鼎盛时期。

### 第七世　黄嘉善

黄嘉善（1549—1624），字惟尚，号梓山，作圣长子，万历四年（1576）举人，万历五年（1577）进士。初任叶县知县，便将叶县治理一新。调离时，士民遮道泣留，为立生祠。升大同知府时，正逢抚臣淘汰赢兵过严而引起兵变，满城混乱，官民不敢出门。黄嘉善只身单骑直奔兵营，喻以利害，晓以大义，说服噪兵，斩其首恶，迅速果断地平息了兵变，从此全郡帖然。后擢兵备加按察使，升宁夏巡抚，总督三边，戍边20年，安定西北边陲。万历四十三年（1615），他自西秦引疾东归。万历四十四年（1616）十月，召任兵部尚书，累辞不受。万历四十六年（1618）十月，后金攻陷抚顺，即赴任兵部尚书，共议兵事。万历四十七年（1619）的萨尔浒之战，明军大败，明辽东边防顿时土崩瓦解。担任这次战役总指挥的杨镐难辞其咎，身为兵部尚书的黄嘉善也被指有不可开脱的责任。万历四十八年（亦称泰昌元年，1620），神宗（万历）、光宗（泰昌）两位皇帝相继殡天，两受顾命于枢府，成为朝廷重臣。后因兵科给事中杨涟上疏弹劾，黄嘉善罢归。归里后，黄嘉善伏枕不问门外事，逾三年，于天启四年（1624）病逝，熹宗皇帝辍朝一日致哀。黄嘉善官至一品，他使得黄氏家族荣耀有加、远近咸知。子五：黄宗宪、黄宗瑗、黄宗庠、黄宗臣、黄宗载（早卒），皆为卓荦一时之人。

黄锡善，字惟永，号竹山，作孚之子，增贡生。例授将仕郎，福建建阳县主簿。子二：黄宗楫、黄宗扬。

黄师善，字惟一，号梅山，作孚之子，增贡生。因子黄宗昌累赠文林郎，雄县知县，山西道监察御史。子二：黄宗昌、黄宗焕。

黄纳善，字惟穆，号支山，作哲之子，禀生。年19，即皈依憨山大师，终生不入仕途，万历十九年（1591）秋"坐蜕"。子一：黄宗祁。

第八世　黄宗昌、黄宗庠、黄宗扬等

黄宗昌（1588—1646），字长倩，号鹤岭，师善之子。万历四十三年（1615）举人，天启二年（1622）进士。初任雄县知县，时值宦官魏忠贤专断朝政，雄县魏阉党羽活动猖獗，宗昌却不畏权贵，令干政扰民者抵罪。后以贤能调任直隶清苑知县，这时魏中贤已被明熹宗朱由校封为"九千岁"，权势煊赫，地方官吏为讨好魏阉，纷纷为魏"歌功德""树生祠"，黄宗昌不予理睬，"及党败，清苑独无祠"①。

崇祯元年（1628）擢升山西道监察御史。此时魏忠贤余孽尚有多人在朝为官，黄宗昌遂上《纠矫伪疏》，弹劾魏忠贤余孽结党营私，排除异己，残害忠臣，有谋篡之心，请求朱由检"振乾纲，肃朝班"，罢免黄克缵、范济世、霍维华、邵辅忠、吕纯如等61名官员。朱由检因黄宗昌疏内牵扯官吏过多，没有采纳他的建议。事隔不久，阉党冯铨用重金贿赂周延儒等，得入朝为官。此事被黄宗昌察知，遂呈《纠无行词臣疏》，弹劾周延儒和他的朋党"淫嬉无度，欺罔擅行，受贿卖官，贪赃枉法"数罪。弹劾不成，宗昌反被停俸半年。随后黄宗昌又参劾温体仁等枉法罪，崇祯亦不纳其谏。从这些事件中可以看出，作为一名御史，他敢于直言上谏、直陈时弊而无所畏惧，真正尽到了自己的职责。

---

① 《明史》卷258《列传》第146，中华书局2010年标点本，第6655—6656页。本小段注皆出自此。

崇祯二年（1629）冬，黄宗昌奉旨巡按湖广，严查岷王朱禋洪被害之事。此前岷王禋洪为校尉彭侍圣和善化王的长子朱企鋀等人所杀，参政龚承荐等不据实上报，迟迟没有结案，"宗昌至，群奸始俯诛"，并"复奉旨责问前诸臣失出之罪，宗昌疏纠一道臣、一知府、一同知受贿庇逆"。黄宗昌巡按湖广的功绩引起吏部尚书王永光的妒忌，王永光、龚承荐又是周延儒、温体仁的党羽，而这时周延儒、温体仁已取得朱由检的信任，温体仁入阁，周延儒拜相。他们遂向皇帝参奏，认为黄宗昌不事先弹劾龚承荐，犯有渎职罪。又以清苑通赋连及，旅困上谷候讯达八年之久，直至崇祯十年（1637）"会诏蠲通""镌宗昌四级"，才被释放归乡。降四级且候讯的打击再也没有给黄宗昌展示自己政治才华的机会，他只能黯然退出了明王朝的政治舞台。

崇祯十五年（1642）冬，叛明降清的孔有德部围攻即墨，黄宗昌"身先登陴，出家资充饷，为戚友倡，子基中流矢死，妇周氏及三妾殉之，置弗顾，城足以全"①。崇祯十六年（1643）周延儒赐死，掌宪李邦华荐举黄宗昌，未及用而京城陷于李自成农民军。即墨于崇祯十七年（1644）被黄大夏、郭尔标、周六等领导的起义军围困，即墨令仓皇逃走，黄宗昌率即墨士绅进行抵抗，在起义军围城四十多天后，黄宗昌派杨遇吉领二十余骑闯出城外，请来救兵，解了即墨之围。

清朝建立后，黄宗昌隐居崂山，建玉蕊楼，与高宏图、丘石常等明遗民及方外人士往来②，寻胜探奇，吟诗抒怀，著有《崂山志》等文稿数十卷。顺治三年（1646），握发以终。其事迹载同治《即墨县志·人物》《明史》（附《毛羽健传》后）、《东林列传》。孙奇逢为之作《祭黄鹤岭文》③。

黄宗楫，字端倩，号巨川，锡善长子。监生，例授承务郎，直隶长芦通判。敕赠文林郎，上蔡县知县。子一：黄奎。

---

① 同治《即墨县志》卷9《人物·名臣》，第547页。

② 高宏图（1583—1645），字子犹，号静斋，胶州人。万历三十八年（1610）进士，官至户部尚书。崇祯十五年（1642）罢官家居。《崂山九游诗》第三首小注曰"太平宫狮子峰宾日，遂与侍御鹤龄成一醉，感慨系之"；第六首小注曰"（八仙）墩，奇丽之极，当是游中观第一，与侍御徘徊久之"；第七首小注曰"别侍御于青山（村名），遂登上清宫"。从这些诗后小注中可见高宏图与黄宗昌同游崂山的情形。丘石常，字子廪，诸城遗民，与丁耀亢是好友，黄宗昌《恒山游草》中有与他的唱和诗。

③ 张显清编：《孙奇逢集》，中州古籍出版社2003年版，中册，第897—898页。

黄宗扬（1588—1653），字显倩，号巨海，锡善次子，万历四十年（1612）举人，考授推官。喜读书，不论严冬酷暑，手不释卷，朝夕诵读，抄写编著不止。明亡后，闭门读书，修身养性，不问世事。子三：黄垍、黄坪、黄坌。

黄宗宪（？—1610），字我度，嘉善长子，早卒。以父嘉善世袭锦衣卫佥事，未任，赠指挥同知。子一：黄培。

黄宗瑗（1585—1640），字我玉，号良夫，嘉善次子，万历三十三年（1605）荫官生，例授奉议大夫、修政庶尹，历任刑部云南司主事、刑部河南清吏司郎中。性严正，处事谨慎正直，为官清廉，著有《慎独斋诗稿》，仅存诗一首，收录于黄守平《黄氏诗钞》。子一：黄埴。

黄宗庠（1599—1653），字我周，号仪庭，嘉善三子。为人正直，重然诺，淡泊名利。崇祯九年（1636）举人，崇祯十六年（1643）进士，通政司观政实习。明亡不仕，筑镜岩楼别墅于崂山西麓，读陶诗，学颜楷，自号“镜岩居士”。子三：黄埙、黄塽、黄垍。

黄宗臣，字我臣，号邻庭，嘉善四子，崇祯十二年（1639）举人。为人重气节，寡言笑，喜施与。“工诗善画”①，与兄宗庠齐名。子一：黄起埰。

黄宗晓（1579—1648），字昱伯，号晦亭，兼善长子。附监生，例授承直郎，历任河南登封县县丞、山西文水县县丞、潞安卫经历。因厌恶官场恶习，遂辞官归家。为人慷慨，崇尚气节，常为乡人解难。工书法，喜山水，在鹤山南建上庄别墅。子一：黄墰。

黄宗崇，字岳宗，继善第五子。康熙十一年（1672）顺天副贡，康熙十四年（1675）拔贡生。工诗文书画，因家城东之张村，门对石门山，取古人诗“当得意时石可语”之意，题其居曰“石语”。

第九世　黄培、黄坦、黄埙、黄垍、黄垍、黄塽

黄培（1604—1669），字孟坚，号封岳，宗宪之子，嘉善之孙。以祖父三边大捷荫袭锦衣卫指挥佥事，历任钦差提督街道、都指挥同知。他性情刚正耿直，敢于当面直谏，“在朝以端方闻”②，对复社中人及黄道周、姜埰、熊开元等直谏之臣极力保护。崇祯十七年（1644）春三月，李自

---

① （清）周翕鐄：《即墨诗乘》卷4，清道光二十年刻本，第19页b。

② （清）宋链：《大金吾黄公传》，《黄氏家乘》卷8，《山东文献集成》（第1辑），山东大学出版社2006年影印本，第18册，第132页。

成攻陷京师，黄培想以身殉明，因需扶母柩离京回乡而未能殉明。待回到即墨，经其叔黄宗庠开导，黄培打消殉明的念头，"遂闭户绝交游，僻居丈石斋，与石为偶，吟诗放废，比于槁木"①。顺治二年（1645），清廷剃发令颁布，黄培依旧蓄发留髯，宽袍大袖，视严刑峻法于不顾。顺治四年（1647），即墨县令周铨以未穿清服为由，敲诈黄培银子 500 两未遂，便将黄培逮入狱中，后经族人多方奔走疏通，才获释出狱。后明遗民宋继澄来到即墨，与蓝氏、黄氏家族子弟结为"丈石诗社"，在其"丈石斋"中诗酒唱和，借诗歌以抒怀抱。从顺治元年（1644）到康熙元年（1662），黄培先后创作了 280 余首诗，略加删定后，收录 266 首，命名为《含章馆诗集》（上卷），前明举人宋继澄作序评点，黄培侄子清进士黄贞麟作跋。康熙元年（1662），刻版装订成册，分赠家朋。黄培原配的从弟蓝溥（字天水）习为诗，黄培把《含章馆诗集》也送给蓝溥，蓝溥对黄培诗集中的诗歌详加评选，并与黄培切磋。令人意想不到的是，这却埋下了文字狱的祸根。

　　康熙四年（1665）春，蓝溥之子蓝启新与黄培之子黄贞明"偶勃溪"（争吵），互相诟骂，语及蓝溥，"溥遂斥予为顽民，摘诗中诸句，谓为'藐国欺君'，揭告县府作前矛焉。"②欠黄培家佃银的秀才金桓，因遭黄培家奴殴打，也借机报复，便于同年八月初二控告黄培于莱州道，状告内容也是黄培《含章馆诗集》中对清不满的诗句。最后黄家疏通官府，了结此案。康熙五年（1666）四月，姜元衡介入此事。姜元衡本是黄培家仆，顺治六年（1649）考中进士后才恢复了姜姓。因他依附清朝、结交官府、横行乡里而被黄培不留情面地在公众场合斥责，因而对黄培怀恨在心，便借机向其发难，欲置其于死地。他在蓝溥、金桓所供诗句的基础上，又拓展内容，收集黄家的反清言行，先指使杨万晓到济南抚院状告黄培，并在他败诉后，于同年六月亲自出马，罗列黄培刊刻逆书、集会结社、蓄发留须等十大罪状，告到省督抚署，惊动朝廷。至此，黄培文字狱一案一发不可收拾，被定性为叛逆要案，牵连顾炎武、宋继澄等 217 人。文字狱案发生之后，黄培慨然承担起一切责任，极力为亲友开脱罪名，因

---

① （清）宋链：《大金吾黄公传》，《黄氏家乘》卷 8，《山东文献集成》（第 1 辑），山东大学出版社 2006 年影印本，第 18 册，第 132 页。

② （清）黄贞明：《含章馆诗集焚余小引》，载即墨市政协文史资料研究委员会编《黄培文字狱案》，即墨市政协文史资料研究委员会 2001 年版，第 193 页。

此朝廷对其他涉案人员给予免议或一定处罚，黄培则因"隐怀反抗本朝之心，刊刻逆书，已属不法，吟咏诗句，尤见狂悖，且宽袍大袖，沿用前朝服制，蓄发留须，故违圣朝法令，大逆不敬"① 而被执行绞刑。康熙八年（1669）四月一日，黄培在济南被执行绞刑。临刑前，他从容作诗，谈笑自如，自以为死得其所。

黄坦（1608—1689），字朗生，号惺庵，又号省庵，宗昌长子。崇祯十二年（1639）副榜拔贡，敕授文林郎，浙江浦江县知县，入清后仍为浦江县知县。黄坦为官清正，洁己爱民，在浦江任上颇有政绩。康熙五年（1666）受黄培文字狱案的牵连解职归里。归里后，继父遗志，续写完成了《崂山志》，扩建了即墨县城的准提庵，又于顺治七年（1650）重建了东崂华严庵。事迹载《浦江名宦录》、同治版《即墨县志》。

黄埙，字子友，宗庠长子。康熙八年（1669）贡生。子三：黄贞誉、黄贞彝、黄贞闻。黄彦中，贞誉子，康熙三十五年（1696）丙子科举人，任武定州学正。

黄堹，字子明，宗庠次子，庠生。

黄垍，字子厚，号澄庵，宗庠三子。顺治八年（1651）副贡，康熙二年（1663）癸卯科举人。幼有异慧，博通经史子集，恬淡不慕荣利，坐卧图史中以自娱。书法出众，出入晋唐，擅诗、词、古文，为同邑诗人之冠，主持即墨诗坛数十年。子二：黄贞谟、黄贞彝。

黄塌，字汤谷，宗扬长子。"性伉爽，喜施予。"② 康熙十年（1671）岁贡生，例授修职郎，官费县教谕。子一：黄贞颐。

### 三　黄培文字狱案后黄氏家族的中兴

明清鼎革，许多名门望族都遭受了沉重的打击，黯然沦落。即墨黄氏家族，经历了明清之际的动荡不宁，顽强地生存了下来。因曾仕明的黄培、黄宗庠等人隐居林下，不仕新朝，黄氏在政治上的影响力较前朝减弱了不少，虽然黄氏的遗民气节使之在民间还很受尊敬。而后始于康熙四年

---

① 即墨市政协文史资料研究委员会编：《黄培文字狱案》引言，即墨市政协文史资料研究委员会 2001 年版，第5—6页。

② （清）黄守平辑：《黄氏诗钞》卷2，《山东文献集成》（第2辑），山东大学出版社 2007年影印本，第42册，第422页。

（1665）、止于康熙八年（1669）的"黄培文字狱案"令黄氏家族雪上加霜，黄培被判绞刑，黄坦、黄垻、黄垍、黄堵、黄墺、黄贞麟、黄贞明等皆被牵连案中，或被罢官，或被逮入狱，所以在改朝换代和文字狱双重影响之下，清初黄氏家族的发展出现了短暂的沉寂。除了政声卓著、政绩突出的黄贞麟外，黄氏家族少有为官显赫者，在官场上的盛名已大不如从前。但黄氏家族秉承诗书传家的祖训，注重家族成员的教育，在"黄培文字狱案"几十年后，黄氏家族黄贞麟这一支人才辈出，黄氏家族再现兴盛。

　　第十世　黄贞麟

　　黄贞麟（1630—1694），字方振，号振侯，黄墿之子，宗晓之孙。顺治十一年（1654）举孝廉，顺治十五年（1658）中进士，顺治十八年（1661）初任安徽凤阳府推官，其间"严惩讼师，阖郡懔然"。当时江南逃税案起，蒙城、怀远、天长、盱眙四县乡绅百姓被关押者有百余人，监狱人满为患，至不能立。黄贞麟闻后，说服县令，并下令全部取保候审，"悉还其家""保全者五百家"。颍州人吴月以邪教惑众，省内外株连者达千人，黄贞麟反复查证，仅把吴月为首数人定罪，将众多盲从者开释回乡。黄贞麟为官公正，办案细心，使无辜株连者免于刑处，将真正的罪犯缉拿归案，受到当地百姓爱戴，被推举"天下循良第一"。康熙五年（1666）因"黄培文字狱案"而去职。康熙十年（1671）夏五月改授直隶盐山令。盐山地瘠而多盗，贞麟"严保甲，令村落自为守望，盗不得入。劝农养士，爱民如子，盐人戴之如父母，立生祠祀之"①。后擢升户部山西司主事，山西闻喜丁徭累民，力请减之。康熙十七年（1678）监督京左、右翼仓，因仓役犯侵盗案，以"失察"之罪而遭罢免。归里后，在鳌山卫东南的东上庄创办华萼馆，聘进士赵其昌为师，黄氏子弟及其他姓氏的子弟皆可入学，成才者众。《清稗类钞·狱讼》中有大学士张英撰写的《黄贞麟墓志》，事迹见《清史稿》《即墨县志》《莱州府志》。子八：黄大中、黄美中、黄鸿中、黄理中、黄位中、黄敬中、黄奭中、黄德中。除了德中早逝外，余皆才华横溢。

　　第十一世　黄大中、黄美中、黄鸿中、黄理中等

　　黄大中，字符徽，号崂村，贞麟长子。康熙十六年（1677）顺天府

---

　　① （清）黄守平辑：《黄氏诗钞》卷4，《山东文献集成》（第2辑），山东大学出版社2007年影印本，第42册，第505页。

经元，浙江武康县知县。大中多艺能，善骑射，慷慨尚义，邑城毁，大中首倡修，输资鸠工，城赖以完。传载同治版《即墨县志》。

黄美中，字符美，贞麟次子。康熙二十五年（1686）拔贡，赠文林郎，宁洋知县。性慷慨，笃于情，尤为友与长。兄黄大中殁于武康，贫无以为道路计，美中倡诸弟变卖家产归其丧。传载同治版《即墨县志》。

黄鸿中（1660—1727），字仲宣，号海群，一号容堂，贞麟三子。康熙四十七年（1708）戊子恩贡，康熙五十年（1711）辛卯科经元，康熙五十七年（1718）戊戌科进士，钦点翰林院庶吉士，累授中宪大夫、通议大夫。历官翰林院编修、国子监司业、翰林院侍讲侍读学士、日讲起居官、侍读学士。雍正元年（1723）山西正主考，雍正二年（1724）会试同考官，雍正三年（1725）提督湖南学正、都察院左副都御史。为政廉勤，"所至遴寒峻，课实学，文风丕变"[1]。后因劳累过度，致成痰疾，归乡两年后病故。同治版《即墨县志》有传。

黄理中，字仲通，号墨山，贞麟四子。雍正元年（1723）癸卯恩科举人，诰授奉直大夫，任直隶新城知县，两个月后以廉明擢为涿州知州。抚字催科，谨遵其父计部公贞麟法，深得民心，解组时，邑人谢之送之。

黄位中，字叔居，贞麟五子。雍正元年（1723）恩贡，敕赠承德郎，任大理寺右评事。

黄敬中（1665—?），字叔直，号山淙，贞麟六子。康熙三十二年（1693）癸酉科举人、康熙四十八年（1709）己丑科进士。敕授文林郎，初任龙门知县，"时军务倥偬，邑复苦寒，叔直拮据尽善，士民不扰"，被称为"实心办军需，龙门为第一"[2]。升河南直隶禹州知州，"洁己爱民，宽猛并著"[3]。后擢南阳知府，因与豫臬不协，被诬解组归。葺松园别墅，日持一编诵读自娱。同治版《即墨县志》有传。

黄奭中，字季召，贞麟七子。康熙五十九年（1720）戊戌科举人，敕授文林郎，署湖北天门县知县、黄陂县知县。

黄体中，字仁在，号镜海，别号竹坡、镜海渔人，黄贞巽长子，黄坪

---

① （清）黄守平辑：《黄氏诗钞》卷4，《山东文献集成》（第2辑），山东大学出版社2007年影印本，第42册，第520页。

② 同上书，第528页。

③ 同上。

长孙，宗扬曾孙。体中生而聪颖，工书法，九岁即能临十七帖，书法深得王羲之、王献之二人之妙。廪贡生，因病废举业，候选州同，不仕。晚年入居崂山九水，悠游终身。

黄克中，字述令，号华东，黄贞修子，黄壋孙，黄宗庠曾孙。雍正元年（1723）恩科举人，例授修职郎，任利津县教谕。归里后，设馆授徒，族中子弟多受教于其门下，成才者颇多。

黄统中，字如函，号槐亭，诸生，宗扬曾孙，官万州知州，著有《即墨人物考》一卷。

第十二世 黄立世、黄簪世、黄焘世

黄立世，奭中之子，贞麟之孙。本章列专节研究黄立世，详见本章第四节。

黄簪世，字绂皆，号容庵，和中次子。附贡生，历任浙江淳安县、海宁县知县。例授承德郎，顺天府粮马厅通判。编辑刻印《黄氏诗钞》，对黄氏家族文化有保存之功。

黄焘世，字云若，号蓬山，位中长子。康熙五十年（1711）举人，康熙五十二年（1713）恩科进士，敕授承德郎，历任四川绥阳知县、遵义府通判、大理寺右评事。


#### 四 即墨黄氏的衰落时期

乾嘉以后，即墨黄氏在科举及仕宦方面都呈现出明显下落的社会流动趋势，但就黄氏在文化教育方面的成就和黄氏家族在即墨本地的影响力而言，黄氏仍不失为一个文化世家，其影响力也一直持续到清末。

第十三世 黄如瑀

黄如瑀，字禹玉，号练江，立世三子。如瑀得立世亲授，天资聪颖，读书不辍。乾隆五十四年（1789）己酉岁拔贡，嘉庆三年（1798）戊午科举人，拣选知县，例授修职郎。历任青州府教授、荣城县教谕、黄县教谕。子二：黄凤翔、黄凤文。

第十四世 黄植

黄植（1721—1791），字静轩，号复斋，如璧次子，乾隆三十七年（1772）壬辰科恩贡。少有夙慧，年十三入邑庠，旋食饩，工制艺，更专经学，于十三经注疏无不贯通，"平素所最契者，朱程张邵外，最慕陈白沙、王阳明两先生，阳明良知之学，尤有心得"①。著有《论语汇说》《学庸记疑》《孟子析疑》《周易浅说》《水湄草堂集》，惜不存。

第十五世　黄守平、黄守缃、黄寿豹

黄守平（1776—1857），字星阶，号莅田，檀之子，敬中玄孙。道光戊戌年（1838）岁贡，乡饮大宾。黄守平一生仅乡试一次，以教书为生。熟读《资治通鉴》，长于《周易》，著有《易象集解》十卷。喜集先世典章文物，对先祖的功名勋业与著作，留心搜罗编辑，汇编为《黄氏家乘》二十卷、《黄氏诗钞》六卷。《易象集解》《黄氏家乘》《黄氏诗钞》现已被收录到《山东文献集成》第二辑。

黄守缃（1802—1863），字轶邻，号箱山，棨之子。幼聪敏，好读书，咸丰二年（1852）考取恩贡，候选直隶州州判。工行楷，著有《箱山诗稿》。

黄寿豹，字蔚卿，号东泉，崿之子。道光十七年（1837）丁酉拔贡，道光二十三年（1843）癸卯顺天举人，咸丰三年（1853）癸丑大挑一等，例授奉直大夫，署江苏安东县知县。钦加知州衔清河县知县，即补同知直隶州知州简用知府，例授朝议大夫。

第十六世　黄念昀

黄念昀（1801—1875），字炳华、冰华，号海门，守平次子。道光二十年（1840）庚子恩科举人。博闻多学，德高志洁，极孚盛望，后加候选知县、拣选知县，但皆未就。从教一生，曾任教于青峪书院。书法以唐楷为主，结构严谨，清丽飘逸。参加同治版《即墨县志》的编纂工作。

第十七世　黄肇颐、黄肇颚

黄肇颐（1821—?），字伟山，号孟瞻，念晸之子，守平之孙。咸丰二年（1852）举人，授修职官，历任范县训导、濮州学正、历城县教谕、济阳县学博。晚年主持本邑崂山书院，喜集藏印石，著有《长康庐文稿》。

黄肇颚（1827—1900），字仪山，号仲岩，念昀嗣子，光绪年间廪贡生，候选训导。肇颚工翰墨，少学颜鲁公书，尤工劈窠大书，求书碑版者络绎盈门。参与同治版《即墨县志》的采访编纂工作，著有《崂山艺文

---

① （清）黄守平辑：《黄氏诗钞》卷6，《山东文献集成》（第2辑），山东大学出版社2007年影印本，第42册，第672页。

志》（又名《崂山续志》）。

第十八世　黄象辕

黄象辕（1864—1921），字子固，号百花草堂主人，肇颚次子，廪贡生，候选训导。少与即墨大儒郑杲、王锡等人游。清亡后，杜门不出，研修佛教，旁及医卜星相、琴棋书画。工书法，著有《即墨乡土志》《大学中庸讲义》。

即墨黄氏家族自迁居即墨始，以科举兴家，诗书传家，明清两代人才辈出，涌现出黄作孚、黄嘉善等 8 名进士、34 名举人、45 名贡生，有 70 人留有诗文集，成为即墨地区举足轻重的科举望族、诗书之家，对当地的社会文化产生了深远的影响。虽自十三世之后，黄氏家族仕途不顺，入仕者以下层官员为主，政治与文化的影响力远不能与鼎盛时期相提并论，但黄氏家族的地方影响力一直持续到清朝末年，清末黄氏家族成员所纂集撰写的大量关于即墨本地的著述和诗文，如黄守和《崂山诗乘》、黄肇颚《崂山艺文志》、黄象辕《即墨乡土志》等，保存了宝贵的文化历史资料，成为我们今天了解、研究即墨本地历史文化的珍贵文献。

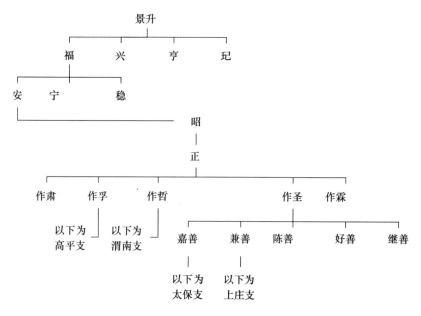

图 5—1　即墨黄氏一至六世世系简图

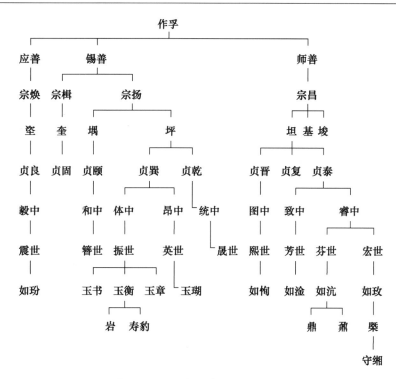

**图5—2　即墨黄氏高平支世系简图**

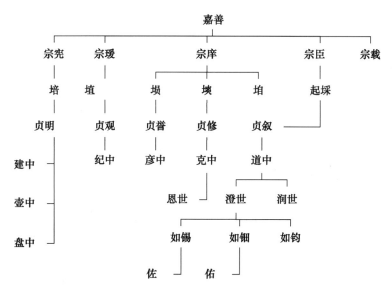

**图5—3　即墨黄氏太保支世系简图**

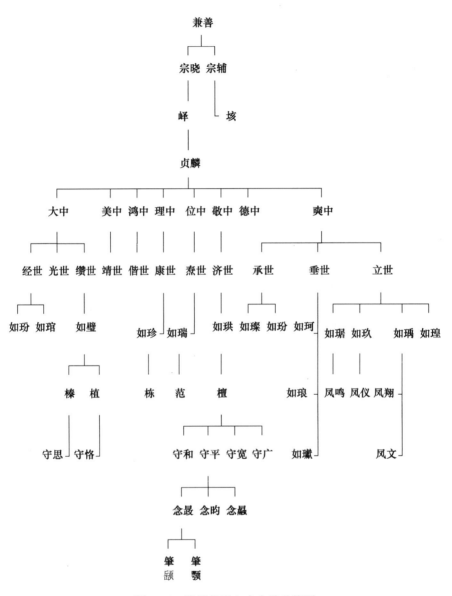

图5—4　即墨黄氏上庄支世系简图

表 5—1　　　　　　　　　　即墨黄氏进士一览表

| 编号 | 姓名 | 时间 | 官职 |
|---|---|---|---|
| 1 | 黄作孚 | 嘉靖三十二年（1553）癸丑科 | 高平知县 |
| 2 | 黄嘉善 | 万历五年（1577）丁丑科 | 兵部尚书，上柱国太保 |
| 3 | 黄宗昌 | 天启二年（1622）壬戌科 | 山西道监察御史 |
| 4 | 黄宗庠 | 崇祯十六年（1643）癸未科 | |
| 5 | 黄贞麟 | 顺治十五年（1658）戊戌科 | 户部郎中 |
| 6 | 黄敬中 | 康熙四十八年（1709）己丑科 | 南阳知府 |
| 7 | 黄焘世 | 康熙五十二年（1713）癸巳恩科 | 大理寺右评事 |
| 8 | 黄鸿中 | 康熙五十七年（1718）戊戌科 | 侍读学士，左副都御史 |

资料来源：同治版《即墨县志》《黄氏家乘》等。

表 5—2　　　　　　　　　　即墨黄氏举人一览表

| 编号 | 姓名 | 时间 | 职务 |
|---|---|---|---|
| 1 | 黄作孚 | 嘉靖二十五年（1546）丙午科 | 高平知县 |
| 2 | 黄嘉善 | 万历四年（1576）丙子科 | 兵部尚书，上柱国太保 |
| 3 | 黄宗扬 | 万历四十年（1612）壬子科 | 推官 |
| 4 | 黄宗昌 | 万历四十三年（1615）乙卯科 | 山西道监察御史 |
| 5 | 黄宗灏 | 万历三十七年（1609）乙酉科武举 | 未知 |
| 6 | 黄宗庠 | 崇祯九年（1636） | 通政司观政实习 |
| 7 | 黄宗臣 | 崇祯十三年（1639）庚辰科 | |
| 8 | 黄贞麟 | 顺治十一年（1654）甲午科 | 凤阳推官、盐山知县、户部郎中 |
| 9 | 黄坦 | 康熙二年（1663）癸卯科 | |
| 10 | 黄大中 | 康熙十六年（1677）丁巳科 | 武康知县 |
| 11 | 黄敬中 | 康熙三十二年（1693）癸酉科 | 南阳知府 |
| 12 | 黄彦中 | 康熙三十五年（1696）丙子科 | 武定州学正 |
| 13 | 黄鸿中 | 康熙五十年（1711）辛卯科 | 侍读学士，左副都御史 |
| 14 | 黄焘世 | 康熙五十年（1711）辛卯科 | 大理寺右评事 |
| 15 | 黄靖世 | 康熙五十二年（1713）癸巳科 | 宁洋县知县 |
| 16 | 黄奭中 | 康熙五十九年（1720）庚子科 | 黄陂知县 |
| 17 | 黄理中 | 雍正元年（1723）癸卯科 | 涿州知州 |
| 18 | 黄克中 | 雍正元年（1723）癸卯科 | 利津县教谕 |

续表

| 编号 | 姓名 | 时间 | 职务 |
|---|---|---|---|
| 19 | 黄任世 | 雍正十年（1732）壬子科 | 长宁县知县 |
| 20 | 黄垂世 | 乾隆三年（1738）戊午科 | 拣选知县（可能未任） |
| 21 | 黄芳世 | 乾隆六年（1741）辛酉科 | 京山县知县 |
| 22 | 黄　榛 | 乾隆十五年（1750）庚午科 | 拣选知县 |
| 23 | 黄立世 | 乾隆十八年（1753）癸酉科 | 潮阳知县 |
| 24 | 黄玉瑚 | 乾隆三十六年（1771）辛卯科 | 溧阳知县 |
| 25 | 黄如瑀 | 嘉庆三年（1798）戊午科 | 黄县教谕 |
| 26 | 黄守绪 | 嘉庆九年（1804）甲子科 | 拣选知县（可能任） |
| 27 | 黄念昀 | 道光二十年（1840）庚子科 | 钦加知府衔赏戴花翎（未任） |
| 28 | 黄寿豹 | 道光二十三年（1843）癸卯科 | 直隶州知州 |
| 29 | 黄肇颐 | 咸丰二年（1852）壬子科 | 历城教谕 |
| 30 | 黄承謄 | 咸丰八年（1858）戊午科 | 长山县教谕 |
| 31 | 黄念综 | 同治三年（1864）甲子科武举 | 未知 |
| 32 | 黄象轸 | 光绪元年（1875）乙亥科 | 德州学正 |
| 33 | 黄肇簧 | 光绪二年（1876）丙子科 | 未知 |
| 34 | 黄象毂 | 光绪十四年（1888）戊子科 | 候选教谕（未任） |

资料来源：同治版《即墨县志》《黄氏家乘》等。

## 第二节　即墨黄氏著述考与诗歌创作简论

从嘉靖年间黄作孚中进士开始，黄氏族人诗书传家，"数百年来，风雅相尚，罔不拔帜，词坛称极盛焉"①。据《黄氏诗钞》统计，自明嘉靖黄作孚始至清朝末年止，黄氏家族三百多年间共有七十多位家族成员有诗歌流传下来，共计三千多首，诗学可称得上是黄氏家族的主要家学。目前黄氏家族成员的这些著述，存佚情况不一，兹将即墨黄氏的著述情况加以考述，并对重要诗人的诗歌创作加以论述。

---

① （清）黄簪世：《黄氏诗钞》跋，《山东文献集成》（第2辑），山东大学出版社2007年影印本，第42册，第541页。

**一　黄氏诗歌总集考述**

（一）《黄氏诗钞》三卷，黄簪世辑，清乾隆三十一年（1766）盐官官署刻本，国家图书馆藏

黄簪世辑录《黄氏诗钞》，共三卷，前有黄叔琳的序言，后有黄簪世跋语，收集了即墨黄氏家族从明嘉靖至清乾隆时期二百年间17位诗人的诗作，分别是黄作孚《纫斋诗草》、黄嘉善《见山楼诗草》、黄宗昌《于斯堂诗集》、黄宗扬《鸿集亭诗草》、黄宗庠《镜岩楼诗集》、黄宗臣《澹心斋诗集》、黄宗崇《石语亭诗草》、黄坦《紫雪轩诗集》、黄堨《栗里诗草》、黄垻《友晋轩诗集》、黄墺《修竹山房诗草》、黄㟧《夕霏亭诗集》、黄贞麟《快山堂诗集》、黄贞观《永德堂诗草》、黄鸿中《华蕚馆诗草》、黄克中《涵清馆诗草》、黄体中《来山阁诗草》。光绪本《山东通志·艺文志》和《中国丛书综录》著录了此刻本。

（二）《黄氏诗钞》六卷，黄良辉辑，乾隆三十一年（1766）刻本，青岛市图书馆藏

青岛图书馆藏黄良辉辑《黄氏诗钞》六卷，是在国家图书馆藏黄簪世《黄氏诗钞》三卷本的基础上，补编了黄玉衡的《二水山房诗集约编》而成的。黄良辉《黄氏诗钞》六卷本目录中列有《庆远堂诗集》《柱山诗草》《二水山房诗集》，其实只附上了《二水山房诗集约编》。

（三）《黄氏诗钞》六卷，黄守平辑，清稿本，中共山东省委党校图书馆藏

黄守平纂辑《黄氏诗钞》稿本是在黄簪世《黄氏诗钞》刻本的基础上补编而成的。在黄簪世《黄氏诗钞》刻本的基础上，手抄增加了一些诗歌，因而这17人的诗歌是刻钞杂录的。另按照辈分手抄增加了54个人的诗集。书前仍保留有黄叔琳序，刻本中的黄簪世跋语仍置黄簪世《来山阁诗草》卷后。因此，黄守平《黄氏诗钞》涵盖黄簪世《黄氏诗钞》中的所有诗歌。

黄守平《黄氏诗钞》稿本，共收录即墨黄氏一门自明嘉靖三十二年（1553）进士黄作孚起至清中叶黄守思300年间的诗作，共71人，诗作3997首。前后十代，代代不断，是即墨黄氏家族文学典型代表之作。《山东文献集成》第二辑第四十二册收录此稿本的影印本。

（四）《即墨黄氏诗钞九种九卷》，不著辑者，清稿本，中共山东省委党校图书馆藏

《即墨黄氏诗钞九种九卷》为中共山东省委党校图书馆藏清稿本。收录有明黄嘉善《见山楼诗》一卷、明黄宗庠《镜岩楼诗》一卷、明黄宗臣《澹心斋诗集》一卷、清黄宗崇《石语斋诗集》一卷、清黄堛《友晋轩诗集》一卷、《友晋轩诗二集》一卷、《友晋轩诗三集》一卷、清黄墹《栗里诗草》一卷、清黄堜《修竹山房诗集》一卷。《即墨黄氏诗钞九种九卷》是我们研究即墨黄氏家族的又一部原始资料。《山东文献集成》第四辑第三十三册收录此稿本的影印本。

## 二　黄氏家族成员著述考与诗歌创作简论

（一）黄作孚

即墨黄氏的诗学之源，始自第六世黄作孚。黄作孚是黄氏家族的第一位进士，著有《讱斋诗草》一卷，黄守平《黄氏诗钞》本，存诗15首，《即墨诗乘》选其中7首。

黄作孚的诗乐天知命，洒脱自然，如《答刘月川》诗云："权门耻上书，笑傲数椽居。草色侵荒径，槐阴荫鄙庐。忘糜同甄堕，不系若舟虚。幸有高人会，开樽乐自如。"诗人一身傲骨，耻于奔走权贵之门，对失去的富贵权势也甄堕不顾，他与高人往来，享受着自由自在的生活。写景之作则境界雄阔辽远，如《浮山朝海庵》诗云："浮山雄海畔，乘兴一登临。拂草寻幽径，攀萝陟峻岑。水天连更远，岛屿接还深。纵览乾坤阔，擎杯发笑吟。"浮山是崂山山脉最西的一组，它雄踞海边，峻峭秀拔，站在山顶远望，海天茫茫，令人心胸开阔，此诗就以雄健的笔墨描写了浮山山顶远眺之景。首联以一个"雄"字，传神地表达出浮山的山势雄峻及由此引发的登临兴致。颔联承上细述攀登的艰难。通过拂草寻路和攀萝登岩两个动作，写山上草木芊绵之貌，曲笔描写出山势险峻之态。颈联移步换景，写山顶上举目远眺之景：天水一色，浑茫相连，大小岛屿错落有致，远近相接。尾联抒发登高望远的豪兴，天地广阔，令人襟怀豁然开朗，禁不住高擎酒杯，放声啸吟。诗的格调浑穆高远，手法质朴自然，于字句锤炼处尤见功力，堪称佳作。

（二）黄嘉善

黄嘉善流传至今的著作有《抚夏奏议》和《见山楼诗》。

《抚夏奏议》收录黄嘉善连续三任宁夏巡抚的奏疏稿，凡117篇。每册封页书名之下分别标以"礼""乐""射""御""书""数"等字以为序号，是研究明代政治、经济、民族关系，尤其是西北地区史的重要史料。《抚夏奏议》有两个版本，一为清初钞本，十二卷，今藏中央民族大学图书馆；二为明刻本，共六卷，六册，今藏国家图书馆。

《见山楼诗》为黄嘉善诗集，版本有三个。黄簪世《黄氏诗钞》本收诗15首，诗分体；黄守平《黄氏诗钞》本收诗19首，刻本部分诗分体，手抄部分诗未分体；《即墨黄氏诗钞九种九卷》收诗31首，诗未分体。《即墨黄氏诗钞九种九卷》所收诗歌最全。《即墨历代诗选》选录一首《巨峰》，并未见于上述集子。故此，黄嘉善现存诗共32首。

黄嘉善诗既有静美之景，如《溪上》："策杖寻幽境，溪头看水流。何来成浩淼，望去即沧州。依岸群飞鹭，随波乱没鸥。坐来凉月满，应似五湖秋。"也有气势宏大之山水，如《巨峰》："石径迢迢转百盘，乘春高蹑巨峰寒。烟云飞去衣犹湿，怀斝传来兴未阑。碧海浮波迷远岫，青峦耸秀俯惊湍。乾坤纵览抒长啸，直欲乘风跨紫鸾。"抒怀之作则感慨颇深，言之有物，如《感怀》："十年奔走一飘蓬，可奈愁肠处处同。未解逢迎从宦拙，何嫌乡里笑官穷。黄金阅世随波里，白璧投入按剑中。鸡肋而今频自厌，已将心事属冥鸿。"

（三）黄宗辅、黄宗庠、黄宗臣、黄宗扬、黄宗崇

黄宗辅，字靖伯，嘉善侄，岁贡生，崇祯十六年（1643）殉邑难。著有《质木斋诗草》，为黄守平《黄氏诗钞》本，存诗111首。《即墨历代诗选》所选《崂山》一诗未曾收录于上述集子。故此，黄宗辅共存诗112首。

黄宗辅诗主要写崂山的山水美景，如《崂山》诗曰："寂寞黄华路，秋声处处幽。山头衔日晓，树杪见泉流。辇道秦碑断，离宫汉址留。长生如可学，从此访丹邱。"此诗是诗人秋日登临崂山之作。首联融情于景，秋日崂山的清幽淡泊和诗人悠闲宁静的心境有机结合在一起，情景交融。颔联渲染幽静的气氛。拂晓日出，犹如被山头衔住似的；秋日叶疏，透过林木的末梢，能观山上流泉飞瀑。颈联侧重绘出"寂寞"。记叙秦始皇求药的刻石早已断残，因求仙而建的汉代离宫也不复存在，今昔对比，一派凄凉和冷落的景象油然而生。尾联作者抒发感悟。如果真有长生之术可以学到的话，还有谁不来探访这仙居之地呢？言外之意是，正是人们对不死

之药的传言失去了信心，这里才变得如此寂寞和幽静啊。此诗触物兴怀，景色的描写淡雅而有风致，名人诗句的化用、历史传说的引入，自然流畅，无造作杂糅之感，寓情于景、情随景迁的艺术特色较为突出。

黄宗庠，著有《镜岩楼诗集》，版本有三个。黄簪世《黄氏诗钞》本的《镜岩楼诗》收诗53首；黄守平《黄氏诗钞》本收诗67首；《即墨黄氏诗钞九种九卷》本的《镜岩楼诗》一卷，收诗88首。《即墨黄氏诗钞九种九卷》所收诗包括前两个版本的诗歌。另外，《即墨历代诗选》中的两首诗，未见于上述集子，故此黄宗庠存诗共90首。兹将《即墨历代诗选》中的两首录于下：

> 秋日满沧溟，槎飞动客星。潮随天共白，烟与岛俱青。万象余空阔，三山隔渺冥。传闻过龙窟，风雨带微腥。
>
> ——《望海》
>
> 料峭春寒动白苹，衰年日日坐垂纶。科名到处推前辈，崂海由来足散人。风雨自怜诗渐老，石泉独与病相亲。镜岩楼似仙源路，未许渔郎更问津。
>
> ——《白鹤峪述旧》

黄宗庠诗多写隐居生活及即墨本土名胜，盛赞崂山之美的诗篇较多，"诗宗陶杜"[1]，"洁净高明，盖如其人"[2]。如《镜岩楼》："一村山色里，山意与村幽。断霭连高树，群峰入小楼。野人耕石垄，新雨涨沙洲。物外惟鸥鸟，来同静者游。"白鹤峪位于青岛华楼、华岩两山之间，作者爱其幽静清奇，认为可以终老于此，故结楼于此，题名"镜岩"。诗的前半首以写静景为主，描绘出镜岩楼之宁静祥和、淡雅清奇。后半首以写动景为主，农人在田间耕耘着，山谷暴涨的溪水在流动着，寄托诗人淡泊心志的鸥鸟在空中飞翔着，这都为幽静的画境注入了生机和活力。全诗语淡而味永，动静结合，绘出一个恬适自然的人间乐园。再如《夏日镜岩楼即事》

---

① （清）黄守平辑：《黄氏诗钞》卷1，《山东文献集成》（第2辑），山东大学出版社2007年影印本，第42册，第360页。

② （明）宋继澄辑：《镜岩楼诗序》，《黄氏家乘》卷10，《山东文献集成》（第1辑），山东大学出版社2006年影印本，第18册，第364页。

（其一）："家家短篱上，一片是青山。久住人谁觉，初来目未闲。野田多浅绿，急水下空湾。又值斜阳晚，栖禽取次还。"诗的用语自然朴素，却又有诗意的醇美，平淡之中见情趣，意境柔和而优美。

黄宗臣，著有《澹心斋诗集》。《即墨黄氏诗钞九种九卷》收录80首。黄守平《黄氏诗钞》本所收的45首诗、《即墨诗乘》所收的12首、《国朝山左诗钞》所收的10首都见于《即墨黄氏诗钞九种九卷》。在这80首诗中，绝句37首（五绝22首，七绝15首），五律30首，五古9首，七古1首，七律2首，五言排律1首。

黄宗臣"诗则自成一家，不染于时文，亦浸浸乎近古"①。其《华严庵》曰："秋色淡孤烟，危桥断复连。人过幽渚下，思发小山前。石气寒生雨，涛声暮接天。夜阑清磬起，寂寞礼金山。"这首诗写得极为凝练精致，遣词造句，构思谋篇，展现出诗人非凡的艺术功力，落寞空山、静寂寺庙与诗人飘逸淡泊的心志融为一体。

黄宗扬，著有《鸿集亭诗草》，存诗20首，收录于黄守平《黄氏诗钞》。其诗写崂山之景，如《别业》："二崂山色近如何，衰病十年恨未过。曲径荒台芳草遍，小桥流水落花多。乾坤白首空藏剑，湖海青樽敢放歌。惭愧辋川别业在，可能搔首问烟萝。"

黄宗崇，著有《石语亭诗集》。《即墨黄氏诗钞九种九卷》中的《石语亭诗集》收33首诗。黄守平《黄氏诗钞》目录中列出29首，实收24首。这24首与《即墨诗乘》所收的7首，都见于《即墨黄氏诗钞九种九卷》。黄宗崇性耽吟咏，其诗作不拾人牙慧，独具风神。如《雨中杏花盛开与季栎张先生饮玉蕊楼》："山楼松杪青无数，春色鸣鸠不肯住。风雨倾壶此对君，况复杏花开满树。人生富贵安可期，谁能郁郁待来兹。君不见，红花烂漫樽前色，明日不如今日时。"

黄宗崇也善古文，现存《夜游九水记》《那罗延窟记》和《浮山记》三篇游记。

（四）黄宗昌（附黄基、黄垐）

1. 黄宗昌著述考

黄宗昌流传至今的著述较多，诗集有《于斯堂诗集》《恒山游草》一

---

① （明）黄宗崇：《澹心斋集序》，《黄氏家乘》卷10，《山东文献集成》（第1辑），山东大学出版社2006年影印本，第18册，第372页。

卷和《黄长倩诗》一卷，奏疏则有《黄侍御奏稿》《疏草三卷附录一卷》，志书有《崂山志》。

《于斯堂诗集》有两个版本，一是黄簪世《黄氏诗钞》本，此本收录黄宗昌诗46首，诗分体，五古11首，七古1首，五律22首，七律3首，七绝9首；二是黄守平《黄氏诗钞》本，收录了黄簪世《黄氏诗钞》本中的46首诗，又增加了手抄诗26首，这26首诗未分体，由此此本共收诗72首。

《恒山游草》一卷，明崇祯刻本。是编或又名《恒山游》，与《和韵诗》（题作"黄宗昌曹臣等撰"，不分卷）合刻，国家图书馆藏。《恒山游草》前有钱谦益《黄鹤龄侍御游恒山诗序》、孙珍《恒山游序》和潘芹《恒山游序》。《恒山游草》收录黄宗昌诗60首，诗未分体，其中13首不见于《于斯堂诗集》。《和韵诗》中收录了唐人四愁三怨五情诗的首倡者曹方的倡和元韵以及黄宗昌、黄坦、潘芹、曹臣、丘石常等人的和韵诗五卷。

《黄长倩诗》一卷，国家图书馆藏清刻本，为明陈济生编《天启崇祯两朝遗诗》本。《黄长倩诗》收录9首诗，后附诗两首，为黄宗昌之子黄埈的《大风》《海上纪愁》。黄宗昌的9首诗中，有2首未见于其他集子，兹录于下：

> 悲歌燕市苦休论，物色先生在闭门。千里比肩知我贵，百城南边拥青尊。名高乌束人如玉，赋爱闲居姓亦潘。今日重来情倍好，谁云古道不今存。
>
> ——《赠潘寒汀孝廉》
>
> 海天秋色正萧疏，仰睇寒云俯散庐。落落千村三户尽，茫茫六宇一身孤。郊原戎马将安适，野泽哀鸿痛寄书。我有所思在远道，朝鲜东去是扶余。
>
> ——《和登城漫作》

另外，黄宗昌的诗也见于地方性的诗歌选本。《山左明诗钞》收录其6首诗，《即墨诗乘》收录诗歌33首，皆可见于《于斯堂诗集》。《即墨历代诗选》收录9首诗，其中《登华楼》一诗不见于上述集子，兹录于下：

林深竹欲尽，一径入微茫。

众壑通云气，孤峰近雁行。

综上，《于斯堂诗集》收录 72 首诗，《恒山游草》另有 13 首诗，《即墨历代诗选》另有 1 首诗，《黄长倩诗》另有 2 首诗，共辑得 88 首诗。

《黄侍御奏稿》，六卷，江阴陈鼎（定九）辑，1973 年泰州市古旧书店抄本，山东省图书馆藏。此书收录黄宗昌奏疏 26 篇，附录他人奏疏 7 篇，共计 33 篇。此书卷首有《东林列传》卷 24 所载的《黄宗昌传》，卷末有翰林院修撰虞山归允肃《黄侍御疏稿序》和宋琬《侍御黄公奏章序》。

《疏草三卷附录一卷》，清康熙刻本，《四库全书未收书辑刊》第一辑第 22 册收录此刻本的影印本。卷首有归允肃《黄侍御疏稿序》和宋琬《侍御黄公奏章序》，收录奏疏 26 篇，附录 3 篇。与上述山东省图书馆所藏《黄侍御奏稿》相比，附录中少了《湖广奏文八稿》《太子太保户部尚书毕自严疏》《刑部尚书胡应台疏》《巡按湖广监察御史革职为民黄宗昌疏》4 篇。除了篇目略有差异，《疏草三卷附录一卷》与《黄侍御奏稿》分卷不同。

《疏草三卷附录一卷》，明崇祯刻本，《四库禁毁书丛刊补编》第 23 册收录此刻本的影印本。内容与《四库全书未收书辑刊》中的《疏草三卷附录一卷》完全相同。

《崂山志》，民国五年（1916）黄敦复堂版刻本，即墨新民印书局印刷出版。这是最早的《崂山志》全本刻印本，正文前有顾炎武、宋继澄、张允抡的序及黄宗昌的自序。全书八卷，依次为考古、本志、名胜、栖隐、仙释、物产、别墅、游观，最后为附录。每卷之前有作者小序，卷后有评论，卷末有其子黄坦及十世孙黄象冕的跋语。作为第一部全面记叙崂山的志书，《崂山志》内容丰富，体例独特，堪称山志史上珍贵的范本。另有《崂山名胜志略》，清嘉庆十三年（1808）修斋堂藏板刻印本，藏于山东省图书馆。此书实际上是把《崂山志》卷三"名胜"单独刻印而成。

2. 黄宗昌诗文创作

就诗歌而言，黄宗昌诗大抵"吟山弄水，自构一澹远冲融之致，风霜天地之感不亚长卿，耕桑近郊之恋远迈钱氏"①。如《山中春兴》诗曰："烂漫华胥境，经营小有天。清流漱白石，层嶂叠青莲。自谓羲上皇，人忘耕凿年。中间惟有睡，学得五龙眠。"山中春景烂漫美好，清流白石，青山叠嶂，好似人间桃花源，诗人悠然自得，沉醉其中。中间两联句法工整，幽静清新，可谓是写景名句。再如组诗《故园》：

### 其一

新葺茅斋木板扉，寻常高卧到斜晖。遥怜旧植青桐树，久贮清荫待我归。

### 其五

汗尽元规十丈尘，即归面目亦非真。何当散发山中去，还我松涛月下人。

### 其六

四山菡萏玉嶙峋，中有危楼耸处新。十亩长松半亩竹，康城书院北为邻。

这三首诗或抒写对故乡的向往，或描写故乡的清幽之景，或抒发回归自然、回归自我的欣喜，皆写得淡而有味。

黄宗昌的咏怀之作则写得"怨而不怒，哀而不伤"②，如《七夕有怀》诗云："危坐抚佳节，萧萧但雨声。闺中儿女态，天上别离情。秋入玄蝉急，年侵白发生。所嗟垂老意，张角总无成。"诗题名含"七夕"二字，诗人却并不吟咏七夕时牛郎织女相会之事，而是借七夕时的离情别绪来抒发自己的无限伤感之情。萧萧的雨声，玄蝉的悲鸣之声，与嗟叹垂老之意契合无间，哀而不伤。这首诗收录于《御选宋金元明四朝诗》和《明诗综》。

黄宗昌作为一个耿直之臣，他的诗文集给人留下的深刻印象是，其诗文似乎承担了不同的职能。其诗歌主要是写景体物，吟咏性情，而其忧患意识

---

① （明）孙珍：《恒山游序》，《黄氏家乘》卷10，《山东文献集成》（第1辑），山东大学出版社2006年影印本，第18册，第354页。

② （明）潘芹：《恒山游序》，《黄氏家乘》卷10，《山东文献集成》（第1辑），山东大学出版社2006年影印本，第18册，第356页。

和济世情怀则更多地体现在他的奏疏中，比如《纠矫伪疏》弹劾魏忠贤余孽黄克缵、范济世等61人，《纠矫无行词臣疏》弹劾周廷儒等人的腐败罪行，无不表现了他对吏治腐败的痛恨，表现了其作为一个政治家的情怀。

3. 附黄宗昌二子黄基、黄埈

黄基，字隆生，号立菴，宗昌次子，诸生。崇祯十五年（1642）冬，清兵围攻即墨，黄基随父作战，中流矢而亡。诗仅存1首《海警》，收录于《即墨诗乘》，诗曰："朱芾金鱼压海黄，一时无语但飞章。夜来惊接游子报，哨得兵哗语未详。"

黄埈，字淑明，或曰叔明，宗昌季子。黄宗昌《黄长倩诗》后附其诗2首，一为《大风》，诗曰："大风歌有隧，怆怳填幽心。朝日敷华树，夕月散疏林。光景自尔异，径途难相侵。古人何所重，大节既已临。世态自险巇，至人无沉浮。舍焉弗之顾，重者谁与任。壁间挂雄剑，时时龙自吟。不往断犀象，绣痕生满镡。所怀不能酬，惭愤生素衾。谁谓华岳高，东海宁云深。人生有慷慨，岂能声哀音。匪我言不能，惜哉尽荒淫。"二为《海上纪愁》，诗曰："试一问嵩岳，胡为降此身？同仇诗可唱，正气赋可陈。性笃古人合，情深志士亲。惟吾兄与弟，相顾泪沾巾。"

（五）黄埕

1. 黄埕著述考

《黄氏诗钞》称黄埕"专力为诗，多至千余篇，诗之外更有《白鹤峪集》《露华亭词法》《书辨体》《草法辑略》数十卷行世"[1]。同治版《即墨县志》称其著有《白鹤峪集》十八卷。黄埕著述中保存至今的基本上是诗与词，诗歌主要收录于《夕霏亭诗集》，也收录于《即墨诗乘》和《即墨历代诗选》等选本。词有《露华亭词》三卷，康熙刊本[2]，见于《全清词·顺康卷》，共405首[3]。

《夕霏亭诗集》有三个版本。一是黄簪世《黄氏诗钞》中收录的《夕霏亭诗集》，诗分体，四古3首，五古40首，七古19首，五律55首，五排1首，七律33首，五绝20首，七绝7首，共178首。二是黄守平《黄

---

① （清）黄守平辑：《黄氏诗钞》卷3，《山东文献集成》（第2辑），山东大学出版社2007年影印本，第42册，第442页。

② 马兴荣等编：《中国词学大辞典》，浙江教育出版社1996年版，第196页。

③ 《全清词·顺康卷》，中华书局2002年版，第13册，第7397—7484页。

氏诗钞》中收录的《夕霏亭诗集》，除了包括黄簪世《黄氏诗钞》中的 178 首，还增加了手抄部分的 568 首，共计 746 首。手抄部分诗未分体。三是《夕霏亭诗集》，两册，宋林寺批选清钞本，山东图书馆藏。收诗 302 首，按诗体分，四古 1 首，五古 77 首，七古 24 首，五律 112 首，七律 62 首，五绝 17 首，七绝 9 首。

《夕霏亭诗集》清钞本与黄守平《黄氏诗钞》本所选之诗有重合，除去重合的 147 首，《夕霏亭诗集》清钞本中有 155 首不见于《黄氏诗钞》。黄坦的诗歌也收录地方性的诗歌选本。《即墨历代诗选》选录黄坦诗歌 28 首，其中 11 首未见于其他集子。《即墨诗乘》中收录了黄坦 37 首诗，其中 3 首未见于其他集子。

综上，黄坦的诗歌流传至今的诗歌共 915 首。

2. 黄坦的诗歌创作

黄坦诗文雄健，"主骚坛数十年，为同邑诗人之冠"①。其诗作近千首，多吟咏崂山的自然景色及人文景观，代表作有《白鹤峪悬泉歌》《狮子峰观海》《华严庵次韵》《书带草歌》等。在这一类型的诗歌中，七言古诗写得富有气势，流畅通顺，如《九水仙古洞》：

> 我闻黄河之水共九曲，一曲乃有千里长。龙门以下为积石，澎湃之势不可当。兹我初来游九水，大河蜿蜒如龙翔。每行一折为一境，其中别有天地藏。红叶满山山色变，忽飞绛雪与玄霜。河中巨石何累累，两岸夹立千仞岗。雪浪翻从石上飞，几回欲济无桥梁。土人为指骆橐峰，峰头瞥见落日光。薄暮欲投九水寺，荆棘满目寺荒凉。古洞高悬万木巅，中有道士羽为裳。数声清磬绝尘纷，殷勤为我煮黄粱。君不见，流水浩浩无今古，不舍昼夜归东洋。

写景的近体诗则常表现为雄深雅健，如《狮子峰观海》：

> 九月风高大海平，云连岛屿入空明。樽开木末孤鸿远，人到天涯百感生。不尽苍茫惟树色，无分今古此潮声。蓬莱宫阙知何处，可惜秦桥鞭未成。

---

① 同治《即墨县志》卷 9《人物·文学》，第 620 页。

　　狮子峰是崂山有名的观海之地，诗人秋日登上狮子峰，极目远眺，但见大海苍茫，错落的岛屿仿佛与天空相连，一起没入空明的仙境中。对此等美景，诗人百感丛生，涛声万古常在，人世却变迁无常，不知传说中仙人居住的蓬莱岛在何处，可惜秦始皇鞭石筑桥未能成功，不能前往一探究竟。此诗用典贴切，化用前人诗句自然，融景、情、文化典故于一体，读之既领略海天苍茫的阔大之境，又可深切思考宇宙人生。

　　黄坦描写山居生活的诗作则清新明朗，如《山村》："夜来风间雨，启户见朝霞。雨濯孤峰色，风开晚杏花。牛羊卧巷陌，鸡犬认人家。为问田间叟，何时可种瓜。"语言简洁，却充满诗意，恬淡自适。

　　黄坦"初为诗，即大雅不群，以其人多至性，故入而知味。……古则西京，近则少陵"[1]，"黄培文字狱案"之后，其诗则"举祸福得丧、骨肉死生之感一寄于诗，慷慨愁歌，情辞交至焉"[2]，如《送屺公周邑侯南归》：

> 君从西郊来，旌旆光如电。父老遮道左，争欲识君面。君从西郊归，雪压荒丘树。独有春风发，送君千里路。

　　周斯盛，康熙八年（1669）任山东即墨县知县，后被镇将诬陷下狱，几陷死地。康熙十一年（1672）获释离开即墨县，这首诗便是黄坦为周斯盛送行时所写。当周斯盛来即墨时，百姓夹道欢迎；而今离开即墨，只有春风相送。两个场景，一是旌旆闪亮、人潮拥挤；二是雪压荒林、凄清冷寂，诗人"不另下断语，而世态物情已尽于此"[3]。周斯盛在即墨结诗社，与黄坦、杨还吉等人唱和，详情可见本书第三章。再如《忆旧十二韵》："忆昔蒙患难，羁楼鹊水滨。骨肉及旧故，屈指十余人。同舟以共济，相聚还相亲。相聚三年久，何曾暂分手。苦中能为乐，为乐但饮酒。墟头酒正香，忘却在他乡。一朝解事去，各在天一方。死者不可

---

① （清）宋琬：《夕霏亭诗集序》，《黄氏家乘》卷10，《山东文献集成》（第1辑），山东大学出版社2006年影印本，第18册，第416页。

② （明）黄宗崇：《夕霏亭诗集序》，《黄氏家乘》卷10，《山东文献集成》（第1辑），山东大学出版社2006年影印本，第18册，第413页。

③ （清）沈德潜：《清诗别裁集》卷9，河北人民出版社1997年版，第167页。

返，老者日以衰。病者不出户，少壮各为侪。独坐掩柴门，车马寂不闻。凄然念畴昔，岁暮伤离群。为问同患者，尚有几人存？"此诗回忆黄培文字狱案时，自己与族人、朋友羁押济南三年，大家同舟共济，苦中作乐，而今死者不返，老者衰病，少者分散，"为问同患者，尚有几人存？"一片悲凉，无法言说。

黄坦"平生多病"①，他的诗歌中叹老病之作甚多，如"况复卧病十四年，莫怪容颜十年老"（《五十八岁作》），"十年卧病死为伍，身如枯株面如土"（《病起对客长歌行》）。再如《忧病》："朔风起城隅，鸡骨寒如削。求艾不可得，头白齿亦豁。嗟此眼前人，强半都摇落。况我病中身，哪得长安乐？不必问生涯，枯鱼已衔索。"后又经黄培文字狱的打击，天生的多病之身、多情敏感与三年的牢狱之灾，又使他的诗歌充满生命无常、富贵贫穷皆如浮云的慨叹，如《古诗》第三、第四首：

> 河畔有古墓，墓上生白杨。白杨多悲风，河水深且长。水击古墓颓，枯骨白如霜。年代不可辩，焉知侯与王？临风一陨涕，今古何茫茫。

> 茫茫百年内，日月何飘忽？昨日为儿童，今日生白发。繁华枝上槿，富贵水中月。陶朱与黔娄，一体同埋没。古来无贵贱，只有此白骨。

日月飘忽，人生易逝，富贵繁华皆是空，身份高贵的王侯，最终化成了白骨，富贵的陶朱与清贫的黔娄，也皆化为尘土。再如《古诗》第七首：

> 蜣螂挽粪车，道旁遇蝼蝈。邂逅在中途，殷然念畴昔。忆昔窟穴邻，出入共晨夕。一旦熏风发，蜣螂变羽翮。脱骨学飞仙，易名为玄蝉。玄蝉鸣树梢，蝼蝈泣树根。其声怆以悲，枝上杳不闻。啜泣归旧穴，悲歌对明月。结交非其俦，愤惋向谁说。

---

① （清）黄守平辑：《黄氏诗钞》卷3，《山东文献集成》（第2辑），山东大学出版社2007年影印本，第42册，第442页。

蜣螂、蝼蛔曾经晨夕同出入，而今一跃上高枝，一低泣于树根，互不来往，再无往日同出同入之情谊。作者慨叹蝼蛔"结交非其俦"，讽刺了飞上高枝就得意忘友的蜣螂（小人）。蝼蛔的遭际是人世间常见的一种社会现象，何尝不是诗人自己某种人生经历的写照呢？

黄埴另有游记一篇，题为《天井山记》，同治版《即墨县志·艺文志》收录此篇。

（六）黄坦、黄埙、黄塙、黄埌

黄坦，著有《紫雪轩诗集》。黄守平《黄氏诗钞》收录144首诗，《即墨诗乘》收录28首，其中一首《和古藤歌》不见于黄守平《黄氏诗钞》，故黄坦现存诗145首。词见于《全清词·顺康卷》，收录91首①。

黄坦之诗因题材不同而呈现出不同的艺术风格。写景之作，如《上庄望海》写得雄放慷慨、气豪笔健："万里乘风溯海源，今从秋水忆张骞。松涛欲接诸峰合，云影初来落日昏。岂有鱼龙藏远屿，但闻鸡犬出孤村。悠悠情思方无极，何处传芭礼素魂？"写山海之壮美，视野开阔，境界壮丽。心系民生之作，诗风较为朴实，如《闲咏》："二月蛰虫惊，春色上茅屋。耕夫理残犁，驱牛下南麓。营营计饔飧，已晡无朝粥。里吏执文书，转饷滇南速。额赋拟全支，难俟秋时熟。追征日三至，何日播百谷。"百姓无粥可食，却被催要赋税；想趁春日早点播种，却因催赋频繁而没空播种，小民百姓真是难以过上安稳的生活。

在"黄培文字狱案"期间，黄坦受牵连被免去官职，又被羁押历下，处境险恶，内心压抑苦闷，因而其咏怀之作就表现得相对婉曲遥深。《和阮嗣宗咏怀诗次韵》是黄坦咏怀诗的代表作，共有82首，目前仅从《黄氏诗钞》中辑得27首。此诗小序曰："戊申立秋在季夏内九日，余仍客历下，炎凉代谢，盖再历焉。邸中无事，取步兵咏怀诗，读而和之，各次其韵，但以仿佛其罹谤忧生之感，至于白眼睨俗，孤啸离群，志不敢存，文亦不能违也。"这组诗是其被羁押历下的精神写照，用笔曲折，含蓄隐约，如第七十七首曰：

> 有鸟避海风，愚者指为凰。钟鼓响鲁门，谁知非高冈。人情类如

① 《全清词·顺康卷》，中华书局2002年版，第13册，第7368—7387页。

斯，疑事满遐荒。遂令王者瑞，戢翼安摧藏。去以六月息，不为千仞
翔。何时揽德辉，徒怀百年殇。

《庄子·外篇·至乐》曰："昔者海鸟止于鲁郊，鲁侯御而觞之于庙。
奏《九韶》以为乐，具太牢以为膳。鸟乃眩视忧悲，不敢食一脔，不敢
饮一杯，三日而死。"诗人先用《庄子》中鲁侯养鸟的典故，把自己比作
离开了辽阔大海、失去宝贵自由的海鸟，形象地表达了自己被羁押济南，
失去自由的恐惧和悲伤，而后又表达了自己渴望像真正的凤凰一样，自由
逍遥地翱翔天际的愿望。再如第四十首云："抱志饿空山，荣名谁被之。
不信千载后，再有钟子期。衔杯长松下，好风初来时。酌酒情自余，勿为
浮华欺。""黄培文字狱案"是由亲朋反目而起，其千载之后没有钟子期
的感慨，有感而发，情感真诚激切。

黄埙，著有《友晋轩诗集》。《即墨黄氏诗钞九种九卷》中的《友晋
轩诗集》共三卷，分别为《友晋轩诗集》一卷、《友晋轩诗二集》一卷、
《友晋轩诗三集》一卷，分别收诗 162 首、178 首、100 首，共计 440 首。
黄守平《黄氏诗钞》中的《友晋轩诗集》所收的 209 首诗、《即墨诗乘》
所收的 23 首诗，都可见于《即墨黄氏诗钞九种九卷》。

黄埙简默寡言，"诗学最为深邃，雕肝琢肾，不屑寄人篱下，胡元瑞
所谓神韵兴象，独心契之，故所著多事外远致，人争传颂焉"[1]。如《对
客》："有客叩蓬户，坐谈日西沉。饮尔百味酒，听我五弦琴。琴心凡三
叠，清响彻远林。劳山何其高，墨水何其深。山水年年是，所知在知
音。"以简洁的语言写闲居的雅致生活，平淡中有雅趣。

就诗体而言，黄埙最喜作五言近体诗，仅黄守平《黄氏诗钞》刻本
部分的 119 首诗，就有五律 90 首、五绝 7 首，五言近体诗所占比重之大，
令人惊叹。就其艺术成就而言，黄埙"诸体具备，皆温厚和平，得三百
篇遗意，而于五言近体尤工"[2]。如《东山》诗云："武陵知未远，恍惚
在东山。谷静松泉响，川空渔棹闲。晴峰云淡淡，春树鸟关关。身世真如

---

[1] （清）黄守平辑：《黄氏诗钞》卷 3，《山东文献集成》（第 2 辑），山东大学出版社 2007
年影印本，第 42 册，第 424 页。

[2] （清）黄埙：《友晋轩诗次集序》，《黄氏家乘》卷 10，《山东文献集成》（第 1 辑），山
东大学出版社 2006 年影印本，第 18 册，第 397 页。

寄，萧然天地间。"诗人采用以动写静的手法，绘出一幅清新幽静、充满生机的山中美景，抒发了诗人悠然天地间的闲适情怀。这首诗体现了"诗中有画"的创作特点，颇有王维之旨趣。

黄埍经历了改朝换代的动荡，其诗作也发生了些改变，曾经的隐逸情调中平添了遗民情怀的抒发，如《遣怀》："斯世谁青眼，渔樵久订盟。风尘余短剑，兵火寄残生。天上星垂象，霜前雁有声。采薇聊共饮，未敢慕浮名。""黄培文字狱案"中，姜元衡等人揭发黄埍诗中有"结社""采薇"等字样违禁，认为他有怀明之情，黄埍被逮至历下受审，后虽被无罪开释，但这段磨难深深地影响了他的诗歌创作，使其诗"沉雄壮丽，郁愤愁慨之气有加于昔"①。如《自伤》："比来蒙困辱，须发渐成翁。早自惊秋雁，仍须耐朔风。交多书未达，天远梦难通。睡起闻谯角，徘徊明月中。"在冷漠萧索的气氛中，诗人徘徊忧思，表达了一种幽深而又难以名状的愁绪，令人体味与思索，旨趣遥深。

清初宋继澄、董樵等人相继来到即墨，黄埍与他们有较多的唱和之作，其酬唱类诗歌反映了即墨当时诗坛的盛况，如《结社》："结社寻幽约，荆扉一为开。尊余陶令酒，人尽长卿才。野鹤鸣琴至，篮舆看竹来。夜深游不厌，寒露满苍苔。"这种结社不仅是诗歌技艺的相互切磋，还是声气相通、坚守遗民情怀的互相激励。再如《五日同澄岚姊丈暨孙五城蓝伊水甥宋林寺蓝元芳季芳弟壎埍集封岳兄丈石斋得隅字》："五日嘉宾集，高吟酒满壶。人同林下约，星聚海东隅。宋玉才难并，孙登啸不孤。相逢乱离后，声气信吾徒。"

黄埍，著有《栗里诗草》。《即墨黄氏诗钞九种九卷》本的《栗里诗草》收诗 20 首，黄守平《黄氏诗钞》本的《栗里诗草》收诗 16 首，其中有 3 首不见于《即墨黄氏诗钞九种九卷》，由此黄埍现存诗 23 首。其诗多近体，以写山林景色、隐居生活及个人感悟为主。如五律《幽意》云："野径蓬蒿遍，经旬客到稀。须知山欲静，自合鸟忘机。阶草存今古，闲云淡是非。悠悠烟水上，早晚觅渔矶。"清幽冷寂，有忘却尘世之感。七绝《九水道中》曰："怪石嶙峋路可封，一川九曲出盘龙。溪边疑有胡麻饭，身在桃源第几重？"寥寥数语，勾画出九水道中怪石嶙峋、溪

---

① （清）蓝启华：《舅氏黄子友历下狱中诗序》，《黄氏家乘》卷 10，《山东文献集成》（第 1 辑），山东大学出版社 2006 年影印本，第 18 册，第 400 页。

水曲折奔涌之景，令人置身九水道中，仿若进入桃源仙境。

黄塨，著有《修竹山房诗》。《即墨黄氏诗钞九种九卷》本的《修竹山房诗》收诗54首，黄守平《黄氏诗钞》收诗21首，其中3首未见于《即墨黄氏诗钞九种九卷》，故此黄塨共存诗57首。词见于《全清词·顺康卷》，收词41首①。

"子明之为人，沉静自任，诗学具有源流。壬寅丈石斋倡和，子明初着笔即高人数等，杰思峻绝而不离雅宗"②，如《地僻》云："十亩幽栖地，萧然清昼闲。自能宜懒计，况复近青山。竹到溪边尽，人从雨后还。羲皇何处是？咫尺北窗间。"诗歌淡而有味，体现出一种闲适和超脱的情怀。

（七）黄贞麟、黄贞观

黄贞麟，著有《快山堂诗集》，黄守平《黄氏诗钞》收诗111首。

黄贞麟为官地方，亲身感受民生疾苦，了解社会底层的现实问题，因此与黄氏家族其他成员相比，他具有更强烈的"济苍生""安社稷"的儒家入世思想，他的诗歌也更真实地反映了社会现实。如五言古诗《盐山口号六十韵》：

> 作吏自述苦，余每笑其愚。述之虽娓娓，听者徒揶揄。于今来盐山，益信言非迂。平原百余里，一望尽荒芜。衰柳残荷间，唯见兔与狐。村落若晨星，颓垣若平途。男妇皆操作，出入无完襦。行行近城郭，野老为前驱。睥睨多残缺，往来成通衢。城中鲜居民，只有东南区。土屋似穴处，斥卤遍闾阎。散庐十余间，宛如荒刹孤。即此县衙署，使君莫踟蹰！堂宇旧倾斜，大半少门枢。短墙可排闼，四壁走鼪鼯。墙外见污池，翩翩飞雁凫。胥吏索俸钱，买米充庖厨。今日逾小市，明日乏午铺。粗砺可以饱，何敢望丰腴？中宵狂风起，纷纷落矱炉。月色照榻上，夜无铃柝夫。中外悄然静，高槐闻啼乌。心悸不能寐，仓皇胥吏呼。荒城太寥廓，盗窃向有无？胥吏复使君，此事诚可虞。渤海佩刀剑，从未靖根株。今又临旗屯，处处忧崔苻。公然攫白

---

① 《全清词·顺康卷》，中华书局2002年版，第13册，第7387—7397页。

② （清）黄守平辑：《黄氏诗钞》卷2，《山东文献集成》（第2辑），山东大学出版社2007年影印本，第42册，第439页。

昼，不必问穿窬。再诘何以故，境内多逃逋。既受赋役累，又为逃人诬。轻亦荡家产，重则株妻孥。东临大海滨，往时设网罟。捕鱼作生计，亦可办税租。年来海防严，功令禁船桴。寸木不许入，犯之法必诛。衣食无所藉，私贩聚盐徒。穷极且健讼，铤而走险途。长吏既传舍，残黎脂膏枯。抚字望使君，幸亟为生扶。闻者步庭际，一叹一长吁！补救纵无术，不敢惮勤劬。日旰未遑食，矢志食茹荼。但能完正赋，忍复科锱铢？息讼类乡老，唯虑逮无辜。防御亲保甲，口为之卒瘏。匆匆趋上谷，为绘穷民图。再拜启抚军，前言备陈敷。剀切几痛哭，抚军慨以俞。旗屯肆虐害，其患在切肤。即日拜章奏，必不缓须臾。余者假便宜，当与俗吏殊。辞归过沧河，市井饶屠沽。长堤驰骏马，携妓美且都。壮士持弓矢，优人抱笙竽。甫自画船来，高楼呼醍醐。红袖侑清歌，樗蒱杂呼卢。日日逞鲜肥，夜夜足欢娱。借问伊何人，上役及屯奴。听之长太息，忧心如辘轳。若辈既如彼，盐民安得苏？

此诗是黄贞麟任直隶盐山县知县时根据自己的所见所闻创作的五言长诗。诗歌描绘了盐山乡村"平原百余里，一望尽荒芜"的荒芜，"城中鲜居民，只有东南区"的萧条，县衙"堂宇旧倾斜，大半少门枢"的残破及旗屯、海禁所造成的民不聊生的社会现实。诗中既有对民众生活的现实反映，又有诗人面对现状、积极应对的描写，表现了诗人深重的忧民情怀。旗丁"日日逞鲜肥，夜夜足欢娱"的奢侈生活，与百姓"出入无完襦""衣食无所藉"的悲惨生活形成鲜明的对比，深化了诗歌的主题，诗歌的思想价值也得到了凸显。这首诗叙事有序，语言平实，运用问答手法和对比手法真实反映了盐山县地瘠民贫、问题重重的现实。

黄贞麟的近体诗，或写景，或抒怀，或咏古，无不清新刚健，如《雨中忆山庄》云："积雨不可止，怀我归山林。瀑布如练垂，泉声响高岑。茅屋应飘摇，修竹正森森。百川东到海，海水何其深。客子思故乡，悠悠动我心。"由积雨而想到家乡"瀑布如练垂，泉声响高岑"的美景，抒发思乡之情自然而然，却没有思乡之作常有的哀怨愁闷。再如《滕王阁》："高阁岿然俯大荒，水天浩渺依苍茫。西山爽气迎雕楹，南浦晴波漾画樯。旷代风流属帝子，惊人词赋忆王郎。古今凭吊知多少，不尽长江对夕阳。"先用凝练含蓄的笔法写出滕王阁居高临远之势，然后写滕王阁上望中所见之"西山爽气""南浦晴波",融情于景,既写出了滕王阁的寂寞,又写出了滕王阁的居高之势。最后由景及人,想到建阁的滕王与咏阁的王勃,抒发人去阁在、人生盛衰无常而宇宙永恒的感慨。"不尽长江对夕阳",以景结情,韵味无穷。整首诗气度高远,境界宏大。再如《江村》:"江村春色早,细柳拂长堤。芳草随风舞,新莺冒雨啼。酒帘飘树杪,渔艇傍山溪。日暮烟波远,桃源路欲迷。"写江南春日草绿莺啼的美景,诗虽非上乘,但格调不俗,清疏明快。

黄贞麟的古体诗,多人生短暂的喟叹,如"人生不满百"(《杂咏》),"人生如朝露"(《偶成》),"行乐须少年,饮酒须百斛"(《少年》)等诗句,则表达了人生应及时行乐的思想,其中可见诗人旷达的人生态度。这类诗歌语言质朴,不事雕琢,或直抒其情,或由写景叙事发端,转入抒情,皆非常自然。

黄贞观,字大观,号尧年,岁贡生,宗瑷孙。"工书法,诗尤大雅"[①],著有《永德堂诗草》,存诗9首,其中五古5首、五律4首。其诗兴会所寄,皆为前辈咨赏,如《古诗》:"忽忽春将暮,悠悠劳我思。既欲花开早,又欲花落迟。二者不可兼,俯首空嗟咨。劝君莫嗟咨,荣枯各有时。开早落亦早,开迟落亦迟。迟迟多后福,汲汲欲何为。梅花傲冬雪,桃李媚春姿。君子重晚节,岁寒以为期。"诗人描写自己希望花开早、又想花迟落的矛盾心理及自我开解的过程,写得较为细腻且颇有哲理。

(八)黄大中、黄美中、黄鸿中、黄理中、黄敬中、黄克中、黄致中、黄体中

黄大中,著有《璩屏轩诗集》,黄守平《黄氏诗钞》收录18首。黄大中"为文淳淡,有古人风"[②],其诗也类此。如《望崂山》:"东南林壑美,天外削芙蓉。爽接沧州月,春回白云峰。人烟环岛屿,村舍傍鱼龙。那得长康笔,云山画几重?"以清新的笔法,画出崂山的秀美之姿,是描绘崂山美景的佳作。

黄美中,著有《竹凉亭诗集》,黄守平《黄氏诗钞》收录15首。黄

---

① (清)黄守平辑:《黄氏诗钞》卷4,《山东文献集成》(第2辑),山东大学出版社2007年影印本,第42册,第515页。

② 同上书,第517页。

美中之诗笔调清新，多写闲适情怀，如《僧舍》："何处寻秋色，东皋黄叶村。人家连雨脚，僧舍倚云根。花落侵香径，鸟啼客到门。远公须贳酒，容我醉祇园。"

黄鸿中，著有《华萼馆诗草》，黄守平《黄氏诗钞》收录86首。《即墨诗乘》收录黄鸿中诗7首，其中2首不见于《黄氏诗钞》，故此黄鸿中现存诗88首。

黄鸿中酬唱赠答之作较多，其中佳者多情真意切，如《喜冯素斋归自西河柬以讯之》："比年苦忆论文友，今日归来喜颣生。关吏可曾迎紫气，书生何处请长缨？马迁列传通西域，子美哀时赋北征。佳句锦囊应贮满，为君洗耳听秦声。"冯文炌，号素斋，为即墨名诗人，与黄鸿中为好友。冯素斋游历秦地归来，黄鸿中喜作此诗，诗中既颂扬了冯素斋西游秦地的不凡之举，又表达了重逢后可以谈诗论文的喜悦之情，语言简练，对仗精工。《题尧年叔水交山庄》亦堪称佳作："路随流水入，门对最高峰。叶落千山雨，泉鸣五夜钟。欲眠时枕石，闲坐为听松。也有喧阗处，秋蝉与壁螀。"另外值得注意的是黄鸿中的《次幼女诗》①，从这首诗及其注可见当时黄氏家族诗歌创作之普及与女性爱好诗歌创作之一斑。

黄理中，著有《来鹤亭诗集》，黄守平《黄氏诗钞》收录14首。诗虽少，但也有佳作，如《村居》："村居能淡泊，柴户不曾扃。地僻足音少，秋高山气青。林泉无长物，作止有常经。指点云升处，相应结草亭。"全诗表达了诗人恬淡的情怀，自然浑成，如话家常，不可句摘。

黄敬中，著有《松园诗草》，黄守平《黄氏诗钞》收录21首。《过长安岭》笔力雄健，意境开阔："长安直北势嵯峨，鸟道回环策马过。紫塞烟生阴鹗堡，青边水阔接龙河。魂消古戍风霜冷，人在天涯感慨多。回首家山云万里，桑干落日自成歌。"《雨望》则写得气定神闲，颇有意趣："山外浮云云外山，山空云静物闲闲。雨过扶杖山头望，又见闲云自在还。"

黄克中，著有《涵清馆诗草》，存诗27首，收录于黄守平《黄氏诗钞》。克中现存诗歌中，绝句占一半多，多写景抒情之作，如《夜雨》：

---

① （清）黄守平辑：《黄氏诗钞》卷4，《山东文献集成》（第2辑），山东大学出版社2007年影印本，第42册，第522页。

"萧斋云气夜蒙蒙，门锁苍苔小院空。卧听三更清漏滴，雨声多半在梧桐。"化用前人诗句，把梧桐夜雨之清幽冷寂，表达得既淋漓尽致，又含蓄蕴藉。

黄致中，字符性，号屺思，黄坦孙，太学生，刑部员外郎。著有《北海集》，存诗 11 首，收录于黄守平《黄氏诗钞》。其残句"三更行李催鸡梦，十里云山傍马头"，至今脍炙人口。

黄体中，著有《来山阁诗草》，存诗 69 首，收录于《黄氏诗钞》。黄体中之诗主要描写即墨周边的自然风光，《徐福岛》《崂山》《鱼鳞口瀑布》《三标山》《山居三十韵》等都是其名作佳篇。黄体中写景之作落笔不凡，气势雄健，如《黄石崮》："此地何奇险，连峰接太清。龙蟠松夭矫，石卧虎狰狞。异迹迷沧海，高风入谷城。圯桥谁进履，千载竟同名。"描写山居生活的诗歌则以王维、孟浩然为宗，风格悠然恬淡，如《山居三十韵》（其二十一）："古木拂檐斜，门临水一涯。轻风试乳燕，细雨响鸣蛙。市远无沽酒，春闲自采茶。空山人不到，落落两三家。"

（九）黄济世、黄靖世等

黄济世，字公楫，敬中子，廪贡生，历官乐陵学博、江西雩都县知县。雩都为江西繁剧邑，素号难治。公抑强豪，绝请托，一邑帖然，一时有廉明之颂。以不遂上宪需索而罢官。著有《一峰草堂诗集》，存诗 18首，收录于黄守平《黄氏诗钞》。其《忆八弟云若》一首写得极为大气，诗曰："夔州孤月照长征，大剑山前路不平。欲得蜀江消息到，啼猿又是几多声。"云若是黄焘世的字，黄焘世曾任四川绥阳知县，所以此诗紧扣"忆"字，从云若所居之地入手，以空间距离之远，写出收信之难，凸显思念之真。"夔州""大剑山""蜀江"等意象阔大，情感表达却无缠绵或悲切之意。

黄靖世，字明又，敬中子，康熙五十二年（1713）举人，福建宁洋县知县，著有《遂此居诗集》，存诗 11 首，收录于黄守平《黄氏诗钞》。《即墨诗乘》中的《立秋》《吕城早发》两首诗不见于黄守平辑录的《黄氏诗钞》，由此黄靖世共有 13 首诗。其现存诗歌多是纪游之作，如《吕城早发》："落月余淡白，山鸟啼清晓。一缕江树烟，高帆相与袅。"

黄焘世，著有《藤台诗草》，存诗 20 首，收录于《黄氏诗钞》。黄焘世"才思纵横，一泻千里，极排山倒海之观"①，如《送四兄之官江西》："出宰东南泛小舟，贡章自古足名流。挂帆直破三江雨，载酒遥从五老游。陶令湖边云水阔，庾公楼下夕阳秋。公余不废登临兴，好把新诗寄客邮。"此诗为送别之作，才思纵横，语言流畅明快，情意真挚蕴藉，透出一股洒脱之气。

黄芳世，字菊秋，号若洲，坦曾孙，乾隆六年（1741）顺天举人，湖北京山县知县。少颖悟，倜傥有智略，辛酉荐贤书，出令京山，洁己爱民，以忤直降章丘教谕。吟咏不辍，著有《偶存集》四卷，存诗 33 首，收录于《黄氏诗钞》。其《秋夜》写诗人旅途中的乡思之愁，情景交融，意境清幽："月冷照江秋，飘摇非壮游。来帆断云涌，去火小星幽。客梦千家杵，乡心一叶舟。夜深眠未稳，魂绕大刀头。"

黄晟世，字旭东，或曰栩东，号艮斋，体中侄，附贡生。著有《于时堂诗集》，存诗 43 首，收录于《黄氏诗钞》。《即墨诗乘》选 3 首，其中一首不见于《黄氏诗钞》，故此晟世现存诗 44 首。晟世之诗多交游唱和及纪游之作。其交游唱和之作，多是与黄氏家族成员的互动交流，其中与黄立世的唱和之作就有近 10 首。这类诗作感情真挚，如《卓峰赴江西》："每每言分袂，今诚送尔行。一时挥手去，几日别人情。柔橹残冬客，巾车万里程。开樽难可醉，旅梦已先生。"其纪行之诗多写旅途风景，清新可读，如《南湖至桃庄》："绕堤衰柳漾平沙，绿浸栏干系短槎。岸曲断林通客展，水边深竹住人家。涧流犹带宵来雨，霜色遥分天外霞。归路不知何处了，小楼又卓酒旗斜。"

黄恩世，字因心，号南厓，克中子，诸生。著有《南游草》，存诗 33 首，收录于《黄氏诗钞》。《即墨诗乘》选了 4 首，其中《过大庾岭》这首诗不见于黄守平辑录的《黄氏诗钞》，故此黄恩世现存 34 首诗。兹将《过大庾岭》录于下：

　　危磴经千折，溪云岭外深。雄关余霸气，削壁怖人心。雁羽飞南北，梅花自古今。悠悠东海客，蛮域鬓毛衰。

---

　　黄恩世曾跟黄立世去广东，除了这首《过大庾岭》，他还描写过广东镇海楼的风景，并提及广东的风俗，比如"槟榔添异味"（《广州五日》）。

　　黄立世曰："因心兄诗才最佳。少时即酣酒，废帖括业，笔墨大都弃去，然偶作韵语，辄觉清隽有味"①，如《南安道中》："久惯他乡不计程，熏风渐次满江城。水从孤客心头折，舟在乱山脚底行。过后画图今觌面，当前花鸟呼错名。就中欲写相思曲，又恐长宵百感生。"恩世也擅长写亲情，如《得家书》："忽尔乡书过五羊，开封不忍细推详。一生知己人先死，万里伤心事尽荒。异国烟云多瘴疠，故园风雨亦凄凉。怪他无定春宵梦，夜夜飘摇到草堂。""一生""万里"时空阔大，"异国""故园"两地凄凉，诗人的情感在开阔的背景下更具厚重感，毫无雕琢气的朴素语言使之更具艺术感染力。

　　（十）黄如瑺、黄如琯等

　　黄如瑺，著有《敦雅堂诗草》，清刻本，青岛图书馆藏。前有初彭龄撰写的序、纪昀的题跋，后有初彭龄撰写的《黄练江传》，收诗43首。黄守平《黄氏诗钞》收录如瑺诗48首，除去两本集子中重合的诗歌，现存诗54首。

　　黄如瑺在诗歌中反映了百姓的现实生活，如《鬻女叹》："有田不生苗，经年无食着。十指日繁忧，立空千金橐。哀鸣向行人，谁念此群弱？长者十二年，行将守盟约。少者方数龄，晨昏待哺嚼。谁非父母心，一朝竟抛却。可怜觅生机，因之换升龠。升龠复何益，愈于填沟壑。女闻再三叹，伤哉泪如泼。牵裾不肯行，行恐遭人虐。纵不遭人虐，神魂为惊缚。全家更安归，流离风中雀。含笑归主人，死生永相托。我亦苦贫士，负米涉伊洛。怆极发长歌，萍踪几时泊。"

　　黄如瑺在诗歌中记录了当时发生的重大事件。嘉庆元年（1796），四川等地爆发白莲教起义，李鉉（字振声）从达州大营出发，赶赴太平剿匪，黄如瑺作《振声李公捕灭太平教匪诗以纪事》7首，记录了李鉉在太平捕灭教匪的经历。这组诗中除《破三寨》外，诗前皆有小序，详细说明了写作的背景。这组诗写得很朴实，具有史料价值。

───────────

　　① （清）黄守平辑：《黄氏诗钞》卷4，《山东文献集成》（第2辑），山东大学出版社2007年影印本，第42册，第553页。

除了写实诗作，黄如瑪的诗多赠答唱和之作，如《柬窦小山同年》："只有书堆案，稀逢客到门。愿君劳步履，伴我几晨昏。阶下峰千叠，床前月一痕。确亭今不见，往事与谁论。"写得"冲雅古澹，渊源于四中阁，而于四中阁外别辟一径"①，"篇寡字严，归于自得"②。

黄如玖，字子九，号梅南，诸生。著有《芥圃诗草》，黄守平《黄氏诗钞》收录44首。另《即墨历代诗选》所选的《狮峰观日》一首，不见于《黄氏诗钞》，故此目前黄如玖现存诗45首。如玖性恬淡，喜读诗，不以人之可否为是非，多吟咏以自适，诗风清淡自然，如《题画》曰："平桥一带水潺湲，远树千重渺霭间。我欲登楼携美酒，夕阳多处看青山。"作品中有《题红楼梦传奇》16首，其中12首分别吟咏了黛玉、宝钗等"金陵十二钗"，另外4首吟咏大观园风景等。从这组诗可以看出，《红楼梦》已成为当时文人的案头读物。

黄如瑄，字西玉，大中孙，岁贡生，招远县训导兼署海阳县教谕。著有《劳劳亭诗草》，存诗41首，收录于黄守平《黄氏诗钞》。《即墨历代诗选》所收的《失题》一首，不见于《黄氏诗钞》，故此如瑄诗共有42首。黄如瑄的诗题材狭窄，仅《效尤悔庵香奁体》就有20首。此外，其诗基本上是与家族成员的唱和之作。《访道士不遇》写得较好，诗云："洞门洞锁白云对，一径寒苔见履踪。知与何人着棋去，樵夫问遍不曾逢。"一般访友，知友外出，自然扫兴而回，但诗人知道友人下棋去了，就问遍樵夫来寻友人，平淡之中见深沉情感，白云、寒苔、下棋、樵夫等意象渲染出道士高逸的生活情致。

黄玉书，字邻素，号芥亭，体中孙，增贡生。嗜好书，"尤精于韵学"③，有《一水山房诗集》，存诗81首，收录于黄守平《黄氏诗钞》。他的诗多吟咏崂山景色，如《游下清宫》："飞飞高鸟下云梯，回首东山路欲迷。日出扶桑峰未晓，恍疑身在海天西。"

黄玉衡，字音素，号南园，玉书弟，乾隆四十二年（1777）拔贡生。以病弃举子业，善医，亦精音律之学，工诗善文，"酷嗜诗学，髫龄时闻

---

①　（清）初彭龄：《敦雅堂诗集序》，《黄氏家乘》卷11，《山东文献集成》（第1辑），山东大学出版社2006年影印本，第18册，第503页。

②　（清）纪昀：《敦雅堂诗草》，《黄氏家乘》卷11，《山东文献集成》（第1辑），山东大学出版社2006年影印本，第18册，第503页。

③　（清）周翕鐄：《即墨诗乘》卷11，清道光二十年刻本，第18页a。

人吟咏辄喜，喜则私效仿之，长益肆力于汉魏晋唐，心慕神注，若有非此不乐，乐此不疲者"①。著有《二水山房诗集约选》《二水山房诗集》。《二水山房诗集约选》为青岛图书馆《黄氏诗钞》刻本附录，收诗86首，前有黄玉书所作的序。《二水山房诗集》收诗44首，为黄守平《黄氏诗钞》本，所收之诗皆见于《二水山房诗集约选》。

黄玉衡的诗无不发自性灵，其描写乡居生活的诗作，清新疏朗，如《访郭纯甫》："人在梅花屋，朗吟秋谷诗。搴帘悄然入，话到雪深时。"依梅而居的清幽环境、朗读秋谷诗的生活雅趣，未见其人，诗人已从视觉、听觉入手为我们塑造了一个富有高雅情趣的友人形象。而诗人悄然而入、与友人尽情畅谈至雪深的画面，又活画出诗人与友人之间和谐亲密的关系。诗简洁凝练，韵味悠长。其山水之作，想象奇特，气势雄阔，风格奇丽，如《游锦屏岩》："蹑展盘空寻胜游，巨灵何处辟岩幽。人攀鸟道空中转，海溅龙腥脚底流。紫府霞光明贝阙，莲台瑞光入仙洲。洞天危坐开锦屏，万里洪涛彩日浮。"

黄如珂，字切斯，立世侄，诸生。著有《柿叶书屋诗集》，存诗82首，收录于黄守平《黄氏诗钞》。诗多纪行之作，如《渡河述怀》："一年历尽天涯路，万里河山入壮游。疲马寒归关外雪，孤舟轻泛岭南秋。身无常住僧行脚，浪得虚名豕白头。散尽黄金羞作客，红尘飞上敝貂裘。"对仗工整，"一年""万里""关外""岭南"展开了一个巨大的时空画面，诗人却如这幅画面中的疲马、孤舟，羁旅之思、人生如寄的感慨形象地展现出来。

黄如均，字平一，号庐阜，宗臣五世孙，岁贡生。著有《庐阜诗集》，存诗42首，收录于黄守平《黄氏诗钞》。其诗"气格清越，文辞俊丽，陶写性情处，如雁月柳风，令人惓怀不置"②，如《舟次》："一派苍茫路，遽分南北天。征尘辞故国，客梦倚江船。风急滩声壮，浪高雨势连。舟人无赖甚，鼓楫自陶然。"

黄玉瑚，字东序，号栗亭，体中孙，乾隆三十六年（1771）举人，

---

① （清）黄玉书：《二水山房集序》，《黄氏诗钞》附录，青岛图书馆藏乾隆三十一年盐官官署刻本。

② （清）黄守平辑：《黄氏诗钞》卷6，《山东文献集成》（第2辑），山东大学出版社2007年影印本，第42册，第630页。

江苏溧阳知县。著有《白石山房诗存》，存诗 175 首，收录于黄守平《黄氏诗钞》。《即墨历代诗选》所收的《华严寺》，不见于《黄氏诗钞》，故黄玉瑚诗共有 176 首。黄玉瑚的诗多写崂山周围的田园、山水风光，如《山家》："迥与尘嚣别，柴门不闭关。鸠鸣烟际树，牛下夕阳山。野老无宾主，闲云自往还。瓦盆盛浊酒，随意醉酡颜。"再如《浮山寺》："荦确荒云寺，禅扉掩白云。泉从松顶落，径自岭头分。飞鸟樵风引，午钟隔溪闻。遥知戒坛月，花散晚纷纷。"

黄玉瑚另有《天井山记》①《八仙墩记》②，这两篇文章是研究即墨地区的重要资料。

黄如淦，字豫溪，号冰亭，芳世子，岁贡生。著有《学诗草》，黄守平《黄氏诗钞》收录 16 首。《即墨历代诗选》选了一首，故目前可见的黄如淦诗共有 17 首。《书院杂兴》写书院生活的自得其乐，笔调轻快："到来春始半，一住便清秋。日月双流转，风尘几送迎。晴窗试笔砚，雨夜说生平。聊借闲花趣，悠然寄我情。"

黄如璨，字研思，号北渚，立世侄，诸生。著有《北渚诗草》，存诗 35 首，收录于黄守平《黄氏诗钞》。其《出滩》写思乡之情较感人："作客成何事，远来自东海。贡章三楚尽，烟雾百蛮通。山色斜阳外，滩声细雨中。故乡何处是，逐日倚征篷。"

黄如玢，字分玉，号德斯，如璨弟，诸生。著有《便可居诗草》，存诗 15 首，收录于黄守平《黄氏诗钞》。

黄如珣，字东华，号山村，诸生。著有《山村诗草》，存诗 15 首，收录于黄守平《黄氏诗钞》。

黄如沆，字凝度，号瀇亭，太学生。著有《浭南草》，存诗 15 首，收录于黄守平《黄氏诗钞》。

黄如璛，字石屏，著有《也可居诗草》，存诗 11 首，收录于黄守平《黄氏诗钞》。

（十一）黄榛、黄植等

黄榛，字硕轩，号漪园，大中曾孙，乾隆十五年（1750）举人。著有《漪园诗集》，存诗 27 首，收录于黄守平《黄氏诗钞》。

---

① （清）黄肇颚：《崂山续志》，山东省地图出版社 2008 年点校本，第 345 页。

② 同上书，第 286 页。

　　黄植，著有《水湄草堂诗集》，存诗 47 首，收录于黄守平《黄氏诗钞》。黄植之诗"不事雕琢，独抒性灵"①，如《斋居杂感》（其二）："予居城市中，不闻城市音。竟日常掩关，如坐万山深。蟠泥已成性，出谷更无心。岂知曲江上，满座正华簪。"

　　黄范，字德舆，焘世孙，廪贡生。著有《未信轩诗草》，存诗 7 首，收录于黄守平《黄氏诗钞》。

　　黄轼，字韫邑，诸生。著有《芸香书屋诗草》，存诗 6 首，收录于黄守平《黄氏诗钞》。

　　黄栋，字隆吉，号啸斋，诸生。著有《辽游草》，存诗 15 首，收录于黄守平《黄氏诗钞》。

　　黄桓，字牧先，号西因，济世孙，岁贡生。公少孤，事继母以孝闻。性伉直，提躬接物，与物无竞，梓里尊服。著有《课余集》，存诗 8 首，收录于黄守平《黄氏诗钞》。

　　黄严，字仪廊，号鲁瞻，玉衡子，岁贡生。著有《崂海居诗草》，存诗 20 首，收录于黄守平《黄氏诗钞》。

　　黄蕭，字贡九，号维祺，岁贡生。著有《滤月轩诗集》，存诗 27 首，收录于黄守平《黄氏诗钞》。

（十二）黄守恪等

　　黄守恪，字执庵，号商民，黄植子，乾隆二十五年（1760）恩贡生。著有《虚斋漫吟》，今存诗 30 首，收录于黄守平《黄氏诗钞》。黄守恪的诗歌多吟咏即墨之景或乡居生活。其《夜行至一村》写景细腻，用词精准："仿佛蓬门立，桥西俯渡头。雪飞人面改，风劲马蹄留。欹屋低枯树，寒溪响细流。不知田舍酒，今夕几家篘。"《观海》景象壮丽，境界阔大："万顷烟波泻素光，东流浩浩接扶桑。潮声澎湃雷霆斗，水气洪蒙天地荒。缆挽渔舟风正息，鹭飞仙岛影成行。游人向若叹观止，几上峰头对渺茫。"

　　黄守恪另有《游崂山记》《华严庵性如上人纂辑佛经序》，保存于黄肇颚《崂山续志》。

　　黄守思，字对山，号石圃，诸生。著有《石圃诗草》，存诗 24 首，

<hr/>

　　① （清）黄守平辑：《黄氏诗钞》卷 6，《山东文献集成》（第 2 辑），山东大学出版社 2007 年影印本，第 42 册，第 672 页。

收录于《黄氏诗钞》。

　　黄守和，字心田，号霭村，桓侄，诸生。性颖敏，于书无不读，著有《紫藤居诗草》，存诗 14 首，收录于《即墨诗乘》。

表 5—3　　　　　　　　　　即墨黄氏著述一览表

| 编号 | 姓名 | 著述 | 存否 |
|---|---|---|---|
| 1 | 黄作孚 | 《讱斋诗草》一卷 | 存 |
| 2 | 黄嘉善 | 《抚夏奏议》八卷、《见山楼诗草》《黄氏家乘》四卷 | 存 |
| | | 《总督奏议》四卷、《大司马奏议》 | |
| 3 | 黄宗昌 | 《奏疏》三卷、《崂山志》八卷、《恒山游草》一卷、《于斯堂诗集》一卷、《和韵诗》五卷、《崂山名胜志略》《黄长倩诗》 | 存 |
| 4 | 黄宗辅 | 《质木斋诗集》一卷 | |
| 5 | 黄宗庠 | 《镜岩楼诗集》一卷 | 存 |
| 6 | 黄宗臣 | 《澹心斋诗集》一卷 | 存 |
| | | 《四警编》四卷 | 存 |
| 7 | 黄宗崇 | 《石语亭集》一卷 | 存 |
| 8 | 黄宗扬 | 《鸿集亭诗草》一卷 | 存 |
| 9 | 黄培 | 《含章馆诗集》 | 存 |
| | | 《奏草》一卷 | |
| 10 | 黄坦 | 《紫雪轩诗集》一卷 | 存 |
| | | 《秋水轩诗集》二卷、《秋水居石谱》《紫雪轩诗余》 | |
| 11 | 黄垍 | 《友晋轩诗集》一卷 | 存 |
| | | 《友晋轩诗余》 | |
| 12 | 黄㙇 | 《修竹山房诗集》一卷 | 存 |
| 13 | 黄坦 | 《夕霏亭诗集》 | 存 |
| | | 《白鹤峪集》十八卷、《书法辑略》《法书辨体》《格言辑略》《日用集方》 | |
| 14 | 黄堮 | 《栗里诗草》一卷 | 存 |
| 15 | 黄贞麟 | 《快山堂诗》一卷 | 存 |
| | | 《球屏轩文集》《赠答草》（与黄坦合撰）、《盖黄合稿》（与盖范合撰） | |
| 16 | 黄贞观 | 《永德堂诗草》一卷 | 存 |

| 编号 | 姓名 | 著述 | 存否 |
|---|---|---|---|
| 17 | 黄鸿中 | 《华尊馆诗草》一卷 | 存 |
| | | 《容堂集》一卷 | |
| 18 | 黄克中 | 《涵清馆诗》一卷 | 存 |
| 19 | 黄体中 | 《来山阁诗》一卷 | 存 |
| 20 | 黄统中 | 《即墨人物考》一卷 | |
| 21 | 黄大中 | 《璆屏轩诗草》 | |
| 22 | 黄敬中 | 《松园诗稿》 | |
| 23 | 黄美中 | 《竹凉亭诗草》 | |
| 24 | 黄致中 | 《北海集》 | |
| 25 | 黄立世 | 《四中阁诗钞》《柱山诗话》《柱山诗稿》 | 存 |
| | | 《黄立世杂著》《遂初文集》《有此屋诗集》《诗余》《詹詹录》 | |
| 26 | 黄焘世 | 《藤台诗草》 | |
| 27 | 黄晟世 | 《于时堂诗稿》《易说》 | |
| 28 | 黄靖世 | 《遂此居诗草》 | |
| 29 | 黄济世 | 《一峰草堂诗稿》 | |
| 30 | 黄簪世 | 《庆远堂诗草》 | |
| 31 | 黄宏世 | 《雪航诗草》 | |
| 32 | 黄芳世 | 《偶存集》一卷 | |
| 33 | 黄恩世 | 《南游草》一卷 | |
| 34 | 黄玉瑚 | 《白石山房诗稿》二卷 | |
| 35 | 黄玉衡 | 《二水山房诗稿》 | |
| 36 | 黄玉书 | 《一水山房韵书》《一水山房诗集》 | |
| 37 | 黄如瑊 | 《敦雅堂诗稿》一卷· | 存 |
| | | 《清咏阁纪闻》 | |
| 38 | 黄如鉴 | 《鸡谈》三卷 | 存 |
| 39 | 黄如钧 | 《庐阜诗稿》一卷 | |
| 40 | 黄如管 | 《劳劳亭诗草》一卷 | |
| 41 | 黄如璨 | 《北渚诗草》一卷 | |
| 42 | 黄如玢 | 《也可居诗草》一卷 | |
| 43 | 黄如珂 | 《柿叶书屋诗草》一卷 | |

| 编号 | 姓名 | 著述 | 存否 |
|------|------|------|------|
| 44 | 黄如淦 | 《晚香馆诗草》 | |
| 45 | 黄如玖 | 《芥园诗草》 | |
| 46 | 黄如珣 | 《山村诗草》 | |
| 47 | 黄如璊 | 《便可居诗草》 | |
| 48 | 黄植 | 《论语汇说》《学庸记疑》《孟子析疑》《周易浅说》《水湄草堂集》十二卷、《诗经参考》《春秋大义》《四书思问录》十卷、《读史偶记》《日知录》《史论》《忠说》 | |
| 49 | 黄范 | 《未信轩诗草》 | |
| 50 | 黄拭 | 《芸香书屋诗草》 | |
| 51 | 黄栋 | 《辽游草》 | |
| 52 | 黄岩 | 《崂海居诗草》 | |
| 53 | 黄蕭 | 《滤月轩诗集》 | |
| 54 | 黄榛 | 《漪园文存》一卷 | |
| 55 | 黄桓 | 《课余草》 | |
| 56 | 黄守纲 | 《箱山诗稿》一卷 | |
| 57 | 黄守思 | 《石圃诗草》 | |
| 58 | 黄守恪 | 《虚斋漫吟》 | |
| 59 | 黄守和 | 《四书汇考》二十四卷、《周易集解》十卷、《崂山诗乘》十六卷、《梦华新录》十二卷、《紫藤居诗草》二卷、《北游草》一卷 | |
| 60 | 黄守平 | 《易象集解》十卷、《黄氏家乘》二十卷、《黄氏诗钞》六卷 | 存 |
| | | 《千字鉴略》一卷、《漱芳园诗草》一卷 | |
| 61 | 黄守怡 | 《云槐轩诗草》 | |
| 62 | 黄守悫 | 《晴雪梅花轩遗稿》 | |
| 63 | 黄凤文 | 《篆叶山房诗稿》 | |
| 64 | 黄念瀛 | 《藤萝厂杂咏》 | |
| 65 | 黄念昀 | 《即墨县志艺文志》 | 存 |
| | | 《述草诗稿》《纪年》一卷 | |
| 66 | 黄肇颐 | 《长康庐文稿》《济阳节孝录》 | |
| 67 | 黄肇颚 | 《崂山艺文志》十卷 | 存 |
| | | 《崂山诗集》《崂山诗续钞》《侍颜楼诗草》 | |
| 68 | 黄肇煁 | 《辽游草》《劝孝歌演说》 | |

| 编号 | 姓名 | 著述 | 存否 |
|---|---|---|---|
| 69 | 黄肇颍 | 《志稿识小》《吾庐吟稿》 | |
| 70 | 黄成潜 | 《溪东胜草》 | |

资料来源：《即墨县志》《山东通志》《即墨诗乘》《黄氏家乘》等综合得之。

# 第三节　遗民诗人黄培诗歌研究

清康熙年间，黄培因《含章馆诗集》中有不满现实的诗句而被控"怀明反清"，从而引发了清初北方最大的文字狱案"黄培文字狱案"。受此案影响，《含章馆诗集》成为禁书，长期难以为人知晓，黄培也因此成为一位被遗忘的遗民诗人，不仅卓尔堪的《明遗民诗》中无其姓名，清诗总集中也不见其踪，即使被收录《山左明诗钞》等地方诗歌总集，显示其遗民精神的诗作也了无踪迹。黄培《含章馆诗集》期待我们做深入的研究。

### 一　黄培著述考

黄培的诗，全部保存在《含章馆诗集》中。

《含章馆诗集》分为《初刻》和《续刻》。康熙元年（1662），黄培把其创作的 280 余首诗略加删定后，收录 266 首，命名为《含章馆诗集》，刻版装订成册，此为《含章馆诗集》初刻本①。前明举人宋继澄为初刻本作序，黄培侄清进士黄贞麟为初刻本作跋。自康熙元年（1662）至康熙七年（1668），黄培又创作了 200 余首诗。但在"黄培文字狱案"由孩子间的争吵谩骂发展为叛逆要案的过程中，亲朋好友怕被株连受祸，纷纷毁掉与黄培有关的诗歌，蓝湄（字伊水）等人更是趁黄培不在，启户搜毁，唱和类多焚毁，所以这段时间黄培所作的诗歌"仅存其虚泛……计百二十五首耳"②，这些诗歌黄培生前未及付梓，其子黄贞明于

---

①　据黄贞明《含章馆诗集焚余小引》："康熙壬寅，予含章馆诗集初刻成，即遍送各地亲友"，可知《含章馆诗集》原有刻本。见即墨市政协文史资料研究委员会编《黄培文字狱案》，即墨市政协文史资料研究委员会 2001 年版，第 193 页。

②　（清）黄贞明：《含章馆诗集焚余小引》，载即墨市政协文史资料研究委员会编《黄培文字狱案》，即墨市政协文史资料研究委员会 2001 年版，第 194 页。

文字狱之后才把它整理刻版，是为《含章馆诗集》续集。

今所见《含章馆诗集》为清抄本，存于青岛即墨市档案馆。《清初北方最大的文字狱案——黄培文字狱案》所附《含章馆诗集》，即是据此整理而成，二者内容完全一样。清抄本《含章馆诗集》分上、下卷，上卷为初刻中的诗歌，有266首，下卷为续刻本中的诗歌，有124首诗，上、下卷共有诗歌390首。

另外，黄守平《黄氏诗钞》收录了黄培《含章馆诗集》，其上卷为手抄，所收录的诗歌比清抄本多了两首五律，分别是《次甥宋林寺琏韵》（夜梦步城头）与《僻居》（辟地万株松），同时附有点评。下卷是刻本，收录诗歌比清抄本下卷多了一首七绝《夜登寿坟偶尔兴感得章字》（水清岭上月如霜）。据黄贞明《焚余小引》，黄培有"百二十五首"编为下卷，故黄守平《黄氏诗钞》中收录的《含章馆诗集》下卷的篇目符合《焚余小引》的记载。由此，黄守平《黄氏诗钞》收录黄培诗歌393首。

黄培诗歌也见于地方性诗歌总集。《山左明诗钞》选录12首，《即墨诗乘》选20首，《明清山左七家诗钞九种九卷》选22首，题为《黄锦衣诗》[①]，有赵愚轩评点。今人钱仲联先生《清诗纪事》卷一《明遗民卷》中列入黄培之名，收录《咏怀》《恨》两首诗及残句"怨妇金闺里"。这些选本中的诗歌皆见于《含章馆诗集》清抄本。

黄培亦作文，传于今者只有一篇，名为《游山日记》，收录于黄肇颚《崂山续志》[②]。黄培的《辞灵告文》从一个侧面记录了李自成攻破北京的情形[③]。

## 二　苍凉激越的遗民心声

明清鼎革，黄培选择遁迹林泉，绝意仕进，做明朝的遗民。但锦衣玉食之家的成长背景，16岁就入朝为官的平坦仕途，听从皇命的锦衣卫都指挥同知的工作等因素形成了他孤傲自持的个性与绝不臣服满清的坚定的遗民心态，宽袍大袖的狂生行为是这种个性与心态的外在体现，而他的诗

---

①　（明）黄培：《黄锦衣诗》，载《明清山左七家诗钞九种九卷》，《山东文献集成》（第4辑），山东大学出版社2011年影印本，第33册，第148—155页。

②　（清）黄肇颚：《崂山续志》，山东省地图出版社2008年点校本，第15—16页。

③　（清）黄守平辑：《黄氏家乘》卷13，《山东文献集成》（第1辑），山东大学出版社2006年影印本，第18册，第757—766页。

歌创作则是其内在心声的反映。《含章馆诗集》共有诗 393 首，大部分诗歌都有感而发，贯穿着怀明反清的主旋律，唱出了遗民诗人满腔的郁愤与不食周粟、不屈从清廷的心声。

（一）忧时念乱，反映了清初动乱荒凉的社会现实

明清鼎革之际，战火不断。黄培在扶母灵柩返乡安葬的过程中，亲身感受了社会的动荡不宁，又亲眼看见了清军入关后的残酷暴行及百姓生活的困苦，因此黄培诗中有一部分反映战后萧条衰败的作品，这类诗中充满了诗人的忧时念乱之情。如《古诗三首》（其二）曰：

> 藏有一尊酒，其美不可云。欲遗一所思，远在江之濆。中途多虎豹，威若侯王尊。食人但余骨，吮血舐其唇。天不降霹雳，藜藿久荆榛。万物且就槁，哲人安足论。

路途之上不仅荆榛满地，还有"食人但余骨"的虎豹，形象地反映了清军入关及清朝的残暴统治所造成的荒无人烟的凄凉景象。其他诸如"万灶余空阔，千山净草莱"（《和澄岚乱后苦雨之作》），"有民皆板荡，无地不蓬飞"（《咏怀三首》之一），"道途纷鼠泣，天地耐鸱张"（《仲夏社集作感怀诗限皇张阳墙字》），"逆旅风霜苦，边城战伐新"（《忆别》），"遥遥极望频翘首，到处飞鸿若渴饥"（《次林寺韵四首》之一），"既复无鸡犬，从何餍虎狼"（卷下《去不归》），"是地鸡豚尽，谁家骨肉全"（卷下《次春花韵》），都描绘了战后万灶空阔、鸡豚尽无的荒芜悲凉。有的诗篇，则更为大胆地对造成这种社会景象的满清统治者予以痛斥，其五律《霓》云：

> 天半挂虹霓，思来诚不稽。是何淫浊气，敢此见端倪。倾刻风云变，几希日月迷。乾坤终有力，灭在大荒西。

此诗直指清统治者为天下污浊混乱的根源，不久即将被消灭，诗人对满清政权的痛恨之心可见一斑。黄培对乱后惨象的描绘及对满清残暴统治的控诉，触及了满清统治者的痛处，所以当文字狱兴起之时，上文所引的《古诗三首》（其二）、《霓》等诗歌被举报为"诽谤清"，成为其反清的证据。这也从一个侧面说明黄培的诗歌涉及了不少当时敏感的问题，其对

当时动乱的社会局势的描写触到了清朝统治者的痛处。

（二）表达自己的不屈志节

与当时很多遗民家庭一样，黄培的家族属于世家大族，自黄作孚以降，世受皇恩，黄培更是荫袭锦衣卫指挥金事。在明朝灭亡前后，黄氏家族遭受明清鼎革的沉重打击。崇祯十五年（1642），清兵围即墨，黄宗昌率乡人拒守，仲子黄基中流矢而死，黄基之妻周氏及三妾郭氏、二刘氏殉之，人谓之"一门五烈"。国仇家恨集于一身，黄培于明朝灭亡之后，隐居不出，以自己明遗民的身份为傲，以不与新朝权贵交往来维护自己人格的独立不羁。故此，他在诗歌中坚定地表达了自己绝不同流合污的高洁人格，抒发了自己对故国的思念与忠贞。

明清鼎革，士人或隐居不出或出仕新朝，选择各有不同。"万事皆沦没，浮名枉自珍"（《又和立春见寄》），黄培没有为荣华富贵而出卖自己的人格。"乾坤已往凭谁思，姜桂由来许自箴。潦倒与君曾不贱，只今萝薜欲相寻"（《九日答人》），他以姜桂之性来自勉自励，即使潦倒不堪，也只与萝薜相处，保持自己的高洁情操。类似的诗句还有"世尽争葵藿，人谁念蕨薇"（《咏怀三首》之一），"可能比松柏，不事稻粱谋"（《游小蓬莱二首》之二），"未谙缄口谈古今，且习登山觅蕨薇"（卷下《对雪》），"矫矫云中鹤，闲闲沙上鸥""幸闻清净里，鸥鸟信乾坤"（《和澄岚遣病之作次韵五首》之三）。从这些诗句可以看出，黄培不会像葵藿那样的小人逢迎新朝，而要像伯夷、叔齐那样宁愿饿死首阳，也不食周粟。诗人通过松柏、蕨薇、鸥、鹤这些意象的文化意义表明自己的坚贞品格和远大理想。

在表达洁身自好的同时，黄培在诗歌中也深情地抒发了他对故国的忠贞之情："愿持此素志，仰以对三光"（《古诗三首》之三），"但心能皎日，何事不浮云"（《次林寺地僻韵五首》之三），"但期心似石，不畏鬓如霜"（《漫咏四首》之二），"既能贞如石，自合静如琴。寂寞谁相历，栖迟共此心"（《答澄岚老性之作次韵》）。徜徉于林泉之时，也念念不忘明朝，"对酒每怜沧海月，听潮时忆景阳钟"（《山居》）。景阳钟响起，早朝开始，黄培听潮声而忆早朝的钟声。读书之时，见"长安"而思故国，"每对古人翻往牒，泪痕湿处是长安"（《简一统志》）。日有所思，夜有所梦，诗人做梦也是回到故国，"曾随春梦到咸阳"（《春梦》）。

黄培还借助闺怨的形式，抒发了其内心的苦闷以及对明朝的忠贞不二。"结发未终始,盟心照汗青"(《闺情十首》之九),"妾心怀旧恩,千秋知不灭"(卷下《长相思》)等诗句中所表达的坚贞情怀,形象而生动。

(三)感慨年华易逝而壮志难酬

作为清初山左遗民诗人,黄培诗歌所呈现出的心态富有自己的特点,那就是强烈的恢复之志与壮志难酬之愤恨。黄培出身锦衣卫,属于武将,并非传统意义上的读书人,在绝意仕进的事实表象后,其内心深处依旧激荡着恢复故国的历史使命感,故此作为半路出家学诗的遗民诗人,黄培更具有英雄的心态,他渴望能有朝一日,投袂而起,拿起武器参加战斗,"重开新紫极,光复旧彤帷"(《远叹》)。他在诗歌中塑造了具有理想主义特点的英雄形象。如《老将》曰:

> 睚眦取人头,生平志略酬。断蛟操短剑,勒马顾长楸。十载雄岩塞,千秋树壮猷。角巾归老后,谈笑让封侯。

驰骋疆场,快意恩仇,恢复故国,功成身退,何其豪迈英武!再如《壮士行》:

> 壮士恨难平,腰间横短兵。逢人皆欲杀,于利一无争。岂尽酬恩怨,还为报死生。有心知未愜,何以视公卿?

此诗因充溢着豪放不羁的侠义之气而被揭告有"不轨"之企图。黄培渴望恢复故国,而现实情况却是空怀壮志,英雄无用武之地,只能无奈地感慨"白发惨如霜,长眉抑不扬"(《漫咏四首》之三),"短发行将尽,浮生了未酬"(《倚楼》),"偃俯身将老,艰难志未疏"(卷下《脉脉》),"龙钟羞鬓影,蠖屈怅年华"(卷下《次感声韵》),"壮志百年空老去,曾无一事等鸿毛"(卷下《夜省》)。这种年华逝去与壮志难酬的痛苦纠结,表现在其诗作中,就是"恨"字频出。先看五言绝句《恨》:

> 可惜人难去,长江向北流。
> 平生皆有恨,何处觅吴钩?

沉郁之中有英雄落寞之感，这种"恨"与"吴钩"意象相连，我们很难单纯地理解为轻飘飘的风花雪月之"恨"。其他带有"恨"字的诗句还有：

> 惆怅人将老，蹉跎恨未消。——《游小蓬莱二首》之一
> 茫茫天地恨，今古得无同。——《闲咏呈澄岚》
> 生平无限恨，一醉可能忘。——《清明后同宋澄岚张并叔三首》之二
> 老至身无恨，花飞君莫伤。——《漫咏四首》之二
> 如何愁未遣，取次恨还生？——《次澄岚韵》
> 不悲身易老，只恨事难详。——《和澄岚春园之作次韵》
> 从来千古恨，冥漠最难知。——《次澄岚地僻韵三首》之一
> 欲释千愁恨，空思万里颜。——《次澄岚地僻韵三首》之一
> 敢忘身能在，惟期恨可铲。——《山居八首》之八
> 可知怀既往，积恨不能平。——《闻雁》

在明清改朝换代之际，如此多而浓重的"恨"，如果不是国破之"恨"，如果不是国破却无力回天而人又老迈之"恨"，又会是什么"恨"呢？山河易主，山左的遗民多归隐不仕，隐居的时间长了，雄心壮志也渐渐销蚀殆尽，"地下若逢张季子，为言心死已多年"（徐夜《挽王岱云》）。即使仍然有恢复之志，即使内心深处隐含着对清政权的对立与不满，也多隐约其词，不似黄培这般直白地抒写壮志与壮志难酬之"恨"。黄培诗中的"恨"，带有鲜明强烈的感情色彩，它仿佛挟带着易代之际的血雨腥风，扑面而来，使读者于此"恨"中，感受到诗人心灵脉搏的跳动，感受到其灵魂的痛苦挣扎。

总览黄培的《含章馆诗集》，几乎满篇都是其抒发怀抱的沉痛之语，有亡国之痛的体验，有对故国的深切思念，有壮志难酬的愤恨，有对乱后景象的真实描写，可以说黄培的诗就是他的时代、生活、经历和情感的缩影。在清朝初年那样一个政治黑暗而敏感的时期，他坦诚地表露自己的遗民情怀，为我们了解山左遗民诗人的人格及心态开启了一扇窗口。姜元衡等人告发《含章馆诗集》上卷中25首诗"诽谤清""中兴语""隐叛清"，虽属姜元衡等人的挟私报复，有诬陷夸大之处，但黄培诗句中直露或隐含

的怀明反清之意是很清楚的，这一点并不能因姜元衡的揭告有夸大之处而予以否定。

### 三　悲壮沉郁的诗学风格

清初山左诗歌创作繁盛，甲于天下，拥有一个阵容强大、创作实绩突出的山左诗人群。在这个诗人群体中，有不少是遗民诗人，他们在明清鼎革之际，受时代的感召，受乡贤前辈李攀龙等山左诗人"齐气"的影响，创作呈现出明显的宗唐学杜倾向。黄培虽偏居一隅，"五十始学诗"，但是他的创作倾向与时代创作潮流一致。他喜爱唐诗，曾自编唐诗选本，并为之作序，序中品评唐诗的各个选本，认为"惟廷礼高先生之《正声》及于麟李先生所选为优"①。对于他的诗学倾向，宋继澄为《含章馆诗集》所作的序言说得很清楚：

> 内弟黄封岳，少余十岁，今年五十九，盖若高达夫，五十始为诗者。初不以示人，惟与余相质，余称畏友焉。数年来，所进不次。诸体苍厚难名，分席子美，非达夫所能等夷也。至五七言绝，又与太白、龙标并驱。则子美不能兼之矣者，封岳兼矣。②

宋继澄续娶了黄培的同胞姊，与黄培为郎舅至亲，且宋继澄明亡后客居即墨授徒，与黄培结为诗友，相知较深，其序言所说虽不乏溢美之词，但通读黄培诗歌，我们便会发现宋继澄所言也确为真知灼见。

黄培宗唐，首先体现在他学杜上。他学杜的倾向很明显，尤其是他的五七言律诗。在黄守平《黄氏诗钞》收录的《含章馆诗集》中，附有点评，据这些点评，有《九日赠相顾诸君子》《僻居》《闺情》《自究》等近20首诗被认为有老杜之神韵，有的甚至被认为在老杜之上。《咏怀三首》（其一）云：

---

① （明）黄培：《唐诗选序》，载《黄氏家乘》卷10，《山东文献集成》（第1辑），山东大学出版社2006年影印本，第18册，第382页。

② （明）宋继澄：《含章馆诗集序》，载《黄氏家乘》卷10，《山东文献集成》（第1辑），山东大学出版社2006年影印本，第18册，第383页。

　　七尺躯犹在，千秋志已违。有民皆板荡，无地不蓬飞。世尽争葵藿，人谁念蕨薇？可怜沧海月，寂寞度光辉。

　　此诗"在抒写作者的亡国遗恨中，不忘记批评那些趋奉新朝，丧失民族气节的一类人"①，慷慨淋漓，顿挫有致，被评为"惟老杜有之"。不过，这并不是单纯地模仿杜诗之作，诗中贯穿着激越不平之气，使我们可以很真切地感受到作者面对"有民皆板荡，无地不蓬飞"的乱世、"世尽争葵藿，人谁念蕨薇"的世风时无可奈何的孤愤与沉痛。再如《怀人》：

　　时序方初夏，松花潋荡飞。无妨春且去，只是梦全非。山色苍还在，泉流咽不归。怀人头已白，渐此素心违。

　　春去夏来，山色依然，可梦已非，头已白，其中有无限的怀人之思，平淡亦老，令人如对老杜。杜甫生逢安史之乱，岁月动荡，时势艰难，但诗人在颠沛流离、穷困潦倒之时，仍忧国忧民，其阔大的胸怀、崇高的人格为遗民诗人所敬仰，更成为明清之际不少山左遗民诗人效仿的对象。黄培之效仿学习杜甫，既是基于对杜甫人品的仰慕与对其诗学成就的肯定，也是基于他和杜甫有异代同悲的心理感受。从黄培的诗歌创作，足以见到杜诗浸染清初遗民诗风之一斑。

　　黄培并不局限于学杜，他放宽眼界，转益多师，其五七言绝句中的边塞与闺怨之作，自成面目，别具一格，"又与太白、龙标并驱"，颇受李白、王昌龄的影响。如下面这两首边塞诗：

　　千金美酒酿葡萄，醉拥胡姬舞宝刀。
　　一曲琵琶听不尽，前军已报过临洮。

　　　　　　　　　　　　　　　　　　　　——《塞上曲》

　　杀尽楼兰未肯归，还将铁骑入金徽。
　　平沙一望无烟火，惟见哀鸿自北飞。

　　　　　　　　　　　　　　　　　　　　——《汉塞》

---

①　卢兴基：《康熙手抄本含章馆诗集的发现与黄培诗案》，《中华文史论丛》1984年第2期，第238页。

明快的语言，典型的意象，铿锵激越的音调，形成了高昂豪迈的风格，如盛唐边塞诗，读之令人欲即刻驰骋沙场，杀敌卫国。但"胡姬""金徽""哀鸿自北飞"这几个特别的意象，在满清与汉民族矛盾尖锐激烈的时期，隐约有指向清朝统治者之意，因而在黄培文字狱案中被揭告为"诽谤清"与"叛清"。

闺怨诗则含蓄深婉，如《宫词十首》之一："夜雨洒帘栊，潇潇西复东。春光能几日？满地落花红。"语句虽极简短，却于自问自答中表现出无限幽怨，语短情深。《闺情六首》之三："昨夜秋风过，思君梦可通。无端吹又断，还在月明中。"梦中与思念的人儿互通心曲，可又无端被秋风吹断。醒来秋风依旧，月明依旧。秋风吹断夜梦的设想奇妙，醒来风响月明之景与凄凉之情互相交融。

黄培五十始为诗，写诗的技巧、诗的意境等方面不能说出类拔萃，但其诗或沉郁深刻，或慷慨激昂，或含蓄婉约，皆为有感而发之作，没有附庸风雅、请托应酬一类的作品，整体的创作水平在山左遗民诗人中还是很突出的。其格调高昂、充满慷慨激烈之气的诗歌，在以展现田园生活、追求隐逸情趣为主调的清初山左遗民诗人中更是独树一帜。

值得注意的是，黄培的诗歌还有无可替代的文献价值。明亡后，黄培基本上是在家乡度过的，游踪不广，主要交游对象是即墨本地的文人墨客及客居即墨的外地文士，这在本书第三章第二节已有论述，不再赘述。

## 第四节　性灵诗人黄立世诗歌研究

### 一　黄立世生平与著述考①

#### （一）黄立世生平考

黄立世（1727—1786），字卓峰，号柱山，黄贞麟之孙。乾隆十八年（1753）癸酉科举人，乾隆十九年（1754）甲戌科明通榜进士，发广东以

---

① 参考资料：（清）黄如瑀《皇清敕授文林郎癸酉经魁甲戌明通广东潮州府潮阳县饶平县知县显考柱山府君行状》，见《山东文献集成》第 1 辑第 19 册《黄氏家乘》卷 18，第 424—447 页。本小节未注明出处者皆来自此文。同治《即墨县志》卷 9《人物·勋绩》，第 579 页。

知县见用。因父病逝而未能成行，丁忧三年。

乾隆二十二年（1757），黄立世丁忧事毕，即赴任广东，二哥黄垂世同行。抵达广州后，制军和抚军以广州数十案试之，黄立世表现出色，被委署新宁（今广东台山）。时新宁大旱，立世劝积谷之家减价，鼓励商民出籴闽粤，民得以生。制军见其救荒之策切中时弊，遂推行于各地，黄立世"能声藉甚"。而后署花县，不辞辛苦，遍视诸村舍，相地势，通水道，灌田千顷，赖以秋熟，不期年而政简刑清。

乾隆二十四年（1759）夏，授保昌。入闱，充分校官，得郑嘉植等八人，"茸梅关书院，聚邑中英异，讲学其中，尤喜遴拔寒畯，资以膏火，文必手为点定。踰年，人争自励，文风为之一变"。梅关是南北要道，事务繁杂，凡有差费，都由官、商、民一起分摊，每年运送贡品之时，船与船夫并无定额，商与民负担颇重。黄立世针对此弊，委派官员对勘贡物清单，并在曲江祠前勒碑，以之为定规，从而消除滥役、私带货物的积弊。同城的都阃（统兵在外的将帅）为害一方，携带兵器咆哮公堂，黄立世临危不惧，终置之于法，百姓信服，政声斐然。黄立世为政讲求实际，不好虚名，他认为"好名最是学者大病，凡事一涉务名，必无实心，无实心，焉有实政"？故其"莅任三载，恬于持己，切于宁人，有不愧为民司牧者焉"。

乾隆二十七年（1762），调饶平，未抵达任所，便又委署潮阳。潮邑悍顽，尤号难治。词讼日千纸，内涉分割洋、贵、诚三都钱粮者数百。此案积牍如山，自雍正初年以来，历任之官员因循莫结，百姓受累。黄立世研究以前的档案材料，查明原因，并亲自到贵屿丈量土地，解决了遗留近40年的遗害。自乾隆二十八年（1763）以新界开征钱粮，两邑百姓皆欢呼称庆，黄立世也被潮人颂为神明君，歌为慈父，好事者甚至刻石绘像传诸永久，以示恩惠。

黄立世居粤七年，历任四县，所至皆以廉能称。因新任臬宪（按察使）与藩宪（布政司使）不和，时任潮阳知府的周硕勋和潮阳知县黄立世，因和藩宪交好，新任臬宪借以前的旧案牵连黄立世和周硕勋，黄立世被削职，周硕勋被镌级。周硕勋《潮州留别诗》小注曰："潮阳命案出，令削职，余亦镌级。"[1] 周硕勋，字敦复，号果齐，湖南宁乡人，乾隆二

---

[1]　邓显鹤编纂：《资江耆旧集》卷23，岳麓书社2010年版，第442页。

十一年（1756）至乾隆二十八年（1763）任潮阳知府，故其诗中小注所言"令削职"当是指黄立世被削职。

黄立世莅官临事，"明敏而善断"，清正廉洁，"俸外无炊米"（《题县斋》）。待罢官归家之时，竟不能具资斧，后得周硕勋之助，始得就道。

乾隆二十九年（1764），黄立世抵里。家居期间，他收集黄氏先辈遗编，得自高平公黄作孚以下七世之诗歌二十卷，文四卷，亲自教授后辈子侄。

乾隆四十一年（1776），朝廷平定大小金川叛乱，乾隆皇帝与太后来泰山祭拜，黄立世献《迎鸾诗》以求再得录用，未果。同年，应同年好友纪在谱之聘，赴山西长子县纂修《长子县志》。纪在谱，字瑶编，乾隆十八年（1753）癸酉科举人，乾隆三十八年（1773）任夏县知县，乾隆三十九年（1774）任长子知县。乾隆四十三年（1778），《长子县志》成书付刻，今藏北京图书馆等处。在长子期间，凡邑中名胜若白鹤观、熨斗台等，黄立世几题咏殆遍，作有《白鹤观虞碑记》《熨斗台歌》《鲍公墓》《打虎行》等诗篇，其中他的《熨斗台歌》《打虎行》选入《长子县志》。

乾隆四十三年（1778），古斟（今寿光）望族李家延请黄立世为师。李家世居寿光斟灌庄，自顺治初至乾隆年间科甲蝉联不绝，先后有 5 人中进士（其中 3 名翰林），8 人中举，多人为官，较为有名的是李封、李鉝、李世治。李封（1723—1796），字紫绶，乾隆十九年（1754）甲戌科进士，改庶吉士，初授户部主事，升员外郎，出为安徽庐州知府。历江西盐法道、浙江按察使、湖南布政使。因他案株连被革职。后奉特旨起复为四川宁远知府，累进湖北巡抚，改刑部左侍郎。系清代重臣，《清史稿》有传。李鉝（1741—1820），字振声，李封之子，乾隆三十年（1765）乙酉科举人，官至光禄寺卿。李世治（1757—1837），也叫世淮，字尧农，号怡堂，李鉝之子，乾隆四十五年（1780）庚子科举人，官至西宁兵备道。工书法，亦工诗律，著有诗集《怡堂六草》《怡堂散草》。黄立世在寿光期间，提掖后进，多有成就，与李家结下了深厚的友谊。黄立世《四中阁诗钞》后附李世治嘉庆八年（1803）跋曰："余弱冠时，即喜读柱山先生诗。又与嗣君练江从先生受杜诗，然以方务括帖，不深省。后余从家严在夔蜀，出向所受杜诗，细读之，始稍稍窥其门径，亦因以窥先生诗之原本。然每恨与练江别十余年，未获一议得失。壬戌春（1802），练江来都，就试于礼部，出先生《四中阁诗钞》示余，将付梓，而余得挂名其末。刊既成，复与练江回思往事，辄欷歔竟日，盖自先生之殁，距今已十有七年矣。"① 黄立世之子黄如瑀在《都中晤李桂浦》的小注中也记载了此事："己亥庚子间，余侍先君子读书可园，先君子尝为桂浦说杜诗。丙午别后，桂浦在巴蜀十余年，教匪不靖，尝从其尊甫振声先生督乡勇。为守御计，又尝率民兵杀敌于太平等处。"黄如瑀还写有《纪李振声廉访守太平事》7 首，反映了李鋐嘉庆元年（1796）在川陕甘剿白莲教起义之情形。

乾隆四十九年（1784），古斟解馆，黄立世回到即墨。乾隆五十年（1785）同邑郭熤知张掖，赍币远聘，黄立世欣然前往。黄立世与郭熤次子家眷于三月十九日西行，仲夏抵达兰州，黄立世《抵兰州》诗曰："辛苦到兰州，衰年病未休。关山罢行脚，崂海怯回头。落日黄河急，炎天碧树秋。连宵不成寐，钟梵近僧楼。"黄立世抵达兰州时，郭熤已殁，黄立世困于兰州，幸得东武丁桂崟、营邱齐佳士等人帮助，延请其坐馆。在兰州期间，黄立世登慈惠寺眺望黄河，登五泉山，得《金城集》数篇。

乾隆五十一年（1786）正月二十四日，黄立世抱病东归。二月二十七日于渑池卒，年仅 59 岁。

（二）黄立世著述考

《柱山诗稿》为清乾隆刻本，青岛图书馆藏。卷首有沈廷芳与宋在诗的序②，沈廷芳序写于"乾隆丁丑九月"，即乾隆二十二年（1757）。宋在诗序中称黄立世为"保昌黄明府柱山"，序写于"乾隆庚辰春月"，即乾隆二十五年（1760）。从时间上看，《柱山诗稿》是黄立世最早的一个诗集，是其为官广东时所刊刻。《柱山诗稿》包括《课余录》66 首，《扬舲集》50 首，《岭南集》87 首，《岭南续集》36 首，共计 239 首诗，诗未分体。

《四中阁诗钞》，两卷，为清嘉庆八年（1803）刻本，国家图书馆藏。

---

① （清）黄立世：《四中阁诗钞》，清嘉庆八年刻本，第 50 页 a。

② 沈廷芳（1692—1762），字畹叔，号椒园，浙江仁和（今杭州）人。乾隆元年（1736）举博学鸿词科，选为翰林院庶吉士。宋在诗（1695—1777），字雅伯，山西安邑人。康熙六十年（1795）进士，官至内阁学士。

《四中阁诗钞》卷首有戴均元和戴联奎序①，卷末附李世淮的跋语，内容包括《课余集》2首，《扬舲集》8首，《五羊集》6首，《上川集》5首，《花山集》9首，《庾岭集》8首，《迴飒集》35首，《丈室一集》3首，《卫水集》6首，《西华集》12首，《丈室二集》3首，《漳水集》4首，《养疴集》1首，《丈室三集》4首，《西河集》16首，《丈室四集》3首，《金台集》3首，《盱江集》12首，《丈室五集》12首，《历下一集》6首，《观光集》2首，《岳阳集》18首，《丈室六集》9首，《阊邱一集》18首，《阊邱二集》7首，《阊邱三集》24首，《丈室七集》10首，《述旧集》22首，《阊邱四集》7首，《历下二集》5首，《阊邱五集》10首，《金城集》26首，共计316首诗，诗未分体。

黄守平《黄氏诗钞》六卷为中共山东省委党校图书馆藏稿本，其中收录黄立世《述旧集》24首，五律150首，五古66首，七古46首，七律108首，五绝7首，七绝69首，共计470首诗。

黄立世的诗歌也被收录到各种诗集选本中。《即墨诗乘》收录他的诗歌74首，《即墨历代诗选》中收录了15首，徐世昌《晚晴簃诗汇》（卷103）收录4首，分别是五律《高邮怀秦少游》《峄山湖》、七律《立秋前一日作》和排律《过六盘山》。

上述《柱山诗稿》《四中阁诗钞》《黄氏诗钞》六卷中所收录的黄立世诗歌有重合之处。据统计，《黄氏诗钞》470首，《柱山诗稿》独有147首，《四中阁诗钞》独有70首。另外，《即墨历代诗选》中有1首诗，《即墨诗乘》中有两首诗歌不见于上述集子，故此黄立世共有690首诗。

《柱山诗话》一卷，三十五则，前有乾隆四十五年（1780）十二月薛辅世序，山东省博物馆藏有清高氏辨蟫居钞齐鲁遗书本。

《四中阁词余》一卷，是黄立世的散曲集，今仅存［北中吕·粉蝶儿］《自述》一套②。

## 二　黄立世的性灵诗论

黄立世在《论诗三十六绝句》《柱山诗话》中比较集中地论述了其诗

---

① 戴均元（1746—1840），字修原，号可亭，江西大庾（今大余县）人。乾隆四十年（1775）进士，官至军机大臣。戴联奎（1751—1822），字紫垣，江苏如皋人。乾隆四十年（1775）进士，官至兵部尚书。

② 凌景埏、谢伯阳编：《全清散曲》，齐鲁书社1985年版，第193—195页。

歌主张及创作技巧。《论诗三十六绝句》，见于黄守平辑《黄氏诗钞》，运用清代比较普及的评论体式——绝句的形式评论了自汉魏至清代的许多著名作家和流派，表明了他的文学观点。这36首绝句兼诗歌创作、文学批评于一身。通过研读《论诗三十六绝句》与《柱山诗话》，我们可以把黄立世的诗学主张概括为以下几点。

（一）重视性情

《柱山诗话》第一则开宗明义曰："诗以写情，而情本乎性，所谓喜怒哀乐之本也。作诗者必先淑其性情，而后清明广大，无背理伤道之言。"前一层意思认为诗歌本乎性情，极力强调性情在诗歌创作中的重要作用；而"作诗者必先淑其性情""无背理伤道之言"，则对性情进行一层道德的过滤，明显带有儒家诗教的色彩。《柱山诗话》标举表现性情的同时又强调"涵养""道理""踏实"，也体现了传统诗学的主张，如第二则云："今人作诗往往不如古人，非尽天资之劣，总缘涵养未深，道理不熟耳。"第十一则云："诗中须有人在，诗外尚有事在，旨哉言乎。"

在具体作家的评论上，黄立世也着眼于是否有真性情。《柱山诗话》第二十七则云："秋谷洗尽铅华，独见性灵，当其兴酣落笔，尽有渔洋不能到处。特发露太尽，无古人涵养之功耳。"认为渔洋、秋谷之诗各有长处，赵诗的长处在于独见性灵，王诗的长处则是有古人涵养之功，诗作并不像赵执信般发露。《论诗三十六绝句》其三曰："醉卧厨中竟不妨，嗣宗才气故难当。言怀字字归骚雅，一寸心田寄八荒。"魏晋易代之时，司马氏屠杀异己，政局黑暗恐怖，阮籍为避祸而酗饮，行事惊世骇俗，其诗也呈现出隐约曲折、兴寄深远的艺术风格，其行事作诗皆出自真性情。《论诗三十六绝句》其二十七曰："长啸空同百感增，杜公千载递相承。蚍蜉撼树成何事，虫鸟声声出竟陵。"李梦阳宗法杜甫，诗作雄奇豪放中伴随着沉郁的风致。"竟陵派"的钟惺、谭元春也尊崇杜甫，却雕琢字句，只从字面音节上学杜，境界狭窄，犹如"虫鸟声声"。黄立世批评了倡导性灵却无真情实感的"伪性灵"竟陵派。

《柱山诗话》第二十一则云："近世诗人矜言开宝，其实皆皮肤耳。夫为假唐诗，何如真宋诗之犹见性灵也。"反对一味标举盛唐之诗，认为假唐诗不如真宋诗见性灵。宗法唐诗还是宗法宋诗并不重要，重要的是诗歌是否求"真"，是否表现出真"性灵"。薛辅世《柱山诗稿·叙》云："先生诗原本性情，刊尽浮华，其所以沁人心脾而移神志者，无论知与不知，固皆流连往复而不能已。”由此可见，黄立世不仅提倡性灵，且身体力行，诗歌创作也尽去浮华，流露真情。

（二）推崇“天籁”

《柱山诗话》第七则云：“诗有先天，如‘打起黄莺’等，冲口而出，绝不要作诗，而使人读之只觉悠然不尽，所谓天籁也。一涉词调，一用字眼，粉妆玉琢，那得复有冷韵。”第十五则云：“‘明月松间照，清泉石上流’‘雨中山果落，灯下草虫鸣’等句有何奇异？而指与物化，纯是天趣所成。”这两则诗话观点鲜明，皆推崇“天籁”“天趣”，认为“一涉词调，一用字眼，粉妆玉琢，那得复有冷韵”，过分雕琢与用典，即失去诗歌的天趣。

在具体的作家评论上也可看出他强调天然之趣，反对雕琢模拟太甚的观点。《论诗三十六绝句》其五曰：“二陆三张未足奇，过江诸子竟谈诗。何人梦得池塘草，千古骊珠擅客儿。”太康时期，“二陆三张”之诗词采绮丽，崇尚雕琢，不足为奇；谢灵运“池塘生春草”（《登池上楼》）之句因“自然”名传千古，可谓是“千古骊珠”，诗人一贬一褒，喜好立见。《论诗三十六绝句》其六曰：“奇绝思君如流水，月明积雪亦高寒。此中元妙非文字，笑买胭脂画牡丹。”徐干“思君如流水”（《室思》）柔和清润，具婉约之美；谢灵运的“明月照积雪”（《岁暮》）清冽空远，具有阳刚之美。二者风格不同，但如钟嵘所言，这两句诗“皆由直寻”，具有自然的特点。可见黄立世认为人们对诗歌的审美观虽有不同，但无论是柔婉还是刚健，出自自然便是好诗。

在推崇自然天成的同时，黄立世也推崇创新，反对陈陈相因，如《论诗三十六绝句》其二十曰：“广大居然称教主，可怜皮陆总陈因。渔洋齿冷千年后，病树前头万木春。”皮日休、陆龟蒙陈陈相因，哪如刘禹锡的推陈出新令人起敬。

（三）崇尚风骨

《论诗三十六绝句》其二曰：“三百源流自不刊，羽鳞谁识有龙鸾。应刘邺下纵横甚，八斗终当属建安。”认为建安诗歌源自诗三百风雅之传统，刚健雄浑，具有风骨之美。《论诗三十六绝句》其九曰：“岂独昌黎轻八代，陈生不做六朝人。”韩愈“文起八代之衰，而道济天下之溺”，诗歌以气势见长，磅礴雄大，豪放激越，酣畅淋漓；陈子昂针对初唐的浮艳诗风，力主恢复汉魏风骨，反对齐、梁以来的形式主义文风。他创作的

《登幽州台歌》《感遇》等38首诗，风格朴质而明朗，格调苍凉激越，标志着初唐诗风的转变。黄立世把韩愈、陈子昂并提，可见其对于具有风骨的诗歌的推崇。《论诗三十六绝句》其十曰："三赋名成少小时，少陵千载尽相师。不知大节亭亭处，都在秦州以后诗。"杜甫秦州之后的诗歌苍莽峭拔、忧伤悲凉，具有浓重的忧患意识，是杜甫诗中的精品。《论诗三十六绝句》其十二云："旗亭被酒争题壁，诸子才名伯仲间。唱到黄河新乐府，何人巨眼似双鬟。"王之涣的《凉州词》悲壮苍凉，流露出一股慷慨之气。《论诗三十六绝句》其十九曰："文公山斗古今垂，元气淋漓不废诗。说是西昆擅温李，飞卿那解道韩碑。"温庭筠、李商隐并称"温李"，但李商隐的《韩碑》叙议相兼，雄健高古，非温庭筠所能及。《论诗三十六绝句》其二十三曰："醉墨淋漓酒百觞，放翁无句不登堂。要知此老诗原本，只在西风古战场。"认可陆游西风古战场的诗歌。《论诗三十六绝句》其二十六曰："新烟着柳竞风流，开代诗人最上头。当鼎一脔知味美，词坛千古说青邱。"高启的诗雄健有力，富有才情，开始改变元末以来缛丽的诗风。《论诗三十六绝句》其三十二曰："不爱交游不问天，豹人豪气最无前。事成拂袖西归去，醉向华山山顶眠。"《论诗三十六绝句》其三十曰："傲骨直将压鹊华，楼中白雪正飞花。沧溟自信知津少，谁把金针度谢家。"《论诗三十六绝句》其三十三曰："二王秀骨本天成，风雨联床弟与兄。闻到沧溟吟白雪，峨眉天半失峥嵘。"《论诗三十六绝句》《论诗三十六绝句》其二十四曰："风骨崚嶒虞道园，吴公亦与脱笼樊。知言不是王十一，谁识诗人在宋元。"对孙枝蔚、李攀龙、王士禛兄弟、虞道园等人的诗歌皆给予肯定的评价。

（四）阐释了作诗的技巧

《柱山诗话》第六则云："作诗须解换笔，起用壮猛，三、四必要和缓；起涉平漫，三、四定须矫健，推之一篇亦然。"指出壮笔与缓笔在诗歌创作中应交替运用，给初学者指出了学诗的门径。黄立世也谈到了自己的创作体会，如《柱山诗话》第九则云："七言律不可轻作，如黄钟大吕急切叩他不得。"第十则云："诗境欲如洞庭微波，人地俱远；诗品欲如高山积雪，森肃不胜；诗韵欲如子晋吹笙，缥渺天际；诗情欲如天女微笑，色相都空。"第三十则云："咏物诗最难工，忌不切，又忌太切，高手写照全在即离之间。"又云："沧浪说诗最重妙悟，即秋谷'要知秋色分明处，只在空山落照中'亦是此意，然尚嫌其语太玄虚，不便初学，不如步步踏实，久之自能羽化也。"从这些创作体会来看，黄立世主张在踏实基础上的羽化，其审美追求也是不喜直露，而讲求含蓄朦胧。

《柱山诗话》中薛辅世之"叙"作于乾隆庚子年，即乾隆四十五年（1780），据此大致可以推断诗话问世的时间正是袁枚的性灵说盛行的时期。黄立世在广东为官七载，如说受到性灵派的影响，也是有这种可能的。袁枚性灵说的核心是特别强调诗歌表现人之"性情"，"诗者，人之性情"①，"诗者，心之声也，性情所流露者也"②。而黄立世也强调"诗写性情"，认为"近世诗人矜言开宝，其实皆皮肤耳。夫为假唐诗，何如真宋诗之犹见性灵也"，见解近于《随园诗话》。但黄立世乃是山左诗人，受山左儒家传统文化的影响，其诗学主张虽然与同时代的袁枚相近，但也不完全相同，他对涵养、道德风骨等方面的重视，为其强调性灵的诗学观打上了山左地域文化的烙印。

### 三　黄立世的诗歌创作

据《黄氏家乘》中《皇清敕授文林郎癸酉经魁甲戌明通广东潮州府潮阳县饶平县知县显考柱山府君行状》记载，黄立世"诗歌有《四中阁诗稿》，凡三十一卷；文曰《遂初集》，凡三卷；诗余曰《衣香集》，曰《四中子》，诗余曰《桐花诗余》，凡四卷；杂著曰《天女散花传奇》，凡三十卷；《驱鬼记》，凡三卷；笔话，一卷；《詹詹录》，凡二卷；《丈室尺牍》，凡五卷；惟《柱山诗稿》刻于保昌官舍，余皆存于家"。而今他大部分作品亡佚，即便如此，他现存的诗歌也有近700首，是黄氏家族中存诗较多的成员。黄立世的诗歌，按照时间顺序结集，清晰地反映了他的人生轨迹，展示了他每个阶段的生活经历。下面笔者拟按题材来对其诗歌进行研究和分析。

（一）情辞俱佳的亲情诗

亲情诗是黄立世写得最感动人的一类诗歌，这类诗作洋溢着浓郁的人情味。无论是写慈母之爱、夫妻之情，还是写手足、舐犊之情，俱多情辞上佳之作。

母爱是世界上最伟大无私的爱，黄立世的五言长诗《梦先慈挥泪书

---

① （明）袁枚：《随园诗话》，人民文学出版社1982年版，第196页。
② 王英志主编：《袁枚全集》伍《小仓山房尺牍》，江苏古籍出版社1993年版，第147页。

此》便歌颂了母爱的伟大与无私，表达了诗人与母亲之间的深厚感情以及对母亲深深的爱与尊敬：

> 人生无贤愚，谁甘终碌碌。有子期显扬，文坛事逐鹿。苟有亏人理，昂然徒食粟。嗟我恨终天，羞坤载干覆。老母入我梦，客中问寒燠。执手相雨泣，片时湿床褥。忆我生之初，一日几顾复。饮食兼教诲，心力尽抚育。之无示少小，稍长就外塾。寒冬飞霜雪，父书几回读。里党走相贺，此儿或骥足。母年垂七十，绩声动经宿。织麻衣我身，典衣果我腹。时谓儿异日，念母贫已酷。后捧毛公檄，喜深反眉蹙。入官父不见，母心似轮毂。家世本寒薄，于今荷天禄。百里报称难，勿贻九原辱。再拜将远行，寸心转刺促。来年去东粤，教我做民牧。南天异风土，供养水与菽。课督如畴昔，随时稽公牍。何图古澄昌，冲剧杂水陆。无米强作炊，虎蹊当委肉。母老心孔悲，归帆命艖舻。送别梅关上，血泪阁双目。离亭无一言，但以酒相属。谓儿官如此，昊天评祸福。酒罢即分手，忧心如辘辘。孰知是死别，泣血积万斛。何况两阿兄，双悲贾生鵩。母归家益贫，晨昏悈心曲。生者不可见，死者坟草绿。家累将千指，朝餐夕无粥。万里寄书来，大厦仗一木。闻言再三叹，泪下沾尺幅。艰苦复谁论，惟虑风中烛。坐此竟见背，捐躯亦奚赎？抢地更呼天，何由雇荼毒。病由不相闻，舍殓借戚族。母死儿不知，有儿亦孤独。尔时已罢官，绊牵尚如束。百孔与千疮，水火日相逐。颠险死为邻，泉下吞声哭。回首忆慈训，千言耳中熟。犬马无以别，恨不从地轴。已去韩江滨，还留粤山麓。到眼忽春草，挂帆自秋菊。风雪滞归人，长途感童仆。昨夜北信来，西风破茅屋。恬淡窗前花，萧条砌边竹。书舍半瓦砾，松声尚谡谡。落拓同哀雁，漂流类孤鹜。儿女争夜啼，御冬少旨蓄。行年未四十，鬓毛半如玉。几曾见雄飞，何如效雌伏？乡路日以近，中怀转抑郁。恸哭向北邙，断肠哪能续？应痛儿归迟，应念儿归速。三复蓼莪诗，有子莫勤鞠。

深挚的母爱，无时无刻不在沐浴着儿女们。此诗描写的就是生活中的普通场景：幼时母亲"饮食兼教诲，心力尽抚育"；为了家计，母亲"绩声动经宿""织麻衣我身，典衣果我腹"；捧了毛公檄，母亲"喜深反眉蹩"；步入仕途后，母亲"教我做民牧"；为了不影响儿子，又"归帆命艖舻"。而今母亲去世，自己宦途奔波，竟然不在身边，"病由不相闻，舍殓借戚族。母死儿不知，有儿亦孤独"。诗人痛心疾首，"恨不从地轴"。诗人追忆过去，将自己与母亲间的小事娓娓道来，在看似平淡的叙述之下，表现的却是诗人深沉的内心情感。"诗从肺腑出，出辄愁肺腑"（苏轼《读孟郊诗》），全诗既无华丽的辞藻，亦无巧琢雕饰，于清新流畅、淳朴素淡中，饱含着浓郁醇美的诗味，情真意切，拨动了每一个读者的心弦，催人泪下，唤起普天下儿女亲切的联想和深挚的忆念。

黄立世与二哥黄垂世手足情深。黄垂世长黄立世20岁，黄立世早年读书游历，黄垂世支撑家业。黄立世出仕，黄垂世与之同到广东，不辞劳瘁，巡视民间，并为此累病，黄立世"夜必席地坐病榻前，检参求视，炉火微开，气噎即手自抚摸，增减衣被，揩拭床褥，或至连夜不得眠，盖不解带者年余"。病稍好之时，为减轻黄立世的负担，黄垂世以"是邑荒歉，尤劳筹划，吾何忍以痼疾重，益吾弟之忧乎"的理由归乡。黄立世对二哥始终怀有尊敬，"事之尤谨""事无大小，必请命而行，晨必先起，晓必候世父寝而寝，终其身如一日焉"。黄立世有十余首诗，反映了兄弟二人的深厚情谊。如《送家兄旋里》一组四首诗：

> 行李兹已戒，仆夫凌晨告。别去是言归，北望头不掉。孤城入新秋，风色已寒峭。二崂在天际，路远不可眺。海潮知客心，逆浪阻行擢。惆怅鹡鸰原，迟回杨柳道。客梦更重添，永夜几颠倒。
>
> 客梦亦何劳，远别海之湄。天畔一行雁，参差南北飞。尊前起长叹，忽忽从此辞。海水逐鸣榔，征帆且迟迟。征帆非不迟，帆去影难追。为问梅岭花，春风开几枝。花开究何为，徒然系客思。弟兄竟分手，恻然令人悲。
>
> 春日犹子来，秋日兄旋去。去去不敢留，高堂梦已屡。薄宦走天涯，谁为省朝暮。家贫仗老母，日日煎百虑。兄归慈颜喜，我怀勿遽诉。南海连北海，魂梦不可渡。客心无所薄，远挂江天树。
>
> 粤中一年余，兄忽撄多病。颐养岂无方，要在识其性。今日荡舟行，帆挂秋风硬。秋深到里门，闲中足游咏。勿为百忧牵，寸衷还自定。嗟我在炎州，清贫颇相称。迂拙本初服，行止还僻径。兄行须自爱，休做天南梦。

这一组诗是送因病离粤的二哥时所作。从准备行李到尊前话别，从"永夜几颠倒"的不忍分别，到"勿为百忧牵"的叮嘱宽慰，诗人把送行时千回百转的情感表达得淋漓尽致。黄垂世回乡后不久就去世了，黄立世伤心万分，写了《哭家兄》一组八首诗，第一首曰："昨夜讣音来，恸哭荆花折。客岁抱病归，那知是死别。关心更有谁，未获作一诀。反复家人书，使我肝肠裂。"第三首回顾了兄弟之情："兄弟故三人，立也居其季。两兄忽沦亡，使我神魂悸。苦忆少小时，怜我尚童稚。饮食兼教诲，勤拳有独至。言别未一年，胡为永相弃。家累以百口，菽水况难继。世事苦未经，当次泪如泗。冥冥倘念我，能不肝肠碎？"其余几首诗歌还说到了"手书数百言，劝我善自保"（其五）、"偕我到岭南，君以兄兼师"（其六）、"闻讣肠欲断，肠断信复疑"（其五），慨叹兄长死后"门祚谁与持"（其七），哀痛兄长之子年幼无助，"家计谁与持"（其八）。这一组诗歌中既有收到讣告后的恸哭，也有对弟兄之情的回顾，年幼时的照顾，年长时的劝导，为官时的亦师亦兄，鹡鸰之情缓缓流出心田。诗中还有对兄长去世之后谁来照顾母亲、侄子乃至家族的担忧。从这担忧中可见黄立世的兄长在家族日常生活中的作用，想到这一切，诗人恸哭不已，"日日醒如迷"（其六），"涕泪沾衣裳"。这两组诗歌直抒胸臆，袒露真情，情感的表达都真挚深厚。

黄立世重视家庭，他的诗描写了深厚的夫妻之情、父子之情。其《寿内子》曰："家人具酒果，晨起告彼天。天远不可问，竞为祝南山。相随二十载，此日见清欢。尊中亦有酒，盘中亦有餐。大儿病新愈，小儿拜母前。衣冠虽朴陋，情文生天然。我生乐闲寂，对此为开颜。穷愁勿复道，与尔年复年。"清贫生活中一家人的其乐融融，与妻子相伴年年的深情告白，平淡朴实。《梦两儿以所读书请益赋此寄示》《琚儿书至》《二月十六日玖儿完姻寄示》《两儿省试寄怀声伯及鹿野》（四首）等诗歌则表现了他对孩子的关心和期待，如《两儿省试寄怀声伯及鹿野》（其三）云："此行须努力，关切意难忘。"满怀期许地勉励儿子，家族长辈的身份口吻拿捏得很准。《二月十六日玖儿完姻寄示》曰："长恐诸儿疏课读，不知新妇可能家。"关心诸子是否认真读书，关心新嫁娘能否持家，一个慈爱的父亲形象呼之欲出。《琚儿书至》之时，诗人"张灯快读平安信，双袖无端老泪垂"，则让我们看到了一个真情流露的父亲。

　　黄立世的哀悼诗有近 20 首，除了上文提及的哀悼二哥黄垂世的诗歌外，他的哀悼之作还有《哭姊氏》《哭容庵兄》《哭内兄廷接》《追哭琪侄》《哭侄孙榛》等。黄立世罢官归乡之时，亲人只有姐姐一人，当姐姐去世时，他辗转绳床，写下了《哭姊氏》二首，其一曰："山丘华屋诋前因，弹指流光六十春。地下追随怜二老，眼中生死痛三人。绳床辗转余残泪，门祚衰微剩此身。几日跻堂歌介寿，松楸飞上北邙尘。"黄立世与从兄黄簪世（容庵）感情深厚，当获悉黄簪世去世的消息，他写了《哭容庵兄》一组诗，这组诗的第一首云："家世凋零甚，关心几兄弟？人生真梦幻，老泪独纵横。若草秋来尽，残星曙尚明。愁魂应不死，风雨作悲声。"情感表达得直白外露。在黄簪世去世三年后，他又写了《梦容庵》，诗云："久拭人琴泪，忽焉来梦边。伤心犹万种，死别已三年。弟辈多衰也，君家益渺然。于今一切事，件件不同前。"思念之情与物是人非、家道衰落的悲伤交织在一起，令人不禁动容泪下。

　　黄立世交游不广，除了与本邑的郭廷翕（稂庵）①、杨中江（西溟）②、蓝中珪等人唱和之外，他主要是与家族成员诗文来往。黄氏为官宦士绅之家，兄弟子侄或异地求学或宦游他乡，所以黄立世写给他们的诗作常常在亲情之中交织着同是宦游人的感慨。《冬日接兰洲兄书》曰："书至不能看，悲歌道路艰。怀人愁弗及，风雪报平安。乡思惊千里，家贫仗一官。凭高还北望，关塞日漫漫。"怀人之愁中饱含身为宦游人的无奈。《寄因心家兄》："天涯兄弟远游心，去国怀乡半不禁。自顾形容成越雪，到来生计托江浔。十年潦倒平原酒，万里清狂叔夜琴。雁羽娥眉双泣泪，劝君休耕作长吟。"倾吐心声，感慨自己的潦倒，劝说家兄勿要像自己一样，一生为生计奔波。这类写给亲人的诗歌更像是写给朋友的，充满了人生的感慨，从中可以窥见诗人隐秘的内心世界。

　　综上，黄立世的亲情类诗作语言简练平淡，但由于融入了人生感慨、家族兴衰之感而显得厚重，有底蕴，闪烁着动人的亲情光泽，让人久久难忘。

---

　　①　郭廷翕（1710—1785），字虞受，号冷亭，又号稂庵，郭琇之子，即墨望族郭氏家族成员。乾隆六年（1741）举人，任宜春知县，官至湖广巡抚。黄立世有《郭稂庵》《呈稂庵郭文》等诗。

　　②　杨中江，字西溟，杨士韶之子，诸生，即墨望族杨氏家族成员。黄立世写有《与杨文漪访西溟山中》《招西溟入城》《可园大雪寄西溟》等诗。

（二）山水奇绝的纪游写景诗

黄立世诗歌中，数量最多的是纪游写景诗。

黄立世晚年自述生平阅历为"一至楚，一至蛮，两至吴越，若晋豫燕赵，则游屐欲穿矣"①。沈廷芳《柱山诗稿》序曰："古人谓不读万卷书，不行万里道，未可以言诗。今生承其家学者既专且博，而又眺齐鲁，历幽燕，浮江淮而南渡钱塘、彭蠡，访二禹、尉佗遗迹，登眺几半天下，宜其一发于诗，而思致迅举，不可追摄，而与前修继美矣。"② 凡人世之变迁，山川风物之迭更，遭逢得失、喜怒哀乐之情，悉见于其纪游写景诗。

黄立世纪游写景诗的内容多为山川名迹，他吟诵山东的崂山、济南八景、鹊华二山、泰山，广东的弹子矶、大庙峡、梅关、庾岭、飞来寺、琶江、二禹寺，江南的金华山、七里泷、虎邱、高邮、金陵，江西的鄱阳湖、麻古山、赣州、滕王阁，河北的东鹿、卢沟桥、赵北口，西北的兰州、六盘山、五泉山等，全方位地展现了各地的自然风物，使未曾到过这些地区的人也可感受到其中独特的气象。同时，黄立世的纪游写景诗富有浓郁的文化内涵，其诗歌不仅涉及所到之处的风景，也吟咏当地的人文遗迹，如青州城楼、王武侯墓，济南伏生故里，范文正公醴泉、仓颉墓，严子陵钓鱼台、苏州五人墓，山西长子县的熨斗台、白鹤观虞碑、唐太宗庙、鲍公墓等。因黄立世于乾隆二十二年（1757）赴粤，前后居粤约七年，历任新宁、花县、保昌、饶平（未赴任）、潮阳四县，对岭南的风物、岭南的传说及当地的民俗文化都有一定的了解，所以在这些纪游写景诗中，其岭南之作尤为突出。

黄立世虽游历过南北众多的名山，但粤境诸山多为丹霞地貌，山势峭拔，且多沿江壁立，山川相映，与中原多有不同。作为初入粤境的北人，黄立世对粤境的山石之奇异与水流之湍急感到讶异，故其写岭南之山水，侧重于写其山之嵯峨嶙峋，水之激荡凶险。他途经清远大庙峡，写下了《大庙峡》一诗，诗曰：

---

① （清）黄如瑀：《皇清敕授文林郎癸酉经魁甲戌明通广东潮州府潮阳县饶平县知县显考柱山府君行状》，《黄氏家乘》卷18，《山东文献集成》（第1辑），山东大学出版社2006年影印本，第19册，第424—447页。

② （清）黄立世：《柱山诗稿》，清乾隆刻本，第2页a。

挂席指大庙，悬崖势断绝。乱石踞中流，高下枕层铁。崒嵂山色变，铿鍠水声咽。鬼斧斫流云，疋练忽焉裂。水花皆倒飞，洒作万川雪。庙中何所见，灵旗风飘瞥。我欲登其巅，汹涛不可越。棹櫓夹歌声，飘然走明月。

大庙峡位于广东清远北江河段，全长约六公里，两岸高山对峙，山势险要，水急滩险，有一巨石挺立河中，如中流砥柱，旋涡层叠，岸边建有祈求平安的庙宇，故得名大庙峡。黄立世在这首诗中，对悬崖峭壁、急流险滩、瀑布流云做了神肖的描写。再如《弹子矶》：

朝行江之滨，暮行山之侧。山岚起嵯峨，划破青天色。谁为弄弹丸，高风镇巨石。石骨欲摩天，地轴于焉磔。岚鬐何玲珑，陡峭绝镂刻。茸茸萦乱藤，处处杂丛棘。老猿声凄凄，宿鸟语拍拍。巉岩落我前，欲上苦无级。何处清风来，轻舟悠然适。回首见风烟，一声江上笛。

弹子矶，又名轮石山，临江壁立，高数十丈，因其形如半破弹子，故曰"弹子矶"。黄立世抓住弹子矶的特点，对其荆棘丛生的幽僻、排霄直上的山岩做了充满细节性的描绘。再如《观音岩》：

万山肥且腴，此山独瘦瘠。造化蕴奇奥，于兹尽相剔。巨石倚青天，倒垂半江碧。庙貌何巍然，门开石之隙。山骨何年凿，知由五丁力。幽绝复陡绝，徘徊苦攀陟。山以石为天，楼以石为壁。十步九回盘，烧灯拾层阶。行云挂楼角，险仄只容膝。四围依诸山，山山伏肘腋。手可扪星辰，鸟飞不能即。名山一再游，眼开亦神怪。天风落衣袖，劳劳一尘客。

英德观音岩是个天然的石灰岩溶洞，岩高险陡，雄伟壮观。洞口临江，从水路方能进洞，洞中架阁三层，视野开阔。黄诗描绘出了观音岩的险峻陡峭。

岭南文物虽不及中原之盛，但自从秦代开辟以来，朝廷官员、文人骚客、左迁外放之人也不少，足迹所经，留下不少可供后人凭吊之处。黄立世的诗中，便有一些与览古怀古相关的内容，与山水相关的岭南历史传闻成为他吟咏的对象。番禺禺山因黄帝二庶子（太禺、仲阳）隐居此山而得名，山上有二帝子祠。据说黄帝二庶子善音律，南采昆仑竹，制黄钟之管，故《二禺寺》写禺山曰："天际飞来寺，轩辕帝子灵。采余双峡竹，犹有古时青。"此诗展现了岭南在秦开辟以前悠久的历史及与中原汉文化的联系。

韶石是粤北曲江县一座有着远古传说的巨石，据说舜帝曾南巡至此，并奏韶乐。宋人苏轼、杨万里、清人王士禛游此地，均写有吟咏韶石的诗作。黄立世《胥江》写道："韶音不可闻，韶石曲江曲。江上翠华亭，晚烟堆浮绿。"将山川美景与远古传说结合起来，美景因传说的奇幻而更有吸引力。这些结合往古传说的诗作，显示了岭南自古以来与中原政治、文化、宗教诸方面的联系。

飞来寺，在清远县北江小三峡之飞来峡右岸，又名峡山寺，据传原寺为安徽舒州上元延祚寺，后在太禺和仲阳的神力作用下，一夜之间乘风雨飞来峡山，故名飞来寺。这里山水奇绝，历代的文人政要途经峡江，都曾附舟登岸，到飞来寺参拜结缘。黄立世《飞来寺》（其一）曰："梦魂有约到烟霞，晓上高峰望眼赊。乱水争喧山寺路，苍松深护老僧家。石楼百尺皆云住，清磬一声鸟不哗。带玉堂前咏怀古，无边秋色落蒹葭。"写出了飞来寺的幽深静美。

岭南风物，除了山川胜迹及古代遗址外，还有殊于中原的岭南风土人情。作为县令，黄立世深入民间，体察民情，岭南的风土人情在他的诗歌中也多有反映，如《花县行》：

> 滥竽百里间，囊琴复控鹤。使君何处来，相顾惊以愕。花山接白云，山山秀如削。珠海横其南，海水日磅礴。平畴四望赊，绣陌连广莫。下马抵前村，松杉护墟落。爱此羲皇人，出入安耕凿。晚鸦破炊烟，诸峰环城郭。城中几万家，家家枕严壑。竹影交衢乱，松涛马前堕。衙署傍城头，高居山之角。禽声扑晓窗，花光透帘幕。人不识冠服，风气质而朴。亦有知名流，褰衣间草屩。礼乐虽不兴，亦无鼠与雀。浩然思太古，浑浑又噩噩。官舍萧寺似，日日闭草阁。睡余对棋局，诗坛更酬酢。缅怀古先民，利器别盘错。麦穗秀两歧，歌声于马作。愧我非其俦，强自操刀割。不比月无心，宁云春有脚。贪泉清且

列，兴来自斟酌。笑语花县人，重践栽花约。

此诗描述花县的景色、民风、官衙的生活和自己的感慨，极生动地再现了岭南民风与当地的日常生活场景，颇具兴味。再如《秋日》提到了粤人入秋后食用秋蛇的习俗："百粤秋来熟，风光入望新。尊中蛇煮酒，海外鬼为人。云暗山山雨，花明日日亲。慈亲还未到，念此客中身。"

宦游途中，诗人或惊讶于南粤"庾岭插天更拔地，凿碎流云落鸟臂"（《岭下作》）的壮美，或感叹西北"玉塞千山归紫极，白云万里破黄河"（《登五泉山》）的雄浑，或沉醉于江南"春风春雨湿烟岚，好是清明净蔚蓝"（《清明日入江南》）的秀丽，但黄立世纪行诗的一个重要着墨点是抒发旅途之感，将"情"的因素加入诗中，使诗的内涵变得更加深厚。他对感情的抒发，常采用的方式是将旅途中的景物渲染上浓重的感情色彩，通过锤炼修饰性的字词使景物带有人的主观情感。如下面这三首诗：

> 推篷见夜月，偏向客边明。万象浮空阔，长江但浪声。沽来一樽酒，梦醒几回倾。指点三山近，尘怀与共清。
>
> ——《瓜州见月》
>
> 一棹入鸣滩，推篷夜月阑。忽怜乡梦失，真觉到家难。雨暗萤频过，灯明水更寒。秋风太相妒，不恤客衣寒。
>
> ——《邵伯》
>
> 娟娟银汉坠，烟树镜中分。秋水能生月，湖天不受云。峭帆何处落，哀雁一时闻。客绪容抛却，青尊夜半醺。
>
> ——《崌山湖》

这三首诗歌都选择了"夜月"这个意象，见月思乡，"夜月"使诗歌弥漫着淡淡的乡思与淡淡的忧郁。《瓜州见月》中的夜月不顾旅人的愁思，偏偏明亮地挂在天上，诗人恼月，恼得无理，却巧妙地表现出诗人的愁绪满怀。在宁静空旷的背景中，船上诗人独酌的萧索黯然背影凸显眼前。《邵伯》也是推篷见月，但所见之景与《瓜州见月》不同，相同的是诗中的残月、飞萤、明灯、寒水、秋风等意象都带有诗人乡梦醒来后的黯然神伤。《崌山湖》中"秋水能生月，湖天不受云"诗境旷远，堪称名句，但不知帆落何处的客绪与哀雁的偶鸣却为这份旷远染上一份悲凉，而诗人勉作旷达地抛却愁绪饮酒，却只能是"抽刀断水水更流，举杯消愁愁更愁"。《瓜州见月》"推篷见夜月，偏向客边明"中的"偏"字，《邵伯》"秋风太相妒，不恤客衣寒"中的"妒""恤"二字，把"月""秋风"这两个无情之物，拟人化为有情之人，使景物带有个人浓重的感情色彩。

此外，黄立世也有关注农民生活的诗歌，如《打麦行》："老农作苦东山麓，蓑笠携将露天宿。自从去秋到今春，汗血如流剩枯骨。天公爱我丰年岁，大麦小麦收数斛。妻儿相视各一笑，幸不朝昏委沟渎。何来胥吏攫之去，谁知尽果他人腹。老农顿足仰天哭，依旧全家食无粥。呼儿城中更典衣，慎勿卖吾板角犊。"老农"汗血如流剩枯骨"，辛辛苦苦劳作一年，终于迎来丰收之时。可是胥吏掠夺而去，全家又陷入"食无粥"的饥饿状态，老农顿足长哭，只能典衣换钱。从这首七言古诗中可以窥见当时农村的现实状况。

总的来说，黄立世的诗歌很少关注现实，诗歌内容缺乏深广度。就其目前各种类型的诗歌来说，其诗歌都表达了自己的真实情感、真实的自我，其诗歌感动人心的力量来自真率自然的诗风。

# 第 六 章

# 即墨杨氏家族与诗歌研究

　　杨氏是明清时期即墨的书香世家。从明初到清末的四百余年间，杨氏
门第不绝于仕途，虽少有身居高位之人，但诗书传家、积学力行是他们的
祖遗门风。通过杨氏家族这一个案，我们可以深刻地感受到明清时期即墨
地区文化的繁荣与普及。

## 第一节　即墨杨氏家世述略

### 一　即墨杨氏的迁移和早期发展

　　即墨杨氏，追本溯源为"胶水公"之后。《即墨杨氏族谱》曰："胶
水公者，江秀水（嘉兴）人，宋神宗时为胶水县教授，胶水今平度州也。
遭乱未南归，因卜居即墨灵山之阳，子孙忘失名讳，称胶水公。嗣是谱宗
散逸，世系莫考。我太原祖修谱，有绘像赞纪，乃以胶水公为始祖云。"①
自"胶水公"以下的二百余年间，因迭经世变，谱遭兵燹，世系失载，

---

　　① 杨乃清续修：《即墨杨氏族谱》，民国二十六年铅印本，第一册，第 1 页 b。即墨杨氏的
族谱家乘有以下几种：（1）杨方枛续修：《即墨杨氏族谱》不分卷，南开大学藏道光二十八年
（1848）承桂堂刊本六册；（2）杨考榴续修：《杨氏族谱》不分卷，南开大学藏光绪三十年
（1904）刊本六册；（3）杨贵堡续修：《杨氏家乘》不分卷，河北大学藏清光绪三十年（1904）
排印本四册；（4）杨贵堡、杨孝敕纂：《杨氏家乘》四卷，山东即墨县博物馆藏清光绪三十年
（1904）石印本；（5）杨珍等纂修：《杨氏家乘》不分卷，中国社会科学院历史研究所图书馆藏
光绪三十年（1904）铅印本四册；（6）杨可瑞、杨可诚主修：《杨氏家乘》不分卷，中国社会科
学院历史研究所图书馆光绪三十年（1904）承桂堂刻本六册；（7）杨玠等续修：《杨氏家乘》不
分卷，山东青岛市博物馆藏 1936 年排印本四册；（8）杨乃清等修：《即墨杨氏族谱》，中国国家
图书馆藏民国二十六年承桂堂铅印本十一册。本书参考资料为中国国家图书馆所藏的民国二十六
年承桂堂铅印本。

名讳不传。明代弘治年间，经杨良臣稽考，确定元至正年间的杨官为他们的一世祖，杨官曾经任"管敕经历"，后世称为"经历公"。子二：杨明善、杨钧道。

第二世　杨明善、杨钧道

杨明善，杨官长子，居先祖之发祥地，称为北支，此支书缘不深，世代业农，鲜有闻达。杨钧道，杨官次子，博学能书，隐居不仕。子一：杨德玉。后人称杨均道这一支为即墨杨氏南枝"城里族"。本书的研究对象即为即墨杨氏的"城里族"。

第三世　杨德玉①

杨德玉，一说为杨得玉，字失传。杨家先世有辽东铁岭卫军籍②，洪武末年，军中缺兵，杨德玉的堂伯杨孝虎当从军铁岭，因其年老，杨德玉便代其从军。传载《即墨县志》。杨德玉有四子，长子与四子留铁岭，讳失传，三子早卒，仅次子杨荣居于即墨。

第四世　杨荣

杨荣（1392—?），字子华，宣德四年（1429）岁贡，江南宣城县主簿，敕封文林郎直隶武邑县主簿，后世称为"宣城公"。子二：杨泽、杨润。

第五世　杨泽、杨润

杨泽，字惠民，晚年自号学耕。少年为贾，继而弃贾力学，通经史，成化四年（1468）岁贡，北直隶武邑县知县。杨泽为官清廉，号为"清白吏"。晚岁家居，读书课子。杨氏自杨泽而下，书香旺盛，加之与周、黄、蓝、郭诸族的联姻融合，成为即墨名副其实的名门望族。子四：杨良臣、杨良士、杨良工、杨良田。

杨润，太学生，其后不显。


## 二　即墨杨氏的兴盛时期

即墨杨氏的第六世、第七世是即墨杨氏的鼎盛时期。这一时期，出现了杨良臣、杨盐两位举人，而且多位杨氏成员有诗文传世。

---

① "杨德玉"又被写作"杨得玉"，如杨玠《三世先公传》云："三世祖讳得玉，字失传"，见《山东文献集成》（第2辑）第42册，山东大学出版社2007年版，第42册，第764页。

② 同治版《即墨县志》卷9《人物·孝义》，第589页。

第六世　杨良臣

杨良臣（1461—1529），字舜卿，号南庄，弘治十一年（1498）举人。杨良臣是杨氏家族第一个举人，故此"吾家发解自此始"[①]。为人有至性，重道义。初任安徽太平县令，惠政于民，"鸣琴而治"，治民为其绘《太平鸣琴图》颂扬之。再补山西泽州黎城令，时山西境内多"寇"，占山为王，扰乱四方，良臣五年平抚四次，一抚"寇"于桑梓镇，三抚"寇"于潞州青羊山。明世宗闻其忠勇，赏赐银币，敕褒其"忠勤可嘉"，擢为太原通判。殁于任所，祀名宦、乡贤，名载《即墨县志》，为《莱州府志》中唯一名列"孝友"的即墨人。子三：杨羹、杨舟、杨盐。

第七世　杨羹、杨舟、杨盐

杨羹，字尔和，号中斋，庠生，土官。南京刑部右侍郎蓝章的门婿、御史蓝田的姊丈，其后式微。子五：杨任大、杨任重、杨任爵、杨任谏、杨任弼。

杨舟，字尔浮，号载轩，嘉靖四十三年（1564）岁贡。性情豪迈，科门不售，隐居乡间。在墨水上游筑庐曰"载轩"，种黍酿醪，会友观岳、鼓琴唱和。蓝田是他的好友，为之作《载轩子小传》。子二：杨子江、杨子浦。

杨盐（1524—1621），字尔贡，号炼庵。嘉靖三年（1524）生于父亲任所山西黎城县，自幼聪颖，四岁能颂诗，14岁文章有成，人称"才子杨三爷"。嘉靖四十年（1561）辛酉科举人，后屡试不第。万历八年（1580）授山西吉州学正。吉州闭塞愚顽，人文不兴，他重视教育，鼓励读书人上进，使士风大变。当时吉州连年饥灾，杨盐目睹灾民饿死荒郊的惨状，作《流离叹》呈上请赈，该文情真意切，令人感动，朝廷因之发放赈灾粮，全活境民。万历十一年（1583），擢南直隶沛县知县。爱护百姓，力除弊政。将所积羡金数百两，以及因治漕河有功所受的鋈金，用于赈济贫苦百姓和填补前任所留库府亏空。治漕河时，为应戍者慷慨倾囊，帮其赎回四个孩子。杨盐为官清正廉洁，因拒绝巡仓御史杨鸣凤的索贿而被诬罢归。沛县百姓士绅数千人为杨盐鸣冤，杨盐亦上疏朝廷，申明原因，使不实之罪得以昭雪。归里后，居"味道楼"，与故交旧友吟诗谈经，琴书自娱，奖掖后进。传载同治版《即墨县志》，被县人巡抚胡来贡

---

① 杨贵堡续修：《即墨杨氏家乘》，民国二十六年铅印本，第二册，第 176 页 b。

为之作《明文林郎直隶沛县尹炼庵杨公墓志铭》。子三：杨懋林、杨秀林、杨懋科。

### 三　即墨杨氏的沉寂时期

即墨杨氏的第八世到第十一世，科举功名不显，除了杨还吉因应试博学鸿儒而闻名之外，杨氏家族成员隐居乌衣巷，仕途不显达。

第八世　杨懋林、杨秀林、杨懋科

杨懋林（1543—1584），字符启，号荫潭，廪膳生。蒲州学正黄堂的门婿，赠文林郎浙江云和县知县。性慷慨，不吝钱财，竭力助人。子四：杨兆龙、杨兆凤、杨兆鲲、杨兆鹏。

杨秀林，庠生，早卒。

杨懋科，字赤雉，廪生。

第九世　杨兆龙、杨兆凤、杨兆鲲、杨兆鹏

杨兆龙（1562—1628），字云从，号涵沧，阳和镇云骑尉，蓝田长子蓝柱孙的门婿。喜山水，曾与憨山游。抵云和县省弟杨兆鲲，染岚瘴卒。无子，嗣杨还吉。

杨兆凤，字云翼，号巨石，任直隶蠡县主簿。

杨兆鲲（1571—1628），字云举，号巨屏。拔贡生，初任安徽亳州推官，擢浙江云和县令，招抚流亡，施法宜民。政绩载《虔州府志》、同治版《即墨县志》，乐安人御史成勇为之作《明文林郎浙江云和知县巨屏杨公墓志铭》。子四：杨遇吉、杨进吉、杨连吉、杨还吉（出嗣兆龙）。

杨兆鹏，字巨溟。太学生，善行草，明兵部尚书黄嘉善的门婿。三个长兄先后过世，孤嫠满堂，庇抚诸侄长大成人，子二：杨延吉、杨建吉，皆为明经。

第十世　杨遇吉、杨进吉、杨连吉、杨还吉

杨遇吉（1613—1680），字晋生。负性慷慨，多谋略。崇祯十七年（1644）春夏之际，李自成攻占北京，各地义军纷起响应。即墨郭尔标、周鸿训、黄宗贤等号"大夏"，率兵围攻即墨城。杨遇吉与诸弟分守南门，竭力御敌，并带能骑者共23人，突破重围，请来救兵解围，事迹见范德显《晋生杨君解围记》①。登莱道丁公欲疏荐之，遇吉以母老弟幼固辞，隐居崂山乌衣巷，以林泉终。里人私谥"孝义"，施闰章为之作《故庠生孝义晋生杨君既配孙氏墓志铭》②。子五：杨赞鼎、杨法鼎、杨和鼎、杨宗鼎、杨世鼎（出嗣杨连吉）。

杨进吉（1621？—1665？），字大复，崇祯年间增生。崇祯十七年（1644），23 岁时，与其兄杨遇吉搬兵解救了农民军包围的即墨城。后与其兄遇吉、连吉隐居崂山乌衣巷，卒于家。进吉为黄嘉善次子、荫袭刑部郎中黄宗瑗的门婿，子二：杨元鼎、杨铭鼎。传载同治版《即墨县志》。

杨连吉（1623—1697），字汇征，庠生，即墨望族周家代表人物周如砥的长子、广东南雄府知府周燝的门婿。不入仕林，隐居崂山乌衣巷。后世尊称为"文学公"。

杨还吉（1626—1700），字启旋，一字六谦，号充庵，明陕西道左参政周鸿图之侄、湖广监军道参议周乃浃的妹夫。康熙十七年（1678）举博学鸿儒，未录用，隐居崂山乌衣巷。后世尊称为"文敬公"，传载同治版《即墨县志》。子三：杨文鼎、杨重鼎、杨立鼎。本章将单列杨还吉进行研究，详见本章第三节。

第十一世　杨赞鼎、杨法鼎、杨和鼎、杨宗鼎、杨世鼎

杨赞鼎（早卒），杨遇吉长子。

杨法鼎，字禹卿，杨遇吉次子。

杨和鼎，字枚卿，杨遇吉第三子。子三：杨璇、杨琬、杨瑸（出嗣世鼎）。

杨宗鼎，字学山，贡生，任兖州府学训道，杨遇吉第四子。

杨世鼎，杨遇吉第五子，后出嗣杨连吉。子一：杨瑸。

## 四　即墨杨氏的再兴时期

从第十二世到第十三世，即墨杨氏出现了杨玠、杨士鉴、杨士鳞、杨士鉊四位进士，杨氏进入一个新的鼎盛时期。

---

① （清）范德显：《晋生杨君解围记》，《山东文献集成》（第 2 辑），山东大学出版社 2007 年版，第 42 册，第 803—804 页。此文又题为《解围记》，同治《即墨县志》卷 10《艺文·文类上》，第 854—857 页。

② 杨贵堡续修：《即墨杨氏家乘》，民国二十六年铅印本，第二册，第 162 页 a—165 页 a。

第十二世　杨璇、杨琬、杨瑸、杨玠、杨瑛

杨璇，字衡玉，贡生。雍正四年（1726）顺天举人。

杨琬，字仲玉，清湖广总督郭琇的门婿。康熙四十七年（1708）举人，考授内阁中书，赠中宪大夫，贵州思州府知府，事迹载《即墨县志》，邑人周毓正为之作《孝廉杨君传》[1]。子三：杨士鉴、杨士钥、杨士鳞。

杨瑸，出嗣杨世鼎。子五：杨士鈵、杨士锜、杨士録、杨士鈿、杨士銘。

杨玠（1677—1717），重鼎长子，还吉孙，字承玉，号继斋，别号清溪。"生有凤慧，六岁作《太山颂》《古圣赞》，以神童名。"[2]康熙三十八年（1699）举人，康熙三十九年（1700）进士，康熙四十七年（1708）出仕江西赣县令。至赣，革陋俗、抑强豪，刁风益息，遇讼事随审随判，邑颂神君。催粮为防层层盘剥，置柜于衙庭，民争以完纳。"爱士怜才，兴复濂溪书院，人文日盛"[3]，寒士受识荐者多成名人。后广潮盐道薛载德欲赣代潮商，融销帑盐，杨玠申言不便，杨载德遂以阻挠盐政之罪名上奏罢之。

杨瑛，字华玉，号朴莽，法鼎子，遇吉孙，贡生，历任山东曹县训导、江西会昌县知县，廉平清正，实心爱民。

第十三世　杨士鉴、杨士钥、杨士鳞等

杨士鉴，字宝千，号华峰，康熙五十九年（1720）经元，雍正二年（1724）进士，翰林院编修，考授浙江道监察御史，转吏部掌印给事中，改授温州、思州府知府，所至皆以廉能称，是杨氏家族中官职最高的成员。子四：杨中渭、杨中潆、杨中澋、杨中泌。中潆长子为杨方柟，字汝航，号寿山，庠生，四库馆誊录，考授云南姚州吏目。

杨士钥，字廷可，号丹峰，一号北门，雍正四年（1726）举人，任江南建平县知县。子四：杨中淇、杨中沆、杨中准（出嗣士鳞）、杨中湜。

---

① （清）周毓正：《孝廉杨君传》，载《山东文献集成》（第2辑），山东大学出版社2007年影印本，第42册，第806—807页。

② 同治《即墨县志》卷9《人物·勋绩》，第577页。

③ 《赣县志》卷27《职官志·名宦》，民国二十年铅印本，第51页a。

　　杨士鏻，字乾一，号南溪，雍正十三年（1735）举人，乾隆七年（1742）进士，选福建南靖县知县，道卒。

　　十三世的重要人物还有杨瑸之子杨士钿、杨士鉊。

　　杨士钿，字雨亭，乾隆十二年（1747）举人，海丰县教谕。

　　杨士鉊，字俞皋，号大廉，一号槐亭，乾隆十年（1745）进士，翰林院庶吉士，入《四库全书》馆任编修，散馆后任山西介休知县，后尊称之"介休公"。其子中江，字西溟，诸生，"博览群书，务求实得，立心制行，端亮古处，远近宗师之"。传载同治版《即墨县志》。

　　杨氏一族，在前后20年间，杨瑸及杨士鉴、杨士钥、杨士鏻父子及侄子杨士鉊、杨士钿，6人先后成举人，其中3人又成进士；1人做了知府，3人做了县令。在即墨杨氏的历史上，共出过12位举人，4名进士，而大部分出现在十二世与十三世，杨氏十二世与十三世的成员把杨氏家族的荣耀提升到了一个空前的高度。自此之后，杨氏渐渐没落，在地方上影响力逐渐减弱。

表6—1　　　　　　　　　　　即墨杨氏进士一览表

| 编号 | 姓名 | 时间 | 官职 |
|---|---|---|---|
| 1 | 杨 玠 | 康熙三十九年（1700）庚辰科 | 江西赣县知县 |
| 2 | 杨士鉴 | 雍正二年（1724）甲辰科 | 温州、思州府知府 |
| 3 | 杨士鏻 | 乾隆七年（1742）壬戌科 | 福建南靖县知县 |
| 4 | 杨士鉊 | 乾隆十年（1745）乙丑科 | 山西介休县知县 |

　　资料来源：同治版《即墨县志》《即墨杨氏族谱》等。

表6—2　　　　　　　　　　　即墨杨氏举人一览表

| 编号 | 姓名 | 时间 | 官职 |
|---|---|---|---|
| 1 | 杨良臣 | 弘治十一年（1498）戊午科 | 太原通判 |
| 2 | 杨 盐 | 嘉靖四十年（1561）辛酉科 | 南直隶沛县知县 |
| 3 | 杨 玠 | 康熙三十八年（1699）己卯科 | 江西赣县知县 |
| 4 | 杨 琬 | 康熙四十七年（1708）戊子科 | 考授内阁中书 |
| 5 | 杨士鉴 | 康熙五十九年（1720）庚子科 | |

| 编号 | 姓名 | 时间 | 官职 |
|------|------|------|------|
| 6 | 杨士钥 | 雍正四年（1726）丙午科 | 江南建平知县 |
| 7 | 杨 璇 | 雍正四年（1726）丙午科 | |
| 8 | 杨士鏻 | 雍正十三年（1735）乙卯科 | 福建南靖县知县 |
| 9 | 杨士铅 | 乾隆六年（1741）辛酉科 | 山西介休县知县 |
| 10 | 杨士钿 | 乾隆十二年（1747）丁卯科 | 广东海丰教谕 |
| 11 | 杨中永 | 乾隆三十九年（1774）甲午科 | |
| 12 | 杨中浩 | 乾隆三十三年（1768）戊子恩科举人 | |

资料来源：同治版《即墨县志》《即墨杨氏族谱》等。

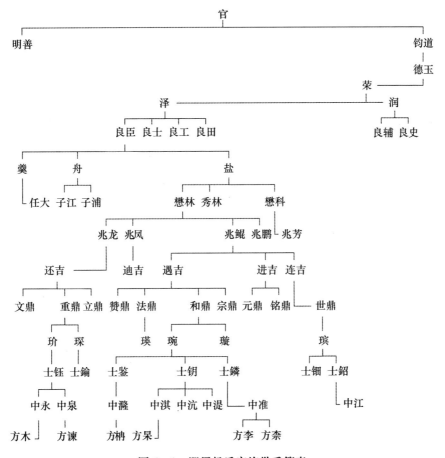

**图6—1　即墨杨氏家族世系简表**

# 第二节　即墨杨氏著述考与诗歌创作简论

"吾杨氏之于墨，代有文名，自我四世祖宣城公、五世祖武邑公，父子以明经起家。"① 即墨杨氏文学自成化时的杨泽、弘治时的杨良臣，一直绵延至清中期杨氏家族第十三世的杨士鉴等人，其中杨还吉以其富有特色的创作成为杨氏家族诗歌创作的代表人物。据《即墨县志》《即墨杨氏族谱》《即墨诗乘》等文献著录，杨氏家族中有 22 位成员写有诗文集等著作（见本节后表 6—3），诗歌流传至今的杨氏家族成员多达 36 人。下面就对这些诗人中较有代表性的诗人著述及创作情况做一简要论述。

## 一　杨泽

杨氏家族的文名始于四世祖杨泽。杨泽并无诗集流传至今，现存诗歌仅辑得 6 首，分别是《鹤山》1 首、《上苑》2 首、《游华楼》2 首、《黄石宫》1 首。这几首诗皆吟咏即墨的山水名胜，如《上苑》："上苑蟠松阵，半山宫殿森。嶙峋深石洞，烂熳叠花簪。峭壁文苔篆，巉岩曲鸟音。仙人桥下水，声响泄鸣琴。"绘崂山上苑清幽之景，如在眼前，我们仿佛能看到悬崖峭壁上点缀的烂漫山花，能听到松林深处的鸟语与淙淙的流水声。此诗今日仍镌刻于青岛崂山太平宫门前路南巨石上。

## 二　杨良臣

杨良臣，著有《南庄遗稿》，已佚。《山左明诗选》选 2 首，笔者辑得 15 首。杨良臣为官多年，其诗歌中有对仕途虚名的反思与对家乡的思念，如《灯下独酌》曰："独对寒灯酒一杯，天涯谁与共徘徊。将来世事应难料，已往年光去不回。老景渐成双鬓雪，虚名已觉寸心灰。故园花发春无主，惆怅东风几度开。"语句精练，感慨深沉。《次郭克清韵》展现了澹泊旷达的情志与胸怀："阁陆流水静看山，树里云低手可攀。绿野旧开田二顷，黄茅新盖屋三间。春残花径何须扫，月落柴门竟未关。有酒便当呼一醉，青铜无处觅朱颜。"《又题绝句》表现了一种看透人生、不为

① （清）杨玠：《三世先公传》，载《山东文献集成》（第 2 辑），山东大学出版社 2007 年影印本，第 42 册，第 763 页。

后代、活在当下的洒脱想法："治买田园为子孙，当年费尽万年心。不知后代人何似，卖了田园细使金。"

### 三　杨舟、杨盐

杨舟，著有《载轩遗稿》，已佚。《山左明诗选》选其诗 2 首，笔者辑得 21 首。杨舟"胸次耿耿""为文落笔千万言，奇气横发"①。如《赠赵冲朴逸客》："冲朴山人抱朴居，闲中滋味欲何如。溪头鸥鹭从来往，洞口烟云任卷舒。酒熟杏林沽瓦缶，客来花径坐篷簾。蜗名蝇利浑谁识，碧水青山乐有余。"通俗自然的语言中，有一种洒脱飞扬之情志，是赠人之作，何尝不是自我的写照。杨舟写诗注重炼句，诗呈现精工典雅之美，如《和錬庵弟立春原韵》："鱼鳞细砌溪流碧，桃瓣铺腮酒润红。"杨舟也注重营造诗歌远离尘世的境界，如《登华楼》云："萧疏古院闲来步，匝地苔钱雨后绿。道人修帚欲何为，扫却松阴待鹤宿。"

杨盐，著有《味道楼诗钞》，已佚。《山左明诗选》选其诗 6 首，笔者辑得 39 首。杨盐有为官的经历，因而其诗对社会现实有较多的关注，"大率出乐天讽喻之遗"②，如《流离叹》这首长诗。诗前小序曰："壬午岁，全省大旱，平阳西山七治尤甚。春夏流移，载道不绝。六月十有七日，一夫携妻子自石楼过西山之麓，道旁憩坐，聚哭泣。移时下崖底村落，以故衣得米半升，合和菜根煮粥。既熟，夫含泪默默投毒釜内，先分给二子与妻食之。既食，大哭，抱二子，口搵双颊数次。途人有问之者，强白其略。顷相继而死，其不能顾之意，戚戚也。余随祷雨出郊，目击其事，慨叹良久，情怵不禁泪下。盖寄食异乡，值兹荒歉，深有感焉。呜呼，古人云，民有菜色，今将并其菜而无之矣，欲生全得乎？矧兹特一见言之耳，晋中饿殍可胜数哉。因代赋古风四十韵纪岁凶云，曰流离叹。噫嘻，司民社者，又不知何如为情也，悲夫！"诗曰：

　　　　家住西山年复年，山牛两角耕山田。朝昏妻子饔飧足，不欠官家

---

① （明）蓝田：《载轩子小传》，《蓝侍御集》卷5，《四库全书存目丛书》，齐鲁书社1997年影印本，集部，第83册，第232页。

② （清）杨玠：《七世沛公传》，载《山东文献集成》（第2辑），山东大学出版社2007年影印本，第42册，第767页。

租税钱。门无豺虎横征噬，夜夜穷檐安枕眠。妇织夫耕两相倚，谋生乐利依尧天。祖孙异世相承继，太平时际惯攸便。去岁骄阳流远害，今年旱暵仍依然。山中一苗不复见，日当天午石欲燃。粟无斗储饥莫疗，釜甑尘生蛛网悬。贫家囊底无黄金，纵有黄金难下咽。一村十室空九室，弃离桑梓寻生延。襁负悲号莫可数，老羸络绎行不前。踣蹶道旁不复起，幕天席地真堪怜。父子相看不相顾，嗟嗟终尔生难全。移家行李肩头相，负经憩吉山半岩。半麓山村移米仅勺余，菜根挑得炊成粥。大儿十岁能拾薪，小儿赤身岁方六。望餐匍匐呱呱啼，急欲得之一充腹。默将毒下釜中调，不与妻言总无育。碗底盛来分食儿，犹夺几番欲倾覆。扪膺扼腕一饲之，大叫不如身就戮。并抱两儿口欲衔，摩挲辗转吞声哭。须臾僵仆两无言，夫妇二人两亦瞑目。不忍分抛散四方，不忍引向豪家鬻。不如一死赴重泉，饿鬼死守犹相睦。此情曾与途人言，载道争传野史录。呜呼，流离苦，真可哀，至今白骨半翳黄尘埃。眼底未逃，多少思逃去？饥饿未死，欲死心安排。百姓千疮万孔膏脂尽，催督边饷犹白日。羽夜羽檄交驰来，观风使者济世才。文谟武略蟠且堆，何当为惜斯民瘼。草疏飞奏黄金台，九重宫殿阊阖开。田租诏下宽民怀，更为手挽三江水。洗却而今三晋灾，在在泽中鸿雁集。坐令国本从兹培，维本孔固维邦宁。晋中岁岁登丰稔，不上流民图与形。丹忠耿耿磨苍冥，留照千年汗简青。

这首《流离叹》情真意切，真实反映了哀鸿遍野的凄惨景象，读后令人潸然泪下。其艺术魅力也感动得朝廷迅速发粮赈灾，使吉州百姓得以活命。再如《道中闻田家怜秋旱》诗云："山憩依场圃，谋生野老忧。此时云不雨，明岁麦无秋。积粟今将尽，催租尚未休。西风寒更迫，谁与破客愁。"《逃亡屋》："短墙微有迹，破屋已无椽。狐兔栖寒草，牛羊卧晚烟。权枒枯木上，鸦鹊旧巢悬。人自何年去，官犹索税钱。"这些诗都以朴实的语言描绘出当时官府催租所造成的农村荒芜破败的景象，反映了当时的社会现实。

杨盐的抒怀之作沉静流美，婉转有思致，诗风与杨舟有颇为相近之处，如《听客鸣琴》："对酒不能饮，空斋调素琴。欲弹招隐曲，翻作思归吟。花鸟乱春色，风沙澹夕阴。孤灯坐自照，清漏滴人心。"思致清幽，简古淡远，有魏晋古风。又如《闻蛩》："露寒花径曲，蛩集草根鸣。对月三更夜，吟秋一片声。美人添恨谱，孤客近愁城。不寐情何极，松膏续短檠。"静夜忧思难眠，情无以排遣，其渊永隐约，志深笔长，颇得阮籍《咏怀》之意味。《夏日遣怀》："官弃一身闲，林塘意洒然。萍开鱼队跃，荷坠露珠圆。花坞听莺语，松巢看鹤眠。凉暄从世态，兴扫太玄篇。"悠然自得，有一种摆脱官场束缚的发自内心的轻松自在。

### 四　杨兆鲲、杨嘉祐

杨兆鲲，"善诗文，著有《澹斋集》"①，笔者辑得其诗 10 首。杨兆鲲为人慷慨大度，遇当为事，不以有无为解，故其诗取景较为阔大，如《邳州北湖》："苍茫湖水平，百里烟光渺。但见水中天，孤山乱飞鸟。"北湖百里烟光浩渺，但见孤山之影，飞鸟盘旋之姿映照于水中。一个"乱"字，打破了画面的静寂，飞动的鸟及其飞动的声响为画面平添了生机。再如《三兄读书大劳观春日携友过访》："春明携友伴，迢递入云坛。水绕蛟龙窟，地当虎豹关。风过千树雨，月照万峰寒。银烛连深夜，清音响暮山。"写山中之景，意象宏大，笔致洒脱霸气，充溢着豪爽之气。

杨嘉祐，杨舟之孙，"善诗"②，著有《叩缶集》，已佚。《山左明诗选》选录其 4 首诗，笔者辑得 18 首。杨嘉祐一生未仕，故其诗多写闲散的田园生活，不时会流露出偃蹇困窘的愁苦。如《村居》："茅屋溪山处士家，些须活计倚桑麻。尔来三月无尘事，啼鸟声中看落花。"写宁静的乡居生活，萧散闲淡，笔致隽永。《端阳日登望云楼》则抒发了怀才不遇的牢骚之气："白甘生微暑，长天豁远眸。画梁喧燕雀，虚阁俯山丘。囊有千金赋，衣无五月裘。愁怀况佳节，搔首望悠悠。"再如《伤秋》："一叶飘零秋乍惊，乱飘万点更愁生。风尘不动驻颜惜，人事偏教白眼横。坏壁蛩声经雨细，夕阳雁羽拂云轻。尊中有酒倾须尽，今夜关山月正明。"所选取秋日意象营造出一种凄凉孤寂的意境，情景交融。

---

① （清）杨玠：《九世文和公传》，载《山东文献集成》（第 2 辑），山东大学出版社 2007 年影印本，第 42 册，第 771 页。

② （清）周翕鐄：《即墨诗乘》卷 3，清道光二十年刻本，第 26 页 a。

### 五 杨进吉、杨连吉

杨进吉，"好学，工诗文，善行草"①，著有《客雉草》一卷，笔者辑得其诗 50 首。杨进吉与其兄遇吉、其弟连吉隐居于崂山北九水乌衣巷，乌衣巷周边山水秀丽，杨进吉徜徉其间，创作了不少描绘乌衣巷周围风光的诗歌。这类诗歌充满对乌衣巷的热爱和眷恋，是其诗歌中最有特点的。他把乌衣巷村周围的景点归纳为"四围青嶂""莺语梨花""避暑岩潭""墨矶垂钓""东山待月""长河秋涨""千林红叶""雪满群山"，并各赋七律加以赞美。如《莺语梨花》："深山习静避尘喧，春暖梨花莺语繁。百啭娇音春似海，千林香雪月为魂。迎风乳燕斜穿径，逐水桃花共到门。斗酒真堪随意醉，绿荫高卧已黄昏。"每逢春日，乌衣巷千株梨树花繁似雪，乳燕翻飞，桃花逐水，一片鸟语花香，生机盎然。《千林红叶》："策杖秋园入远岑，小村茅屋觅知音。崖悬薜荔石张锦，霜薄檀楸花满林。野菊幽香堪载酒，曲溪流水当鸣琴。蒙眬醉眼拟春色，卧对高人点笔吟。"乌衣巷山上有柿树、枫树、楸树等，每到深秋叶红如花，如火似霞。《雪满群山》："朔风萧萧冻云流，群玉峰头望玉楼。碧宇遥连素影积，琼林弥望瑞华浮。晓山落月迷千里，银海摇光眩两眸。惟羡平台词赋客，阳春一曲至今留。"乌衣巷村银树琼花，四面群山白雪皑皑，是一道风景，更是一种意境。杨进吉诗作的艺术风格鲜明，闲适恬淡，明净秀雅。

杨连吉，癖耽烟霞，酷爱山水，工诗，有文名。明亡后，与其兄隐居崂山北九水乌衣巷，览山赋诗，寄情山水，著有《悠然庐集》一卷。《山左明诗钞》选了 5 首诗，笔者辑得 33 首。

杨玠《十世文学公传》曰："委心任运，绝不作衡命想。屏弃人事，虽戚党庆吊，绝不往。结悠然庐于劳山乌衣巷，植橡栗，艺黍稷，莳花木，陶然自乐。乌衣巷旧有大槐树十株，枝叶扶疏，状如列盖，置石墩其下。每长夏，科头跣足，手持一编，婆娑偃仰，与邻翁野叟课阴晴、话桑麻，绝非睢睢盱盱之意。"又云："非岁节朝宗，终不一至城郭，古之高隐。尝有诗曰：'九月下山三月还，门庭如故草芊芊。东风吹绽杏花色，

---

① （清）杨玠：《十世增广公传》，载《山东文献集成》（第 2 辑），山东大学出版社 2007 年影印本，第 42 册，第 773 页。

始悔城中又半年.'类古之高隐云。"① 故此，杨连吉虽然与堂叔杨嘉祐一样，写隐居山野之生活，但却无愁苦之音，而是以平静悠然的心态，品味享受着恬淡自适的生活，"所作诗若干首，清真潇疏，不染一尘，三兄曰庐中人求适己意而已"②。如《村居》：

> 寂寂山村僻，居邻不数家。柴门终日闭，生事任年华。细雨滋秋草，绪风开野花。迩来从吾懒，常是对烟霞。

僻远的山村中，诗人闭门独居，看花开花落，任岁月流逝，内心平静而安宁。又如《秋凉》：

> 帘帷渐渐下，节后觉初凉。满径藓花碧，隔溪山果黄。河声犹作涨，露色已成霜。自爱千峰静，凭栏待夕阳。

宁静自然，一片澄澈明秀，确实达到了王维所谓"气和容众，心静如空"的"无我"之境。再如《移居》："懒性常闭门，所畏在征逐。移居向南山，始惬此幽独。结茅依岩阿，前后树覆绿。散发坐深林，袒背入深谷。驱犊耕晓云，课童种原菽。朝看山之巅，夕看山之麓。山色朝夕异，豁焉悦心目。"诗人袒胸露背，大有晋人之风；咏吟课童，不失士人之气。他回归真我，回归自然，内心平和宁静，享受着山中生活："漫道山中是索居，山中岁月满床书。春来又泛桃花水，云影岚光映草庐。"（《四弟每忆山中孤寂赋此慰答》），"虽在村居未为闲，白云恒行过前山。朝来又被渔郎约，谁道柴门总闭关。（《答四弟望南山用原韵》）。"

## 六　杨铭鼎、杨文鼎

杨铭鼎，字恭先，号健斋，庠生，晚号机叟，进吉次子，著有《浮

---

① （清）杨玠：《十世文学公传》，载《山东文献集成》（第2辑），山东大学出版社2007年影印本，第42册，第774页。

② （清）杨还吉：《悠然庐集序》，载《山东文献集成》（第2辑），山东大学出版社2007年影印本，第42册，第808页。

橘斋集》，笔者辑录其诗 102 首。杨铭鼎山水诗大气磅礴，气势恢宏，如
《游华严庵那罗严窟》：

> 那罗严佛已飞去，此地空余那罗窟。奇峰蠢蠢上插天，嵯峨雄峙对
> 溟渤。山海回环千万春，灵气郁沸常不没。老僧结聚华严庵，宝阁香篆
> 起突兀。东望沧溟万顷波，下临无地鸟兽猝。我来寻胜遵海滨，怪石林
> 立如迎人。崎岖鸟道千百转，愈折愈胜海相亲。波浪上下水天阔，参差
> 出没石鳞鳞。悬崖飞壁相撞激，余波涌起溅我身。策杖彳亍惊夺目，时
> 倚老松且逡巡。楼阁掩映苍翠间，丹霞飞甍半天邻。海天磨荡历千古，
> 释子玄真不可数。参禅学道人阅世，独有成佛那罗祖。山有仙兮水有龙，
> 览胜纷纷相接武，海上名山随地有，天下奇观此为首。徘徊日暮浑忘归，
> 尘世曾有此乐不？我欲长啸老其间，何事碌碌苦奔走？

那罗延窟在崂山东麓那罗延山上，是一座天然石洞。据传，那罗延佛
在此洞中修炼成佛后，凭巨大法力，冲开洞顶，升天而去。此洞周围景物
清奇，风光旖旎。明初憨山上人初来崂山时，即处其中修炼，并与来访的
达观禅士晤参甚欢。诗人抓住那罗严窟奇峰林立、山海相峙的特点，形象
地描绘出惊涛拍石、山险海阔的壮美景色。他的亲情诗简洁疏朗，情感真
挚，如《秋夜怀兄赣署作》："万里天涯兄弟心，来年才见一来音。丹枫
夜落寒江上，梦逐秋声到故林。"

杨文鼎，字孝山，还吉子，诸生，有《孝山遗诗》，后世称为"孝山
公"。聪敏好学，字法颜鲁公，存诗 5 首。

## 七　杨玠

### （一）杨玠著述考

杨玠，著有《清溪杂稿》八卷、《清溪杂诗》十卷、《炎州草》一卷
和《即墨节妇考》二卷，皆为其门人何其睿誊录，天津图书馆藏清抄本，
收录于天津图书馆辑，1999 年中华全国图书馆文献缩微复制中心出版发
行的《天津图书馆孤本秘籍丛书》集部第 14 册。

《清溪杂稿》八卷，卷一到卷三为序，卷四为记，卷五为论、书，卷
六为说、家传、传、墓碑、墓表，卷七为行状、墓志、文，卷八为疏、
笺、策、跋、引、赋等，八卷共 128 篇。其中家传中的文章记先辈生平，

《祭先妣墓文》自记32岁前身世，对研究即墨杨氏的家族世系及家族文化帮助颇多。《录水经注序》亦可为研究地理者提供参考。

《清溪杂诗》十卷，共652首诗，其中卷四为《虔州词一百首》，有序，此序也收在《清溪杂稿》卷一中。

《炎州草》前有自序，收录东粤之行时所创作的诗歌240首。

《即墨节妇考》前有杨玠自序、杨还吉《烈女祠叙》和凡例，正文部分为上、下两卷。《即墨节妇考》对研究明清时期即墨地区节烈女性的境遇问题有一定的参考价值。

杨玠的诗歌也被选入地方性的诗歌总集，《国朝山左诗钞》选其诗作11首，《即墨诗乘》选41首。

（二）杨玠的诗歌创作

杨玠身为地方官吏，其诗作中有关心现实的作品，如《问老兵谈东粤饥荒竹枝词》（其四）："桶米时值价四千，鱼生蚶肉那论钱。武王台上凭高望，但见人家不见烟。"反映了物价高涨、民不聊生的状况。再如《悯旱》："蠢蠢田螺岭，巍巍郁孤台。结坛倚青冥，图画云与雷。雩祀竟无功，令尹自不才。天高听盖卑，民艰可念哉。如何任呼号，曾不生悲哀。日射平畴裂，风卷浓云催。常惧陆海地，化作昆明灰。荧惑如可移，吾欲当其灾。"旱情严重，平畴地裂，民生多艰，诗人感慨万分，希望把天灾之难转移到自己身上。《闻五省旱》等诗也反映了当时旱情严重的情况。另外，较有特色的有以下几类诗歌。

1. 咏史怀古诗

杨玠咏史怀古诗常有感而发，佳作颇多，如《东阿》二首：

> 我本即墨人，行经东阿地。遥想二大夫，诌媚究何事。

> 东阿大夫心悲伤，我固不幸非其常。为语即墨尔终险，古今几遇齐威王。

这两首诗吟咏齐威王与即墨大夫、东阿大夫之事。春秋战国时期，齐威王问身边的大臣地方太守政绩如何，众大臣说东阿太守政绩卓著，即墨太守吏治腐败。齐威王悄悄地派人到这两个地方去实地考察，结果正好相反，最后齐威王惩罚了贿赂自己身边人的东阿大夫，奖励了贤能清正的即墨大夫。从此，朝中一扫阿谀奸佞之风，官清吏洁，诸侯畏服，逐渐成为列国一霸。杨玠途经东阿，有感而发，感慨即墨大夫的正直清廉终胜东阿大夫的谄媚，也认为东阿大夫的谄媚被发现是偶然性事情，即墨大夫终究是危险的，因为齐威王并不是常遇到的，立论颇有新意。再如《茌平马周墓》：

> 衰草满平原，迷离杂烟树。高冢卧石麟，云是马周墓。火色竟何存，溘然若朝露。修短日难逃，雄才自天赋。一旦草封章，遂蒙真主顾。抗论每见从，遮辇犹无忤。房杜开国贤，趑趄随后步。千载此君臣，鱼水等其趣。半世庆明良，当年悲感遇。斗酒濯足时，气壮情自苦。倘逢窃位人，几负新丰妪。何处有常何，吾欲黄金铸。四顾终茫茫，夕阳策马去。

马周满腹经纶，却怀才不遇，后因朋友常何得以被唐太宗赏识，并被委以重任。此诗吟咏马周之事，感慨世无常何，似寓有失意之慨，结句所营造的夕阳中四顾茫然、策马远去的意境，为较为平实的诗歌增添了一抹浓郁的诗意。再如《明妃曲》：

> 黄云城外玉关西，千里不听鸣晨鸡。风卷惊沙乱画角，琵琶此处声凄凄。生来不识君王面，未应承恩谁敢怨。公主犹遣嫁乌孙，妾得和戎亦不贱。紫台一去几时回，去国怀乡心自悲。李陵苏武多涕泗，何况马上驮娥眉。后代词人吊青冢，枉说娥眉恋新宠。宠极会有宠衰时，红颜薄命原多恐。天地虽大无多才，飘零阸塞兴人衰。尔时若得当人主，于今未必传忽雷。哀丝断续边城奏，闲弹一曲人为瘦。夜月芳魂如有知，还须感激毛延寿。

这首诗的小序曰："偶读临川庐陵诗，辄作一首。"在历代文人笔下，王昭君大抵是一位深可哀矜的悲剧人物，毛延寿则是酿成昭君悲剧的祸首。王安石的《明妃曲》独出机杼，于传统见解中翻出新意，指出酿成王昭君悲剧的元凶是汉元帝，从而成为文学史上吟咏王昭君的杰作。杨玠此诗的立意也很新颖，指出王昭君"和戎亦不贱"，还应该感激毛延寿，与王安石相比，其表达更为直接。

2. 女性题材的诗歌

杨玠作《即墨节妇考》二卷，以期"观风化之醇"[①]。对女性的关注也表现在其诗歌中，是其诗较为引人注目的一点。《老儿湾诗》是一首长达千余字的叙事诗。诗先写旱情严重，"粒食不可得""连村绝烟火""仿佛长平俘，一坑四十万"。然后插入苏家妻的故事，丈夫不幸落水而亡，她"携子赴水湄，哭罢欲身殉"，但为了两个孩子，只好苟且偷生，却不料赶上这场灾荒。这场灾荒引发的瘟疫，又使她的两个儿子失去生命，她麻绳殉身未成，回哥嫂家居住，又被贪财的哥嫂许配他人，无奈之下，苏家妻"翻身跃川渎"。最后诗人点出主旨："凶年岂不独，疫岁岂不酷。未若斯人悲，转觉困穷独。烈妇与哀情，并堪谱琴筑。"这首诗学习汉乐府，从容铺陈叙事，在饥荒与瘟疫的背景下凸显立意。虽主张妇女守节的立意在今日看来未免陈腐，但此诗客观上反映了古代妇女的不幸命运，就这一点而言，还是有可取之处的。《洛阳女》是一首310字的叙事长诗，诗歌描述了婚姻中受到不公平待遇的女子的命运。洛阳女端庄温婉，"戚里行见者，啧啧多爱羡"。嫁入贫家之后，"舅姑号慈惠，谗言入耳偏。娣姒各狰狞，勃溪争喧填"。洛阳女受尽磨难，发出"何若托空门，稽首慈王殿"的呼声，读来令人心酸。

3. 描写异乡风景及风土人情的诗歌

杨玠为赣县令三年，"其山川城郭、气候风俗、兴废沿革、物产地利，贤人君子之政教，故家前辈之风范，匹夫编户之利病，可歌者、可泣者、可劝者、可惩者，靡不讲贯无遗"[②]。他在东粤也游历甚多，"道南安，谒东山书院，盖王文成公全归之地。度大庾岭，抵韶阳，观风度楼，慨然想曲江之烈，悲公之身显而言未行没，有遗恨于禄山。至广州，登镇海楼、观音山，望虎头门，揽南粤南汉"[③]。因此他描写赣州、东粤等地风景的诗歌相当丰富，如《飞来寺》："澄泓曲水抱苍山，一径迂回取次攀。今古休寻来去踪，色空还在有无间。木翻贝叶青枫合，鸟解禅音白昼闲。翘首烟霞如可解，征途聊此破愁颜。"

---

① （清）杨玠：《即墨节妇考序》，《清溪文稿不分卷诗草十卷炎州草一卷即墨节妇考一卷》，《天津图书馆孤本秘籍丛书》，中华全国图书馆文献缩微复制中心1999年影印本，第14册，第695页。本节使用此版本，以下注释将不再标注版本。

② （清）杨玠：《虔州词自序》，《天津图书馆孤本秘籍丛书》，第318页。

③ （清）杨玠：《炎州草自序》，《天津图书馆孤本秘籍丛书》，第658页。

　　杨玠描写南方风土人情的诗歌，颇有特点。他从一个北方人的视角出发，发现南方人熟视无睹、习以为常的事情，这使他的诗歌带有浓郁的岭南色彩，给人带来新鲜的感受。如《蛮市》："蛮市夹江浒，停桡看不禁。熟徭来路远，粤女厉溪深。蔽日惟葵扇，披身尽葛襟。劈蕉丝成缕，削竹木同林。稻外无粱菽，鱼中贵鳝鲟。端皮夸子砚，海贝当兼金。问价空摇手，争酬齐指心。占凭鸡骨课，饰重象牙簪。所欲虽无取，时需亦可寻。终然难与语，去去叹殊音。"描写了南方市场上人们的穿衣打扮，所售卖的货物及语言不通的情形等。《问老兵谈东粤岁荒竹枝词》（其十）则写到了当地人与海外做生意的情景："海上锣声番鬼来，西洋宝贝满堆厓。两台军令容装米，万石香粳付豺狼。"

　　此外还写了南方巫风盛行的情形，如《七月十二日英德城下见土人设醮者纸糊神将载之舟中浮游江南戏成四绝句》（其二）："中元将到鬼门开，南粤巫风益可哀。方相不知原是□，鸣锣齐唱贵神来。"南方观剧的风俗也进入诗人的视野，如《观剧》曰："铁板琵琶唱武宗，火天天火去匆匆。头衔署得新官诰，威武将军镇国公。"《虔州词》曰："时新竞尚逐奢华，纵饮酣歌不顾家。十部梨园无隙日，乱谈西曲趁生涯。"这首诗后的注释曰："俗喜演戏，奢侈过甚，本地及泰和来者，凡数十部，目不暇给，新曲名乱谈，作边关调，声多悲凉，词无伦理，尤竞尚之。"另外还写到品尝荔枝等在北人眼中比较有新鲜感的事情。

　　杨玠"诗文皆为令时所作，闻见不广，然记即墨、赣县及两广史事颇详"①。杨玠诗歌既非厚重典雅，也缺乏飘逸灵动，其诗作风格是平白朴实的，这与其创作诗歌的目的有关。他的《虔州词自序》曰："因占词一百首，取以讽咏勿忘，亦欲吾民之闻之者，知所法戒云尔。意在讽喻，故不事雕琢，蕲于浅近，虽方言俚语不尽也，名之曰《虔州词》。"②《石城草自序》："触目会心，往往有作，不求其佳……吟啸而已。"③他的诗作中有很多的竹枝词，是他向民间学习的结果。

## 八　杨瑛、杨标

　　杨瑛，著有《敦彝堂稿》，已佚。中科院图书馆藏有杨瑛《守璞斋诗

---

①　柯愈春：《清人诗文集总目提要》，北京古籍出版社2001年版，上册，第468页。

②　（清）杨玠：《虔州词自序》，《天津图书馆孤本秘籍丛书》，第318页。

③　（清）杨玠：《石城草自序》，《天津图书馆孤本秘籍丛书》，第318页。

抄》4卷，因善本不外借的规定，笔者也未能得窥其貌。《即墨诗乘》选一首《贺袁鸣陛令孙新婚》，兹录于下："华堂箫鼓雀屏开，争羡香车百辆来。并蒂芙蓉依绣阁，双星牛女现蓬莱。鸡鸣警夜真佳偶，鹏奋冲霄讶俊才。政是公孙夸凤舞，九重紫诰下鸾台。"杨瑛还有奏疏一篇，题为《选擢奏疏》[①]。杨瑛康熙五十六年（1717）选授山东直隶曹州曹县训导，这篇奏疏是他离任之时所作。

杨标，世系不明，康熙四十五年（1706）丙戌翰林，仅存诗2首。

### 九　杨士鉴、杨士钥等人

杨士鉴，著有《华峰集》，已佚。《国朝山左诗续钞补钞》选其诗作1首，为《夏日瀛洲亭即事》。笔者辑录其诗30首。其山水之作写得较为出色，如《游三岩祠观白云洞瀑布》："古刹三岩胜，洞飞瀑布声。喷泉如雨注，倾谷恍雷鸣。万斛珠光澈，半天雪色呈。整襟尘可涤，观世白云生。"白云洞瀑布位于今浙江丽水，是当地著名的景点。杨士鉴这首诗，抓住飞瀑倾泄而下、击于石上的气势，形象地描绘出水珠四溅如万斛珠光，声音雄浑悠长如雷鸣的特点。

杨士钥，著有《山人瓢浙游草》，已佚。《国朝山左诗续钞补钞》选其诗作1首，笔者辑录其诗13首。《秦淮闻笛》营造出清幽冷寂的意境："徙倚秦淮上，青溪几曲流。声华江孔寂，歌舞顿杨休。露冷虬松月，风寒慈竹秋。谁家笛入破，子夜故悠悠。"《华阳书院》："华阳高阁矗山齐，咫尺空濛望转迷。栖鸟傍檐微雨过，轻烟笼树野云低。穿林雁阵翻红叶，夹岸松关枕碧溪。问道辋川何处是？横秋一幅画中题。"朦胧的写意，鲜明的画境，将秋日的崂山写得格外美丽，恰如一幅色彩纷呈、诗意悠远的图画。

杨士鏻，字乾一，号南溪，士鉴弟，著有《南溪草》，存诗3首。他的《钱塘观潮》用比喻、想象、烘托手法写出了钱塘江潮的气势："罗刹江湖尚呀呷，长鲸吸岸岸欲塔。忽觉天风吹海立，突起长蜺横地匝。南龛北赭两山间，琼鳌跃过飞龙峡。薄云喷雨荡空溟，隐隐一抹青山压。恍如巨灵鞭叱昆仑墟，驱来千嶂飞嶵嶵。又如夔牛引椎鼓鼍棱，奔雷撼天日月怯。鱼龙腾踔鬼神猜，潏焉逝目眩灵晔。须臾势过万态宁，曾有飞波侵衣

---

① 杨贵堡续修：《即墨杨氏家乘》，民国二十六年铅印本，第二册，第105页a。

袂。钱塘潮汐几回来，日暮寒江雨雪雪。"

杨士钫，字端叔，号邻鹤，士鉴从弟，诸生，有《邻鹤诗草》，存诗28首。

杨士钰，字韫辉，号立诚，杨玠之子，岁贡生。存诗11首。

杨士鉊，士鉴从弟。存诗1首。

杨士銮，字殿声，杨璟子，杨铭鼎孙，乾隆十三年（1748）戊辰岁贡。存诗16首。

**十　杨中永、杨中准、杨方柟、杨方李、杨方木、杨可信等人**

杨中湜，字清甫，庠生，士钥子，杨琬孙，存诗1首。

杨中浩，字孟我，号菊轩，士銮子，铭鼎孙，乾隆三十年（1765）乙酉科岁贡，乾隆三十三年（1768）戊子科举人。

杨中永，字大庚，号苓圃（一说华圃），杨玠孙，乾隆三十九年（1774）甲午科举人。存诗12首。

杨中准，字叔平，号均石，士鳞子，诸生，存诗1首。

杨方柟，字汝航，号寿山，士鉴孙，诸生，官姚州吏目，存诗1首。

杨方李，字少膺，号郁林，中准子，诸生，存诗5首。

杨方木，字震东，号巨庵，庠生，中永子，杨玠曾孙。存诗18首。

杨方桎，字豫村，中江子，瑸孙，和鼎曾孙，嘉庆十三年（1808）戊辰科恩贡。存诗1首。

杨方奕，字讦亭，中浩次子。存诗49首。

杨可信，字文轩，方柟子，诸生。存诗1首。

《即墨杨氏家乘》记载："先人相传治《礼记》，太原公、沛公皆以《礼记》发解，治《尚书》自文敬公始。"[1] 但是综上来看，杨氏家学主要是诗歌，此外，杨氏家学之中还有书法。杨盐善书，"书法遒劲飞动，不规规前人，自成一家。年将八旬，犹能作麻粒细字"[2]。笔宗欧阳询，结体严谨，尽管稍带一些馆阁体的拘谨，但其功力非一般人所能及。旧时莱州的"褒厘云朔坊""纶褒坊"和即墨县治前的"山海名邦坊"都是

---

① 杨贵堡续修：《即墨杨氏家乘》，民国二十六年铅印本，第二册，第186页a。

② （清）杨玠：《七世沛公传》，载《山东文献集成》（第2辑），山东大学出版社2007年影印本，第42册，第767页。

他的墨迹，杨氏街门前曾有"世科"悬额，也是杨盐书写。杨文鼎也擅长书法，"公于字法师颜鲁公，尤工行草，古劲飞越，有龙蛇攫拿之致。邑中屏障，得其片纸，觉生光辉"①。杨进吉"工诗文、善行草"②，"能书"③，"杨还吉字六谦，清康熙时（1662—1722）即墨人，工书法"④。

表6—3　　　　　　　　　　　即墨杨氏著述一览表

| 编号 | 姓名 | 著述 | 存否 |
|---|---|---|---|
| 1 | 杨良臣 | 《南庄遗诗》一卷 | |
| 2 | 杨舟 | 《载轩诗集》一卷 | |
| 3 | 杨盐 | 《味道楼集》二卷 | |
| 4 | 杨兆鲲 | 《澹斋集》一卷 | |
| 5 | 杨嘉祜 | 《叩瓦缶集》一卷 | |
| 6 | 杨任大 | 《月溪诗集》一卷 | |
| 7 | 杨遇吉 | 《乞师记略》一卷 | |
| 8 | 杨进吉 | 《客雊草》一卷 | |
| 9 | 杨连吉 | 《悠然庐集》一卷 | |
| 10 | 杨还吉 | 《云门草》一卷、《燕台集》一卷、《即墨旧城考》 | |
| 11 | 杨铭鼎 | 《浮橘斋集》一卷 | |
| 12 | 杨文鼎 | 《孝山诗集》一卷 | |
| 13 | 杨玠 | 《清溪文稿》不分卷、《清溪文集》十卷、《炎州草》一卷、《诗草》十卷、《即墨节妇考》一卷、《清溪杂诗》十卷、《杨氏家乘》<br>《即墨考》一卷、《清溪诗录》《奏疏代稿》 | 存 |
| 14 | 杨瑛 | 《守璞斋诗抄》四卷、《选擢奏疏》<br>《敦彝堂稿》 | 存 |
| 15 | 杨士鉴 | 《华峰集》《疏稿》 | |
| 16 | 杨士钥 | 《山人瓢》一卷、《浙游草》一卷 | |
| 17 | 杨士鳞 | 《南溪草》 | |

①　（清）杨玠：《十一世文学公传》，同上书，第777页。

②　（清）杨玠：《十世增广公传》，同上书，第773页。

③　乔晓军编著：《中国美术家人名辞典·补遗一编》，三秦出版社2007年版，第256页。

④　谢兆有等编著：《山东书画家汇传》（清·民国·当代部分），中国文联出版社2003年版，第165页。

| 编号 | 姓名 | 著述 | 存否 |
|---|---|---|---|
| 18 | 杨士銮 | 《华东诗草》 | |
| 19 | 杨士钫 | 《邻鹤诗草》 | |
| 20 | 杨中江 | 《诸葛武侯年谱》二卷、《西溟遗集》 | |
| 21 | 杨方奕 | 《四字经注释》 | |
| 22 | 杨方桎 | 《四易大意约》五卷、《素王正宗》三卷、《海上生杂着》一卷、《海上生诗集》《洪范大意约》二卷、《月令大意约》一卷、《太元经大意约》三卷、《八阵图说集注》一卷、《离骚大意约》一卷、《兵略》一卷、《素王正宗》 | |

资料来源：《即墨县志》《山东通志》《即墨诗乘》《即墨杨氏家乘》《莱州府志》等综合得之。

# 第三节　杨还吉诗歌研究

## 一　杨还吉生平及著述考①

杨还吉（1626—1700），字启旋，后更字六谦，康熙二十六年（1687）丁卯岁贡生②。据杨玠《十世文敬公传》，杨还吉生而奇颖，年十二从名士纪中兴读书崂山乌衣巷，初就横舍，纪君三试之，皆第一。自是益力学，于书无所不窥。性澹静，无仕宦志。县令张琛知其为博雅之人，便命书吏持柬招之应童子试。张琛命题"道盛而德至善，然而无有乎尔，则亦无有乎尔"，又试以策论一首，杨还吉援笔立就，大见称赏，令署作第一，名闻于督学施闰章先生，遇以国士后学。张参政永祺负知人鉴分，守登莱，合所部十五州县士校之，以杨还吉为冠。当是时，杨还吉名动齐鲁。据《杨氏家乘》，杨还吉寓居东莱，题壁一绝云："'归鸿不断夜来声，柳叶桃根系别情。屈指花朝能几日，莫教客里过清明。'喧传郡城，

---

①　本小节资料来源：（清）杨玠：《十世文敬公传》，载《山东文献集成》（第2辑），山东大学出版社2007年影印本，第42册，第775页；（清）郭琇《杨征君年谱后序》，载杨贵堡续修《即墨杨氏家乘》，民国二十六年铅印本，第2册，第168页b—169页b；（清）杨玠：《祖考征士文敬先生充庵府君墓碑》，载《即墨杨氏家乘》，民国二十六年铅印本，第2册，第110页a—111页b。

②　同治《即墨县志》卷9《人物·文学》，第620—621页。

钱大枝、罗文河、赵山公、海客诸君子皆来定交。"① 钱大枝、罗文河、赵山公、赵海客都是掖县名士。罗鸿图，字文河，自号寓意子，掖县人。清康熙十一年（1672）拔贡。专精六书之学，工缪篆，著有《铁笔谱》二卷。赵涛，字山公，赵瀚，字海客，二人为赵士喆之子，掖县望族赵氏家族成员，清初山左著名遗民。钱大枝，生平不详。但杨还吉省试却不利。康熙初，废经义，以策论取士，东土人士金以还吉能中举，然仍不第。

康熙十七年（1678）三月，杨还吉入乌衣巷七日，成《处处草》一卷②。同年康熙帝诏举博学鸿儒，胶州赵文焜（铁源）荐举杨还吉入京，同时荐举了诸城李澄中。准备北上应诏期间，杨还吉创作了《戊午予于五月七日应命北上小李邨桥别法鼎元鼎宗鼎和鼎铭鼎诸侄》《戊午八月予被征入燕侄法鼎元鼎宗鼎同赴历下应秋闱思而不见遥有此寄》等诗，表达了希望后辈蟾宫折桂的殷切期望。

康熙十八年（1679）的博学鸿儒科试既是一次大规模的人才选拔考试，也是清朝一场空前的文化盛会。朱彝尊、李因笃、黄宗羲、施闰章、潘耒、傅山等儒林名宿、文坛巨擘皆在应诏之列。这些士子云集北京，人才济济，盛况空前，他们借此良机，自发地联谊交游，与此同时，喜好风雅的京城官员经常开宴招饮，广纳宾客，于是一场名流荟萃、朝野融合的文化盛会就此形成。杨还吉在京城期间，除了应试等活动外，他也积极参加了交友聚会，例如康熙十七年（1678）重阳前一日，赵铁源招引，杨还吉应招宴集，并写有《重阳前一日铁源赵先生招饮黑龙潭同宋既庭倪闇公黄俞邰李蓼野李醒斋分韵得静字》一诗记载此次聚会。康熙十八年（1679）二月十四日曹广端招饮，杨还吉与尤侗、彭孙遹、李因笃、孙枝蔚、邓汉仪、李念慈、汪楫、朱彝尊、李良年、王嗣槐、陆嘉淑、沈皞日、陆次云、李澄中、顾景星、吴雯、潘耒、董俞、田茂遇、吴学炯诸君应招，宴集园亭。通过广泛的切磋交游，杨还吉结交了一大批海内外知名的学者文人，其中既有旧友施闰章等人，亦有新朋黄虞稷等，他的文学成就和学术造诣也得到了充分的展现，其文学才能受到了时人的推重，如在京期间所作的《周母节烈诗》"尤竟传颂，评者二十余家，邓汉仪孝威、

---

① 杨贵堡续修：《即墨杨氏家乘》，民国二十六年铅印本，第 2 册，第 187 页 a。

② 同上书，第 188 页 a。

李天生因笃、尤晦庵侗、孙先枝豹人、施愚山闰章、陈其年维崧、郑山公重、毛大可奇龄其表表者"①。朱竹垞彝尊善八分书，"文敬公（杨还吉）属其书联曰：'正伦理笃恩义处家之道，和内外平物我见道之端'"②。

康熙十八年（1679）三月一日，应荐的博学鸿儒同试于体仁殿，杨还吉创作了《太和殿下候上御跸还宫恭赋》和《召试体仁阁蒙恩赐馔恭记》两首诗，记录了当时的情况。三月二十九日，殿试取中五十人，杨还吉未被录取。按当时规定，未通过殿试者，年五十以上者授中书舍人。有人劝说杨还吉稍作停留，以便能得一官，但杨还吉谢绝这种提议，回到崂山，隐居乌衣巷。

康熙二十一年（1682）春，杨还吉入京，与黄虞稷匆匆一晤。康熙二十六年（1687），杨还吉为岁贡生，入国子监。这次入京时，与黄虞稷见面，并邀他为《云门草》作序③。

晚岁"既谢诸生服，遂遍游名山，涉淮入吴，抵武林、苕雪与诸名胜。饮酒酬倡，归舟纍纍，皆卷轴也"。惟读朱子遗书，欣然忘食，深契孟子扩充之旨，自号充庵，年七十五卒于家。因其"道德博闻，夙夜儆戒，合于古者谥义，私谥曰文敬先生"。同邑郭琇为之作《杨征君年谱》并作《杨征君年谱后序》，惜不存。

杨还吉"博综能文"④，据《即墨县志》等记载，杨还吉著有《石碕燕游》《云门草》及《即墨旧城考》若干卷，《即墨诗乘》说有"《杨征君集》"，可惜皆散佚。笔者据《即墨杨氏家乘》《即墨诗乘》等辑得杨还吉诗177首。《国朝山左诗钞》选其诗6首，分别是《桃花涧》《对菊》《次澄岚先生韵》《过樱桃岩闻笛》《中宵》《秋雨中忆范文庄出海》。《晚晴簃诗汇》选了《过樱桃岩闻笛》《秋雨中忆范文庄出海》两首诗⑤，《即墨县志》收入其七律《过童府君墓》。杨还吉另有《悠然庐集序》

---

① （清）杨玠：《即墨杨氏家乘》，民国二十六年铅印本，第2册，第188页 b。

② 同上书，第189页 a。

③ 同上书，第167页 b—168页 a。

④ 同治《即墨县志》卷9《人物·文学》，第620页。

⑤ 徐世昌《晚晴簃诗汇》杨还吉小注曰："字六谦，即墨人。诸生。有《味道楼集》"。《国朝山左诗钞》杨还吉小注也说杨还吉有《味道楼集》。其实杨还吉曾祖杨盐的诗集为《味道楼集》，故《晚晴簃诗汇》与《国朝山左诗钞》中的小注可能有误。

一篇①。

## 二　杨还吉的诗歌创作

笔者将据其诗歌内容分类论述其诗作。

（一）质朴的关注民生诗

杨还吉关注民生，忧叹民间疾苦。如《悯荒竹枝词十二首》：

二东连岁苦饥荒，六月旱干八月霜。记得离家才麦熟，收来几斛尽如糠。

秋来郊园已可悲，豆花零落尽成萁。贫家只有冬菁饭，菜得熟时亦不饥。

寒冰十月冻胶河，绝粒朝来却奈何。一斛草根十斛土，可怜草子亦无多。

株株枣栗几株榆，暂刮榆皮当急需。朝剥暮吞行且尽，一家相对发长吁。

公家徭役有期程，两税全完起解行。饿死故乡无去志，只愁二月是开征。

三冬无雪麦苗枯，四野萧萧破草庐。一去他乡终转徙，临行含泪重踟蹰。

短衣不掩北风凉，忍死含羞饿道旁。凄绝小儿堪叹息，一时行路为心伤。

纷纷满眼是流冗，携女拖男腊月中。一似哀鸿飞不定，西飞何处又东飞（临淄王公佩公车北来言道上流民东西走）。

饥来不为惜娥眉，陌上相看永别离。妾去郎存郎亦活，何缘凝望转如痴（饥民道上卖妾千钱受直后守至夜终弃去）。

满道流亡半向西，无家千里望青齐。他乡死去凭谁告，只有乌鸦傍晓啼（金陵镇有饥民四口雉经林间）。

一疏天高叩至尊，御批半夜出宫门。大农速进条宜策，缓死须臾是圣恩。

① （清）杨还吉：《悠然庐集序》，载《山东文献集成》（第2辑），山东大学出版社2007年影印本，第42册，第808页。

帝遣亲臣向洛阳，同时驰传赈东方。临轩天语叮咛切，怀抱孩儿算口粮。（上遣两部大臣驰驿赈济奉旨以便宜行正月十三日出都）

连岁饥荒，人们以蔓菁、草根、榆皮为饭，拖儿带女，流离他乡，甚至饿死道旁，但官府的赋税仍然开征，人们的困苦已经到了无以复加的地步。这组诗歌形象地描绘出一幅百姓荒年流离失所、忍饥挨饿的悲惨生活画卷。尽管这组诗歌的最后两首讲到朝廷赈灾，怀抱中的孩儿也算口粮，算是对朝廷救灾措施的肯定与褒扬，但诗中的悲惨之景对我们认识康乾盛世有一定的意义。再如《景州道》：

客行景州道，喧呼闻过兵。城小无馆驿，处处鲜居停。况闻大军至，昨夜宿阜城。前路验刍豆，部使已先行。候骑昼夜过，来往如流星。是时日已暮，月色隐檐楹。主人怜我倦，寓我床东荣。室小无窗牖，马通气熏蒸。当食不能下，中夜三五兴。仰视明河畔，雨脚乱纵横。入夜益滂沱，无意为洗病。不敢恨穷途，但愿沟浍盈。遥知新雨后，原野试新耕。

这是诗人北行至今河北景州时所作。诗歌记叙了自己在兵马喧嚣、昼夜来往的背景下，入住陋室、食难以下、人难以眠的情景，表达了自己希望雨水滂沱、新耕顺利的心愿。诗人先以写实式的叙事手法，诉说旅途之辛苦，而后通过"不敢恨穷途，但愿沟浍盈。遥知新雨后，原野试新耕"直抒忧虑民生之情，诗人的博大胸襟和崇高理想，表现得淋漓尽致，与杜甫"安得广厦千万间，大庇天下寒士俱欢颜"有异曲同工之妙。另有《相里屯》《阜城吟》与《景州道》作于同时，诗中都写到了当时军队开拔经过之事，结合他所处的时代，这些诗应是写于康熙平三藩之时。杨还吉的这类诗歌多是亲身经历之事，叙事中有抒情，通常写得质朴，具有现实主义的特点。

（二）灵旷深秀的山水诗

吟咏自然山水之作在杨还吉的诗歌中所占比重较大。因其主要生活于即墨，较少游历各地，故此其诗歌主要描写崂山及即墨周边地区的秀美之景。如《宿仙古洞》：

一溪九折逶迤出，水绕山回古洞存。谢客不知穷雁宕，渔人何事问桃源。涛声入夜连孤岛，清磬流云失暮村。自有登临来我辈，遥惊羽士下昆仑。

仙古洞，又名"仙姑洞"，相传是八仙中的何仙姑升天的地方。仙古洞依山面水，风景秀丽。洞外苍松翠竹，围成天然屏风，洞口上下青藤野葛织就古雅的珠络垂帘。站在洞外，隐约可见一曲九折的溪水，暮色四合，涛声阵阵，磬声清亮，汇成一曲清幽动人的深山仙乐，连昆仑山上的道士都不禁到此寻幽探胜。诗人用谢灵运游雁荡、陶渊明桃花源的典故，指出仙古洞的难以寻找，从而为读者创造出一个想象仙姑洞美景的空间。再如《桃花涧》：

北涧窈且阻，屡折穿其奥。上下忽高深，云岚依奔峭。石路杳无人，流泉先找到。忆昨林觞处，烂漫红霞照。再来非陵谷，空潭寄萝茑。行行造孤峰，独立一舒啸。

行走桃花涧，但见清流急湍，峭壁危岩，如入图画。再往前行，昨日临觞畅饮处，今日却空潭静寂，萝茑葱郁，昨日与今日，一虚一实，一烂漫一静寂，景物的转换之中蕴含人事与自然变迁的感慨。最后两句又开新境，行至孤峰，独立长啸，画面感极强。此诗一步一景，奇境屡出，令人目不暇接，心向往之。再如《过樱桃岩闻箫》：

一溪春水绿迢迢，二月溪旁雪未消。
行尽空山人不见，樱桃岩外听吹箫。

此诗颇有王维的味道，诗人以动写静，春水迢迢声与悠扬的箫声增添了空山的宁静、幽深，而流动的绿水、未融的白雪与樱桃这个意象所暗示的红色又使空寂的春山富有明丽的色彩，山是宁静的、空灵的，又是美好的、富有生机的。这首诗"削尽尘语"①，体现出诗、画、乐的结合，也体现了诗人高超的诗歌技巧。董剑锷《山巷草序》说"其诗灵旷深秀之

---

① （清）周翕鐄：《即墨诗乘》卷7，清道光二十年刻本，第1页a。

气，深透楮背，非行辈称诗者所可跂及"①，大概指的就是这类山水景物诗。

杨还吉也写田园生活，虽然这类作品相对于山水风景之作较少，其田园生活诗深得陶诗之旨趣，如《寄长兄》："索居常苦寂，杂居常苦喧。不如治数亩，乐志在田园。出城二三里，先庐有载轩。高台虽荒芜，溪水日潺湲。种瓜依河岸，引水为通源。瓜田应已熟，插篱补短垣。手携诸童稚，来去已忘言。日暮聊止宿，此地即邱樊。相望不相及，归思忽烦冤。"诗人用不假雕饰的语言描写安逸恬淡的乡居生活，风格清新自然。

（三）雄浑高古的咏史怀古诗

即墨历史文化底蕴丰厚，这为诗人的创作提供了众多的题材，杨还吉咏史怀古类的诗歌多是吟咏即墨地区的人文典故。如《感讽·望田横岛》：

> 呜呼东有岛，垒垒五百丘。其人不可见，浩浩大海流。要当毕意气，成败非所尤。千载有余哀，悠悠难与谋。

田横岛在即墨县东，是田横五百壮士集体殉节处。诗人远望田横岛，感慨他们的高节大义。此诗以"呜呼"二字领起全篇，议论富有气势，且深蕴自己的无限感喟。再如《过童府君墓》：

> 海上双凫飞复还，府君祠墓正东偏。当年歌哭人何在，此日威仪思黯然。玉佩风来松自舞，石麟秋老月空悬。南阳帝里萧条甚，只有空山纪汉年。

童府君墓，是东汉不其县令童恢的衣冠冢。童恢，光和五年（182）任不其县令，耕织种收，皆有条章，一境清净，牢狱连年无囚，政绩卓著。后迁丹阳太守。死后，人们将其衣冠葬于即墨傅家埠山下。首联用西汉王乔的典故，以"双凫"代地方官童恢，以"飞复还"谓童恢去官离开即墨，死后衣冠又回到即墨。颔联说人们作歌凭吊童恢，思其威仪，黯

---

① 杨贵堡编修：《杨氏家乘》，民国二十六年铅印本，第二册，第 167 页 a。

然神沮。颈联谓风吹松林，声如风摇玉佩那样清脆悦耳，月光空照墓前的
石麟。尾联谓东汉开国皇帝刘秀的故乡南阳一派萧条，只有空山还在使用
汉代的纪年。这首诗没有编年，不知作于何时，但是读来给人以厚重的历
史感，"只有空山纪汉年"的感慨似乎和明清换代有关。诗歌对仗工整典
雅，感慨深沉，"松自舞""月空照"所营造的意境也很契合整首诗的感
慨。《题康公祠》曰：

> 康公祠屋华楼东，伏腊年年走野翁。堂上一盘脱粟饭，里中十限
> 自投封。桐乡自古恋召父，国士知君赖武公。后有华阳前姑蔑，千秋
> 遗爱将无同。

康公祠是为感谢为官即墨的县令康霖生所修建。康霖生，清顺治朝己
亥年进士，磁州人（今河北邯郸市）。康熙九年（1670）至十二年
（1673）为即墨令。康公在县令任上，整饬吏治，清丈土地，核实贡赋，
减轻民困，抑制横暴，移植花椒，富足百姓，颇得民心。杨还吉把他与西
汉时曾为官桐乡的朱邑相提并论，赞其为政遗爱千秋。再如《登东莱尊
经阁》：

> 高阁峻嶒爽气浮，川原历历忽生愁。城南战血余双庙（崇祯壬
> 申孔李兵变郡太守朱公及东抚徐公登抚谢公皆殉难），海北楼船忆十
> 洲（时彭参成以舟师自北海入援）。自许苞桑忧社稷，谁令禋祀答春
> 秋（郡太守庞公修莱城，坚完异常，变后议题叙不果）。徒依日暮添
> 惆怅，惨淡西风天地悠。

明朝崇祯四年（1631），李九成、孔有德兵变吴桥（今河北吴桥县），
回戈东指，从吴桥出发，连破济属六县，一路烧杀至莱境，莱州知府朱万
年、山东巡抚徐从治、登莱巡抚谢琏皆殉难，后莱州建庙纪念他们。这首
诗歌就是吟咏这一史实，高阁峻嶒，爽气浮动，川原历历，双庙仍在，而
当年的血战已不见踪迹，在感慨这些历史人物"自许苞桑忧社稷"中，
也包含着自许苞桑的无奈，诗风高秀浑雄。

（四）真率自然的亲情诗

杨还吉幼年失怙，年长与诸兄白首同居，家庭和睦，无有间隙。他有

很多描写与兄长子侄间感情的诗歌，如《寄家仲兄时游中州》："离思常挂夕阳前，聚首难凭只泪泫。乱后名园游洛下，愁来公子忆秦川。书传鸿雁人千里，草渐池塘梦各天。总是故乡豺虎遍，不如携手卧云烟。"再如《寄山巷三兄并诸侄》：

> 山巷日夕佳，一水绕前村。老槐十余株，绿荫尽当门。农人虽有事，出入必相存。有时较晴雨，列坐古槐根。槐叶密如盖，槐实已可吞。忽忽疑风雨，岂复辨朝昏。我虽在长安，日夜念诸昆。安得守山巷，共读且讨论。终夜不能寐，未明苦朝暾。笑为朔皋误，待诏来金门。

这首诗是杨还吉入京参加博学鸿儒选拔时所写的，他想念故乡的槐树，向往自在的山居生活，更想念兄长诸侄，希望能有朝一日"共读且讨论"，而不是像现在这样为诗文所误，待诏金门。

对于小辈人，他也流露出长者对后辈的关切思念之情，如《寄望孙》："一望芦花白，千林柿叶黄。自从闻雁后，夜夜梦故乡。夜雨征鸿急，西风落木疏。思归归未得，昨日望孙书。"此诗的小序曰："今岁三月入青，有'阿孙问我归来日，好待深秋鸿雁声'句，昨望孙寄予云：'今已鸿雁声了'，望孙今八岁，颇解人情，乃有此寄。"

杨还吉的诗歌生动活泼地描绘了自己的家庭生活，充满了浓郁的生活气息。如《甲子正月二十八日雪夜三小孙灯前娱饮醉中放歌》：

> 春灯滟滟粲生华，晚来风雪纷交加。楼上柳絮随风舞，风中不辨桃李花。稚子欢呼争拍手，老夫对镜兴亦奢。两雏扶案将我须，一雏捉笔乱涂鸦。人生乐事岂易值，笑语喧喧两部蛙。忆昔门间阴种德，似见瑶环兰苗芽。觅饮立可倾一石，家酿即尽更须赊。急呼银鹿趁快足，冬冬严鼓将掺挝。不然酒尽兴未阑，樽前辜负手八叉。记取他年春雪夜，䕫腾醉眼图龙蛇。

门外风雪交加，门内一片温馨，两小儿把诗人的胡须当作玩具玩，一个小儿拿着笔乱涂鸦，洋溢着欢声笑语，好一个阖家欢乐的画面，一个和蔼可亲又豪兴飞扬的诗人形象也呼之欲出。

　　综上，杨还吉的诗歌因题材不同而呈现出不同的艺术风格。虽然杨还吉并无诗集流传下来，但目前我们看到的这些诗篇，已是非行辈所及，这足以使其成为即墨望族诗人中的佼佼者。

# 结　　语

　　"家族、性别、社团、流派都与地域概念胶着在一起"①,是明清文学的突出文化现象,也是该时段内山左诗歌的重要文化现象。本书即是以"地域""家族"的交错为基点,以莱州府即墨地区的望族为研究对象,对即墨蓝氏、黄氏、杨氏的世系、著述和主要作家的文学成就做了大量的研究工作,对地域文化与望族诗歌创作的题材、风格做了初步的探索,并对即墨望族的文学交游结社活动进行了细致考证与梳理。通过这些研究,我们对即墨地区望族文化与诗歌有了以下几点认识。

　　第一,明中叶山左即墨地区望族的兴起与发展,特别是其诗文活动的逐渐活跃,是令人注目的文学现象,但并非是突发的偶然的现象,而是该时段内政治环境与该地经济、文化等多方面因素复合作用的产物。政治层面上的休养生息、科举取士,经济层面上的移民输入与海运交通的兴起,山左文化文学的高扬,即墨本地文化与即墨望族文化的积累与建构,营造了即墨望族兴起与发展的良好氛围,即墨望族正是在这种文化生态环境中以儒兴家,以诗书传家,创作了辉煌丰硕的家族文化和文学,丰富和发展了即墨本地文化,并成为即墨本地文化不可或缺的重要组成部分,也为山左深广浓厚的人文传统注入了生机与活力。

　　第二,山左诗歌自明中叶以来,以复古为主,诗多有"齐气",即墨望族诗人的诗歌创作既受山左儒家文化的影响,诗歌创作与时代诗学思潮相一致,如黄培的遗民诗与清初"宗杜"的诗学风尚相一致、黄立世的诗歌主张及创作则受清中叶性灵思潮的裹挟。同时,受胶东地区的道教文化及海洋文化的影响,即墨望族的诗歌创作又呈现出崇尚自然的倾向,诗歌多写隐逸生活及山海胜景,仙隐之风、海域色彩显于笔端,使即墨地区望族诗人的整

---

　　① 蒋寅:《清代文学研究的回顾与展望》,《江海学刊》2004 年第 3 期。

体创作风貌迥异于山左中西部地区的诗歌风貌。

　　第三,文人结社交游是明清时期即墨地区重要的文学现象。从结社发展历程来看,即墨地区经历了从蓝田参加外地文人所结之诗社到出现以本地人为主体、具有反清色彩的丈石诗社的过程,这一过程反映了即墨地区望族诗文水平的提高与区域文化的繁荣。从结社交游的范围来看,除顾炎武、施闰章外,即墨望族的交游结社对象以山左文人为主,其中尤与邻近地区胶州、莱阳和诸城文人圈的文人来往密切,他们作诗论文,切磋技艺,促进了即墨地区诗歌创作水平的提高,即墨望族的文采风流也得以走出即墨,展现给更多的诗歌受众。

　　本书的设计构想是在地域文化的框架下研究即墨地区文化家族的共同特征及地域文化对这些家族诗歌创作的影响,再通过各个望族文化与诗歌的个案研究,呈现即墨望族各不相同的个性特征,展现即墨地区丰富而活跃的文学活动的原生态。但由于学识疏陋,在实际的行文过程中,尚有以下不足之处,有待于笔者的后续研究工作加以拓展与深化。

　　首先,在山左即墨地区望族蓝氏、黄氏、杨氏的个案研究中,对这三个家族的世系、著述和主要作家的文学成就做了大量的研究工作,但在这三个家族文化、家学、诗歌创作等的内在关联方面,研究尚嫌薄弱,需要进一步完善。

　　其次,即墨的黄、蓝、杨三大望族,不但以姻亲、师生、交游等关系构成即墨本地复杂的社交网络,同时又与其所属莱州府的名门望族有千丝万缕的联系,笔者在附录中列出了莱州府、登州府望族23家,但在即墨望族与登莱二府望族之间关系的勾连方面,笔者重视不够,以后需更深入地展开,这样会更好地呈现以即墨地区望族为样本的莱州府望族文化与诗歌创作的区域特征。

　　最后,登莱二州同属于胶东半岛,是个完整的地理概念,二者接受着胶东文化的熏陶,有相似的文化内涵,将登莱二州明清时期的望族文化与文学作一个整体研究,必能更深入、透彻、完整地揭示山左胶东半岛地区的望族文化与诗歌创作个性,这是非常有意义的,也是笔者努力的方向。

# 附　录

## 明清时期登莱二府望族二十三家

明清时期即墨本地的望族之间、即墨地区望族与山左其他区域的望族之间，以婚姻、师生、同年等关系构成了复杂的网络关系。望族之间这种网状结构的关系在拓展家族势力范围的同时，客观上也加强了彼此之间的文化联系。笔者兹将登莱两府比较重要的家族胪列于下，以形象展现登莱二府望族繁兴的整体情况。

### 一　即墨周如砥家族

明清时期即墨著名的官僚世家，因居章家埠（今即墨段泊岚镇章家埠村），故称即墨“章家埠周”。周家自明万历至清嘉庆近200年间，科甲蝉联不绝，先后中文武进士7人，中举多人，文人辈出，周如砥更以文章名动天下。周家主要代表人物有：

周如砥（1550—1615），字季平，号砺斋，明万历十七年（1589）己丑科进士，选翰林院庶吉士，官至国子监祭酒，以文章名扬天下，著有《青黎馆集》。周如京，如砥弟，明万历七年（1579）己卯科举人。周如纶，字叔音，号少东，如砥从弟，明万历十四年（1586）丙戌科进士，由襄阳县令官至代州通判。周如锦，字叔文，号念东，如纶弟，万历二十八年（1600）选贡，任通判。为文汪洋恣肆，才名与兄如砥相将，著有《紫霞阁文集》。

周燿（？—1610），又名士皋，字子寅，如砥长子，明万历三十八年（1610）庚戌科进士，工古文辞，与新城王象春齐名，选都察院观政，未授职卒。置义田300亩，以赡族人。著有《雅音会编》。周燝（1578—1650），字子微，号方崖，又名丹崖，如砥次子，即墨兵部尚书黄嘉善婿。荫刑部员外郎，官至南雄知府，著有《玉晖堂随笔》。周熠（1586—

1657），号月崖，附贡生，如砥三子。

周旭，字元之，如锦孙，诸生，有文名。潜心理学，云游江南。著有《黄鹤游》《舟中游》《寒蝉吟》等诗集。周番，如砥孙，清顺治十二年（1655）武进士。

周联馨，字元芳，岁贡生，著有《楚游草》。周来馨，字偕芳，如砥元孙，联馨之弟，清雍正八年（1730）庚戌科进士，官河南临颖知县。著有《云壑小草》。

周志让，字芸工，联馨长子，清乾隆十九年（1754）甲戌科进士，积学工文，历广东三水县令，迁直隶州知州。著有《六息轩诗稿》。周志闾，字叔和，号北阜，志让之弟，清乾隆四十年（1775）乙未科进士，历陕西澄城县知县，官至留坝同知。

周翕诖，字金圭，号亦藜，又号圭峰，志让孙，清嘉庆六年（1801）辛酉科举人，官鱼台教谕。

### 二　即墨周鸿图家族

即墨周氏，除了"章家埠周"，"留村周"也是即墨望族。"留村周"于明代初年从河南汝南迁至即墨，主要人物有周鸿图、周鸿谟兄弟二人。"章家埠周"和"留村周"同姓而不同族。

周郊，嘉靖间岁贡，周被父，选代州同知。

周被，万历间选贡，鸿图父，选苏州同知。

周鸿图，字子固，号昌龄，一号柱南，明万历三十四年（1606）丙午科选贡，初授陕西略阳令，后历江苏宿迁令、贵州监军同知、平越知府、新镇道副使、思石道参政，官至陕西靖远道左参政。后因病归乡，卒于家。著有《长田匀哈捷录》三卷。

周鸿谟，字子明，鸿图弟，万历三十八年（1610）武进士，官至后军都督府佥事。自他们二人之后，仍代有人出，但都不及他们显赫。

### 三　即墨郭琇家族

郭氏家族为明清时期即墨地区的名门望族，郭琇是其家族中的主要代表人物。

郭琇（1638—1715），字瑞卿，号华野。康熙九年（1670）庚戌科进士，初授吴江令，历任江南道监察御史、左金都御史、都察院左都御史等职，后因连上《参河臣疏》《纠大臣疏》《参近臣疏》三疏遭忌恨而削职还乡。康熙三十八年（1699），复起为湖广总督，康熙四十五年（1706）因权臣排斥而罢归，病逝于乡。著有《华野疏稿》六卷。子三：郭廷翼、郭廷翥、郭廷翕。一女嫁与即墨望族杨氏家族的杨琬。杨琬，字仲玉，杨遇吉孙，康熙戊子举人。

郭廷翼（1690—？），字虞邻，号啸庄，琇嗣长子。附贡生，尤好读书。筑藏书楼"慕云楼"，藏书万余卷。曾参与编纂《即墨县志》。郭廷翥，康熙五十六年（1717）丁酉科举人，江宁知府。郭廷翕，字虞受，号冷亭，一号根庵，琇季子，乾隆六年（1741）辛酉科举人，曾任湖北宜春县令，廉洁有政声。工诗善书，精篆刻。告归与诸名士岑梅、江如瑛等结社，赋诗酌酒，考书画古帖，一时雅集，为东国之胜。胶州高凤翰集山左先辈墨迹三册，言曰"桑梓之遗"，授之，遂搜辑宋元以来先辈墨迹共 83 册。

郭煨，字丽南，号竹阴，廷翼子。附生，捐纳知县，历任河南内黄县知县、贵州贵阳府知府、甘肃同知。

### 四　平度官廉家族

明清时期平度官氏是著名的科举与文化世家，兴起于明成化、弘治年间，其主要代表人物有：

官廉（1443—1484），字汝清，号韦轩，又号后乐居士，明莱州平度人。天顺八年（1464）甲申科进士，初任工部主事，后改任户部主事，官至户部郎中。官廉善书法，楷、行、草书颇得二王之法，著有《蓟东集》等。官贤（1450—1514），字汝俊，号太泉，官廉之弟。明弘治三年（1490）庚戌科进士，历任刑部主事、河南汝州同知等职。官贤罢官回乡后，于正德六年（1511）建太泉书院，聘请名师教育官氏子孙和"邑人子弟好学者"。著有《太古泉集》。

官一夔（1482—1553），字舜鸣，号少泉，官贤之子。明正德五年（1510）庚午科举人，官卫州府同知。著有《环山亭集》《少泉诗集》。正德十一年（1516），与平度郡守孙器主持编修《平度州志》。官希伯，一夔弟，楚雄县知县。多治绩，滇人感其惠政，口碑不忘。官熙载，字舜揆，官廉之子。岁贡生，任庆阳府经历。著有《儒吏风》《日涉园集》。

官延泽，字润只，号鉴沧，官廉曾孙。明隆庆四年（1570）庚午科举人。初任新泰县教谕，受聘为山西乡试同考官，历任北直隶文安知县、山西晋州、隰州知州。所至政绩显著，"邑人建祠祀之"。归里后，杜门著述，为乡人所钦敬。

官延泽后，平度官氏又出了官箴、官成、官篆等几位平度名人。

官箴，明万历二十六年（1598）戊戌科进士，仕至广西梧州府知府，率属廉政，粤西称"生佛"。著有《大瀛集》。官成，字经卿，官箴之弟。明万历三十一年（1603）癸卯科举人，官至湖广永州府知府，为政宽仁。

官篆，字泽屿，以监生仕至河南汝宁府通判。

官靖共，字衷寅，号方山，顺治三年（1646）丙戌科进士，初任刑部主事，曾两度代理浙江布政使，筹办供应军需，后因触忤上司，被劾解职。回乡后，筑别墅，读书其中，恬然以终。

官灯，字丽南，嘉庆二十五年（1820）庚辰科岁贡生。长于为文，是嘉庆后期平度的诗文名家。著有《恕思堂诗集》《幸过堂文集》。

明毛秉光校，清焦步濂续编的《官氏存笥集》三种、《官氏存笥集》续集五种，今藏国家图书馆，为清道光二十九年（1849）刻本。《官氏存笥集》八种分别是：官廉《蓟东集》、官贤《太古泉集》、官一夔《环山亭集》、官延泽《日涉园集》、官梦麟《柘园集》、官灯《恕思堂集》、官箴《大瀛集》、官靖共《藏真馆集》。

## 五　胶州高凤翰家族

清代胶州（今山东胶州市）著名的文化家族，其主要代表人物有：

高曰恭，字作肃，号梅野，又号雪怀居士，高志清长子。清康熙十四年（1675）乙卯科举人，历任诸城、淄川教谕。高曰聪，字作谋，号云曙，高曰恭之弟。康熙十二年（1673）癸丑科进士，授中书舍人，官至福建督学使，以丁忧归。高曰睿，字作临，一名豹文，高曰恭之弟。太学生，考授州同。

高凤翰（1683—1749），字西园，号南村，晚号南阜，自称南阜山人，高曰恭之子，诸生。清雍正五年（1727），胶州知州黄之瑞举荐他为贤良方正，遣其试任安徽歙县县丞，继代理歙县令、后任绩溪知县。乾隆元年（1736）委管泰州坝盐务称掣事。后因病废右手。博览群书，工诗文，擅书画，精篆刻，善制砚，著有《南阜山人诗集》等。高凤举，字翔紫，高曰聪之子，诸生。

### 六 胶州张若獬家族

明清时期胶州（今山东胶州市）著名的官僚世家。张家主要代表人物有：

张宏范，字子寿，若獬祖，诸生。

张典，字春台，宏范子，若獬父，诸生。

张若獬，字义生，明崇祯七年（1634）进士，授北直隶河间知县，擢南京户部主事，又升为淮徐道按察司金事，督办漕防。明亡弃官，拒绝仕清，于胶州城西南建旃檀庵，出家为僧。张若麒，字天石，若獬弟，明崇祯四年（1631）辛未科进士，历任北直隶保定府清苑县令、永平府卢龙县令、刑部主事、光禄寺少卿等。降清，仕至通政使。张文峋，字峨江，若獬族弟，康熙十七年（1678）戊戌科举人，官沂水县教谕。

张应桂，字复我，若獬次子，清顺治九年（1652）进士，改翰林院庶吉士，授内翰林，迁宏文院编修，官至光禄寺丞。张应运，字景开，若獬侄，明末投军，官抚标左营游击将军。张燕翼，字敬堂，文峋子，康熙四十四年（1705）乙酉科举人，官单县训导。著有《周易会解》。

张洽，字仲和，应桂侄，清康熙十五年（1676）丙辰科进士，历永宁知县，官至山西道监察御使，著有《吏隐堂稿》。张淳，应桂侄，举人。张洤，字南溪，应桂侄，性嗜学，拔贡，著有《图书质疑》《通书孝经质疑》《西铭集说》《字拙堂制艺》。

张存仁，字伯刚，洽侄，清康熙举人，由陵县训导官至鳌山卫教授。著有《岱游草序》《乐轩吟》《愚亭诗集》3卷。张楷，字书田，淳子，光禄寺署正。张枏，楷弟，清雍正元年（1723）举人。

张宾雁，洤孙，著名文士，有《伏生世系系表》《诗古音夏小正》《唐书世系表考异》。

### 七 胶州法若真家族

清代胶州（今山东胶州市）著名的官僚世家，文献巨族。法家原本济南军功世家，世袭济南卫指挥使。明成化年间始迁祖法文质因官胶州学正，这一支遂移籍胶州。自明末直至清代中叶，法家科甲蝉联不绝，先后有3人中进士，4人中举。且家族文化积淀沉厚，有清一代著名诗人、书画家、经学家辈出，闻名海内。法家主要代表人物有：

法寰，字鉴我，号开三，若真父，明天启七年（1627）举人，历任北直隶静海知县，迁莱州府知事，官至河南怀庆府同知。著有《四书义》《春秋义》。

法若真（1608—1691），字汉儒，号黄石，寰子，清顺治三年（1646）进士，改翰林院庶吉士，授职编修，累擢翰林侍讲，历官福建兴泉道参政，迁浙江按察使。康熙二年（1663），因不满《明史》案文字狱，辞职归籍。康熙七年（1668），起补安徽布政使，复以丁母忧辞官，此后绝意仕进，以诗画自娱，隐居黄山近30年，是清代著名诗人、画家。诗学李鹤，多及时事。善画山水，画风流畅自然，自成风格。著有《黄山诗留》16卷。法若贞，字玉符，若真从弟，清顺治三年（1646）与兄若真同榜中进士，历礼科给事中，官至汉羌兵备道。

法枟，字舆瞻，一字书山，若真子，清康熙十八年（1679）进士，官大理司评事。清初著名诗人，著有《书山草堂诗稿》2卷。法樟，字岘山，号寿公，若真次子，廪生，恩赐中书科中书。著有《又敬堂诗草》。

法光祖，字幼黄，枟子，监生，著名画家，画风颇有其祖若真笔意。法宗焞，字中黄，若真孙，诸生，著有《墨山堂全集》《铁麓山房诗》2卷。法辉祖，字稚黄，宗焞之弟，若真孙，荫生，授行人，迁内阁中书。著有《念庐诗》4卷。

法坤宏（1699—1786），字直方，号迂斋，光祖子，清乾隆六年（1741）举人，官大理司评事。初宗宋儒之理，后读王守仁《传习录》，遂以王学为宗，博通诸经，尤精《春秋》。又善古文，是桐城文派在山东的传人。平生著述宏富，著有《春秋取义测》12卷、《学古编》《纲目要略）《法氏诗闻》《介亭诗征录》《过庭录》《墨水传经录》《抚风旧德录》。法坤厚，字南野，号黄裳，坤宏之弟，监生，幼通五经大义，工书画，得若真不传之秘，人称"小黄山"。书法俊秀，左手书行草，飘逸洒脱。且工诗，生平雅游，所至倾倒东国名宿，海岱诗社推坤厚为首，著有《萌松堂诗集》16卷、《白石居文集》4卷。法坤振，字兰野，号怡斋，坤厚弟，监生，诗才妙敏，日与诸兄弟诗酒唱和。著有《怡斋诗》4卷、《西墅词》1卷。法重辉（1688—1766），字旭升，号实夫，若贞曾孙，雍正十年（1732）壬子科举人，官顺昌县令，旬以右臂病废。工诗文，尤长于词，其《出塞词》有"黄云一抹平"句为时所颂，人称"法黄云"。著有《保阳草》《西窗词》2卷、《闇斋文稿》8卷。法基昌，光祖孙，举人。法克平，字勉夫，法樟孙，历官翰林院侍诏。

法嵩龄，字山甫，坤宏子，乾隆二十一年（1756）丙子科举人。法士谔，字尺水，法坛曾孙，坤厚侄，诸生，著名诗人。著有《疥驼集》《艾炷集》《拟于余源宫词》《咏史小乐府》等。

## 八 胶州匡翼之家族

明清时期胶州（今山东胶州市）著名的官僚世家。匡家先世为南直隶海州人，元末有名九翁者避兵赣榆，生子福，福子德官胶州正千户，遂占籍焉。其子孙后裔于明清两朝科甲相继，名人辈出，蔚为盛族。匡家主要代表人物有：

匡福，翼之高祖，明初随太祖征伐有功，官至沂州所副千户。

匡德，福子，翼之曾祖，官胶州正千户。

匡翼之，字朝敬，明成化二十三年（1487）进士，掌南京贵州道监察御史，迁四川按察司副使，官至总制三边都御史。

匡铎，字淑教，一字松野，翼之孙，明嘉靖四十四年（1565）进士，历北直隶涞水知县，擢监察御史，晋兵科给事中，出为大名府知府，官至陕西按察司金事。

匡延年，字范先，铎子，明崇祯十年（1637）进士，官中书舍人。

匡如桐，字钟阳，德八世孙，诗人，著有《柳庄诗稿》。

匡兰馨，字九畹，别号石江，如桐子，清顺治六年（1649）进士，初授吏部主事，官至太仆寺少卿。其外甥李世锡、李世铎为进士。匡兰兆，字楚畹，如桐侄，清顺治三年（1646）进士，官至贵州道监察御史，并世袭恩骑尉。"绩学工文"，承家学。

匡炎，兰兆子，岁贡生；匡瑾，兰兆子，官凤翔知县。

匡圣时，字际可，清乾隆元年（1736）进士，不乐仕进，熟悉古今地理，著有《筠心堂稿》。

匡文昱，字仲晦，一字监斋，圣时子，乾隆二十七年（1762）壬午科举人。著有《周易遵翼约编》等。匡文炅，字淑辰，圣时子，清乾隆三十一年（1766）进士，官保康知县、襄阳天门县知县。著有《乐吟草》《四余草》。匡均，圣时侄，举人，官福建知县。

匡苞，字桑于，文昱子，清乾隆五十五年（1790）进士，家居不仕。性简默，嗜读书，终日危坐不出户，训子侄辈汉儒经学、宋儒理学，皆以身体力行为先。著有《春秋辑解》。

匡还，苞孙，举人，官江苏沭阳知县。

匡益纶，苞曾孙，道光举人。

### 九　胶州赵从龙家族

明清时期胶州（今山东胶州市）著名的官僚世家。赵家原籍徐州，明永乐初迁胶州。自明嘉靖至清康熙的百余年中，其家科甲蝉联不绝，名人辈出，先后有8人中进士，6人中举。赵家主要代表人物有：

赵本，从龙之父，贡生，肆力于经学。

赵从龙，字子云，明弘治十一年（1498）举人，历河南开封府水利通判，官至湖广武昌府同知。

赵完璧，字文全，号云塈，晚号海塈，从龙长子，由例贡入国子监，授兵马司指挥，官至陕西通判。著有《海塈诗文集》。赵白璧，字介泉，完璧弟，廪生，曾开讲堂，有学行，远近宗之。

赵慎修，字敬思，一字清廓，完璧子，明嘉靖四十四年（1565）进士，历南直隶盐城知县，内迁兵部主事，升员外郎，晋郎中，出为扬州知府，官河南副按察使。著有《清廓诗集》。赵怀礼，字三珠，白璧子，官江西瑞州府教授。赵怀慎，字后泉，白璧子，诸生。

赵㑤，字印清，慎修子，笃学好古文，明万历三十八年（1610）进士，观政户部，未仕而卒。赵俨，原名仁，字季然，怀慎子，北直隶遵化州游击，世袭胶州所镇抚。赵任（1567—？），字仁甫，号峑冲，怀慎三子，白璧孙，明万历十一年（1583）进士，历中书舍人，官大理司右评事。著有《秋水斋诗文集》。赵僎，字弗如，怀慎侄，明万历四十三年（1615）举人，官北直隶顺义教谕。性磊落，负奇志，经史百家无不贯通。家居时，以孝友敦睦见称。

赵开成，字尧天，僎侄，明崇祯十三年（1640）进士，未仕卒。赵昌嗣，字百男，任子，善词赋，工书法，以明经任东阿、齐河教谕。

赵焘，字霞湄，俨孙，清顺治六年（1649）进士，历宁羌州知州，晋郧阳府知府，官至广东储粮道。

赵泰甡，字鹿友，俨曾孙，清康熙二十四年（1685）进士，历金华知县，官湖州府同知。赵泰临（1658—1720），字敬亭，著名理学家，俨曾孙，清康熙四十二年（1703）进士，改翰林院庶吉士，迁翰林院侍讲，康熙五十三年（1714）甲午科云南正考官，后引疾归，任海山、龙章书院山长。

赵忻，泰临子，清举人，官新宁知县。赵钦：泰临子，清举人。

赵文㬥，字玉藻，从龙后裔，清康熙九年（1670）进士，改翰林院庶吉士，官翰林侍讲。著有《奥游草》。赵熙㬥，字帝载，文㬥弟，岁贡，著有《云鹤古文稿》2卷、《千树斋》4卷、《清籁词》3卷。

### 十　潍县刘应节家族

明清时期潍县（今山东潍坊市部分市区）著名的官僚世家。刘家主要代表人物有：

刘应节，字子和，明嘉靖二十六年（1547）丁未科进士，初授户部主事，迁郎中，升怀庆知府，晋监察院右佥都御史巡抚辽东。丁母忧，起补河南巡抚，改顺天巡抚。隆庆四年（1570），升右副都御史，转兵部右侍郎，代谭纶为蓟辽总督。万历初年晋右副都御史兼兵部右侍郎，官至刑部尚书。万历四年（1576）因受冯保等人排挤而上书求归。回乡后筑麓台书院，亲自讲学。卒后赠官太子少保，著有《白川文集》。

刘元功，应节子，明万历举人，宪县知县。

刘凤毛，字兆胜，应节曾孙，以祖荫入监，授广西桂林通判。

刘以贵，字沧岚，凤毛孙，清康熙二十七年（1688）进士，官广西苍梧县知县。营建茶山书院，兴学立教，多有惠政。是名闻一时的理学家，著述宏富，有《古本周易集解》《正命录》《莱州名贤志》《苍岚辨真文》《藜乘集》等。

刘复仁，以贵子，举人，官成都府汉州知州。

### 十一　高密傅钟秀家族

明清时期高密（今山东高密市）著名的官僚世家。傅家原籍青州临朐，一说登州招远，明嘉靖时迁高密，世居景芝镇。自明末至清代中期，傅家科甲蝉联不绝，先后有6人中进士，3人中举。其主要代表人物有：

傅钟秀（？—1644），字海峰，号岩叟，明崇祯元年（1628）戊辰科进士，累官至太常寺少卿。明末"甲申之变"，发一夕尽白，殉国。

傅扆初，字上生，号灏来，钟秀长子，清顺治十五年（1658）进士，官至池州府推官，康熙六年（1667）裁撤推官，回乡未再出仕。著有诗集《过庭录》。傅京初，字型远，号惕庵，钟秀幼子，清康熙十八年（1679）进士，未仕。傅禀初，字天邻，号勉斋，钟秀次子，崇祯十五年（1642）乡试副榜。清顺治五年（1648）奉旨崇祀乡贤。

傅辰楹，字文友，号简庵，祖父傅一荣为傅钟秀父傅一桂的胞弟。清康熙二十四年（1685）乙丑科进士，官长乐知县。傅廷锡，字承祜，号省庵，亶初子，清康熙三年（1664）进士，官洋县知县。

傅维义，廷锡子，举人。

傅咏，字符声，号淡成，辰楹孙，清雍正八年（1730）进士，官香河知县。

傅说，钟秀元孙，举人。傅豫，字于石，号立庵，钟秀元孙，清乾隆十年（1745）进士，官郾城知县。

傅丙鉴，字绍虞，钟秀十世孙，自幼家贫力学，淹贯经史，清道光二年（1822）壬午举人，主讲过很多书院。署阳谷训导，再改盐课大使，后以学识受赏于政府，奉调分纂《山东通志》。晚年主潍县诗坛，从游者甚众，培养了不少人才。著有《思益轩文集》4 卷、《思益轩诗集》10 卷。

### 十二　高密单崇家族

明清时期高密（今山东高密市）著名的官僚世家、文献巨族。单家原籍江南凤阳府，明初迁高密。自明万历至清光绪 300 年间，尤其是有清一代，单家科甲联翩，簪缨不绝，先后有 23 人中进士，46 人中举，贡生、诸生难以确数。但单家在仕途上并无非常显著者，多为道府以下中下级官吏。与仕途相比，单家几百年间积淀了更为丰富的家族文化：诗人、书法家、文学家、理学家代不乏人，先后有四十余人有自己的诗文集著作，形成一个极为庞大的文化创作家族集团，人称为"齐鲁文献望族"。主要代表人物有（有的世系不明）：

单崇（1581—1644），字景姚，号郑窑，明万历三十八年（1610）进士，累官至户部郎中，明末"甲申之变"殉国。著有《觉觉文集》。单明诩（1574—1629），字叔赞，号对南，单崇之族兄，明万历四十七年（1619）己未科进士，累官至顺天巡抚。单崇是高密单家老长支，单明诩为高密单家老长二支。

单父麟，字玉绂，号西园，单崇之第六子，清康熙六年（1667）进士，未入仕即弃世而去。单父宰，字汉平，单崇弟之子，由岁贡考取副榜，文名噪齐鲁。单父令，字香令，号海门，父宰之弟，清顺治三年（1646）进士，累官至苏州府推官。单父宓，字有斯，号南村，父令之弟，康熙五年（1666）丙午科乡试举人，历任山东莒州学正、东昌府教授。单父宰、单父令、单父宓为同胞兄弟。

单立，字鹤滩，号怀东，又号东槐，父宰子，清康熙二十四年（1685）乙丑科进士，直隶试用知县，尚未授官，便去世。单燮，字理斋，父宓子，清康熙十五年（1676）进士。

单畴书，字演先，号砺峰，单崇太高祖为单畴书先世，清康熙三十六年（1697）进士，累官至户部左侍郎。著有《敦本堂诗钞》。有五子。单鋐，字师文，号河东，畴书长子，雍正四年（1726）乙巳科举人，历任直隶邯郸县、固安县知县，兼摄文安县知县。单鈀，字冲若，号述文，畴书三子，雍正元年（1723）癸卯恩科举人，雍正五年（1727）丁未会试会副，任山西宁乡县（今中阳县）知县。单铎，字木斋，号觐文，畴书幼子，与其三哥为同榜举人，任四川铜梁县知县。

单作哲，字侗夫，号紫溟，畴书族人，清乾隆元年（1736）进士，受业于桐城方苞先生，官至池州同知，所至有政声。致仕回籍后，葺宗祠，置祭田，每月会族中子弟，考其文艺。编《高密诗存》，对保存高密文化贡献极大。著《五经古文》等，是清代影响极大的桐城文派在山东的嫡系传人。

单烺（1708—1776），字曜灵，号青垓，又号大昆仑山人，作哲族弟，清乾隆四年（1739）进士，历署龙门、抚宁县知县，转宛平知县，擢顺天府西路同知，授广平府知府，官至贵州粮驿道。著有《紫竹山房文集》20卷。单燽，字寿灵，号梅屿，烺弟，乾隆二十五年（1760）举人，历六任知县，官至建宁知府。

单若鲁（1606—1672），明诩子，清顺治三年（1646）进士，累迁侍读学士。著有《秋水居诗稿》《语石斋诗》2卷。单务邵，字秋崖，号青门，若鲁长子，康熙十四年（1675）乙卯科举人，任内阁中书舍人。单务和，字介仲，号青郊，若鲁次子，岁贡，曾任山东博兴县训导、栖霞县教谕。单务靖，字献可，号青立，官监生，若鲁三子。单务爽，字西山，号青麓，若鲁四子，康熙二十六年（1687）丁卯科举于乡。他两赴公车，"荐元不第，荐魁又不第"，遂绝意进取，闭户著书。著有《六经析疑》

12卷，藏于家。单务眘，字稚畏，号青原，若鲁五子，廪贡生。单务孜，字予思，号青湾，若默之子，单若鲁之弟为单若默，康熙三年（1664）进士，官至淮安府知府。单务嘉，字嘉客，号绣陵，单若恂之子，单若恂为若鲁之长兄。清顺治十八年（1661）进士，官苏州府知府。

单德谟（1700—1767），字充符，号渔庄，务嘉侄孙，务嘉兄为务同，务同孙为德谟。清雍正五年（1727）进士，累官至汀漳龙道兼按察司副使。

单可玉，字师亭，号莱鸥，廪贡生，任官卫辉府通判。善吟咏，为高密"三李"传人，诗优游和平，无坚苦僻涩之习，著有《容安斋诗草》。其诗曾被选入《山左诗后钞》。工书法，楷、草、隶皆精。好画，直追倪瓒。单为娟，字纫香，号苣楼，可玉之女，清嘉庆年间著名的女诗人，其祖母是同邑李元直之女，著名诗人"三李"之妹。幼承家学，六岁能诗。其诗清丽婉约，通俗易懂，似行云流水，被誉为"不减谢道韫"。著有《碧香阁遗稿》。王玮庆，诸城人，为娟之夫，清嘉庆十九年（1814）进士，翰林院庶吉士，授吏部主事迁员外郎，转福建道监察御史，累官至吏部右侍郎。单为鏓，字伯平，号芸秋，玉娟之弟，清代著名理学家，晚年尤耽于书法，地位很高，有"一字千金"之誉。著有《四书述义》《读经杂记》等一批著作。单为廉，字廉泉，号半翁，为鏓族弟，诸生，著名书法家，兼精篆刻，且工诗词。道光年间，高丽国王喜其书法，曾令大臣金命喜重金索书16篇。著有《四不出斋诗稿》《怀香词》。

### 十三　高密李元直家族

明清高密（今山东高密市）世家。宋南渡时由陇西迁高密。明代时以科举起家，清初科甲相继，"父子进士"享誉诗林。李元直三子均为名动一时的大诗人，时称"三李"。李家主要代表人物有：

李介，字守贞，明成化五年（1469）进士，翰林院庶吉士，改任御士，巡盐两浙。以直言敢谏著称，曾因忤帝意两次被廷杖。擢大理寺少卿。孝宗即位后，升为右迁都御史巡抚宣府，寻召回京佐理都察院事，继历兵部左、右侍郎。弘治十年（1497），蒙古诸部进犯大同，授命兼左金都御史往督军饷，经略边防，功绩卓著。卒后赠兵部尚书。系明中期重臣，《明史》有传。

李昆，字承裕，介子，明弘治三年（1490）庚戌科举进士，初授礼部主事，丁父忧，后起补兵部主事，迁员外郎。正德初年，群小当道，他因直谏谪解州知州，累迁至陕西左布政使。正德十年（1515），以副都御史巡抚甘肃，因事一度下狱。三法司以屡立边功，谪降浙江副使。嘉靖时巡抚顺天，历兵部左、右侍郎。大同驻军发生哗变，杀掉巡抚张文锦，他奉命往勘，处置适当。后病卒于故里。系明中期大臣，《明史》有传。

李华国，字端甫，李昆裔孙，元直父，举人，官至阜城县令。

李元直，字象山，号愚村，清康熙五十二年（1713）进士，翰林院庶吉士，散馆后授编修。雍正七年（1729），考选四川道监察御史，为人刚介，直言敢谏。上任仅八个月，即上谏章数十道，声震台垣，人目之为"憨李"，深受康熙赏识。后巡视台湾，被人诬陷罢官，遂绝意仕进，以诗书终其年。《清史稿》有传。李元正，元直兄，官至汝阳知县。

李宪噩，字怀民，元直子，清初著名诗人，因所居有十桐树，遂取号"石桐"。著有《十桐草堂集》，在诗文方面取得很大成就。李宪暠，字叔白，元直子，因慕《爱莲说》，故号"莲塘"，自幼从兄宪学诗，屡受挫于科场，遂绝意仕进，专攻诗文，著有《定性斋集》。李宪乔，字子乔，号少鹤，元直子，清乾隆四十一年（1776）举人，官至广西归顺州知州。著名诗人，性情豪放，从之游者甚众。著名学者袁枚将其比作"今知苏子瞻"，推其为山东第一诗人。他与兄怀民、叔白皆以诗闻名，人称"三李"，在文坛拥有很高地位。著有《少鹤诗文集》。

李高，字志山，元直孙，清乾隆五十五年（1790）庚戌科进士，官至潞安府同知。

### 十四　掖县张孔教家族

明末清初掖县（今山东莱州市）著名的官僚世家。张家于明末连续三代有3人中进士，仕途显赫，位至封疆者有2人。张家主要代表人物有：

张孔教，字卓吾，明万历二十九年（1601）辛丑科进士，初授行人，历吏科给事中，再起提督，官至四译馆太常寺少卿。

张忻，字静之，孔教子，明天启五年（1625）进士，初任夏邑知县，后迁吏部主事，累迁太常寺卿，官至刑部尚书。清军入关后降清，以天津总督骆养胜举荐，授兵部左侍郎，并以右副都御史巡抚天津。顺治四年（1647），因事被降二级调用。张愫，字振海，孔教子，由贡生官至绍兴知府。张性，孔教子，荫生，官河东盐运司同知。

张端，字中柱，忻子，明崇祯十六年（1643）进士，翰林院庶吉士。明亡后，归顺李自成农民军。清军入关后，以山东巡抚方大猷举荐，被召至京，授弘文院检讨，充《明史》纂修官。曾充江南乡试正考官。清顺治五年（1648）升秘书院大学士，次年转国史院侍读学士。顺治九年（1652）撰修太宗文皇帝实录，为副总裁，晋礼部左侍郎，迁国史院大学士。卒后赠官太子太保，谥"文安"。系清初重臣，《清史稿》有传。

• 张万亨，端子，以父荫至户部主事。

### 十五　掖县毛纪家族

明清时期掖县（今山东莱州市）著名的诗书衣冠盛族。毛家自明中叶起科甲蝉连不绝，毛纪以首辅之尊名扬天下，其子侄多以科第得官，名人辈出，被称为"东海世家"。毛家主要代表人物有：

毛纪（1463—1545），字维之，号鳌峰逸叟，成化二十三年（1487）丁未科进士，选翰林庶吉士，授检讨，进修撰，充经筵讲官，东宫侍读。明正德五年（1510）为学士，迁户部右侍郎，转左，署礼部尚书。正德十二年（1517）兼东阁大学士入预机务，加太子太保。"宁王之乱"平定后，加少保、户部尚书、武英殿大学士。世宗即位后加伯爵，力辞不就。嘉靖初因"大礼仪"之争，杨廷和辞职，他继之为内阁首辅，但仍争之如故，激怒了世宗，遂辞官归里。卒后赠太保，谥"文简"。系明代重臣，《明史》为之立有长传。著有《鳌峰诗稿》。

毛渠，字世芬，纪长子，举人，官顺天府推官。毛檠，字世节，纪次子，明嘉靖十四年（1535）乙未科进士，官至户部员外郎。毛槃，字世用，纪三子，官至太仓和州知州。毛葇，字世泽，纪四子，明嘉靖五年（1526）丙戌科进士，翰林院庶吉士，累官至太仆寺卿，"清白不坠家声"。毛集，纪五子，以父荫官至都匀府知府。

毛延魁，字士选，渠子，明举人。毛延照，纪孙，以祖荫官。毛似苏，字钟眉，纪从孙，由开封府通判，迁镇江府同知，官至郑府长史。毛似徐，字柏台，似苏弟，善草书，以明经任滨州学正，后升河曲县令。

毛引重，纪曾孙，以曾祖荫锦衣卫指挥佥事。

毛国鼎，引重孙，世袭锦衣卫指挥佥事。

毛九华，字含章，纪裔孙，明万历四十七年（1619）己未榜进士，累官至御史，入清后以御史巡按江西。毛漪秀，字公卫，纪裔孙，清顺治十五年（1658）进士，授平凉府同知，迁户部郎中，曾充贵州乡试主考官，出督云南学政。著有诗集《游秦草》。毛功，字九来，幼有才誉，明习文法，由举人授天长县令，官至颍州知州。毛式玉，字其人，清乾隆十九年（1754）甲戌科进士，官翰林院检讨。

### 十六　掖县赵焕家族

明清时期，掖县（今山东莱州市）著名的诗书衣冠盛族。赵家据说原为河北真定赵云后裔，后入蜀居于四川成都府红花市内，又辗转来到莱州。有明一代，赵家科甲相继，其中最显著者明尚书赵焕及其子侍郎赵胤昌，兄巡抚赵燿，均位至封疆。其族多有诗文名世者。赵家主要代表人物有：

赵秀，字嵩毓，焕曾祖，明增生。

赵惠，字大宽，焕祖父，明庠生。

赵孟，字晋臣，号西垣，焕父，明贡生，官至衡府知县。

赵焕（1542—1619），字文光，号古亭，明嘉靖四十四年（1565）进士，授乌程知县，后任工部主事，改御史，擢顺天府丞，累迁左金都御史。明万历十四年（1586）升工部右侍郎，改吏部，晋左侍郎，寻迁南京右都御史，官南京刑部尚书。因营救大将李如松失败而称疾回乡。家居16年，再起为刑部尚书。万历末年掌吏部，时神宗怠于朝政，官员严重缺乏，内阁唯叶向高，六卿仅赵焕一人，后再度弃官家居。明万历四十六年（1618），受齐党领袖卞诗教操纵复起吏部尚书，唯其马首是瞻，声望日损。卒后赠太子太保。著有《怡真亭诗存》8卷。系明代重臣，《明史》有传。赵燿，字文明，号见田，焕之兄，明隆庆五年（1571）辛未科进士，改庶吉士，擢江西道监察御史，晋兵部郎中，累迁都御史，巡抚辽宁、保定。卒后赠兵部尚书、太子太保。著有《乐山亭诗稿》。系明代重臣。赵灿，字文倬，号见素，焕之弟，明举人，授国子监司业。著有《式古亭诗草》。

赵胤昌，字世茂，号芝庭，燿子，明万历四十四年（1616）丙辰科进士，初授直隶休阳县知县，调曲周县，晋广西道监察御史，历太仆寺卿，累官至兵部左侍郎，系明代重臣，著有《嘉树园集》。五子皆有才名，号称"赵氏五龙"。赵佑昌，焕子，以父荫左军都督府都事。

赵士元，字汝长，号青丘，胤昌长子，贡生，历任夏县训导、陕西泌水县知县，官至泉州府同知。著有《竹石居诗稿》。赵士亮，字汝寅，号丹泽，胤昌次子。崇祯年间由贡生举贤良，历官湖南东安知县，官至顺天府丞。明亡后不仕，携子隐居，著有《龙溪诗集》。赵士宽，字汝良，号录斐，胤昌季子，以荫官凤阳府通判，驻颍州。崇祯八年（1635）初赴凤阳，李自成农民军围攻颍州，闻讯后连夜驰三百里返回颍州。城陷后仍率家人巷战，后投乌龙潭自杀，其妻与两个女儿亦自焚死。著有《芸窗诗存》。《明史》为之立传。赵士完，字汝彦，号琨石，胤昌四子，明崇祯壬午举人，官福建流县知县。明亡不仕，与顾炎武、张尔岐等交游。著有《璞庵诗集》。赵士冕，字汝仪，号赤霞，又号稼庵，士完弟，由贡生授浙江湖州府推官，官至江南镇江府知府。性好侠，喜交游，与新城王士禄、王士禛兄弟相互唱和，过从甚密。著有《稼庵近草》《吴越吟》《三山草》《白门草》等。赵士哲，字伯睿，灿之孙，好学能文，著述甚丰。明亡后，隐居成山。著有《建文年谱》《石室谈诗》《辽宫词》等。赵士祎，焕孙，以荫仕至工部营缮司主事。

赵玉藻，字幼文，士亮子，康熙三十三年（1694）甲戌科岁贡，官至云南赵州知州。著有《柏园诗集》。赵玉瓒，字黄中，又字幼章，士亮子，幼承家学，著名诗人，著有《怡园集》。赵涛，字山公，士哲子，清初诗人，从父隐居，诗词淡远，以自然为宗。赵瀚，字海客，号蘧庵，明季廪生，士哲子，清初诗人，著有《蘧庵集》。

### 十七　海阳李赞元家族

清代海阳（今山东海阳县）著名的官僚世家。李家自清顺治至乾隆年间科甲蝉联不绝，先后有 10 人科场折桂，其中有 3 名翰林，清华显贵，鼎盛至极。而且李家与号称"东牟第一望族"的福山王家世代联姻，巡抚王兆琛母、道员王启绪母均出自李家。其主要代表人物有：

李赞元（1623—1678），字公弼，号望石。初名立，清顺治帝赐名赞元。清顺治十二年（1655）乙未科进士，选翰林院庶吉士，明年，除授山东道监察御史，先后奉命巡视京城、湖北、两淮盐课等，洁躬除弊。历户科给事中、通使司右通政、大理寺卿、都察院左副都御史、兵部督捕侍郎。著有《巡楚诗稿》《滴翠园诗稿》《信心斋书稿》等。

李本涵（？—1689），赞元长子，字海若，康熙二十七年（1688）戊辰科进士，授庶吉士。李本渥，字麟选，赞元子，性嗜学，工吟咏。李本澧，赞元子，字龙川，号思白，康熙丁酉举人，官云南平彝县知县，著有《甲秀堂诗文集》。李本浩，字孟符，赞元次子，依靠家族势力为地方豪强，邑有大事辄以身排难解纷，片言立断，且仗义疏财。李本汉，赞元子，以外孙王启绪任河南开、归、陈、许兵备道，赠中宪大夫。

李桐（1686—1757），字东溪，号悟道人，赞元孙，清雍正元年（1723）癸卯科进士，初授翰林院庶吉士，官至陕西按察司副使。李果，字硕亭，赞元孙，工诗词，善书法，清乾隆元年（1736）丙辰科进士，初授刑部主事，官至大同知府。李毂，字乐园，桐兄，清雍正八年（1730）庚辰科进士，官至江苏知县。李椅，字楚材，桐兄，清康熙武进士，累迁湖广襄阳镇总兵官，官至左都督，授骠骑将军。

李承祖，字绳武，椅子，工古诗文辞，词尤精，官把总。李承芳，字漱六，号溪南，清乾隆十七年（1752）壬申科进士，工书法，长于古文辞，官至广文县令。李承弼，承芳弟，字翼君，清乾隆明通进士，由江西贵溪县令，官至平凉府通判。李承泽，承弼从弟，以外孙王兆琛贵，赠翰林编修。李承瑞，字班牧，号玉典，果子，清乾隆十六年（1751）辛未科进士，翰林院庶吉士，官至西宁知府。李承庚，承弼从弟，清乾隆十六年（1751）辛未科进士，官直隶武强知县。

李晓，承裕孙，官贵州安平知县。

## 十八　莱阳左懋第家族

明代莱阳（今山东莱阳市）重要的望族之一。左氏源出山东章丘，明初徙居莱阳，明万历至明末科名极盛，进士、举人近 10 人。左家主要代表人物有：

左奎，左懋第祖父；左英，奎弟，举明经，赠奉直大夫。

左之有，字有周，号虹楼，英子，明万历十三年（1585）乙酉科举人，未仕卒。左之似，字昆楼，万历三十一年（1603）癸卯科举人，英子，官琢州知州。左之武，英子，武举，官天津都司。左之注，英子，监生，官彰德卫经历。左之宜，字用善，号海楼，英子，明万历八年（1580）庚辰科进士，历镇江府推官，擢云南道监察御史。左之龙，字用化，号云楼，英侄，明万历七年（1579）己卯科举人，历房山县令，累迁户部员外，晋郎中。左之祯，字曙楼，之龙弟，选贡，由直隶南皮知县升陕西巩昌府同知。左之俊，之龙弟，岁贡，官浙江杭州府推官。

左懋第（1601—1645），字仲及，号萝石，之龙子，明崇祯四年（1631）辛未科进士，授韩城知县，历户科给事中、刑科左给事中。福王于南京继位后，署兵科都给事中，继为右佥都御史，巡抚应天、徽州等地，拜兵部右侍郎兼右佥都御史。与清议和被扣，誓死不降，遂被杀。著有《梅花屋诗钞》《萝石山房文钞》等。左懋泰，字大来，号旦明，之祯子，明崇祯七年（1634）甲戌科进士，历陈留知县、兵部主事，迁户部员外郎。后降清，曾因劝左懋第降清而遭其怒斥，谪戍铁岭，著有《组东集》。左懋颖，英孙，选贡，官灵昌州知州。左懋绩，之似次子，贡监，官光禄寺署丞。左懋赏，号汇海，之宜子，附贡，官淮阳海运同知。

### 十九　莱阳宋继澄家族

明末清初莱阳（今山东莱阳市）著名的官僚世家、文献之族。宋家先世为长清人，明永乐迁至莱阳。明末清初间科甲蝉联不绝，先后有进士、举人达十余名，硕儒辈出，代有闻人。宋家主要分为两支：一支为宋经，一支为宋经族侄。宋经一支主要代表人物有：

宋经，明贡士，官邢台县丞。

宋时儒，经子，明举人，官冀城教谕。

宋肖，时儒子，举明经，官临洮通判。

宋兆祥，肖子，举人，历开封府通判，官至汝州府同知。其子孙海内知名，被称为"三苏二陆"。

宋继登（1579—1642），字先之，号道岸，兆祥长子。明万历三十二年（1604）进士。官定兴县知县，迁陕西右参政，后因事革职。天启五年（1625）为大学士周延儒所引荐，起为浙江右参政，官至鸿胪寺卿。宋继澄（1594—1676），字澄岚，兆祥三子，明天启七年（1627）举人。山东复社领袖，清军入关后隐居不仕。工诗善文，"文章声誉海内知名"，著有《四书正义》。《万柳堂诗文集》。娶即墨世家黄嘉善女。宋继发（1583—1637），字毕之，兆祥次子，明崇祯进士，官至长洲县令。晚年忧愤不仕，奉佛出家，自建地藏庵于莱阳县署南，与孺人家焉，以寿终。

宋琮（1597—1637），号五河，继登长子，明崇祯元年（1628）戊辰科进士，官兵部观政、祥符县知县，有治声，事迹载《明史》，著有《五河残稿》等。宋玫（1604—1643），字文玉，继登三子，明天启五年

（1625）进士，授虞城知县，继为杞县知县，颇有政声，继迁礼科给事中，转刑科给事中，历太常少卿、大理卿、工部右侍郎。崇祯十五年（1642）被廷推阁臣。在廷对时，因言辞直切激烈，被下狱革职。清军入关，兵围临清，他适居此，城破被杀。《明史》有传。宋璜（1613—1639），字夏玉，号柳村，继澄长子，明举人，通五经。宋琏（1615—1694），字殷玉，号晓园，一号林寺，继澄次子，幼而颖敏，精诗古文辞，明举人，亦为山东复社成员。明亡后随父隐居。宋瑀，继发子，岁贡，官山西泽州知州。

## 二十　莱阳宋琬家族

宋黻，字景章，又字至善，宋经族叔，明天顺四年（1460）庚辰科进士，授监察御史，官至浙江按察司副使。传载《山东通志》。

宋孟青，字符洁，黻子，贡生，训导汉中，著有《孝经集说》《辨疑管窥》《礼学礼要纲目》。

宋应亨（1580—1637），字嘉甫，黻四世孙，明天启五年（1625）进士，初授大名府清丰县令，继为礼部主事，升稽勋司员外郎，官至南京鸿胪寺卿。明崇祯十五年（1642）十一月，清兵围城，他协力守城，次年城破被杀。

宋璠（1598—?），字玉伯，应亨子，历光禄寺簿，累官至太仆寺少卿。宋璜（1602—1657），字玉仲，号召石，应亨子，明崇祯十三年（1640）进士，授浙江杭州府推官，官至兵部职方司员外郎。宋琬（1614—1673），字玉叔，号荔裳，应亨子，清顺治四年（1647）进士，初授户部主事，奉命监督芜湖钞关，累迁吏部郎中，出任陇西道，迁直隶永平道，再调浙江宁绍台道，晋浙江按察使。不久，为本族人诬告参与登州于七叛乱之事，被逮系下狱。康熙三年（1664）昭雪得释，流寓浙江。后复起四川按察使。生平负诗名，长于五七言，与安徽宣城施闰章齐名，有"南施北宋"之称。著有《安雅堂集》，另编撰有《太平府志》等。《清史稿》有传。

宋淮，字哲衡，号菊堂，宋家后裔，由苏州海防同知迁镇江通判。

宋可大，淮子，清嘉庆十四年（1809）己巳恩科进士，官四川垫江知县。宋可举，淮子，清举人，官曹县教谕。

### 二十一　莱阳姜垛家族

莱阳姜氏家族是世代文化家族，其始祖元朝末年由宁海州（今山东牟平）迁至莱阳（今山东莱阳），传至姜垛、姜垓兄弟时，以道德节操而闻名，诗文书画也名重一时。

姜淮（1470—1540），字本隆，号诚斋。因抵御倭寇有功，拜怀远将军。

姜珙，字贡之，号韫石，淮子，例贡太学生。

姜良士（1553—1623），字如循，号养吾，珙子。邑廪生，怀才不遇，死谥康惠先生。

姜泻里（1583—1643），字尔岷，号汉州，良士子。累封征仕郎，礼部给事中。崇祯十六年（1643），清兵破莱阳，力战殉难。入清赠光禄寺卿，谥忠肃。《明史》有传。

姜圻，贡生，泻里长子，任象山县令。姜垛（1606—1673），字如农，号卿墅，别号敬亭山人，泻里次子，与姜垓并称为"二姜先生"。崇祯四年（1631）进士，历官仪真县知县、礼部给事中，因建言谪戍宣州卫事，入清后居苏州、宣州。工诗文，著有《敬亭集》。《明史》有传。姜垓（1614—1653），字如须，一字皇舆，号伫石山人，泻里三子。崇祯十三年（1640）进士，历官吏部考功司员外郎，充经筵讲官，入清后居苏州。姜坡（1620—1643），字如坡，郡廪生，泻里四子。崇祯十六年（1643）清兵破莱阳，随父泻里殉邑难。

姜安节，字勉中，垛长子。工诗文，不求仕进，杜门著述，著有《古大学辩》《中庸衍义》等，时人称为"兹山先生"。姜实节（1647—1709），字学在，号鹤涧，垛次子。工诗，善书画，为时所重。著有《鹤涧先生遗诗》一卷、《补遗》一卷、《焚余草》。

姜本俊，字万选，号慕村，安节孙。邑庠生，博学工诗，著有《南云集》。

姜承梅，字太原，号橑亭，本俊子。乾隆九年（1744）举人，选授祁门教谕，清俭自律，任满而归。著有《东莱草堂文集》等。

### 二十二　莱阳赵士骥家族

明清时期莱阳（今山东莱阳市）著名的科举世家。赵家早在唐朝就占籍莱阳，自宋至元，益大其族，明清时期，赵家家声不坠，科甲相继，一门内科登显仕者数十人，赵士骥一支是其中较为著名者。其家主要代表人物有：

赵士骥，字卓午，号黄泽，明崇祯十年（1637）进士，官至内阁中书。崇祯十六年（1643），清兵破莱阳城，殉难。著有《春秋四传合解》《文起楼文稿》等。莱阳名士宋琮、宋玫、宋瑚兄弟皆出自其门下。《明史》有传。

赵嶐，字长公，号眉鲁，士骥子，清顺治九年（1652）壬辰科进士，官至饶州县令，著有《塞堂诗稿》。赵仑，字阆仙，号叔公，士骥子，清顺治十五年（1658）戊戌科进士，官至礼部主事，著有《因树屋集》。赵隆，士骥子，拔贡，官武义县令。赵崇，字季公，号续姚，士骥子，康熙十一年（1672）壬子科拔贡。

赵士涝，仑子，官中书舍人。

赵弦，字荣西，号苇谷，士涝子，清康熙五十三年（1714）甲午科举人，官宣化知县，著有《市隐斋文稿》《用拙居诗稿》等。

赵起楠，弦子，贡生，官贵州广平州知州。赵起棕，弦族侄，清乾隆七年（1742）壬戌科进士，官四川夹江县知县，升眉州知州。赵起杲，弦侄，字清曜，号荷村，贡生，历官福建古田县知县、浙江杭州府同知、严州知州。

赵钧彤，字洁平，别号澹园，起杲子，清乾隆四十年（1775）乙未科进士。历河南卢氏、唐山县令，博通经史，著有《澹园诗草》等。赵午彤，字建南，号容堂，起杲子，清乾隆四十九年（1784）甲辰科进士，历兵部主事，官至员外郎。赵未彤，字六滋，号序堂，起杲子，清乾隆五十五年（1790）庚戌恩科进士，改翰林院庶吉士，充日讲起居注官，由文渊阁校理转赞善，擢湖广道监察御史，转顺天府丞。颇善时文，与鄞县陈之纲、孝感乔元锁齐名。赵擢彤，字遴可，号睦堂，起杲侄，乾隆四十三年（1778）戊戌科副贡，官河南孟津县知县，著有《睦堂诗草》等。

赵时，字后扬，号及庵，钧彤子，清乾隆五十四年（1789）己酉科进士，历河南登丰、四川青神县知县。赵曒，字敬日，号谷虚，午彤子，清嘉庆十四年（1809）己巳科进士，河南候补知县，著有《慎馀堂诗草》。赵照，钧彤子，举人，官户部主事。赵曾（1760—1816），字庆孙、庆之，钧彤侄，清乾隆五十四年（1789）己酉科举人，官至镇江府通判。

工篆隶，是清代著名史学家，著有《辨刀布文字记》《金石题跋》《考碑举例》《画鹤轩诗钞》等。

赵毓孙，时子，浙江武康县令。赵彭孙，时子，清道光举人，官崇安知县。赵敏孙，时子，清道光举人，官阆乡知县。赵衍和，照子，官长沙知县。赵衍禧，照子，官光禄寺署正。

赵希晋，敏孙子，官直隶阿尔土板巡检。

### 二十三　文登丛兰家族

明清时期文登（今山东文登市）的望族世家。丛家自明中叶丛兰以进士起家后，直至清末，其族中子孙后裔科甲蝉联，丛家主要代表人物有：

丛兰，字廷秀，号丰山，明弘治三年（1490）庚戌科进士，授户科给事中，继为兵科右给事中，晋通政参议，出外经略紫荆关等地。正德三年（1508）迁左通政，历通政使、户部右侍郎，受命兼理固阳等地军务，因多次成功平定地方民众暴动有功，增俸一级。署右都御史，总制宣大和山东军务，转江北巡抚，官至南京工部尚书。卒后赠太子少保。《明史》有传。

丛磐，字益安，号龙湾，兰子，监生，官陕西巩昌府通判。

丛仪凤，字阆仙，丛氏后裔，清顺治年间官澄海知县、迁安县知县，有政声。丛大为，字祥子，号尧山，兰之元孙，清顺治十二年（1655）乙未科进士，官句容知县。工诗书，善草书，著有《携雪堂诗草》。

丛荀，兰之后裔，清康熙五十六年（1717）丁酉科举人，冠县教谕。丛元灿，清康熙五十一年（1712）壬辰科进士，官高淳知县。

丛洞，清雍正元年（1723）癸卯恩科进士，授知县，累擢山西道监察御史。

丛坛，字杏庄，号石泉，清道光二十七年（1847）丁未科进士，官东安、鸡泽、临榆等县知县。

# 参考文献

## 一 家集与家谱

蓝氏：

1. 蓝章：《蓝司寇公崂山遗稿一卷》，四库未收书辑刊据清雍正刻本影印。

2. 蓝章：《西巡录不分卷》，国家图书馆藏明抄残本。

3. 蓝章：《八阵合变图说一卷》，四库全书存目丛书据明刻本影印。

4. 蓝田：《蓝侍御集》《北泉草堂诗集》《北泉文集》，四库全书存目丛书影印本。

5. 蓝田：《蓝侍御集二卷》，山东文献集成影印本。

6. 杨慎、刘澄甫、蓝田撰：《东归倡和一卷》，明崇祯刻本。

7. 蓝润：《聿修堂集不分卷》，四库全书存目丛书影印本。

8. 蓝润：《东庄遗迹诗一卷》，山东省博物馆藏清乾隆三十三年蓝中璨抄本。

9. 蓝润：《余泽录四卷附录一卷》，国家图书馆藏清顺治十六年刻本。

10. 蓝重祜：《即墨蓝氏哀启》，山东省博物馆藏清抄本。

11. 蓝中珪：《紫书阁诗一卷》，山东省博物馆藏清乾隆自刻本。

12. 蓝章著，蓝祯之辑：《大崂山人集》（内部资料），城阳图书馆藏1996年版。

13. 蓝深、傅以渐：《蓝氏族谱》，河北大学图书馆藏抄本。

14. 邢世英撰：《蓝氏族谱不分卷》，河北大学图书馆藏清宣统三年重修本。

15. 蓝再茂修：《蓝氏族谱》，中国科学院图书馆藏清嘉庆九年刻本。

16. 蓝升旭等修：《即墨蓝氏族谱》，上海市图书馆藏民国十九年石印本。

黄氏：

1. 黄作孚：《切斋诗草》，山东文献集成黄守平黄氏诗钞本。

2. 黄嘉善：《见山楼诗草》，山东文献集成黄守平黄氏诗钞本。

3. 黄宗臣：《澹心斋诗集》，山东文献集成黄守平黄氏诗钞本。

4. 黄宗庠：《镜岩楼诗集》，山东文献集成黄守平黄氏诗钞本。

5. 黄宗崇：《石语亭诗草》，山东文献集成黄守平黄氏诗钞本。

6. 黄宗扬：《鸿集亭诗草》，山东文献集成黄守平黄氏诗钞本。

7. 黄宗昌：《恒山游草》，国家图书馆藏明崇祯刻本。

8. 黄宗昌：《于斯堂诗集》，山东文献集成黄守平黄氏诗钞本。

9. 黄宗昌：《黄长倩诗一卷》，陈济生启祯两朝遗诗本。

10. 黄宗昌：《疏草三卷附录一卷》，四库全书未收书辑刊影印清康熙刻本。

11. 黄宗昌：《疏草三卷附录一卷》，四库禁毁书丛刊补编影印明崇祯刻本。

12. 黄宗昌：《黄侍御奏稿六卷》，山东省图书馆藏泰州市古旧书店 1973 年抄本。

13. 黄宗昌：《崂山名胜志略》，山东省图书馆藏清嘉庆十三年刻本。

14. 黄宗昌、黄坦：《崂山志》，山东省图书馆藏民国五年即墨黄于斯堂刻印本。

15. 黄培：《含章馆诗集》，即墨档案馆藏影印手抄本。

16. 黄培：《黄锦衣诗》，山东文献集成影印本。

17. 黄坦：《紫雪轩诗集》，山东文献集成黄守平黄氏诗钞本。

18. 黄堉：《栗里诗草一卷》，山东文献集成黄守平黄氏诗钞本。

19. 黄坝：《友晋轩诗集一卷》，山东文献集成黄守平黄氏诗钞本。

20. 黄墺：《修竹山房诗草》，山东文献集成黄守平黄氏诗钞本。

21. 黄坫：《夕霏亭诗集一卷》，山东文献集成黄守平黄氏诗钞本。

22. 黄坫：《夕霏亭诗二卷》，山东省图书馆藏清钞本。

23. 黄贞观：《永德堂诗草》，山东文献集成黄守平黄氏诗钞本。

24. 黄贞麟：《快山堂诗集》，山东文献集成黄守平黄氏诗钞本。

25. 黄鸿中：《华萼馆诗草一卷》，山东文献集成黄守平黄氏诗钞本。

26. 黄体中：《来山阁诗草一卷》，山东文献集成黄守平黄氏诗钞本。

27. 黄克中：《涵清馆诗草一卷》，山东文献集成黄守平黄氏诗钞本。

28. 黄立世：《柱山诗稿》，青岛图书馆藏清乾隆二十二年刻本。

29. 黄立世：《四中阁诗抄》，国家图书馆藏清嘉庆八年刻本。

30. 黄立世：《柱山诗话》，山东省博物馆藏清高氏辨蟫居钞齐鲁遗书本。

31. 黄玉瑚：《白石山房诗存二卷》，山东省博物馆藏清嘉庆六年自刻本。

32. 黄如瑀：《敦雅堂诗集一卷》，青岛图书馆藏清道光刻本。

33. 黄肇颚：《崂山续志》（点校本），山东省地图出版社 2008 年版。

34. 黄守平：《易象集解》，山东文献集成影印本。

35. 黄守平辑：《黄氏诗钞》，山东文献集成影印本。

36. 黄簪世辑：《黄氏诗钞》，国家图书馆藏清乾隆三十一年刻本。

37. 黄嘉善等辑：《黄氏家乘》，曲阜师大图书馆藏抄本。

38. 黄守平辑：《黄氏家乘二十卷》，山东文献集成影印本。

39. 不著辑者：《即墨黄氏诗钞九种九卷》，山东文献集成影印本。

40. 不著辑者：《黄培文字狱案一卷》，山东文献集成影印本。

41. 黄贞麟：《即墨黄氏宗派图》，即墨档案馆藏民国二十九年影印本。


杨氏：

1. 杨乃清等修：《即墨杨氏族谱》（11 册），国家图书馆藏即墨杨氏承桂堂民国二十六年铅印本。

2. 杨玠纂：《即墨杨氏家乘》，青岛市博物馆藏民国二十五年排印本。

3. 不著辑者：《山东即墨杨氏诗集一卷文集一卷》，山东文献集成影印本。

4. 杨玠：《清溪文稿不分卷诗草十卷炎州草一卷即墨节妇考一卷》，天津图书馆孤本秘籍丛书影印本。

5. 杨瑛：《守璞斋诗抄四卷》，中国社会科学院图书馆藏清钞本。


## 二　史传与诗文集类

1. 张廷玉：《明史》，中华书局 1974 年版。

2. 赵尔巽：《清史稿》，中华书局 1977 年版。

3. 佚名：《清史列传》，中华书局 1987 年版。

4. 谷应泰：《明史纪事本末》，中华书局 1977 年版。

5. 陈鼎：《东林列传》，明代传记丛刊影印本，明文书局 1991 年版。

6. 中央研究院历史语言研究所编：《明实录》，1965 年版。

7. 徐锡麟、钱泳辑：《熙朝新语》，上海古籍出版社 1983 年版。

8. 李桓：《国朝耆献类征初编》，明代传记丛刊影印本，明文书局 1985 年版。

9. 过庭训：《明分省人物考》，明代传记丛刊影印本，明文书局 1991 年版。

10. 陈康祺：《清代史料笔记丛刊·郎潜纪闻》，中华书局 1984 年版。

11. 朱保炯、谢沛霖：《明清进士题名碑录索引》，上海古籍出版社 1980 年版。

12. 陈介祺：《桑梓之遗录文十卷》，山东文献集成影印本，山东大学出版社 2006 年版。

13. 王守训：《登州文献记》，山东省博物馆藏稿本。

14. 王驭超：《海岱史略》，山东图书馆藏清光绪二十三年安丘王氏家刻本。

15. 张昭潜：《北海耆旧传》，山东省图书馆藏同治七年稿本。

16. 王绍曾：《山东文献书目》，齐鲁书社 1993 年版。

17. 王培荀：《乡园忆旧录》，齐鲁书社 1993 年版。

18. 李贤：《大明一统志》，文海出版社 1965 年版。

19. 章潢：《图书编》，成文出版社 1971 年版。

20. 顾炎武：《山东考古录》，丛书集成初编本，中华书局 1985 年版。

21. 王士禛：《池北偶谈》，山东省图书馆藏清康熙三十九年王廷抡汀州府署刻本。

22. 王士禛：《古夫于亭杂录》，中共山东省委党校图书馆藏清康熙如皋范邃广陵刻本。

23. 张彤：《掖诗采录》，山东省图书馆藏清嘉庆十二年刻本。

24. 周翕鐄：《即墨诗乘》，山东大学藏清道光二十年刻本。

25. 王士禄、王士禛：《涛音集》，山东大学图书馆藏清乾隆五十七年掖县儒学募资刻本。

26. 徐宗干：《山左明诗选》，青岛市图书馆藏清道光七年徐宗干泰山官署刻本。

27. 陈济生：《启祯两朝遗诗》，国家图书馆藏清初刻本。

28. 宋弼：《山左明诗钞》，山东文献集成影印本。

29. 卢见曾：《国朝山左诗钞》，山东文献集成影印本。

30. 张鹏展：《国朝山左诗续钞补钞》，山东文献集成影印本。

31. 余正西：《国朝山左诗汇钞后集》，山东文献集成影印本。

32. 钱谦益：《列朝诗集小传》，上海古籍出版社 1983 年版。

33. 朱彝尊：《明诗综》，清康熙四十四年刊本。

34. 朱彝尊：《静志居诗话》，人民文学出版社 1990 年版。

35. 沈德潜：《清诗别裁集》，上海古籍出版社 1979 年版。

36. 徐世昌：《晚晴簃诗汇》，中国书店 1988 年版。

37. 张其淦撰，祁正注：《明代千遗民诗咏》，明文书局 1985 年版。

38. 邓之诚：《清诗纪事初编》，上海古籍出版社 1984 年版。

39. 卓尔堪：《明遗民诗》，中华书局 1960 年版。

40. 邓显鹤编纂：《资江耆旧集》，岳麓书社 2010 年版。

41. 杨慎：《升庵集》，四库明人文集丛刊，上海古籍出版社 1993 年版。

42. 张含：《张愈光诗文选》，丛书集成续编影印本，新文丰出版公司 1985 年版。

43. 石存礼、蓝田等撰：《海岱会集》，文渊阁四库全书本。

44. 毛纪：《鳌峰类稿》，山东文献集成影印本。

45. 李开先：《李中麓闲居集》，四库全书存目丛书影印本，齐鲁书社 1997 年版。

46. 宋继澄著，于世琦辑：《万柳老人诗集残稿》（附录宋琏《晓园子诗集残稿》），卢乡丛书社民国十八年铅印本。

47. 宋琏：《知生录》，国家图书馆藏清抄本。

48. 宋琏著，于世琦辑：《晓园文集》，青岛图书馆藏清抄本。

49. 宋琬：《宋琬全集》，齐鲁书社 2003 年版。

50. 张允抡：《栎里子游崂山记》，国家图书馆藏昌阳瀛甲堂清乾隆四十一年刻本。

51. 鹿林松辑：《董氏遗稿三种》，青岛市图书馆藏清嘉庆十三年福山鹿林松刻本。

52. 王士禄：《齐鲁诗选》，山东图书馆藏清溉堂刻本。

53. 高凤翰：《南阜山人诗集类稿》，山东省博物馆藏清钞本。

54. 刘翼明著，李澄中选：《镜庵诗选一卷》，四库未收书辑刊影印本，北京出版社 2000 年版。

55. 曹师彬等：《安丘曹氏家集八种九卷》，山东大学图书馆藏清安丘曹氏钞本。

56. 顾炎武：《顾亭林诗文集》，中华书局 1983 年版。

57. 施闰章：《施愚山集》，黄山书社 1993 年版。

58. 孔尚任：《孔尚任诗文集》，中华书局 1962 年版。

59. 袁枚：《随园诗话》，人民文学出版社 1982 年版。


### 三　方志类

1. 林溥、黄念昀、周翕鐄：《即墨县志》，成文出版社民国六十五年影印本。

2. 许铤：《即墨县志》，清康熙十一年刻本。

3. 尤淑孝、李元正：《即墨县志》，清乾隆二十九年刻本。

4. 张同声修，李图等纂：《重修胶州志》，成文出版社民国六十五年影印本。

5. 严有禧纂修：《莱州府志》，清乾隆五年刻本。

6. 黄廷桂、宪德：《四川通志》，清乾隆元年刻本。

7. 杜思修，冯惟讷等纂：《青州府志》，天一阁藏明代方志选刊影印本。

8. 梁秉锟修，王丕煦纂：《莱阳县志》，民国二十四年铅印本。

9. 孙葆田、法伟堂等：《山东通志》，上海古籍出版社 1991 年版。

10. 黄德溥、崔国榜：《赣县志》，民国二十年铅印本。

11. 熙臣修，董锦章纂：《莱州府乡土志》，清光绪间抄本。

12. 周铭旗：《即墨乡土志》，中国文史出版社 2010 年版。

13. 保忠、吴慈修等纂：《重修平度州志》，道光二十九年刻本。

14. 张世卿修，王崧、于莲纂：《平度州乡土志》，清光绪三十四年抄本。

15. 张思勉修，于始瞻纂：《掖县志》，清光绪二十三年刻本。

16. 张彤修，张诩纂：《续掖县志》，清光绪十九年刻本。

17. 包桂纂修：《海阳县志》，清乾隆七年刻本。

18. 纪在谱修，黄立世纂：《长子县志》，清乾隆四十三年刻本。

19. 朱鸾鹜纂修，黄贞麟续修：《盐山县志》，清康熙刻本。

20. 周恒重等：《潮阳县志》，清光绪十年刻本。

21. 赵琪等：《胶澳志》，民国十七年铅印本。


### 四　今人研究成果类（著作、硕博论文、期刊论文）

著作

1. 谢国桢：《明清之际党社运动考》，中华书局 1982 年版。

2. 张穆：《顾亭林先生年谱》，中华书局1985年版。

3. 何宗美：《明末清初结社研究》，南开大学出版社2003年版。

4. 赵园：《明清之际士大夫研究》，北京大学出版社1999年版。

5. 钱杭：《十七世纪江南地区的社会生活》，浙江人民出版社1996年版。

6. ［美］魏斐德：《洪业——清朝开国史》，江苏人民出版社1998年版。

7. 王德昭：《清代科举制度研究》，中华书局1984年版。

8. 陈文新：《明代科举与文学编年》，武汉大学出版社2009年版。

9. 郭成康、林铁钧：《清朝文字狱》，群众出版社1990年版。

10. 马镛：《中国家庭教育史》，湖南教育出版社1997年版。

11. 冯尔康：《清代人物传记史料研究》，商务印书馆2000年版。

12. 谭其骧：《中国历史地图集》，北京地图出版社1982年版。

13. 柯愈春：《清人诗文集总目提要》，北京古籍出版社2002年版。

14. 李灵年、杨忠：《清人别集总目》，安徽教育出版社2000年版。

15. 上海图书馆编：《中国丛书综录》，上海古籍出版社1982年版。

16. 徐扬杰：《中国家族制度史》，人民出版社1992年版。

17. 吕思勉：《中国制度史》，上海教育出版社1985年版。

18. 萧一山：《清代通史》，华东师范大学出版社2005年版。

19. 孟森：《明史讲义》，中华书局2006年版。

20. 孟森：《清史讲义》，中华书局2006年版。

21. 曹月堂：《中国文化家族》，湖北教育出版社2004年版。

22. 中科院图书馆：《续修四库全书总目提要》（稿本），齐鲁书社1996年版。

23. 胡文楷：《历代妇女著作考》，上海古籍出版社1985年版。

24. 窦秀艳等：《青岛历代著述考》，中国社会科学出版社2010年版。

25. 钱仲联：《清诗纪事》，江苏古籍出版社1987年版。

26. 钱仲联：《梦苕庵诗话》，齐鲁书社1986年版。

27. 南京大学中国语言文学系《全清词》编纂研究室：《全清词·顺康卷》，中华书局2002年版。

28. 凌景埏、谢伯阳编：《全清散曲》，齐鲁书社1985年版。

29. 王英志主编：《袁枚全集》，江苏古籍出版社1993年版。

30. 徐朔方、孙秋克：《明代文学史》，浙江大学出版社2006年版。

31. 严迪昌：《清诗史》，浙江古籍出版社2002年版。

32. 朱则杰：《清诗史》，江苏古籍出版社 2000 年版。

33. 郭英德：《中国古代文人集团与文学风貌》，北京师范大学出版社 1998 年版。

34. 郭英德：《明清文学史讲演录》，广西师范大学出版社 2005 年版。

35. 李世英：《清初诗学思想研究》，敦煌文艺出版社 2000 年版。

36. 张健：《清代诗学研究》，北京大学出版社 1999 年版。

37. 王小舒：《神韵诗学》，山东人民出版社 2006 年版。

38. 蒋寅：《中国古代文学通论·清代卷》，辽宁人民出版社 2005 年版。

39. 梅新林：《中国古代文学地理形态与演变》，复旦大学出版社 2006 年版。

40. 朱亚非等：《山东通史·明清卷》，山东人民出版社 1994 年版。

41. 朱亚非等：《明清山东仕宦家族与家族文化》，山东人民出版社 2009 年版。

42. 王志民：《齐文化与鲁文化》，齐鲁书社 1997 年版。

43. 安作璋、王志民：《齐鲁文化通史》，中华书局 2004 年版。

44. 曲金良：《海洋文化与社会》，中国海洋大学出版社 2003 年版。

45. 王赛时：《海疆文化研究》，齐鲁书社 2006 年版。

46. 许檀：《明清时期山东商品经济的发展》，中国社会科学出版社 1998 年版。

47. 李伯齐：《山东文学史论》，齐鲁书社 2003 年版。

48. 李伯齐：《山东分体文学史·诗歌卷》，齐鲁书社 2005 年版。

49. 乔力等：《山东文学通史》，山东教育出版社 2003 年版。

50. 肖冰编：《蓝田诗选》，青岛出版社 1992 年版。

51. 孙克诚：《黄宗昌〈崂山志〉注释》，中国海洋大学出版社 2010 年版。

52. 周至元：《崂山诗文选》，青岛市史志办公室 1989 年版。

53. 周至元：《崂山志》，齐鲁书社 1993 年版。

54. 苑秀丽、刘怀荣：《崂山道教与〈崂山志〉研究》，中国社会科学出版社 2011 年版。

55. 任颖厄：《崂山道教史》，中央编译出版社 2009 年版。

56. 黄济显：《鳌山卫古城》，中国文史出版社 2007 年版。

57. 南开大学胶州历史文化研究中心编著：《胶州历史文化初探》，天津古籍出版社 2007 年版。

58. 寿杨宾主编：《青岛海港史》，人民交通出版社 1986 年版。

59. 李秀洁：《胶莱运河——中国沿海航运之枢纽》，商务印书社中华民国二十七年版。

60. 耿升等主编：《登州与海上丝绸之路》，人民出版社 2009 年版。

61. 青岛市崂山文化研究会编：《崂山研究》（第 1 辑），中国海洋大学出版社 2006 年版。

62. 青岛市崂山文化研究会编：《崂山研究》（第 2 辑），中国海洋大学出版社 2008 年版。

63. 即墨市政协文史资料研究委员会编：《清初中国北方最大的文字狱案——黄培文字狱案》，即墨市政协文史资料研究委员会 2001 年版。

64. 潘光旦：《明清两代嘉兴的望族》，上海书店 1991 年版。

65. 陈支平：《近 500 年来福建的家族社会与文化》，中国人民大学出版社 2011 年版。

66. 程章灿：《陈郡阳夏谢氏——六朝文学士族之个案研究》，台北文津出版社 1993 年版。

67. 刘跃进：《门阀士族与永明文学》，生活·读书·新知三联书店 1996 年版。

68. 吴仁安：《明清时期上海地区的著姓望族》，上海人民出版社 1997 年版。

69. 程章灿：《世族与六朝文学》，黑龙江教育出版社 1998 年版。

70. 李浩：《唐代关中士族与文学》，台北文津出版社 1999 年版。

71. 江庆柏：《明清苏南望族文化研究》，南京师范大学出版社 1997 年版。

72. 吴仁安：《明清江南望族与社会经济文化》，上海人民出版社 2001 年版。

73. 吴仁安：《明清江南著姓望族史》，上海人民出版社 2009 年版。

74. 李浩：《唐代三大地域文学士族研究》，中华书局 2002 年版。

75. 张剑：《宋代家族与文学——以澶州晁氏为中心》，北京出版社 2006 年版。

76. 朱丽霞：《清代松江府望族与文学研究》，上海古籍出版社 2006 年版。

77. ［日］池泽滋子：《吴越钱氏文人群体研究》，上海人民出版社 2006 年版。

78. 何新所：《昭德晁氏家族研究》，上海古籍出版社 2006 年版。

79. 朱亚非：《明清山东仕宦家族与家族文化》，山东人民出版社 2009 年版。

80. 张剑等：《宋代家族与文学研究》，中国社会科学出版社 2009 年版。

81. 张明华：《曹氏文学家族研究》，安徽教育出版社 2009 年版。

82. 张兴武：《两宋望族与文学》，人民文学出版社 2010 年版。

83. 张剑：《清代杨沂孙家族研究》，中国社会科学出版社 2010 年版。

84. 罗时进：《地域·家族·文学——清代江南诗文研究》，上海古籍出版社 2011 年版。

85. 丁福林：《东晋南朝的谢氏文学集团》，黑龙江教育出版社 1998 年版。

86. 侯玉杰：《滨州杜氏家族研究》，齐鲁书社 2003 年版。

87. 李真瑜：《明清吴江沈氏文学世家论考》，香港国际学术文化资讯出版公司 2003 年版。

88. 刘焕阳：《宋代晁氏家族及其文献研究》，齐鲁书社 2004 年版。

89. 凌郁之：《苏州文化世家与清代文学》，齐鲁书社 2008 年版。

90. 王仲镛：《升庵诗话笺证》，上海古籍出版社 1987 年版。

91. 葛荣晋：《王廷相生平学术编年》，河南人民出版社 1987 年版。

92. 李恩浦：《于七起义》，青岛出版社 1995 年版。

93. 许金榜、米寿顺选注：《边贡诗文选》，济南出版社 2009 年版。

94. 李永祥主编：《万笔精华新译》，山东友谊出版社 2000 年版。

95. 张显清主编：《孙奇逢集》，中州古籍出版社 2003 年版。

96. 周可真：《顾炎武年谱》，苏州大学出版社 1998 年版。

97. 赵俪生：《顾亭林与王山史》，齐鲁书社 1986 年版。

98. 汪超宏：《宋琬年谱》，人民文学出版社 2010 年版。

99. 陆勇强：《陈维崧年谱》，中国社会科学出版社 2006 年版。

100. 北京市历史学会主编：《江浙藏书家史略》，人民出版社 1984 年版。

## 五 硕博论文

1. 汤江浩：《北宋临川王氏家族及文学考论——以王安石为中心》，博士学位论文，福建师范大学，2002 年。

2. 蔡静平：《明清之际汾湖叶氏文学世家研究》，博士学位论文，复旦大学，2003 年。

3. 郝丽霞：《吴江沈氏文学世家研究》，博士学位论文，华东师范大学，

2004 年。

4. 李朝军：《宋代晁氏家族文学研究》，博士学位论文，四川大学，2005 年。

5. 杜志强：《兰陵萧氏家族及其文学研究》，博士学位论文，西北师范大学，2006 年。

6. 滕春红：《北宋晁氏家族及其文学研究》，博士学位论文，浙江大学，2006 年。

7. 姚晓菲：《两晋南朝琅邪王氏家族文化与文学研究》，博士学位论文，扬州大学，2007 年。

8. 王小珍：《宋代崇安五夫里刘氏家族及其文学研究——以刘子翚为中心》，博士学位论文，福建师范大学，2007 年。

9. 何成：《新城王氏——对明清时期山东科举望族的个案研究》，博士学位论文，山东大学，2002 年。

10. 秦海滢：《明清时期山东孝妇河畔的望族——以淄川地区为中心》，博士后论文，中山大学，2006 年。

11. 张秉国：《临朐冯氏文学世家研究》，博士学位论文，四川大学，2006 年。

12. 主父志波：《安丘曹氏及其文学》，博士学位论文，山东大学，2009 年。

13. 周潇：《明代山东作家研究》，博士学位论文，上海师范大学，2006 年。

14. 宫泉久：《清初山左诗歌研究》，博士学位论文，山东师范大学，2009 年。

15. 黄金元：《明清之际济南府望族与诗歌》，博士学位论文，山东师范大学，2010 年。

16. 赵红卫：《明清安丘曹氏家族文化与文学研究》，博士学位论文，山东师范大学，2012 年。

17. 殷奎英：《清代山东诗文集研究》，硕士学位论文，苏州大学，2008 年。

18. 王蕊：《明清时期高密单氏家族个案研究》，硕士学位论文，山东大学，2003 年。

19. 王燕：《明清时期黄河三角洲名门望族比较研究——以杜氏家族、魏氏家族为例》，硕士学位论文，山东大学，2009 年。

20. 张利民：《明清时期滨州杜氏家族个案研究》，硕士学位论文，山东大学，2008 年。

21. 孙丽霞：《山东文登丛氏家族研究》，硕士学位论文，山东大学，2008 年。

22. 刘少华：《科宦家族与道德权威：日照丁氏家族研究》，硕士学位论文，山东师范大学，2008 年。

23. 刘惊雷：《清代海丰吴氏家族及其文献研究》，硕士学位论文，山东大学，2008 年。

24. 李瑶：《诸城刘氏家族与乾嘉政治》，硕士学位论文，山东师范大学，2007 年。

25. 梁娟娟：《明清临朐冯氏家族研究》，硕士学位论文，山东师范大学，2006 年。

26. 温爱连：《黄宗昌、周至元〈崂山志〉比较研究》，硕士学位论文，青岛大学，2009 年。

27. 何忠盛：《魏晋南北朝的世家大族与文学》，硕士学位论文，四川师范大学，2002 年。

28. 吴碧丽：《明末清初吴江叶氏家族的文化生活与文学》，硕士学位论文，南京师范大学，2005 年。

29. 程轶：《清初诗人王士禄研究》，硕士学位论文，山东大学，2007 年。

30. 张名媛：《济南诗派研究》，硕士学位论文，山东大学，2007 年。

31. 丁玉：《齐文化视野下的清代淄博作家群体研究》，硕士学位论文，山东大学，2007 年。

32. 张勇：《济南诗派研究》，硕士学位论文，厦门大学，2008 年。


六 期刊论文

1. 曾大兴：《中国历代文学家的地理分布——兼谈文学的地域性》，《学术月刊》2003 年第 9 期。

2. 许菁频：《近三十年中国古代家族文学研究综述与展望》，《中州学刊》2010 年第 2 期。

3. 胡建次、罗佩钦：《20 世纪 90 年代以来我国古代家族文学研究述要》，《青海社会科学》2010 年第 1 期。

4. 张剑：《家族文学研究的分层与守界原则》，《华南师范大学学报》（社会科学版）2011 年第 3 期。

5. 杨义：《方兴未艾的家族与家族文学研究》，《华南师范大学学报》（社会科学版）2011 年第 3 期。

6. 李朝军：《家族文学史建构与文学世家研究》，《学术研究》2008 年第 10 期。

7. 罗时进：《江南文学家族学研究》，《苏州教育学院学报》2010 年第 3 期。

8. 马纳：《郯城徐氏家族文化试探》，《管子学刊》2010 年第 2 期。

9. 常昭：《颜回、颜氏之儒与琅邪颜氏家族探析》，《齐鲁学刊》2010 年第 4 期。

10. 刘少华、张雯：《明清时期日照丁氏科举家族成因探析》，《山东教育学院学报》2007 年第 3 期。

11. 周潇：《明清德州程氏家族文学研究》，《青岛大学师范学院学报》2010 年第 4 期。

12. 周潇：《明清青岛地区文化家族述论》，《青岛大学师范学院学报》2009 年第 4 期。

13. 孔繁信：《明清著名文学世家临朐冯氏》，《山东师范大学学报》1987 年第 2 期。

14. 纪锐利：《冯氏家族略述》，《聊城大学学报》2003 年第 3 期。

15. 翟广顺：《从华阳书院看即墨蓝氏家族文化的代际传承》，《东方论坛》2012 年第 3 期。

16. 鲁海、时桂山：《黄培文字狱与〈含章馆诗集〉》，《文献》1992 年第 2 期。

17. 鲁海：《顾炎武山东入狱考》，《清史研究》1994 年第 2 期。

18. 徐根娣、江明：《清代文字狱山东第一案》，《春秋》1999 年第 1 期。

19. 王成先等：《清初北方最大的文字狱案》，《党员干部之友》2009 年第 5 期。

20. 王成先等：《清初中国北方最大的文字狱案——黄培案》，《春秋》2009 年第 6 期。

21. 玉千：《黄宗昌与〈崂山志〉》，《烟台师范学院学报》（哲学社会科学版）1992 年第 3 期。

22. 武建雄：《黄宗昌与〈崂山志〉》，《青岛大学师范学院学报》2004 年第 4 期。

23. 苑秀丽、温爱连：《黄宗昌与周至元〈崂山志〉比较研究：以写作体例和内容为中心》，《东方论丛》2012 年第 1 期。

24. 苑秀丽、温爱连：《黄宗昌〈崂山志〉版本、续书及研究述略》，《青岛大学师范学院学报》2010 年第 2 期。

25. 苑秀丽：《黄宗昌家世与生平考——〈崂山志〉系列研究之二》，《东方论坛》2010 年第 6 期。

26. 卢兴基：《康熙手抄本含章馆诗集的发现与黄培诗案》，《中华文史论丛》1984 年第 2 期。

27. 王晓兵：《清即墨黄守平纂稿本〈黄氏诗钞〉考述》，《山东图书馆学刊》2009 年第 5 期。

28. 李洵：《论明代江南士大夫势力的兴衰》，《史学集刊》1987 年第 4 期。

29. 张彩霞：《明初军户移民与即墨除夕祭祖习俗》，《民俗研究》2002 年第 4 期。

30. 高荣盛：《元初山东运河琐议》，《人大复印资料》（宋辽金元史）1984 年第 5 期。

31. 雷磊：《明代六朝派的演进》，《文学评论》2006 年第 2 期。

32. 石玲：《袁枚与高密派——乾隆时期诗学流派的交融与分野》，《文艺研究》2004 年第 6 期。

33. 石玲：《清代初中期山左诗学思想述略》，《文学遗产》2007 年第 2 期。

34. 张兵：《清初山左遗民诗群的分布态势与创作特征》，《西北师范大学学报》2005 年第 5 期。

35. 蒋寅：《清代文学研究的回顾与展望》，《江海学刊》2004 年第 3 期。

36. 周潇：《论"海岱诗社"与〈海岱会集〉》，《东方论丛》2010 年第 1 期。

37. 吕肖奂、张剑：《两宋科举与家族文学》，《西北师范大学学报》（社会科学版）2008 年第 4 期。

38. 吴桂美：《东汉家族文学与文学家族》，《中国文学研究》2008 年第 3 期。

39. 王绍卫：《孙吴的世家大族与学术》，《阜阳师范学院学报》（社会科学版）2007 年第 5 期。

40. 张剑、吕肖奂：《宋代的文学家族与家族文学》，《文学评论》2006 年第 4 期。

41. 何新所：《昭德晁氏家族文学创作风貌述论》，《郑州大学学报》（社会科学版）2006 年第 1 期。

42. 景遐东：《唐代江南家族诗人群体及其家学渊源》，《安徽师范大学学报》2005 年第 4 期。

43. 晓斌、甄芸：《我国古代文学家族的渊源及形成轨迹》，《新疆大学学报》2005 年第 1 期。

44. 王欣：《中古吴地文学世家研究》，《苏州科技学院学报》2004 年第 3 期。

45. 李真瑜：《文学世家的文化意涵与中国特色——以明清吴江沈氏文学世家个案为例》，《社会科学辑刊》2004 年第 1 期。

46. 李真瑜：《文学世家：一种特殊的文学家群体》，《文艺研究》2003 年第 6 期。

47. 吴中胜：《清前期赣南家族文学评述》，《赣南师范学院学报》2003 年第 1 期。

48. 马予静：《魏晋南北朝时期的河南家族文学》，《河南大学学报》2002 年第 2 期。

49. 何成：《明清新城王氏家族教育探析》，《学海》2002 年第 1 期。

50. 何成：《明清新城王氏家族兴盛原因述论》，《山东大学学报》（社会科学版）2002 年第 2 期。

51. 王日根：《明清东南家族文化发展与经济发展的互动》，《东南学术》2001 年第 6 期。

52. 钟春翔：《简析清代江南的家族教育》，《山东教育学院学报》2001 年第 1 期。

53. 莫幸：《家族文化与文学叙事》，《中国人民大学学报》2001 年第 1 期。

54. 汪俊：《宋代吕氏家族学术特点述略》，《扬州大学学报》2001 年第 1 期。

55. 马斗成：《宋代眉山苏氏家法试探》，《山东大学学报》2001 年第

1 期。

56. 田彩仙：《魏晋文学家族的家族意识与创作追求》，《中州大学学报》
2001 年第 2 期。

57. 王少华：《唐代陕州姚氏文学世家的形成》，《河南广播电视大学学报》2001 年第 3 期。

58. 王育济：《宋代王安石家族及其姻亲》，《东岳论丛》2001 年第 3 期。

59. 于联凯、于溟：《颜氏家族文化述论》，《济南教育学院学报》2000 年第 5 期。

60. 李真瑜：《吴江沈氏文学世家作家与明清文坛之联系》，《文学遗产》1999 年第 1 期。

61. 江庆柏：《清代苏南望族与家族文献整理》，《清史研究》1999 年第 2 期。

62. 王善军：《北宋青州麻氏家族的忽兴与骤衰》，《齐鲁学刊》1999 年第 6 期。

63. 李真瑜：《世家、文化、文学世家》，《殷都学刊》1998 年第 4 期。

64. 马斗成、李希运：《眉山苏氏家族教育探析——以三苏时代为中心》，《史学集刊》1998 年第 3 期。

65. 史美晰：《从史氏家训看封建宗族教育》，《浙江师范大学学报》（社会科学版）1998 年第 6 期。

66. 钟林斌：《散曲家冯惟敏的家世与生平》，《辽宁大学学报》1995 年第 4 期。

67. 邓洪波：《中国家族书院述略》，《吉安师专学报》1997 年第 1 期。

68. 周敬飞：《独特的裴氏家族文化现象》，《山西师范大学学报》（社会科学版）1997 年第 1 期。

69. 王日根：《明清庶民地主家族延续发展的内在机制》，《中国社会经济史研究》1997 年第 2 期。

70. 吴霓：《明清南方地区家族教育考察》，《中国史研究》1997 年第 3 期。

71. 杨东林：《略论南朝的家族与文学》，《文学评论》1994 年第 3 期。

72. 李真瑜：《明清吴江沈氏文学世家略论》，《文学遗产》1992 年第 2 期。

73. 孔繁信：《明清著名文学世家临朐冯氏》，《山东师范大学学报》1987 年第 2 期。

# 后 记

这是我博士毕业论文《明清山左即墨地区望族文化与诗歌研究》的修订稿。毕业后断断续续地修改，主要思路和观点并无大的变动。

本书如果在研究即墨文化与诗歌方面有点可取之处的话，首先感谢导师王小舒先生！从写作之初的选题、资料收集到论文框架的设计、定稿，每一步都得到先生的悉心指导。答辩委员会的各位先生也提供了很多帮助，他们也与有功焉。答辩委员会的老师是：山东大学的袁世硕先生、杜泽逊先生、王平先生、邹宗良先生，山东师范大学的石玲先生、齐鲁师范大学的李雁先生。感谢他们的督促和鼓励！由于才疏学浅，水平有限，他们提出的高屋建瓴的宝贵建议未能在我的论文中得到很完美的体现，实在惭愧！但愿本书的不当之处不致有损博学多闻的先生们的英名。对书中错讹之处，亦恳请方家不吝赐教指正。

今文稿近于付梓，借此机会，感谢中国海洋大学文学与新闻传播学院提供出版资金，感谢薛永武院长及各位领导的支持和关怀，使得此文稿能顺利出版。

**韩梅**

2014 年 10 月于青岛浮山校区